家在北大洼

杨学东 著

天津出版传媒集团
百花文艺出版社

图书在版编目（CIP）数据

家在北大洼 / 杨学东著. -- 天津 : 百花文艺出版社, 2023.6
ISBN 978-7-5306-8513-6

Ⅰ. ①家… Ⅱ. ①杨… Ⅲ. ①小说集－中国－当代
Ⅳ. ①I247

中国国家版本馆 CIP 数据核字（2023）第 065239 号

家在北大洼
JIA ZAI BEIDAWA
杨学东 著

出 版 人：薛印胜 **责任编辑：**赵世鑫
装帧设计：谢蔓玉 **特邀编辑：**翟玉梅
出版发行：百花文艺出版社
地址：天津市和平区西康路 35 号 **邮编：**300051
电话传真：+86-22-23332651（发行部）
+86-22-23332656（总编室）
+86-22-23332478（邮购部）
网址：http://www.baihuawenyi.com
印刷：三河市元兴印务有限公司
开本：660 毫米 ×960 毫米 1/16
字数：280 千字
印张：19.5
版次：2023 年 6 月第 1 版
印次：2023 年 6 月第 1 次印刷
定价：59.80 元

如有印装质量问题，请与三河市元兴印务有限公司联系调换
地址：河北省廊坊市三河市黄土庄镇尚庄子村
电话：0316-3180002
邮编：065200

我喜欢盐碱地上的黄须菜、柴子花

不仅仅因为它们是北大洼的产物

更因为它们不叫苦、不索求，

从不抱怨，生存环境的恶劣。

一年一年

默默开花结籽，

吐露自己的芬芳。

柳学东

序

秋天到了，高粱熟了，盐碱地里的黄须菜也熟了。黄须菜种子黑亮黑亮的，比高粱粒小多了。不，比谷粒都小，却粒粒饱满。

每年总有那么几天，村里人起得很早。那时候没有钟表，人们约定时间都这样说：三更天出发吧，不要耽误了。什么是三更天，这个点有什么标记，我搞不懂也不用去思考，反正夜里家家院门都在同一时间响动。

大人们靠什么读懂时间点，我也不用去思索，心想等我长大了，该懂的自然会懂。

大街上胡同里骤然响起独轮车滚动的声音，全村都在响，隆隆的声响震得村子发颤。就一会儿，那么短暂，声音消失了。村子变得比原先还静。

这几天叫“放工”，队里的青壮劳力放下农活下“洼”割黄须菜去了。洼在何处？就在村子正北方，小清河以南，那里有一片广袤的盐碱地。那块土地上有两种颜色，一片一片泛着盐渍的白色荒碱滩，一片一片红的望不到边的黄须菜。红白相映，那景象保留了原始风貌。那地方离村子四十多里，必须早起。

傍晚，割黄须菜的队伍返回了。独轮车变成了一堆堆草垛，在小路上蜿蜒数里，慢慢朝村子蠕动。孩子们等在村口，兴奋地喊着蹦着，女人们也等在那儿，知道徒劳还是手遮额头，试图辨认哪一辆车子是丈夫的、哪一辆车子是儿子的，满是对亲人的期盼和疼爱。

嘴里说着跟心情不相应的话：洼里真够丰富啊！

那时候吃饭难，烧柴也难。饥荒的年月，黄须菜种子可当饭吃，秸秆可做柴烧。粮食自足的年月，黄须菜种子用来喂猪，是上乘的饲料。黄须菜可是个宝。

村子周边的盐碱地里也生长黄须菜，刚发芽就会被人割走。孩子每天放学都要去野外割黄须菜，这是必须的。鸡、鸭、猪养殖就靠喂它。黄须菜也是一道上好的菜肴，有多种吃法，先用开水焯一下，挤干水分，凉拌或是热炒吃都不错。烹饪时最好加点韭菜，味道更佳。这种吃法过于奢华，大多人家把黄须菜掺进高粱面里蒸窝头，能充饥就行。

人和家畜都需要黄须菜。有盐碱的地方就有黄须菜，到处是盐碱地，到处有黄须菜，仍然不够用。好在黄须菜割了还会从根部再长出来，一茬又一茬。

后来我知道，那片洼地属于我们村，是祖上留给我们的一笔永久的财富。那地方不长庄稼，却适合生长黄须菜。不用投入，不用管理，秋天只管收获。不光有黄须菜，还有鱼，狗杠鱼一条一斤多。孩子们在村口盼望的就是狗杠鱼。除了鱼，独轮车上还装着食盐。洼里地下卤水丰富，自然就有人晒盐。不能装多了，百八十斤的，只要盐坨敞开着，没有芦苇苫盖着，你只管装，盐田老板不会阻拦。

过了霜降，南乡人推着白菜萝卜到集市上来卖。说是南乡，离我们村也就几十里路。人家那儿土质良好，种啥都旺。女人们会说：快“放工”了，还是等着用食盐兑换吧。穷啊，哪儿赚钱去？好在我们有洼，洼里有能满足我们需要的东西。

于是我常常想：什么时候能长大，跟着大人去洼里割黄须菜，捞好多好多的鱼，再扛回几袋食盐，冬天就能天天吃上白菜萝卜了。

十岁那年，我真有了一次机会跟父亲和队里七八个男劳力来到了洼里。原来这儿的水是苦涩的，盐碱滩上随时会卷起碱粒，扑进眼睛里，钻到耳朵里，脸上皱巴巴的，那才叫个难受。我的洼，原来是一块凄凉的土地。我美好的梦就此打结。

那是个啥地方，北大洼！嫁过去吃黄须菜种子吗？有媒婆想把外地的姑娘保嫁到本地来，姑娘的母亲差不多都这样说。我对未来隐隐产生了危机感。“北大洼”原来是贫穷的代名词。可洼在我们村子北方啊！一直以来，我认为四十里外的那块土地才叫北大洼。

那年我去县里参加冬季越野赛。一个穿着崭新运动装，手里剥着花生的选手淡然地问我：“是北大洼来的吧？”我听了心中不快。“不是，”我说，“北大洼离我们村四十里路呢。”“什么？你不就是杨家庄子村吗？”“是。”我说。“这不得了吗？”那选手鄙夷地看我一眼，继续剥着花生，又抛给我一句，“北大洼人嘛，看脸就知道。”

北大洼果真包括我们村！而北大洼人又与众不同，被咸风吹得黝黑黝黑。

北大洼是大海潮汐潮落千百年来形成的土地。从它形成始，一成不变。历史走到二十世纪八十年代，她忽然从沉睡中醒来，迈开了大步，不，是在飞跃！她变成了良田、盐田、工厂，最现代、最先进的东西这里都能找到。

我幸运，因为我生在了这个时代，见证了她的发展变化。于是我要写下来，不光要颂扬它的现在，还要把她的过去讲给后人听，让年轻人在对比中找到知足。我要告诉他们因为人烟罕至，这里狐狸曾成群结队，一种叫鸭蓝子的鸟遍布北大洼。它们的窝藏在绊子草下、黄须菜下、蒿草下，凡是隐蔽的野草下都有可能成为它们的窝巢。刚孵化出的小鸟浑身只有几根针毛，听到走动声，小鸟以为母亲喂食来了，仰起小脑袋，张开小嘴巴，嘴巴边上有一圈黄色线，淡淡的黄。还有一种沙溜鸟，喜欢在盐碱滩上溜达，长长的腿，飞翔能力差，跑起来极快。它不做窝，卵就产在白白的碱滩上，小鸟一破壳就跑得飞快。

我怀念这些可爱的动物们。

北大洼恶劣的环境成就了这些特别的动物。动物们比人类先到这里，却被后来进驻的人类改变。也正是这艰苦的环境，造就了北大洼人坚韧不服输的内质，她的改变也就不足为奇，很多不可能发生的奇迹在这儿都可能发生！

写到这儿忽然想起一句话：“我骄傲！”对，我骄傲，因为我是北大洼人！

目录

我想吃馒头

一

锅盖打开，腾起一团白白的热气，直冲到草棚顶上。说不准哪个方向吹来一阵小风，热气会一扭身就转到棚顶的另一处，羞答答地从草缝间钻出来，融进空气里。

天气变暖，瘸子家开始移到院子里做饭。厨房很简陋，四根木棍搭起一个架，顶上盖些柴草，遮荫却不能挡雨。灶台是土坯垒的，年年要抹一层泥浆。一张小木桌，三个孩子围坐着，瘸子坐在一张老式椅子上，拐杖斜放在一旁。女人先轻轻喊一声："闪开了！"其实孩子和瘸子离灶台都很远，根本不妨碍她掀锅盖，她习惯了这样喊。等热气散到空中，带着麦香，引子（发酵好的面团）发面甜甜的气味左邻右舍都能闻得到。

每隔几天，瘸子家的女人就蒸一锅馒头。早上，女人先把引子用擀面杖碾细，倒进瓦盆里跟面粉用水搅和，然后蒙上一块白色笼布，放到院子里的朝阳处，让其受阳光的照射，面发得格外快。这算是一个秘密。后来二壮知道了，附近的孩子也都知道了，只要面盆在院子里晒，中午瘸子家就蒸馒头。

那天我站在篱笆前看瘸子家开笼，身子不知不觉趴在了篱笆上，脑袋探进去，再后来半个身子也进了院子。每逢蒸馒头，瘸子家三个孩子每人都能吃上一个。兰子吃不饱，像她母亲那样再吃点窝窝头，她母亲从不舍得吃一块馒头。兰子的两个弟弟吃完眼睛还看着锅里，她母亲的眼光狠狠地射过来，两个孩子就拍打一下手进屋去。才多大的小屁孩就能吃下一个馒头？我心里说，如果让我吃，两个也能吃得下。

兰子发现了我，立马告诉她母亲。她母亲转过头狠盯了我一眼，又继续把馒头放进笼筐里。女人不看我，却猜到我没有走开，再扭过头看我时眉头紧皱。“还不回家吃饭去，篱笆墙都让你压坏了！”女人是压着嗓子喊的，声音不高却厉害得很。我不动，就把脸抬高看着灶台。“听见没有，篱笆墙压坏了，压坏了你赔我们？”兰子也跟着她母亲喊，她的声音又尖又亮。这丫头更凶。

说话间，扎在篱笆腰的木棍被压断了，“啪”一声，响声极清脆。背着我慢腾腾吃饭的瘸子听见了。瘸子耳朵聋，是被炮弹震的。听说那炮弹就在他身边爆炸，怪得很，耳朵聋了，身子却没受伤。他现在身上的弹片是在孟良崮战役中负的，还没取出，听说还要进行几次手术。

瘸子缓缓转过身，他的脸是温和的。他好像明白了什么，对着兰子说：“给宁子一个馒头，快送去。”兰子听了极不情愿，赌气似的抓起一个馒头，却被母亲喊住了，是用眼神盯住的。兰子精得很，她领会了母亲的意思，把馒头掰开，老远就把手举给我，眼睛也不看我，只管望着天。我才不在乎这些，接过馒头就大咬一口。太好吃了，馒头在嘴里像一片雪花，立马就化了，顺着喉咙滑进肚子里。

瘸子家午饭大多只馏一个馒头，其他都是高粱窝窝头。兰子先抓起一个窝头，一掰两半，分给两个弟弟，自己再抓起一个吃，这也成了习惯。女人用手先试试馒头，要是烫就等一等，试着温度刚好了就递给瘸子，自己在一旁端着菜碗伺候着。

瘸子吃馒头从不大口咬，因为张嘴有些难，他先撕下一小块送嘴里，上牙和下牙轻轻蹭动，嘴唇一张一合都很费劲。磨一会儿，却不下咽，停下来望一眼女人，女人立马夹起一点菜送进他嘴里，再磨，才咽下肚里。看瘸子吃饭的样子让人急。孩子们聚一块儿谈论起瘸子，都说吃馒头哪用得着就炒菜，三口两口一个馒头就下肚。

有一次，女人把碗里的鱼刺剔了又剔，干净了，再把馒头掰开一条缝，把一片鱼肉夹进去，惹得我喉头动了又动。当时有了打算：春节吃馒头就咸鱼的时候，一定也试试这种吃法。只是这年到了春节，一手拿馒头，一手拿咸鱼，吃光了，才想起把鱼肉夹进馒头里。

瘸子说一声:“饱了,分给孩子们吃吧！”把剩下的馒头递给女人。女人把馒头分成三份，三双小手早在等着了。瘸子的饭量不等匀，有时就剩下一点儿，三个孩子也不会吵嚷。村里人夸三个孩子懂事，其实是不知道这女人的厉害。有一次兰子偷吃了馒头，那女人用藤条抽得兰子满地打滚。第二天兰子额头上出现一块伤痕，就是满地打滚被地上一块砖头碰的。

如果瘸子家不晒面盆，午饭时我是不去的，只要蒸馒头，我早早就去篱笆墙下候着。从那次吃到半块馒头，兰子再没有给我送过来。有时候我故意弄出声响让瘸子听见，瘸子听见响声朝我回头看，却不再吩咐兰子。因为瘸子看我的时候，女人就盯瘸子，瘸子低下头。看来瘸子也怕这女人。“癞皮狗，喂了一次就轰不走了，可怜不得！”女人是低声说给瘸子听的。

有一次锅盖刚打开，外面有人喊，女人急急走了出去。瘸子看一眼趴在篱笆墙上的我，说了声：“兰子，掰点馒头给宁子。”兰子极不情愿，又不敢违抗瘸子，气嘟嘟地朝我走来，老远把馒头抛给了我。馒头落到地上，我忙捡起来，照样好开心。

我就盼着瘸子家开锅的时候，外面再有人喊，女人走出去，瘸子再吩咐兰子。但这样的好事再没有过第二次。

“篱笆墙压坏了……还不回家吃饭去！”女人一定好恨我。每次喊我不动，就朝我冲过来，我赶紧把脑袋抽回去。女人折回身，我再趴上去。女人就给兰子使眼色，兰子跑过来，用手不停指点我。“听见没有？回家去，要吃馒头让你妈蒸去，你们家没有麦子啊？”

我不动，兰子比我小，是个女孩儿，能把我怎样？女人再凶也不敢揍我，我知道除了自己妈妈，别家的母亲是不会揍外面的小孩子的。

“失了教训，作践人！”女人的话恶狠狠的。

那次女人刚骂完这句话，我的耳朵猛地被一只手从背后揪住了，这只手使劲往后拽我，疼得我一只眼睛紧闭，脸上的肉聚成了疙瘩，大声叫唤起来。眼睛朝上翻看，是母亲！母亲一脸的怒火。兰子和她两个弟弟高兴地拍起手，女人扭过身假装没看见，瘸子一定是没听见，只管背着我们吃饭。母亲的手劲很大，扭着我的耳朵，像牵一头牲口，不管不顾。母亲突然朝瘸子家喊："小贱种，人家是军官太太，吃香喝辣得惯了，你看哪门子馋？"

瘸子家女人一下立在了原地。母亲继续骂："不就蒸个馒头吗？屋里藏不下，挪到院子里显摆什么！"

瘸子女人猛地转过身，发疯似的朝母亲扑来。"孩子管不住，天天放出来作践人，孩子不懂事，原来是大人不管教！"

母亲也朝被我压开的篱笆豁口冲，"村子里省吃俭用送你麦子是馋诱小孩子的，坏女人！"

两个女人相互指点叫骂，好在我抽回脑袋后，篱笆枝又慢慢弹回原样，要不两个女人一定会撕打在一起。我吓得站在一旁捂住耳朵，兰子和两个弟弟抱在一起，两个弟弟吓哭了。母亲和瘸子女人跳着脚对骂。母亲骂，要是下次蒸馒头再馋小孩子，看我一砖头砸破你的锅。瘸子女人骂，你敢砸一块砖头，我把你的脸皮撕破。

"吵什么？吵什么……嗯！"瘸子突然吼起来，冲着自己的女人，把拐杖一个劲地往脚下捅。瘸子声音不尖亮，却有震撼力。瘸子个子大，脸上保养得滋润，要不是腿瘸，站起来身魁体硕，战场上拼刺刀他能对付两个敌人。

两个女人立时不吵了。瘸子女人转身走回厨房，嘴里不服气地小声嘟囔。母亲再次揪住我耳朵，我缩起脖子快速跟随着母亲的步子。祸是我惹的，我浑身开始抖。

母亲把我往前一带，我踉跄几下扑到父亲跟前。"小兔崽子，再敢去趴瘸子家的篱笆，看我不砸断你的腿！"显然母亲的火气是冲瘸子女人的，"臭女人，就为了不下地，贪恋村上的补助，好端端的大姑娘嫁给一个荣军瘸子……"

母亲骂到“荣军瘸子”一下子气泄了，像触到了一件犯忌的事情。沉静片刻，父亲像是劝解母亲似的说：“一个黄花姑娘嫁给荣军瘸子，谁人有这样的觉悟？这女人不容易，受人敬。”母亲看父亲一眼，无语。这在平日是没有的。母亲突然又一个指头点上我的脑门，“想吃馒头，给瘸子当儿子去吧！”

我猜到母亲这次火气该收场了。要说让我给瘸子做儿子，我才不会，不愿意看那女人的脸色，更不愿受兰子的气，母亲也不会舍得。不过父亲说瘸子女人不容易是真的，虽说她不跟村里人下地，可照顾瘸子和三个孩子就一刻也不能停歇，她可是个身量瘦小的女人。

从这以后，午饭时间母亲开始管束我。我偷偷跑到瘸子家篱笆前，要是身子压上去，兰子就捉弄我：“你妈来了。”说着朝我身后一指。我慌忙抽回脑袋，兰子就“咯咯”笑。捉弄我几次，我不再相信兰子，可每次还是快速往后看。我真害怕母亲。

“我喊了，让你妈妈出来扭你耳朵。”我再次趴上篱笆墙，兰子就把两只手拢在嘴上，要喊的样子。我一甩手走回家。明明知道不会得到馒头，就为了看锅盖打开，白白的馒头让人看着舒服。

今天又是瘸子家蒸馒头的日子，母亲看管格外严。她也知道了瘸子家的秘密，要是面盆晒在院子里，午饭时候就一刻也不放松地看着我。午饭过后我是可以随便出走的，来到篱笆前，瘸子家的厨房早没了声响，正房里好像有人说话。是二壮的声音！我兴奋起来，学校要组织拥军优属活动了！每次一个班分成几个组，一个组五个人。孩子们都愿意去瘸子家清扫卫生，每次瘸子女人都分馒头给孩子们。前几天二壮答应了我，他是班长，在老师面前有话语权。今天是提前来通知瘸子家的吧。

二

我羡慕二壮，他外婆家在弥河边上。弥河水四季流淌，滋养着两岸的土地，那里小麦年年丰收。那地方还出产各种瓜果，每年暑假，二壮从外婆家带回甜瓜，表皮绿色，看上去像脆瓜，咬一口脆甜。二壮说，这种甜瓜在外婆家是随意吃的。每次他从外婆家回来，红光满面。那儿水土好，滋养人，不像我们这儿，到处是盐碱地。二壮说："外婆用引子发的馒头一个这么大！"他用手比划着，再做个掰开的动作，他形容外婆把一片咸鱼肉夹进去，像瘸子那样的吃法。惹得我上牙和下牙不住地磨动。吃饱了，外婆还会给他的口袋装满花生。

于是我常常想：要是我的外婆家在弥河边就好了。我曾见好几家女人去二壮家，求二壮母亲把自家的姑娘保嫁到那边去。

一个星期前，放学路上二壮告诉我，明天他舅舅跟几个人去海边码头，用大蒜去兑换虾酱，中途要来他家落脚。舅舅说好给他带来馒头和花生。

果然，第二天中午放学，我见几个男人推着独轮车朝二壮家走去。竹篓里装满蒜头，车顶上放着一只袋子，鼓鼓囊囊，里面一定是馒头和花生了。二壮跑上前，在车前兴奋地一蹦一跳。天气很热，这几个人还穿着棉衣，上面打着补丁，裸露出棉花，浑身上下脏兮兮的。

我是多么想跟二壮一块儿走回他家去，二壮的母亲和气，说不准会从袋子里拿出一个馒头分给我。我怕二壮轰我出来，也怕母亲知道了揍我。不管去谁家，只要我眼馋人家的东西，母亲就不饶我。

我在二壮家门前来回走，又怕超过了放学时间母亲出来寻见我。二壮喜欢显摆，其实也不小气，只要见我可怜巴巴随着他，拥护着他的神气，会把花生分给我的，当然分我馒头更好。

我等呀等，二壮总也不露面。忽然院子里的说话声大起来，一定是饭菜端上桌，客人要入座了。我不知怎的一把推开院门，一闪身子钻了进去。客人们确实围坐在饭桌前，但桌子上哪有什么饭菜，只放着几个盛满白开水的大碗，几个人轮番喝着。这些人走累了，一定饿了渴了。

厨房里二壮的妈妈忙着馏干粮，正从那只袋子里把一个个黑乎乎的地瓜干窝头放进锅里。我曾经奇怪，灰白色的地瓜干面粉，蒸成窝头后就变成黑色了。这种窝头比高粱窝头还难吃。唏——，好个二壮！原来一直在骗我，难怪从没见他从外婆家带回馒头。

二壮这时从套间走出来，一探头，肯定是看到了我，立马缩了回去，样子羞愧又难过。我心里却一下子开朗起来，连跳带蹦朝家跑，却听二壮从身后追了上来。

那次我被妈妈揪住耳朵，二壮在一旁看得清楚。下午我进教室，二壮和七八个男生围上来冲我怪笑。他们一个个拧着自己的耳朵，脑袋歪向一边，嘴里发着“哎哟哎哟”地疼叫，绕着我转来转去，几个女生也在咧嘴笑。二壮呀，你怎么把这种事情也说给同学们听，让我难堪！今天你二壮终于让我逮着了，看我怎么在同学们面前羞你，你可是经常对着全班同学讲你在外婆家如何如何吃馒头的。

大壮追上我，像个做错事的孩子。我得意地冲他做着各种鬼脸，二壮羞得满脸通红。他求我不要把这件事在学校讲，就跟我讲了实话。他说外婆那地方土地少，土地全部种地瓜，要不就吃不饱饭。看我不领情，二壮急得要哭的样子。他坦白自己说谎是因为馋瘸子家的馒头。原来二壮也跟我一样。我心里开始原谅他。

“过些天学校组织拥军优属活动，我们班三个组，一组五人，我争取老师让你也加入，咱们一块儿去瘸子家。”二壮可怜巴巴地望着我，这应该是他让我封口的最后一张牌了。

我跳起来一巴掌拍到二壮肩上，这可是天大的好事。学校年年组织拥军优属活动，参加的都是班里的优秀学生。村子里的老战士有好几家，孩子们最愿意去瘸子家。瘸子对孩子们好，而且，拥军优属活动前，学校请老军人讲战斗经历，唯有瘸子的故事精彩。和瘸子在一起，孩子们觉得荣光。

我紧握住二壮的手，生怕他反悔，到时候在老师面前不替我努力。一下子我们之间的位置变了，现在该是我拥着二壮了。

就这样，我没有揭穿二壮，天天盼着这个日子到来。

去过瘸子家的孩子们说，赶上瘸子身体状况好，瘸子会和他们一起清扫院子，还背着女人偷偷塞给他们糖果。瘸子的身体不稳定，要是肉里的弹片不发作，阳光又好，自己经常拄着拐杖去大街上活动，吃饭的时候大口咬，使劲嚼。瘸子女人就变换食饭，把馒头一片片切开，放进油里煎。馒头变成了淡黄色，一定非常好吃，我是从没吃过的。有几次我想，这次拥军优属活动，千万要赶上瘸子身体好，要是瘸子女人给我们每人分一片油炸馒头那就更美了。

确是，瘸子病不发作，女人脸上也晴朗，瘸子斜躺在椅子上唱起京戏，女人也忍不住笑出声。瘸子有很多故事，我们孩子都感兴趣。女人了解女人，女人也特别关注女人。瘸子女人好像也有很多谜一样的故事，只是我们孩子听不透。母亲和别的女人在一起的时候，经常饶有兴趣地谈论瘸子女人。

瘸子身量多重，那女人吃得消？

人家连生三个孩子，吃不消哪来的孩子。

三

果然，老师宣布了这次拥军优属活动，名单里有我的名字，时间是明天。明天上午学校请瘸子和几个老战士讲战斗故事，下午各小组下户活动。

我是多么激动，听到名字后心怦怦乱跳。三年级了，没得过一次奖状，平平的学习成绩，在班里不起眼。能够加入拥军优属活动小组，远比得一次三好学生奖更荣耀。我睡不着觉，不知明天会是啥样子。等那一声声惨痛的喊声传来的时候，不知是夜里啥时辰，也许是三更天吧。那无拦无挡、痛彻心肺的声音，把夜震得一颤。瘸子犯病了！天要下雨，瘸子病发作比天气预报都准。

你无法想象那疼叫声是多么彻骨。有时叫声停下一会儿，很快更大的叫喊声又会传过来。叫声暂停是瘸子在咬牙，他满口的牙齿全都因此松动了，吃饭的时候只能轻轻磨蹭。他动过了几次手术，不知为什么，医生说弹片现在不能取出，否则会引起大的麻烦。

村里人每次阉牛，我就想起了瘸子。小公牛到了青春期，就要让它丧失生殖能力。公牛被放倒，四条腿用绳绑紧，身子被几个身强力壮的汉子摁住，睾丸下放一块木板，上面再压一块木板。有人抡起棒子狠劲砸木板，公牛生殖囊中的睾丸变成了肉末。公牛动弹不得，翻起白眼球，从喉咙发出的惨叫声听上去要窒息的样子。公牛一生只有一次这种痛苦，瘸子的病却是经常犯。

我完全醒了，心里变得空落落，美好的盼望看来要成泡影。瘸子犯病了，村里人就送他去县医院，最少要住三五天，瘸子的女人也随着去，我们的活动要取消，瘸子精彩的战斗故事也听不到了！

看到瘸子的第一眼，你会认为他不善言辞。其实不然，坐在讲台上，面对全校师生，他声音洪亮、语调沉稳，不同的故事情节讲得急缓有度。他的战斗故事我们听过几回了，虽然他在讲上文，下文我们都能背得出，但心中仍然兴奋，全场鸦雀无声，等着那激动人心的时刻到来。最精彩的一段：一个敌人端着刺刀朝他刺来，他一闪身躲过，跟着一刺刀捅过去，那个敌人玩儿完了。他突然听到身边有响动，是不是敌人？瘸子这时候停顿下来，神色凝重，满脸杀气。原来，一个敌人就躲在附近的石头后面，突然跳出来扑到他身上。瘸子力气大，反手将敌人的脖子卡住，一用力将他滚下山去。

全场凝重的气氛一下子活跃起来，雷鸣般的掌声经久不息。我们男孩子都被带到了故事中，真想跟瘸子一样撂倒几个敌人。瘸子是我们心中的英雄，村子里大人孩子都敬重他。每年麦收，村子里送他几百斤麦子，人人心里情愿。年轻人争着把麦子给他扛回家。春节临近，村里人敲锣打鼓给瘸子家送慰问品，后面随着好多人，还要把他家门上的光荣牌换上一个新的。

不知啥时，瘸子的叫声停了，是被送去了医院？早上醒来我跑到篱笆下，瘸子家静静的。来到学校，消息传开了，瘸子没有去医院，今天上午不能到校讲战斗故事了，但下午拥军优属小组照样去。我空落的心里踏实起来。

下午我们一组五人来到瘸子家，女人在院子里洗内裤，一定是瘸子的。听到动静抬起头，她脸色灰白，眼圈黑黑的，额头上一个瘀青疙瘩。女人好像不欢迎我们，看到我时眉头一皱。瘸子病发作时会失去自我，女人摁不住他，经常被推翻在地，有一次额头碰到灶台棱上，昏迷了好长时间。今天她额头上的伤，可能也是摔到地上碰的吧。“院子很干净，你们回吧。”女人干哑着嗓子说。她平日勤快，每天都清扫院子。

“我们帮您把沙子运走吧？”二壮指着院子里的一堆沙子说。

“沙子有用的。”

瘸子发病时大小便都在屋里，我猜沙子一定是用来盖大小便的。

“进屋来吧。”屋里传来了瘸子弱弱的声音。我们走进去，瘸子坐在床沿上，一手撑着拐杖，好像疼痛还没消散，看到我们显然很高兴。他平日白白滑润的脸，像庄稼叶子一样，一夜间蔫了。听人说瘸子发病浑身大汗淋淋，身子脱水厉害，能不蔫嘛！瘸子突然慢慢抬头看上套间，“兰子，兰子……”原来兰子和两个弟弟睡在里面。兰子立马拉开抽屉，好像是瘸子提前吩咐过的，捧着一把糖果走出来。今天兰子有点害羞，低着头，笑滋滋地把糖分给我们。

我们把糖攥在手里，谁也没好意思吃。我们都看着兰子，或许今天我们来干啥活儿瘸子已经跟兰子吩咐好了。忽然我后背被什么东西一顶，回头看，是瘸子的拐杖。见我回过头，瘸子张开手，亮出一块糖，示意我拿走，我赶忙把糖攥在了手里。

“天阴得厉害，要下雨了。”瘸子的女人走进来，本意是让我们快点走，不过没有说出来。不知怎的，我们都愿意在屋里多待会儿。这间屋子好像藏着什么秘密，想看透了再走。

“我们帮您做点什么吧？”二壮说。既然来了，总不能立马就回吧，何况我们都分到了糖果。我们把眼睛在屋里来回扫，似乎这样就能找到我们该做的事。

房子四壁被烟火熏得黑黑的，房角处一个饭柜也是黑黑的，饭柜上一个竹篮，从篮子缝里露出了点点白亮的东西。我不由伸长脖子朝那边凑，惹得瘸子的女人警觉地看着我，故意用身子把竹篮挡了个严实。

“天要下雨了，你们回吧。”女人冲我们说。刚说完，一声闷雷从远处传过来。“孩子们回吧，别淋到路上。”瘸子也对我们说。这时候一道闪电把屋里照了个通亮，大雨马上要下了。同来的两个女生先转身朝外跑，我赶紧随在后面。迈出房门，我还是忍不住回头望，发现二壮也在扭头看竹篮，原来他也发现了竹篮里装着的是馒头。

开荒地

一

就因为这块开荒地，柱子和马继承相见的机会多起来，也是因为这块开荒地，两人变得生疏了。一晃，再收完这季玉米，在这儿耕种已有五个年头了。

要说村里的年轻人，现在白送二亩良田让他种，未必会抬一下眼皮。这块几乎被村里人忘掉的盐碱地，千百年来除了生长黄须菜和几簇红柳，别的什么都不生长，更莫谈生长庄稼。还是因了这条新挖的引水沟从这儿经过，有了沟渠，卤水就能渗下来，有了河水，抽水机一提，盐碱地被水漫灌，卤水受了压力渗得会更快，这块盐碱地保准一年内变成沃土，种啥都旺。

这条引水沟就像是一夜间挖好的，大型挖掘机开挖几百米的沟渠实在太容易。村子近万亩耕地，这样的引水沟大大小小有几十条，有纵有横，跟主河道相连，让每一方耕地旱能浇涝能排。那时候赵子义还没进村委班子，在他一再提议下，村里把这最后一方地也变成了水浇田。

那天柱子是在给玉米间苗的路上临时改变打算的。他立马洞察到了这块盐碱荒地的前景，跟庄稼打交道的中年人，土地在眼里就是烁烁闪光的金子。他回家拿来铁锨镐头，吭哧吭哧抡起来，把沉睡了千年的土层刨开，再用铁锨整平。

“柱子哥吗？这块荒地昨天我就相好了，你倒跑我前头来了。”

柱子抬眼看，是马继承，手拿铁锨镐头，脸色阴沉，好像这块盐碱荒地该是他的。柱子马上回他一句：“这沟渠夜里刚挖好的，你昨天怎会相好？”柱子本想朝他开一句玩笑，看马继承冷若冰霜，话就变得认真起来。

马继承不再说话，脱下上衣抡圆了镐头就刨。柱子也不示弱，把镐头抡得更欢，两人心里较起劲，这块荒地谁刨得多谁占有的就多，很快柱子占了上风。谁知马继承在地中间先挖了一条小沟线，把地一分为二，六亩荒碱地，一人三亩。柱子心中不快，嘴上却没有说出来，他忽然有个感觉，要是马继承开荒在前，他绝不会允许别人开垦。

矛盾就这样产生了，而且在不断升级。两个人整整刨了三天，总算平整完毕，期间相互没说一句话，连斜对方一眼都没有。整平后就要翻耕，随后是抽水压盐碱。那天柱子开着拖拉机还没到地边就被迫停下来，马继承的地不光翻耕了，连水也浇灌了，流得小路上泥泞不堪，鬼知道是水冲开的口子还是故意放开的，柱子只好返回。种地人自有不成文的规定，两家挨边种地，如收割、播种、浇灌都要相互告知，这样能减少很多麻烦，特别是收割，一起收割面积大，价钱也会便宜。

第二年麦收后两家都播种了玉米，长势喜人，忙了半年总算等来了回报。在靠近水沟的地方，两家只留下了一条很窄的人行道，够一个人绰绰行走，两人相向碰面的时候，也都主动侧一下身子，谁也不愿看对方一眼。

玉米收割后就要播种小麦，这一年马继承先放下了大片的责任田，早早把这块开荒地播种上了。柱子收了玉米一直把这儿撂着，等过了年麦子扬花时，全部栽种了大葱。到了秋后，柱子这下发了，大葱价格是往年的几倍，这三亩大葱赶上十亩粮田的收入。

再一年，马继承也没有播种小麦，花大价钱购买了优质葱苗，在适时的季节栽种了大葱。柱子呢？先是播种了一茬早熟绿豆，下一季种上水萝卜。柱子的步子总能踩到点子上，这年秋天不光萝卜丰收，价钱也不错。反观马继承的大葱，价钱跌到了几角钱，收回成本都难。

两人在这块开荒地上用的工和施的肥远比责任田里多，且种的庄稼不同样，你种白菜我种萝卜，你种玉米我种大豆。两个人心里都憋着劲，要在这儿论一番高低。较劲儿久了，积怨也就深了。

二

还是因了这块开荒地，两人竟然走到了一起，迅速变成了盟友，并一同坐到了酒桌前。因为前几天村委宣布，凡是开荒地，不管耕种了多少年，今年秋后全部收回，再统一分配到村民手里，不愿上缴的，按土质成色缴纳承包费。

土地是归村所有，自己受益了五年，村委要求全部上缴谁也没有理由反对。柱子心里这样想的。

这天柱子正在捉玉米棒子上的虫子，忽听玉米叶子哗哗响起来，马继承风风火火钻到跟前来。“柱子哥，你还不知道吧！简直欺负人嘛！”马继承说话的样子，就像两人从没有过什么过节。

柱子继续忙着手里的活儿，马继承激动的情绪倒让他越发平静。“不就是村里要收回开荒地吗？赵子义在喇叭上喊过的。”

“我的柱子哥呀，你就愿意拱手上缴村里？”

柱子停下活儿转向马继承，轻轻笑着说：“有啥法子，土地是归村所有。”

马继承显得着急起来，“那我们也该提个条件，村里起码给点补偿吧！”他眼睛紧紧盯着柱子，“咱挨边开荒种地，就要拿出个意见提交村委，你还不知道吧，村里挨边的开荒户都在讨论对策呢！”

柱子想起来，今天下地的路上，就见路边有几个人头攒在一起，这几个人都有开荒地，可能是在讨论这事。

马继承对柱子的反应很不满，“柱子哥，这三亩开荒地这些年给你带来多少收益，少说也有几万块吧！远比责任田要多，你就没计算过？”

柱子的心一沉，这块开荒地说它是聚宝盆一点也不过，特别是在春天，别的引水沟干涸了，这儿离主渠道近，沟也挖得深，水总不会断流。也是因了浇灌的优势，他的头脑豁然开窍，种菜种粮总能赶上市场的步点，这还要感谢面前的对手马继承。

“马继承兄弟，你说咋办？”柱子认真起来。

“你是哥，这主意得你拿！你出点子，我去村委说道。”

柱子嘿嘿一乐，“我能有啥点子，就是有了点子，笨嘴拙舌的到时候也吐不出来。”

马继承一只手放在后脑勺上使劲挠，猛然一拍胸脯说：“柱子哥，今晚我请客，咱哥俩去农家小院喝一杯，这事慢慢商量。”

柱子犹豫起来，虽是为了共同利益，可真不愿跟他坐下来喝酒，何况他以前醉酒后还在村里闹过事。

“柱子哥，我知道你对我有意见，为啥？不就是在一起开荒种地，值得吗？柱子哥你小气呀！”

是啊，为啥？马继承这句话让柱子心中透亮开来。这些年两人心在对立，可从也没发生过言语磨擦，更没肢体冲突，该是站到统一阵线上来了。他不好意思地笑笑，接着爽快地点点头。

马继承要了一室单间房。两人第一杯酒猛一碰，喝干后再亮给对方看。马继承赶忙再倒酒，另一只手伸开三个指头：“柱子哥，最低也要这个数。”柱子望着他不解，马继承把指头朝柱子眼前靠了靠，“三万！村里给咱补偿这个数，咱立马上缴，要不咱死扛到底。”

“……咱开荒容易吗？累死累活干了三天，光镐头就用坏了三把，手上磨出了血泡……”他发现柱子的嘴角轻轻一挑，跟着不好意思地一笑，“咱一根镐头也没用坏，手上也没磨出血泡，但到了村委咱就这样说，凭啥收回咱的开荒地？”马继承正板起来，“这块开荒地才种了五年，正是好侍弄的时候，不像大田里重茬种植，病虫害多，产量不稳定，这儿抗病毒的农药一次也没喷过，省心呀！”

柱子点点头，马继承不愧是种地老手。

“都是赵子义这小子，当初就不该投他的票，以前几任主任都不管，偏偏他上任要收回开荒地？”马继承的声音大起来，“要不是咱哥们儿投他的票，他当主任？做梦吧！”

柱子忙把手指放到嘴边嘘了一声，看来马继承酒喝得有点多了。要说新上任的村主任赵子义，是村里人都看好的，不是几十个百八个人能左右了他当选的，他的选票有压倒性的优势。他人品正，有才能，特别是在竞选大会上的承诺：上任一年内把所有开荒地收归村所有，把零星的土地归统大田使土地有条理，首先清除生产路上的开荒地，让道路变得宽敞顺畅。当时台下掌声一片，他柱子也是鼓掌叫好的。

“我说兄弟，咱说话小声点儿，不要提名带姓，当心让人听见了。”

“听见咋啦？咱不编不造，净说大实话，谁听见了去给赵子义报信好了。”马继承没有顾柱子，自个儿端起一杯酒喝了个精光，柱子反应慢了，想拦都没来得及。“柱子哥，咱俩的开荒地你尽管放心，凡事你候着，有兄弟我打先锋！”说完冲外面喊：“老板娘，再来盘红烧鱼！”刚转过脑袋，又回过去，“鲤鱼，红烧鲤鱼呀！”

红烧鲤鱼端上桌，马继承又吩咐服务员再来一斤全羊，多加胡椒面。柱子忙阻拦：“算了算了，多了吃不完。”他看见马继承紧盯着他坚持的样子，对服务员说：“不要多，来半斤就是。”

马继承的眼圈开始变红，柱子了解他，等脸涨红就该醉透了，这个时候千万不要让他闹出事来。他把自己的酒一饮而尽，又把马继承的酒杯倒给自己一多半，然后说：“咱兄弟俩干了这杯到此结束，有啥情况跟我说，为了咱的开荒地，我绝不会缩头缩脑。”

两人喝干了，马继承走路开始摇晃，柱子上前扶他，马继承不让，一转身进了洗手间。柱子只好在大厅等他，马继承好长时间也没露面。收银台前老板娘不时抬眼皮看柱子，最后盯起柱子不放，柱子只好上前把单买了。好家伙，二百多块！

三

村委办公室的山墙下聚着一围人，个个下巴翘得老高。一张大红纸上密密麻麻全是名字，这些人都是村里的开荒户。这些名字分成三个段落，第一段是生产路边开荒的，少说也有几十人；中间一段只有两个人的名字，显得孤孤单单；最后这段人多，柱子和马继承也在里面。这张名字一旁还贴有另一张红纸，内容是处置意见。首先这些路边开荒户必须在秋收秋种以前上缴，提前把庄稼收获，不得妨碍大田收割时车辆通行。第二段名单只提到徐老六和高国平，这两人各拥有一亩地，靠在村外的水塘边上，全是成色好的中性土质，到今年已种植满十个年头。处置意见是：补缴以前的承包费，想继续耕种，再另缴承包费。看到这两个人的名字，很多人心里嘀咕：徐老六早就该上缴了，这种贪小便宜无赖之人不应该再惯着。但让人家高国平上缴开荒地，良心上可有些讲不过去。

最后是柱子和马继承这一类。这些人的开荒地大多分布在大田的角角落落，是开荒人费力费时把盐碱的土壤改良好的，虽然这些人受益多年，但不追缴以前的种植，从今年起要么上缴，要么缴纳承包费，这笔收入春节前连同村里的其他收入一并下分到村民手里。

柱子感觉身后有人拽他衣服，回头看是马继承，正朝他挤弄眼睛。柱子对这种眼色很反感，自然想起了昨晚的酒钱，明明你马继承请客，却躲进洗手间故意逃过。柱子怕招惹其他人的眼光，就随马继承来到了一处墙角边。

“柱子哥，水还真是深来，他妈的村干部以前真是浑蛋！”柱子明白这话是针对徐老六和高国平，他皱皱眉：“有啥事情吗？”柱子觉得这时候应该在山墙下多听听村民的议论，好让自己心中有底数。

“看到没有，光路边开荒户就有几十家，里面好几个刺头，他们肯上缴？有几户还种植着胡萝卜地瓜，赶霜降才成熟，现在离秋收就个把月，那时候地瓜还是些小妞妞，谁肯？”

柱子这才记起来，路边是有几家种着地瓜胡萝卜。他开始平静地听马继承说下去。

“要我说，光路边开荒户就够赵子义对付的，就算这些人都同意上缴，还有徐老六和高国平呢，这两个老家伙可不是好惹的，特别是高国平，他是退休教师，文化人可是心计多！最后才是咱这档子人，等搞到咱们头上，秋收秋种早结束了，咱把开荒地播种上小麦，村委敢动？”马继承显得很自得，“国家有青苗法，把我们的麦苗翻耕了，那就是犯法！”

马继承这小子是灵透，村委要收回开荒地，首先要突破前面两道防线，自己是最后防，轮到头上还早哩！不过听刚才人群里议论，多数人支持收回开荒地。再说徐老六和高国平，柱子不敢保准徐老六能痛痛快快上缴，退休教师高国平肯定不会跟村委作梗。

“柱子哥，还想回山墙下听那些瞎议论？放宽心，该干啥干啥去。”

柱子朝马继承笑笑，这笑很难让马继承猜透是佩服还是轻蔑。柱子倒觉得不该再去人群听议论了，他想起自家那一亩地瓜也该翻蔓子了，就朝着村前的方向去了。

马继承的剖析似乎有条有理，可第一道防线很快崩溃了，摧枯拉朽一般。路边的开荒户有的没等村干部找去谈话，就直接去村委签了字。退休教师高国平更是自动去村委补缴了承包费，又续签了十年承包合同。

这一切好像都在柱子的意料之内，如果他们这档开荒人有带头签字的，他也不会落后。

明显着，因了生产路上的开荒地，麦收秋收给车辆带来了很多不便，哪年都会引发几起打骂事件。本来宽敞的双向路面变成了单行车道，等一方通过，这边才能开行，有时一堵就是一大串。有的年轻人等得不耐烦，一踩油门照庄稼压过去。开荒户哪能吃这亏，一直闹到村委，最后交了补偿费才算完。还因道路狭窄，曾有拖拉机错车时滑进水沟里，幸好没闹出人命。

开荒户是收益方也是受害方，确实有开荒户想把土地自动放弃的，希望道路恢复原貌，总是有人从中捣乱。柱子觉得村主任赵子义没收开荒地是正确的。国家还给村里下发了支农资金二百多万元，所有生产路全部混凝土硬化，这可是村民从没想过的，以后下地再不用担心大雨把人渥在路上。

“听说了没有？徐老六去村委大闹了一场，还把办公室里电话机、茶具摔了个稀烂。”马继承总是在无行人的路上或是僻静的田间找上柱子，带来收缴开荒地引发的事件的最新消息。柱子发觉马继承总是刻意回避开荒户主动的一面，故意把跟村委别扭的事情夸张化，柱子开始小心着他。“听说徐老六跳上了办公桌，头朝下要撞死在办公室，可把赵子义吓坏了。”

干吗总提徐老六，他马继承预言高国平会跟村委较劲，但人家高国平不是主动跟村委签了合同吗。高国平刚退休一年，老伴儿得病去了。原先老两口每天傍晚携手围着村子转，老伴儿走后好长时间不见高国平的影子。等村民再见他时，他一个人开始整平村外的一处废坑塘。这坑塘里差不多被建筑垃圾填满，高国平一点点把高处的砖头石块埋到洼处，不知用了多少工日。村里人只记得从夏天开始，深秋了他才整理完毕，最后雇用机械运来新土，又一次整平耕耘。第二年春上试种，反复施肥浇水，才把土壤改良成现在的沃土。这高国平待人温和，热爱村里的公益事业，村里修路绿化，他都无偿出过资，还资助过村里两个贫困生。在职时他是小学语文教师，退休后好多家长把孩子的作文拿来让他指导，他都热心接待。就是有家长拿来数学、英语这类的难题，高国平无法解答，也从没摆手拒之，接过来看一眼，再报有歉意地送还。他是村里公认的好人。收下的蔬菜吃不完，大多送给了村里的孤寡老人。他这块费力费时费资的开荒地，继续耕种下去，村里也不会有人攀较他。

徐老六去村委真闹过一回，但根本没有摔电话机和茶具，只是坐上办公桌，跟村委讲辩无偿种池塘地的因由。徐老六十年前在一家盐田做技术工，那年村里准备在小清河岸边建造盐田，但缺少技术人员，于是生生把他拽了回来。两年间，徐老六为村里建造了三副盐田，等再回原来的单位，人家早把他除名了。那年他五十岁，很难再找到一家称心的单位，只好回家种地。村委研究决定把池塘边上这一亩土地让他无偿种植五年。五年到期后，徐老六赖着不缴，到今年正好十年。

“看看，要不是村里把人家徐老六拽回来，人家这会儿早该退休领到养老金了。”

柱子开始不愿搭理他，马继承真能胡编滥造，要说退休金，地方盐田工人哪来的退休金？他想回顶他，又觉得没必要，头一偏走开了。

“柱子哥，徐老六说通了当年两个村干部出来作证，两个村干部都认承徐老六的话。”有时候马继承晚上跑到柱子家来，带来这样那样不利村委的消息。柱子觉得马继承话里的水分越来越多，要不是他们开荒地靠在一起，他早发逐客令了。

“柱子哥，村委要徐老六补缴五年的承包费，难啊！他执意不交，村委敢去他家里抢啊？徐老六的问题解决不了，村委敢动咱这一档子人吗？”

柱子开始有所觉察，马继承似乎在给他下套。

这天吃过晚饭，邻近胡同里传来一阵叫骂声，是徐老六的声音。听见村主任赵子义一个劲儿喊“大叔”，请他进屋坐，这骂声反倒越发来劲了。不过骂声很快就远了，是徐老六的老伴儿和儿子把他拉走的。柱子赶紧把院门关了，他怕马继承会拿这事来他家造势。

收缴开荒地村委进行得很顺利，虽说还是有一部分人不愿上缴。像马继承一样跟村委讲条件的，还有徐老六这样不论事理的老顽固，可舆论都在谴责这些人。像徐老六，当年虽是为村里出了力，村里可是支付了工资的，凭什么给当年那届村委施压白种池塘边上的菜地？柱子决定明天就去村委把字签了，开荒地如果想继续种下去，村委的政策也很活便，开荒户有优先承包权，那就签下十年的合同。他和马继承事先的盟约，要让村委给予三万元的补偿费，看起来根本就不合事理。明天他做做马继承的工作，不要再跟村委作梗了。

四

偏偏一大早村主任赵子义找上来，柱子正准备去花生地查看老鼠夹子。夜里有老鼠经常被夹住小腿，不及时查看老鼠就容易逃脱。正好门开了，赵子义跟柱子站了个对面。赵子义的脸上说不准是笑还是苦恼。

“柱子哥，你是个明事理的人，还是去村委签了吧，可不要拖别人后退，人家可是在看着你呀……”

这半截话可是话里有话，柱子猜不透这话里到底啥意思。他本来就打算着今天去签字，看着赵子义为难地低下头转动了半圈，柱子忽然觉得先把事情弄清楚才好。赵子义没再说什么就走了，柱子也退回家，他无心情再去查看老鼠夹子了。

今天等到太阳落下山柱子才收工，他浑身疲乏，一整天脑袋发胀，说不出的难受。来到村口，一个黑影子从路旁槐树下跳到了他跟前，吓了他一跳。是马继承，一定隐在树下等他好久了。“柱子哥，别人尽管向村委缴械，咱可不能啊？扛到底保准能得到好处。”柱子马上猜到马继承等他肯定不会这么简单，这架势看着让人烦气。他只管往前走，马继承在前面倒退着说：“咱三万元补偿费得不到，一万也行啊，总比一分钱不给强吧！”

柱子本想劝说他几句，要他明天一块儿去村委把字签了，看着马继承的样子，柱子觉得没必要再说。

“柱子哥，你灰心可不行……走，咱哥俩去农家小院喝杯去？”一提农家酒院柱子来了气，他差一点说出这句话：要喝你自己去，明天我可要去村委签字了。

“柱子哥你停下，停下我跟你说。”马继承环顾一下四周，显得神秘，“柱子哥，你看这样行不行？咱去联盟一下徐老六和几个不肯签字的，人多声势大。还有，忙完秋收秋种上边就给咱村修路，这可是国家拨款，咱硬是不肯上缴开荒地，路就没法子修，村委肯定让步，我看这样行！”

好一个马继承！竟有这样的馊主意。“我不干，要去你自己去！”说完柱子还是气不过，又提高了嗓门，“你自己去吧，拘留所里给你留着床铺呢。”

马继承嘿嘿一笑，突然弯腰拾起一块砖头，做了一个投掷动作，“柱子哥，你和赵子义就间隔两条胡同，夜里隐在暗处给他一下子，又不会害他性命，保准收缴开荒地的事停搁下来。”

“什么什么？”柱子本要卡住他的脖子，却是用力推了他一把，“什么意思？——”

“柱子哥，开个玩笑吗，犯法的事咱可不做。”马继承见柱子盯着他不放，“开个玩笑，开个玩笑……”转身朝自家方向走去。柱子盯着马继承的背影，忽然什么都明白了，这种人总是人前一套，背后一套，为了私利，总在村委大好的决定里面搅合，就连国家给村里修路的钱也敢动歪脑筋，简直是人渣。他想起早上赵子义那句半截话，不由一股火气冲上脑门。他朝着马继承的方向追去，也就十几步又停下来，他想起马继承老婆心脏不好，春上刚放了“支架”，不能在他家闹腾。稍一停顿后，又觉得跟这种人不值得生气，简直就不值得！

晚上，柱子躺在床上想，赵子义上任后为村里做了不少好事，却总有少数人背地里作梗，为啥呢？思来想去，觉得很像地里的庄稼，再饱满的麦子也会有麸渣，而这些麸渣在人们眼里是可留也可弃的，左右不了大局。想到这，柱子觉得浑身松快起来。

第二天柱子吃过早饭，就急着去村委把字签了。

瓜园与孩子

一

滩河流到村前突然一个急转弯，一甩身向东流去。滩河很古老，起源于何年代没人说得清，明子爷爷说他的太爷爷小时候就在河里摸鱼捉蟹。就因为河水四季流淌，方便庄稼浇灌，才有了人家在河边定居，后来人多了，就形成了村子，村名就叫滩河村。

也是因为河水，两岸大多是菜地瓜园。村前转弯处形成了一个大水泊，岸上土质良好，最适合种菜种瓜，我们队上的瓜园就在这处。

那年明子七岁我六岁，明子要我喊他哥。喊他哥本没错，我却偏偏喊他明子。喊他哥他就神气，说弟弟要服从哥，听哥指令，就连到什么地方玩耍都要听他的。唏！他连村口的枣树都攀不上去，都是我在树上摘枣，他在下面捡拾。他爷爷看管队里的瓜园，他自己不敢去，非要我做伴才行。他看见路旁那几堆坟头就怕，其中一个坟堆上露着一个黑洞，是狐狸的窝口，他怕死人从里面跑出来。路边一溜棉槐林他也怕，他说有一次跟爷爷路过听到里面有很大的响动，爷爷说里面藏着专吃小孩的野兽。说白了爷爷就是怕他一个人乱跑，棉槐林那边是滩河，怕他下河洗澡，说了那些唬人的话他也信。

每次去瓜园，明子妈妈都要嘱咐我们一番：只管顺着小路走，不要偷偷去滩河，不听话以后就甭想去瓜园。我们顺口答应着，心早飞到了瓜园去，两只小手扯在一起，一路欢蹦。小路很窄，弯弯曲曲，两边的棉花跟我们一般高。看到那几堆坟头，我们就加快步子，那个黑黑的洞口不光明子害怕，我也怕。直到望见了瓜棚，我们才放缓脚步，身心放松下来。

“爷爷，爷爷！”明子大声呼喊。瓜地里慢慢站起一个驼背老人，望着我们跑来的方向。路边一棵大柳树去年被人锯掉，今年生出了好多枝条，等我们从枝条下钻出来，老人一边呵呵笑，一边转身朝瓜棚走。

“吃瓜吃瓜！”明子急着性子嚷。

西瓜地好大一片，一个个圆圆的西瓜像大黑珠子点布在地里，叶子都盖不住，瓜妞和未膨大成型的西瓜就藏在叶子下面。瓜园不光有西瓜，还有面瓜、甜瓜，那种圆圆的像鹅蛋大小的脆瓜长在一起，像被人特意堆起来似的。它们的叶子各不相同，一眼就能分辨。我多么想走进瓜地，自己挑选中意的瓜。明子爷爷不让，就连明子也不许踏进去半步。要吃瓜，明子爷爷早就准备好了，从床铺下滚出一个西瓜，都是特别挑选的。刀一碰，大瓜立马裂开几条缝，红瓤水流出来。我和明子每人抢一块，味儿那个甜，水从指缝间往下流，黑籽沾在脸上，肚子很快就圆了。这时明子就指令我，要我把瓜皮拾到篮子里，再倒进瓜园旁的小水沟里。我很情愿，在瓜园明子说啥我听啥。

管理瓜园的有两个人，明子爷爷和一个黑黑的大高个儿。黑大个儿成天板着脸，看人眼睛往上翻。他不守夜，地里活儿多的时候才来，从不和明子爷爷一起做活，两人好像合不来。这几天瓜园边上的大葱需要培土，他就在那边做活。等我们吃完瓜，他再慢慢走来，我们吃剩的瓜放在那儿，他偏偏去地里自己摘。

黑大个儿来到瓜棚下，明子爷爷就起身下地，临走不忘警告我们几句，不要乱跑，只在瓜棚下玩。我俩装出很听话的样子，起初坐在床上，一会儿就开始不老实。我们相互挠胳肢窝，不停地笑着滚着，床上变得一团糟，被褥滚到下面。累了，再翘起屁股朝胯下望。从胯下看到的世界变了样子，凉棚下悬吊着的几个葫芦这会儿掉了个儿，变得上面粗下头细。葫芦很重，用草绳编成网袋兜吊着。

太阳照射进瓜棚里，只照到葫芦下端，葫芦变成了两种颜色，下端明晃晃，上端暗绿色。一只苍蝇在一颗葫芦上爬动，可能觅食无果，很快飞走了。一会儿一只蜻蜓飞过来，停在半空嗅一嗅，也扇动着翅膀飞走了。

一只芦苇编制的小笼儿挂在几个葫芦中间，里面的蝈蝈抱着一片草叶，像是睡着了。蝈蝈尾巴上长着一根长长的针，是只雌的，不会叫。明子爷爷说，谁能捉只雄的，就送他这只小笼儿和里面的蝈蝈。我跟明子都好兴奋，到现在谁也没捉到过会唱歌的蝈蝈。瓜园不远处有片豆子地，里面蝈蝈多，经常叫声一片。明子爷爷不让去，豆子地下面就是滩河。

明子爷爷编一只小笼儿真容易。从河里割来几根芦苇，用脚踩扁，拿镰刀一劈两半，三五下就编成了。我多希望有一只小笼儿，里面装着会叫的蝈蝈，挂在院子里的枣树下，我会每天采草叶细心地喂它，听它动听地歌唱。于是，我尽力讨好明子爷爷，时刻留意着路旁的草丛，希望能够发现一只。

那天我跟明子正比赛翻跟头。“吱吱”，一旁的瓜地传来蝈蝈的叫声。我们立马静下来，寻着声音望去，一只蝈蝈挂在一根从瓜叶下钻出来的草梗上，肚子一鼓一缩地在唱歌。“腾”一声，我们同时滚下床，扑进瓜地里。怪了，蝈蝈不见了，到底藏到哪片叶子下了？我们“疯”了，开始用脚扫荡叶子，几个大大小小的瓜露出来，没有蝈蝈。蝈蝈很狡猾，我们确定它没有逃走，继续翻踏瓜叶子。

“欠揍！翻腾个啥？”明子爷爷又气又急，扔下锄头朝瓜棚冲来。我们才明白犯下了大错，慌忙往外跑。不巧踩到一个西瓜上，一闪滑，结结实实被摔倒在地上，头撞进床铺下。没伤着，双手却扑到了盛水的瓦罐上。糟了，瓦罐破了，水流了一地。

我吓哭了，望着奔过来的明子爷爷，心咚咚乱跳。

“好啊！小捣蛋鬼，明天拿只瓦罐赔我们！”黑大个儿原来在瓜棚一侧乘凉休息，这会儿站起来，指着我一步步逼近。我就一步步往后退。可能望见了黑大个儿，明子爷爷停下来了，这时冲我俩喊：

“天不早了，回家吧。”我跟明子转身惶惶地跑开了。

第二天，离瓜棚老远我就停下来，明子一个人跑了过去。瓜棚下坐着明子爷爷和黑大个儿，我害怕黑大个儿要我赔瓦罐，不敢过去。明子在瓜棚下举起西瓜招呼我，我还是不动。明子跑过来使劲拽我，我才怯怯地随了去。两个看瓜人只顾吃西瓜，我到了跟前，黑大个儿翻我一眼，并没有提赔瓦罐的事，低头又吃起来。我发现床铺下又有一只新瓦罐，里面盛满了水，一探头，影子照在了里面。

渴了就吃瓜，有时候越吃反倒越渴，就要喝瓦罐里的水。这水是从滩河提来的。滩河两边长满了芦苇，中间流淌的水是清的，边上的芦苇叶子泡在水里，水变成了暗红色，有芦根味儿，喝起来却很甜。

二

连着几天，明子爷爷下地前先到一处地方停下来，饶有兴趣地打量一个黑皮西瓜。这个西瓜又黑又大，黑得发亮。有时候黑大个儿也围上去，两人低声交谈着什么，显然都对这个瓜产生了兴趣。谈着谈着，黑大个儿嘴角翘一下，表情温和起来，走的时候还回头看上几眼。因了这个瓜，两人突然亲近了。

过了几天这个西瓜不见了，明子爷爷再也不到那地方去。我问明子西瓜哪去了，明子神采起来，得意地冲我一乐。看来他知道那西瓜的去向，只是不愿跟我讲。不就是一个西瓜吗，我最关心的是捉到能唱歌的蝈蝈，那样明子爷爷就送我小笼儿了。

瓜园里没活儿可做，黑大个儿就不来。那天我听到黑大个儿在骂：“娘的，活儿做完就让我回队去，活儿多了就让我来，我他妈的是后娘养的！”黑大个儿对队长不满，他就怠工，一天的活儿两天做。他经常悠闲地背着手在田埂上漫步，嘴里哼着歌：“大辫子甩三甩，一甩就到弥河涯……”我跟明子冲他笑。他不唱了，故意把身子摇晃几下：“鬼子兵真可恨，又放火来又抓人……”那样子实在滑稽可笑，我跟明子哈哈大笑。他理也不理，继续摇晃着朝前走。

有几次明子爷爷突然盯住我，使着唬人的眼神："队上的瓜不能白吃，要付钱的，回家跟你妈要钱去。"我为难地看着明子，心里说明子也是白吃队里的西瓜，而且经常有人来吃瓜，明子爷爷平时从不提钱的事，我可是明子的伴儿，离开我明子不敢来瓜园。明子爷爷说完这些话，严重的神色马上松弛下来，嘴角一乐，我知道是吓我玩的。

明子爷爷这样唬我多是黑大个儿不在的时候。赶上夜里露水大，瓜叶和野草上挂着晶莹的露珠，明子爷爷就说，等会儿再吃瓜，先跟我去草沟捉蚂蚱去。明子爷爷扫我一眼，再鼓动说，要是捉到雄蝈蝈就送你小笼儿。我知道草沟里只有二蹦子、老勺、飞蝗这类蚂蚱，就问要是捉不到雄蝈蝈呢？明子爷爷说，只要蚂蚱捉多了，就给你编只小笼儿。

我捉蚂蚱非常卖力，裤筒被露水打湿，很凉，依然在草沟里面蹚个不停。蚂蚱翅膀沾上露水就懒得动，发现了用手一捂，保准能捉住，不过要小心别被草针扎伤。老勺个头大，孕着卵的肚子鼓胀胀的，这种蚂蚱最好吃。不过这种蚂蚱善于伪装自己，绿颜色的就伏在青草叶上，身上带条纹的蚂蚱专找枯黄的叶子，如果不细心很难发现。

明子跟在我身后，一步一试探，他怕露水打湿裤子。我连着捉了几个二蹦子，他一只蚂蚱也没捉到。我一把攥住一只肥大的老勺，举着手送到明子爷爷跟前。明子爷爷很欣赏我，拍拍我的脑袋。我抬起脸盯着他看，希望他说"待会儿给你编个小笼儿"。明子爷爷只管用草梗穿蚂蚱，根本不理会我的意思。

草深的地方我也敢去，明子不敢，他怕里面有蛇，会突然缠住双脚。其实我也怕，但我要表现出勇敢，讨明子爷爷欢心，希望能得到一只小笼儿。

太阳升起来，露水不见了，蚂蚱变得活跃。离你很近，手还没触到，它翅膀一展飞走了。二蹦子没有翅膀，却不停地弹跳，惹得你身子一抬一哈，费了半天劲它还是跑了。飞蝗就更欢，一展翅从这边能飞到瓜园那端，翅膀下还发出“喳喳”的声响。

明子爷爷喊一声“回瓜棚去”，我们从草丛跳上田埂，早累得满脸通红。明子爷爷打量着几串蚂蚱，很满意的样子。我敢说一半的蚂蚱都是我捉的，应该给我编只小笼儿了。明子爷爷只关心收获的蚂蚱，小笼儿的事提都没提。

在瓜棚下吃完瓜，明子爷爷就给蚂蚱撕翅膀，再拿刀一只一只剁细，放进一个瓷盆里，上面撒点盐，蒙上一块纱布，放到太阳底下发酵。等过些日子，瓷盆里膨胀起来，颜色变红，蚂蚱酱就做成了。明子爷爷一年做好多蚂蚱酱，明子家早饭晚饭都有蚂蚱酱吃。

明子爷爷剁酱的时候嫌我们围着他转来转去，溅起的酱沫迸到我们身上，明子还不时用手指点，就吼道，到那边玩去，摘酸枣去。我俩都愿意摘酸枣，蹦蹦跳跳朝一个土坑跑去，明子爷爷平时不准我们去。土坑边上长着几棵酸枣树，枣子很小，尖尖的，又酸又甜，现在就树梢上还剩几十颗枣子。明子不敢爬树，自然是我攀上去摘，他在下面捡拾。

酸枣树针刺很多，树枝密实，我十分小心了，手还是被扎了几下。每摘一颗都很费力，明子捡起枣子并不攒着等我一块儿吃，熟透的先放进自己嘴里去。

“吱吱”，蝈蝈的叫声！另一棵酸枣树上伏着一只蝈蝈，好像没有察觉到我们，“吱吱”……

我紧忙下树，谁知明子三跳两蹿先攀了上去，一把摁住了蝈蝈。原来他爬树比我灵活！

看到明子捉住了蝈蝈，我怔在了原地。明子反倒咧开大嘴呵呵乐，把蝈蝈举到我眼前显摆。我失落极了，明子说他不会爬树，原来是骗我。我真想一把夺过蝈蝈，可我不敢，得罪了明子，他爷爷会生气，就不会给我编小笼儿。我消极地跟在开心自得的明子身后，顺手采了几根芦苇。

明子突然叫起来，他两个指头紧紧捏住蝈蝈的头，这会儿蝈蝈不动了，嘴里流出了血。蝈蝈的血是橙色的，从两颗龇着的大牙间往外流，两只大腿不时颤动一下，快要死了。

明子哭起来，伤心地递给他爷爷看。他爷爷批评他为啥捏头，干吗不攥翅膀。明子越发伤心，他说开始就攥住翅膀，蝈蝈回头咬他，才捏住它的头。“哇！”明子大哭起来。

明子爷爷把蝈蝈扔到一旁，要准备剁酱了。我突然把芦苇亮给明子爷爷，他瞪了我一眼，夺过芦苇摔到地上，再用脚侧踹到一边。“旱地里芦苇不行，只有滩河里的才行。”明子爷爷脸色很难看，跟刚才捉蚂蚱时大不一样。

明子难过地趴在床铺上抽泣，一会儿睡着了。明子爷爷开始背靠着床铺抽烟，一根接着一根，好像跟谁生气。我悄悄退到瓜棚后面，猫着腰下到小草沟里，一阵冲刺跑进滩河。滩河里的芦苇密不透风，我折断几根，觉得跟酸枣树那边的没有什么两样。我快速跑回瓜棚，这回我取来了滩河里的芦苇，想看明子爷爷说个啥。

“你下滩河啦？谁让你去的！”明子爷爷站起来，样子太凶了！我吓得张大嘴巴，明子爷爷真是一个琢磨不透的老人。明子醒了，爷爷又冲他吼，都回家吧，下午不要来，队上要来摘瓜。

每次队里来摘瓜，队长也跟着，明子爷爷小心翼翼地跟在队长身边。我们猜不透为什么，却知道床铺下会藏下几个西瓜。地里熟透的瓜摘光了，第二天我们照样能吃到好瓜。

三

滩河浅水区不光生长芦苇，还生长一种水草。这种水草非常柔软，拉力也强，是拧制草绳的好材料。夏天收割小麦，麦个子多是用这种草绳捆绑的。明子爷爷经常下到滩河割水草，临走前不忘警告我们一番，不准到瓜地里乱跑。有时候明子爷爷会突然从滩河下探出头来，望见我们老老实实坐在瓜棚下，就放心地缩回去。我们想到瓜地里走一走，就怕他突然冒出头来。

有一次明子悄悄走进了瓜地，蹲下身拍拍这个西瓜，弹弹那个西瓜，俨然一个老瓜农的派头。突然明子叫了一声，抱起一个又黑又圆的西瓜，他说这个西瓜一定特别甜，跟爷爷那晚上带回家的西瓜一模一样。瓜棚下明子用刀轻轻一划，没有开裂，奇怪！再用力，西瓜表皮只留下浅浅的一条缝。明子火了，抡圆了刀劈下去，瓜开了，瓤是白的，籽都还没成型。明子傻眼了，转身去瓜地又抱回一个，还是白白的瓤。明子爷爷摘瓜的时候看着很随意，切开都是红沙瓤，到底生熟怎样判定？

明子不服气，一连抱回好几个西瓜，稍熟点的只是中间微微发红。有一次仓乱中被瓜妞绊了一个趔趄，气得明子回转身猛一踢，瓜妞腾起来，瓜蔓也被带到空中，这片瓜地很快被糟蹋得一片狼藉。总算找到一个红瓤的，劈成两半，这下明子终于笑了。我们一人一半，一手托着，一手掏着吃，这种吃法我们觉得有趣，边吃边打闹，嘻嘻哈哈，相互把籽吐到对方脸上。明子掰下一块瓜皮照着一个西瓜砸去，不偏不倚正好击中，明子喊一声，看老子手法多准！肚子圆了，我们把瓜皮扣在头上，一边敲着，一边迈起大跨步，我们学着老太太敲打瓦盆底哄小孩子那样唱着："小板凳，弯弯爪，娶了个媳妇不算好，也拉下，也尿下，打个光棍不要她……"我去敲明子头上的瓜皮，让他做媳妇，谁愿意做邋遢的媳妇。明子反过来敲打我头上的瓜皮，我们嬉笑打闹，这是在瓜园最快活的时刻。

耍了一阵后，憋不住了，褪下裤子就地撒起尿来。明子偏偏往一畦香菜里撒，香菜被浇得东歪西摇。突然身后传来一声大喝，明子爷爷不知啥时到了跟前，这时两眼紧紧盯住我。干吗只盯住我不放？我吓得张大嘴巴，尿撒了一半停住。他的样子让人发颤，我想说瓜地是明子糟蹋的，香菜畦里也是明子撒的尿，他刚才肯定看到了，为啥冲我凶？

突然，明子上前冲着他爷爷撒起尿来，身子一摆一抡。明子爷爷来不及躲闪，一些尿落到了脚上，不但没有生气反而笑起来。明子尿完了，一手提裤子，跳起来够他爷爷的胡子。明子爷爷这次哈哈大笑起来，点着明子的头：“小捣蛋，该给你戴上笼绳了！明年进学房，还能由着你？”

队里的马驹大点了就要戴上笼绳，用一根绳子牵着，明子爷爷把我们看成了马驹。要说进学房我倒是愿意，从教室窗口望进去，坐在里面听课的孩子让我羡慕好久了。我现在还羡慕明子，他有个宠他、惯他的爷爷。妈妈说，我出生前爷爷奶奶就去世了，都是饿死的。

明子爷爷高兴的时候会哼几声京剧：“李艳妃坐宫殿自思自叹，想起了当年事好不凄惨……”唱词很悲戚，唱的人却很快活。人还在滩河里，声音就传出来。一定是收获了很多水草，有时是边晾晒水草边唱的。

有一次明子接着爷爷的声音唱，他可不会唱京戏，模仿着大街上乞讨老人的样子：“婶子大娘们，哥哥嫂子们，帮助我块干粮，我找不上门……”乞讨词悲戚可怜，明子却是伴着笑声喊的。

“胡喊个啥？好样的不学偏学叫花子！”声音很严厉。明子赶紧打住。

如果明子爷爷站在河边冲我们喊，边喊边急急招手，这是引水沟里发现鱼群了。我们赶紧朝滩河跑去，跑到一段篱笆前，明子停下来让我头前走。树枝架成的篱笆上爬满了扁豆蔓子，开着一片小红花。一条绿蛇经常盘在蔓子上。我也怕蛇，可明子的话我不能不听，铆足了劲快速冲过去，明子在后面迟疑好一会儿，吓得张大嘴巴，脸都红了，一弹一蹦地奔过来，好像真有蛇从后面追上来。

滩河岸上有一口水井，天旱的时候队里就牵来一头牛，用布蒙上眼睛，牛不急不缓地围着井台转。井台上挂着一个铁齿轮，牛拉着齿轮转动，铁链从下面带上水来，瓜园就靠这口水井浇灌。滩河水和井台有段距离，必须挖条引水沟。如果鱼游进引水沟，把进水口封住了，里面的鱼就很容易捉到，但需要有人配合。明子爷爷捕鱼时离开我们不行。

引水沟的水很清，一眼能望见底，还能看清鱼，鱼也能看到人。

鱼在水里很灵动，捕捉起来非常困难。每次我抓起一块坷垃，对准鱼群砸进去。水浑了，惊慌的鱼就往沟里钻，鱼以为安全了，其实正中计。明子爷爷这时候拿着网具照浑水推下去，每网必有收获。鱼在网里乱蹦乱跳，我和明子乐得直拍手，爷爷也呵呵乐，把鱼倒进水桶里，每次都是满满一桶。这时候我就想，这么多鱼应该送我几条，不送鱼也该给我编小笼儿了。

有一次我们捉鱼正起劲，瓜棚那边有人喊，“是队长！”明子爷爷慌了，扔下网具，要我们蹲着别动，更不能下河洗澡。我们也怕队长，心怦怦乱跳，就听见队长训斥明子爷爷：“说好的今天来摘瓜，你跑哪去了？”我们蹲到半晌，热得额头冒出汗来，真想吃一块西瓜。最后听到马车走远了，我们才上岸来。

西瓜摘了一茬又一茬，叶子渐渐发黄，梗也枯了，再也吃不到爽甜可口的西瓜。明子爷爷允许我们走进瓜地，我们在瓜地里乱奔乱跑，偶尔找到拇指般大的脆瓜，太难吃了。秋风凉了，我也穿上了夹袄。

黑大个儿好长时间没来瓜园，今天来了，脸色沉重。他跟明子爷爷讲了些什么，明子爷爷扫视了一遍瓜园，脸色沉郁起来，嘴里不停地喃喃：“多好的土质，咋就要种粮食！”原来队里决定从明年起取消瓜园，大力发展粮食生产。明子爷爷管理瓜园十多年了，村里人都喊他“老瓜农”。

我心里也怅怅然。瓜园里的日子竟是我童年最美好的记忆。在那个物质匮乏的时代，一年甚至吃不到一个苹果。看到集市上有卖西瓜的，也只能咽口水。这时，就想起这片瓜园来。

瓜蔓清理后就要播种小麦。明子爷爷开始忙着收拾东西，瓜棚要拆掉，床铺搬回家。

我发现一团西瓜藤缠绕在一起，用脚一踢，感觉里面有个硬东西，我刚要拆开看，明子爷爷远远地喝住我，原来他早注意我了。明子跑过来把我推开。他们爷孙俩好像知道里面的秘密。

“吱吱”，蝈蝈的叫声！一只蝈蝈就伏在脚下一根草梗上，肚子一鼓一缩，叫声很低沉。深秋了，蝈蝈看上去疲乏无力。终于找到雄蝈蝈了！本以为轻轻一捂就能捉住，哪想它感知能力还很强，未等手触到就腾空飞起。它一飞一落，我一直追到滩河下。它虽藏到一叶芦苇后面，也难逃我的眼睛，我一把攥住芦苇叶，终于捉到了！我折断几棵芦苇，心想这回明子爷爷一定给我编小笼儿了。

爷孙俩正忙着往独轮车上装东西，明子爷爷撑开一只袋子，明子把一个西瓜放进去。听到我的跑步声，明子爷爷紧忙把袋口封好。

“爷爷，我捉了一只雄蝈蝈，给我编只小笼儿。”我把芦苇递过去。

明子爷爷一愣，仿佛明白了什么。“现在深秋了，还编笼子干啥？蝈蝈叫不了几天啦，”明子爷爷望着我，脸上有些愧疚，声音很轻和，“等明年吧，明年一定给你编只好看的小笼儿！”

“明年？明年没有瓜园了，你不知道？”我突然好委屈，用手指给明子爷爷看。我手指的方向有人正在套牲口，马上要开犁翻耕了。

明子爷爷挠一下头皮，突然抬头看上瓜棚架，抬手摘下了葫芦旁那只小笼儿，里面的蝈蝈早死了，笼儿变了形。明子爷爷捏了几下，样子好看多了。“这只小笼儿送你吧，明年爷爷一定给你编只新的。”

快晌午了，秋天的太阳依然很热。明子爷爷把东西装上独轮车，还剩两颗葫芦装不下了，他让我俩每人抱一只回家。葫芦熟了，很轻，摇一摇里面的籽沙沙响。

地窝子

要问寿北地区有多少盐田，当地人十有八九会说：不知道！要问这些盐田一年产多少盐，当地人一定会惊讶地张大嘴巴：哪谁说得清啊！每年农历四月是盐的收获季，像小山一般的盐坨望不到边，如果用“吨”做单位，那也该是一个天文数字。如果你问为何有这么多盐田，每个寿北人都回答得爽快气壮：这地方是大海潮汐潮落千百年来淤积成的土地，地下卤水丰富，有这种资源，寿北人自然会利用。如果你惊叹这浩大的工程是如何完成的，告诉你，大多是二十世纪八十年代当地民工修成的，靠的是人海战。要问民工工资是多少，一分钱没有！当年无数民工吃在这儿，住在这儿，吃的是窝头，住的是地窝子。

我家乡的人们，管这地方叫北大洼。何为“洼”，洼即低处，三五年一遇的海潮会漫过这里，把这儿变成一片汪洋。它在村子北方，面积广袤，故称北大洼。

如果不讲究宽敞明亮，不图华丽坚固，能坐下吃饭，躺下睡觉，像动物的窝能挡风遮雨就行，其实人搭建这样一个“窝”更容易。先挖一个长方形的坑，半米深，把土傍在四围，拍实，再把一根根竹片弯成拱形，插在两边的土里，在竹架上搭一块床单，再盖一块塑料布，用绳子把塑料布和竹片勒紧，上面压些枯草，窝就做好了。

我们那一代北大洼人，差不多都住过这种“窝”，我们叫它地窝子。

地窝子里铺上干草，干草上盖一条线毯，放上被褥，就变成了床的样子。搭建这样一个地窝子只需一个多小时，首先材料提前准备好：竹片多长，需要几根，床单和塑料布就要相应准备多大。那年月修路筑坝，滩涂建造盐田，一个青壮劳力一年要出近百个义务工，一次十天半个月不等，人人都熟练了搭建地窝子。

秋天收完玉米，播种上小麦，就要启程去四十里外的盐碱滩修建盐田，一直干到腊月中旬。过了春节，正月初十就要动身，等到小麦返青再撤回。我们村三千多口人，青壮劳力几百号，一路上队伍延绵好几里。后来有人开始用自行车倒拖着独轮车，刚骑上车子浑身乱摆乱晃，行上一段路就平稳了。到后来年轻人还在路上飙车，真是好车技。

刚到一处工地，闹闹嚷嚷的人群先忙着搭建地窝子，于是很快平展展的荒草地上凸起了无数个塑料包。各生产队的伙夫埋好锅灶，挖好一个圆坑，把锅放上去，来回蹭动几下，铁锅和地面就严丝合缝，不佩服不行，如果不是练久了，这样的技术练不成。土坯砌成的烟囱有一米多高，灶膛里一着火，缕缕炊烟升起来，在空中集成灰云，马上有了生活的气息。

村庄最初形成大概就是这样子吧。“起床了，起床了！”早上队长的叫班声高一声低一声。十几个队长，声音各不相同，有的急促，有的轻缓，声调拉得很长，被风吹得忽近忽远，此起彼伏，像极了早上村里的鸡叫声。一个个地窝子口塑料布一撩，一个个黑头顶猫着腰拱出来，像一个个出窝觅食的地鼠。

头一探，浑身先是一哆嗦，地窝子里面和外面温差很大，冷风夹着雪粒大小的碱粒，打在脸上生疼。灶膛前伙夫还在不停续柴草，干粮馏透后火也不能停，要保持好温度。有人来，伙夫就把锅盖揭开一道缝，一股白白的热气腾起来，乱摇乱摆。来人用手扇着热气，努力辨认自己的干粮。伙夫还不时提醒：“看好，别认错了。”经常有人认错干粮，也有人是故意的，留下自己的高粱窝头，抓走别人的玉米卷子，经常闹得不快。

这时候太阳还没升起，东方已经开始泛白。取上干粮的人们夹着身子快速钻进地窝子，很像偷足了粮食仓惶逃进洞里的地鼠。

很快，地窝子里的人又一个个钻出来，缩着脖子，两手抱在胸前，向着工地走去。工地就在附近。

一付盐田长一公里不等，一端往另一端水平线慢慢升高，保持卤水朝一端流淌的地形。结晶池处就要下挖，把土运到另一端筑坝上垫。说起来容易，其实工序烦琐，顺水沟，池底抹平，全靠人工来完成。单说一推车土，重量四五百斤，来回两公里，一天要推几十趟。在家乡，不管是红壤土地，还是白土和红壤土混合的土地，即使被翻耕过，只要独轮车碾过几次，路基就能变得硬实。这里不一样，土地表层是盐渍，下面是海沙，生长黄须草的地方还算硬实，碾过几次后，便开始松散，车辙印很深。你想省力顺着车辙走，更不行，越是车辙印深的地方越费力，沙子永远压不实。只有另辟路径，但哪还有没被车轮碾过的地方，整个工地全是松软的沙土。弓着腰，两手握紧车把还不够，还要在脖子上压上一根绳襻，肩膀和两手一同用力，两脚蹬在沙子上，还要小心着别滑一跤，保持好独轮车的平衡。

如果是逆风，脸则要承受迎面吹来的碱粒，还有土篓上刮起的尘沙。特别是春季，土壤水分含量少，一经风就变成尘土。顺风行走自然轻快些，腰弯时就要当心，说不准刮来一阵旋风，把衣服鼓胀开来，冰冷的风裹着尘沙钻进来，渗出汗水的脊背沾住碱粒，浑身一个透凉，那才叫难受。一天下来，脸上沾满一层沙粒，只能用湿毛巾擦一擦。早上起来也只擦几把眼睛，淡水是从村里运来的，定量用，更别谈洗上一个热水澡了。内衣被汗水湿透了，午饭时再被身体烘干，干了再湿透，谁也没有那么多衣服替换。

北大洼冬春两季经常刮风。在别处，风大可以休息，这儿不行，濒临大海，难得有无风的日子。你用力把独轮车推上坝顶，头一抬，如果没有心理准备，风能把你推个趔趄。经常有人的帽子被吹上天，像断了线的风筝，一会儿朝下栽，很快又升上去，转眼间不见了。

一天下来，浑身累得酸痛，走路都在摇晃。没有星期天，要休息，只能盼着风再大些。等风中不光有碱粒、沙尘，还有泡沫湿湿地打在脸上，舌头一舔苦咸，雪花般的芦花絮也在翻飞。这些迹象表明，天气已经到了人无法承受的程度。泡沫是远处卤池里的水拍打池堰生成的，风把泡沫吹到空中。芦花絮是从小清河岸边的芦苇荡里吹来的，河边的风更大。

“收工喽！”随着一声喊，工地上的人群逃命般地往地窝子赶。卷起的团团尘土把人淹没，人从里面钻出来，像电影里冲出烟雾的士兵。终于休息了！钻地窝子的时候要小心，遮挡窝口的塑料皱褶处会储存水，人朝里拱，水会洒进领口里。土壤潮湿，塑料布下面聚着一层水珠，风一刮，在薄膜下跳动，然后抖落下来。多亏蒙了一张吸水线毯，要不会打湿被褥。线毯用手一攥，水从指缝往外流，如果往地下跺几脚，土就变成泥，地窝子里不潮湿才怪。

北大洼没有树，只有一蓬蓬枯萎的黄须草。听不到尖厉的啸叫，躺在地窝子里，满耳朵是“轰轰”的声响，地都在颤动。如果风从天上直吹下来，地窝子定会被压扁。

风大人能休息，却没有热饭吃。烟囱被吹倒，柴草被伙夫用土块压实，要不会刮得一点儿不剩。啃几顿冷干粮，喝几口凉水无妨，可以用酒驱寒。那几年弥河边上有一家酿酒厂，取名“弥河烧”，几毛钱一斤。酒还可以用高粱壳兑换，家家秋收后的高粱壳都用来换酒。这酒劲头足，五十多度，味道泼，有人另起名字“胡辣”。这酒正适合酒量大下苦力的人群。

土炕上摆放几根咸萝卜条，一小蝶虾酱。没人愿意独饮，人在地窝子里喊，“喝酒喽，谁来？”“我来喽！”有人应着走来，声音就在地窝子口，一下子又被风吹远了。土炕上只能围坐四五个人，立不起身。中间又多了几碟虾酱、萝卜条，有时候还有一个咸鸭蛋，切成几块。没有酒盅，有人用碗喝，也有人对着瓶口吹。几口下去，身子暖了，开始猜拳行令，如果有人连续输拳，引发出一阵阵大笑。

“轰！”大风或许受地形的影响，不知在哪聚起一股气流砸向地窝子，里面的人身子一闪，像防空洞顶落下一颗炸弹，下意识来个躲避姿势。巨大的轰鸣声散了，继续喝。有人喝多了，不停哈哈傻笑，有人忽然放了一个响屁，里面的人相互推搡，笑得前仰后合。

如今面对餐桌上的美酒佳肴，常想起当年地窝子里的情形。那时候民工能享受这种待遇该多好。不知怎的，很是怀念那个时候。到最后地窝子里的人都醉了，你歪躺着，我斜靠着你，压在你身上，睡得真香。

天黑下来，地窝子透出斑斑亮光，从苫着的草缝间透出来，在狂风里瑟瑟发抖。那微弱执着的光亮，似乎在跟大风较劲。这时候走夜路要小心，眼前看似一蓬蒿草，忽然一撮苫草被风吹开一端，亮光透出来，原来是一个地窝子，很容易当成一蓬蒿草踩上去。酒喝多了出来小便，经常对着地窝子撒，也有尿被风吹到地窝子上的，哗哗的响声听着像擂鼓，睡得再酣也会被惊醒。里面的人骂："瞎啊？往哪撒尿？"撒尿人赶紧调转方位，偷偷一乐："怕你渴，送杯茶水让你喝。哈哈……"

狂风大作的夜里，永远不安宁。一会儿风中传来哨子一样的尖叫声，一会儿又变成呼啦呼啦的响声。这是谁的地窝子塑料布被吹破，风从缝里穿过发出的，等声音变沉重了，一定是口子撕大了。你刚好迷迷糊糊睡下，一串清脆急促的金属擦碰声把你惊醒，这是谁的铁饭碗被风吹跑，铁碗从铁锨上擦过发出的。不时还有"哐啷哐啷"的声响，这是谁的推车被风吹得翻滚，又砸在了另一辆推车上面……

那年初冬，我"邻居"是一个刚满十八岁的大孩子，第一次出民夫，还不熟练搭建地窝子。夜里睡得正香，被一阵"霹雳哗啦"声惊醒，什么东西砸在地窝子上。不好！一定出事了。我急忙披衣服钻出来，果然是，这孩子的地窝棚顶被风吹得没了影儿，人还裹在被窝里睡，真是太疲乏了。我把他推醒，大孩子惊恐万状，一双眼睛不知所措，突然"哇"一声大哭起来。我把他让进自己的地窝子，要不大风真能把他埋了。

难得一个好天气。没有风的日子，天蓝蓝的，太阳暖暖的，北大洼像一匹烈马变成了淑女，天地间仿佛一幅辽远安静的画，人在画里，真舒服。工地上人们脱去棉衣，只留一件内衣。红的、蓝的、黄的，肩膀上几乎全打着补丁，还有人露出拐肘。日久不洗，衣服被汗水浸染得已辨不清颜色，布满了油灰。天气好人就快活，干劲足。有人开始亮嗓子：“穿林海，跨雪原……”嗓音破哑，却有一股豪迈无畏的气概，步子也故意迈得铿锵。“气冲霄汉……”最后一个“汉”字是高音，拔不上去了，声音陡然软塌下来，引发一片哄笑。其实远处的人群是听不见的，笑声像浪头一样推过去，整个工地被点燃了。

“刁德一贼流氓……”不知谁憋细了嗓子唱，那时候“流氓”二字实在敏感，“阿庆嫂”倾倒了那一代人，唱词里加有“流氓”二字，更让人觉得有意味。工地上哗然了，男青年扯起喉咙冲天吼叫，姑娘们低头抿嘴偷偷乐。

“呜——”小清河上不时有沉闷的汽笛声传来，是拖船。只望见岸边的芦苇，船被挡得严严实实。汽笛声不尖亮，却极有震撼力，脚下都有震动，能传到十几里外的地方。这声音像一首曲子，正好伴奏北大洼广袤安静的风景。

“五更里明了天，小哥哥……”这是黄调，刚唱一句立马打住。唱歌人做个鬼脸，左右警惕地扫几眼，调皮一笑。年轻人高兴了就唱，但都有忌惮。

“嘎——嘎——”一群大雁从天上飞过，不断变换着队形，叫声不急不缓。看来明天还会是个好天气。如若叫声凄厉急促，飞行匆匆，那一定是要变天。“砰砰！”有人冲天举起铁锨把，用嘴放着空枪。

没有风，北大洼变清晰了。远方能看到几个红点点，那是国营菜央子盐场的红瓦房子。小清河上，不时有白色的东西在芦苇上方来回行动，是帆船。远处腾起一片烟雾，不知是哪个村子的民工刚到工地，开始烧荒，空中有灰烬飘落下来……

工地上忽然有人大喊大叫起来，好多人放下车子，抓起铁锨准备着什么。是一只兔子，一定是从烧荒那地方跑来的，慌乱中闯进了工地。兔子在人群里左窜右跳，行动灵敏，但还是很快被人拍死。捕获者把兔子高高举过头顶，引发一片欢呼声，工地上活跃起来。北大洼兔子多，都躲在两岸的芦苇丛里，如果有土猎枪，一天能猎杀好多只。开饭的时候，肉香从空中飘过来。若要吃上一口很难，几百号人，只有获取兔子的生产队，才吃上点肉，喝点汤。

民工最盼阴雨天。盐碱地的特性，地面稍有雨水，盐渍就会融化，人在上面打滑，更别谈推着几百斤重的独轮车，大家只能休息。北大洼深秋雨水稀少，但每年都下，毛毛细雨一次淅淅沥沥下好几天。灰沉沉的天，像蒙上了一张黑色塑料布。

雨经常在夜里开始下，当被“啪嗒啪嗒”的响声叫醒时，实际上雨已经下了好一会儿。细雨先落在苫草上，攒成了雨点再滴落到塑料布上，才发出响声。塑料布上形成无数道小水流滚下去。

于是，早上再不用担心上工时间，可以安安稳稳睡个懒觉。

雨天遭罪的是伙夫，柴草用塑料布盖了，但人得在露天下烧火。伙夫把雨布一头拴在木棍上，另一头缠在身上，随时调转方位，挡住不定向吹来的斜雨。有时雨布紧贴身上，风向转向，雨布又鼓胀起来，把人带个趔趄，真不容易。

“开饭喽，开饭喽——”伙夫在雨里吆喝，喊声很不耐烦。

没有人取饭，难得休息，睡个够再说。伙夫又喊，像是通牒：“再不取饭我可要回地窝子啦！吃冷饭别怪我。”

好一会儿，听到有人钻出地窝子，这人一定是打了个寒颤，嘴里脱口而出：“好冷，好凉的雨水！”

不知谁在跟伙夫吵，伙夫的嗓门很高：“瞧瞧，这不是你的高粱窝头？干吗抓别人的玉米卷子！”是有人故意拿错干粮，被伙夫揭穿。拿错干粮的民工自知理亏，任由伙夫数落一顿。外面很快静下来，取饭的人不多。

飘飘洒洒的细雨落在地窝子上，轻微的敲打声像催眠的音乐，让人睡得舒服。不知睡了多久，醒来浑身好轻快，疲乏跑个精光，伸几下懒腰，肚子却开始“咕咕”叫。“喝酒喽，还睡？”邻居在喊，边喊边擂地窝子，一阵水滴从顶上落下来。撩开窝口，细雨迎面扑来，大地像罩在了一口铅灰色的锅里。心里开始发愁，干粮所剩不多，回村取干粮的人回不来，看来要挨饿了。管他呢，抓起一瓶酒，拿上仅剩的几根咸萝卜条，撩开邻居的地窝口，惊喜地发现，原来“邻居”冒雨去小清河边掘来了河蟹，在编织袋里窸窸窣窣爬动着。

这种河蟹脚爪长满细细的绒毛，是嘟噜（黄眼蟹）跟河蟹的杂交，个头大，口味不如嘟噜。纯种的嘟噜在小清河下游，下潜也深，掘起来费力，味道更鲜美。这种爪上长毛的河蟹脾气烈，特别是雄性，一不小心被它夹住手指，它绝不松动。你用力一甩，蟹落下来，爪还留在手上。最好用火燎，打火机火苗一蹿，钳子立马松开。

锅里馏着干粮，没法煮河蟹，只能把甲壳揭开，浇上盐水，味道也很鲜美，远比咸萝卜条强。从中午喝到傍晚，听到伙夫又在喊吃饭。喝醉酒的人舌根发硬，骂骂咧咧冲着外面嚷：“喊个啥？吃不吃饭关你屁事！”

伙夫心烦，雨天做饭难，干柴烧完，就要去几里外的盐田背回废弃的芦苇苫，一趟下来累得气喘吁吁，听到醉酒声就骂：“天生属驴的，卸了套就闲得筋痒痒，赶明儿给你戴上牛车套，拉一整天车，看你还张狂！”

不喝酒的民工就打扑克。地窝子各种样式，有单人住的，也有四五个人住一起的。大的地窝子人在里面能站立，顶上用木棒架起，上面铺了玉米秸秆，再盖上塑料布，像冬天储存萝卜白菜的地窖。本来睡四五人的空间，一下子挤进十几个人，中间四人打扑克，其余的人围观。每人叼一支“大喇叭”，地窝子口像一口烟囱，烟雾翻涌着往外冒。赌资是几分钱一包的“勤俭”牌香烟，几根香烟，你赢来我输去。谁赢了，一旁的“友人”会得到一支。人群一会儿大笑，一会儿唏嘘，一副扑克牵动着每个人的神经。

现在的你还敢在浓重的烟雾里笑出声来？恐怕气都不能喘。那时候年轻，年轻真好！

记得有一年刚进腊月，早上醒来，发觉地窝子里白亮起来。抬手朝顶上一戳，有白色的晶体顺着塑料布下滑，雪！隔一会儿再戳，又有雪抖落下去，雪好大！身子动几下探出被窝，撩起窝口的塑料布，眼前的世界白了。雪地上有两趟老鼠脚印，一趟深一趟浅，可能觅食无果返回的。没有风，大片的雪花还在垂直飘落。远处，地窝子变成了一个个小雪包，几年没见到这样的大雪了！

不知谁喊了一声："下雪喽！"随后无数个声音一齐叫喊："下雪喽！下雪喽……""北风吹，雪花飘……"有人开始唱。不知谁突然喊了声："不好，我的地窝子压塌了！"人们纷纷钻出来，才想起地窝子不能负重太大，忙开始清扫上面的积雪。

"收拾铺盖，拆地窝子回家。"村干部在地窝子间来回喊话。雪这样厚，十天半个月不能动工，只有回撤。"吃过早饭再走吧，空着肚子怎好走？"有人提议。村干部很恼怒，冲着声音吼："雪没到脚腕了，哪还能做饭？"

几百号人慌忙动手，拆除比搭建快，一会儿工夫，铺盖和搭建地窝子的物品都装上了独轮车。这时候东北风开始吼叫，正好送我们回家。每人后背很快挂满一层雪。雪厚，前面的人行走吃力，过一会儿自动闪到一边，另有人走到前头来。满世界是风声，刮得纷飞乱撞的雪花，还有踩在雪上杂乱的"嚓嚓"声。有的地方没有路基，坑洼处被雪填平，有人栽进去，雪没过小推车的前梁，多亏人在后面，要不真会发生意外。

泛着盐渍的地方，雪融化得快，人在上面走，雪踩成了冰浆，鞋子、裤脚都湿透了。离家四十多里路，行到一半就累得不行，饥饿难耐。想休息一会儿更不行，站着不动会冻成冰雕。

那些年，正月和秋冬出夫（出工），成了北大洼人生活的程式，竟没人有怨言、提条件。

三十多年过去了，现在的北大洼没有一寸土地闲置。说来奇怪，人老了，经历过的一些惊魂心魄的事情渐渐被淡忘，当年地窝子、工地上一些不经意的事情却越发清晰起来。我们同龄人聚到一起的时候，谈论最多的也是当年的话题。我们谈潮湿的地窝子、裹着尘沙的大风，还谈那次大雪。那次下雪的路上，谁双腿失去知觉，一进家门扑倒在床前，谁连发几天高烧，谁的鼻子留下了后遗症，遇冷风就流鼻涕。共同的感受就是：棉衣棉裤全湿透，外面结了冰，能拧出一盆水。

现在的人不会明白，没有工资，吃住自备，甚至吃不上一顿炒菜的那些日子！不知怎的，却很怀念地窝子，经常梦见睡在里面。我对自己说，如果再出夫，我还去！不为别的，就为感怀逝去的青春岁月，还有当年那代人的精神风貌！

连　任

三年过得好快，转眼新一届村委领导班子又要重新选举了。选举的日期、内容，特别是选民须知，都写在海报上挂贴在公务栏的玻璃框里，从早到晚都有人围着细细阅读。那些行走不便或是不识字的老人，也都把海报内容吃了个透。不光海报，大喇叭里从早到晚也播放个不停——今年换届选举，那就是一个民意，容不得半点贿选行为。跟上届有所不同的是，这届村委班子任期五年。

离选举只有十几天了，选举自然成了最热门的话题，许多人说："李顺这主任算是干到头了，这三年让这小子做害得可不轻！""该下台了，到时候放串鞭炮庆贺庆贺！"村东六十五岁的刘四头在大街上当着许多人说："拆了我临街搭建的房子，没收了我的开荒地，该和这小子清算了！"刘四头用了"清算"二字，可见对李顺的怨气有多大。刘氏在村子里可是望族，人口占了差不多一半，刘四头又是氏族里最有威望的人，红白理事，调解纠纷，儿子分家，大事小事少不得他。选举村主任，他的话可是举足轻重。

村子里的声音很一致：李顺下台！

这声音自然传进了李顺耳朵里，却看不到这位主任状态有何变化。每天照样平静地去村委办公室，平静地回家。近几日还处分了两位村民：一个偷偷把羊群赶到田野吃麦苗，一个垃圾不入箱，随意倒在便道上，喇叭里点了这两个人的名。该是巴结村民的时候了，这李顺真是不怕得罪人。

李顺的媳妇可受不了，大街小巷里议论声不断，有人看到她，还故意把声音抬高。李顺媳妇不敢冲着声音来源看，灰溜溜地回家，把气往李顺头上撒："看你！干了三年村主任，少赚了几万块，人得罪了一大帮，人前我都不敢抬头了！"

李顺只管低着头，自顾择着菜叶子，嘴里不紧不慢地说："得罪人咋了，我按章程办事，心里无愧！落选了，大不了再去干我的老本行，砌一天墙还三百块呢。"

"只干了一届就落选，丢人不？……你不怕丢人我还怕来。"媳妇突然蹲下身，凑到李顺跟前小声说："晚上揣上一条香烟，到刘四头那儿走动一下吧，抽根烟算不上行贿吧？"

"啥？"李顺的脸色严肃起来，紧紧盯着媳妇。媳妇赶忙起身去清洗择好的青菜，她可是知道丈夫的脾气。

这天傍晚，李顺去了承建工程的孙哥家。以前李顺跟着孙哥干了好几年，瓦工活儿，李顺可是一把好手。这迹象表明，李顺自己对下届连任都没信心了，看来准备明年去打工了。

这段时间村子里有两个人活跃起来。一个是倒卖化肥的阿三，一个是跑运输的胡二。听听这名字，有这样起名的吗？当然没有，是外号！阿三这些天从早到晚就在大街上溜达，见人就凑过去，嘻嘻哈哈那个亲热劲儿，送上一根"苏烟"，殷勤地点上。阿三说："老少爷儿们，如果我当选了村主任，哪家临街拆了的房子可以重新搭建，没收的开荒地归还村民，辛辛苦苦开垦的荒地，哪能说没收就没收！"阿三对着刘四头也说："四爷子，要是我当选了村主任，您的开荒地不光归还，拆毁的临街房村里负责搭建。"胡二呢，见人更是亲热地打招呼，这家门出那家门进，跟阿三的口径差不多：强拆的房子可以重建，没收的开荒地归还。这些话无疑说到了许多村民心上了。李顺干村主任这三年，村子里没有消停过，这家骂那家怨，还有老太太堵住他家院门撒泼的。李顺有家回不了，几次睡在了办公桌上。对李顺，村民们有意见，意见也很一致：干吗拆临街搭起的房子，干吗没收开荒地？尽管骂声很多，可李顺还是依照条例把乱建的房子拆了，多占的开荒地没收了。

村子里热闹了。有人开始掂量，选举阿三呢还是胡二？甚至有人酒后断言：村主任非阿三即胡二，二选一。有人去问刘四头："四爷子，选举阿三好还是胡二好？"刘四头倒愣住了，两手捧住额头，一言不语，满脸的愁苦相。

阿三和胡二竞选村主任似乎是板上钉钉的事了。阿三放言："我当选了村主任，村民用化肥我一分利不赚，只收本钱！"胡二说："外地粮价高，我当选了村主任，谁家卖余粮，我免费捎运！"这些"暖人心"的话一出口，反倒惹来了很多骂声："好个阿三！去年卖的复合肥成分含量低，比外村的一袋还贵二十元，赚黑钱！""好个胡二，平时搭你的车都要收费，还能免费捎运……"

再过两天就是选举的日子，村子里反倒显得平静了，让人觉得不正常。选举这天终于到了，村委大院选民满满，投票结果是李顺的名下"正"字摆了好几行，差不多是全票，李顺再次当选！这个结果好像出乎人们的意料，又似乎是在情理之中，看满院子选民开心的笑脸，再听听这些议论声："要不是李顺，家家在大街旁乱搭房子，街道还不被挤成了巷子，咋走路？""要不是李顺，生产路上乱开荒种地，本来宽敞的路，麦收秋收对向的车都错不开……现在多好！"

要不是把散乱的开荒地收上来，规整成大田，统一耕翻播种，统一浇水改良，盐碱地怎会变沃土，村民也不会有额外的收益。村民心里都揣着明白账。

李顺呢，再次当选后还是平平静静的样子。他从不把心情表露在脸上。

雪夜

土炕烧得热，被子虽是单薄，上面压着棉袄棉裤，缩在里面很暖和。母亲摇着纺车，“嗡儿嗡儿”转几圈，棉絮里被抽出一根长线，纺车停顿一下，往后倒转半圈，棉线就缠在一起。纺车再摇，棉絮再生成线……永远这个动作，永远发出这种声音。这是童年的催眠曲，这旋律好温馨。夜里醒了，昏暗的煤油灯下，有摇着纺车的母亲在身边，不害怕。

这一夜，母亲的纺车声时时停断，时时听到房门开启的声音。外面又下大雪了吧，是不是母亲怕大雪封挡了房门，定时去清理一下。今天早上，天阴沉沉的，不冷，大雪临近的时候就是这个样子。父亲把一麻袋棉花扛在肩上，母亲说：“要下雪了，阻在路上咋办？”父亲说：“没事，看样子雪要在晚上下，白天下点没事，晚饭前就能赶回家。”现在已是夜里了！我忽然觉得发生了一件很严重的事情，下这样大的雪，父亲这会儿在哪儿？

起风了，树梢被吹得发出尖利的啸叫声。母亲的纺车不时停下来，有时纺车声是被风声压盖了，有时手攥着纺车不动，只是发呆……不知天到啥时候了，我睁开眼，墙壁被草烟熏得黑黑的，灯苗在跳动，已无光可晃。窗口已经一片白亮，透过粘在窗棂上的白纸，雪淹没到窗台一半处，像山峰一样起起伏伏。天亮了，又是一场大雪。现在雪停了，风还在叫。木窗上方的土缝里，夜宿的麻雀冻得唧唧叫，或是准备去觅食，或是无法觅食又返回了窝里，折腾得雪在簌簌下落。

母亲从外面回来，脸色好难看，坐在灶台前，却没有生火做饭。我偷偷穿好衣服，这样的天气里，在对着风向的土坯墙缝里，会发现冻死的麻雀。我一闪身跑出门外，真是一场大雪。世界白了，受风的作用，院子中间左右形成了一道雪墙，迎着风的墙根下，雪一直没过墙头，一串脚印从门前通向了院门外。我跑出来，那脚印冲上了一座“雪峰”，至半坡处又折回。雪墙实在太高了，把胡同堵了个严严实实，翻不过去。我怕母亲骂我，赶紧跑回了家。

临近中午，风停了，母亲抓起面瓢，把整个手臂伸进面缸里，听到面瓢和缸底发出的“嚓嚓”声。母亲做了几碗高粱面头——就是带糠皮的粮食磨成的面，加水搅几下，摇成大小不一的球状，下锅，那时候就是吃这样的饭。

傍晚，雪又开始下，没有风，大片的雪花飘落。母亲没有点亮煤油灯，纺车也没摇，屋子里很静，能听见窗外簌簌的落雪声。我开始害怕起来，母亲的抽泣声让我心里不安。

母亲不停地抽泣，不停地开门观望，不时把雪花带进屋里来。是啥时候了？到午夜了吧！门突然“砰”的一声开了，闯进一个“雪人”，还有前胸后背搭着的两只雪口袋，是父亲！母亲几乎是一个踉跄冲到父亲身边的。“一百多斤地瓜干，够过冬的了。”父亲很疲惫，却在笑。已经懂事的我一骨碌从炕上爬起来，光着身子抱住了父亲……

这是几十年前的事了。今年，父亲离开我们快二十个年头了。超强的体力劳动，早早把他的身体拖垮，他最终被病魔带走了。母亲身体尚好，每年冬天雪飘落的时候，就会讲起当年那个雪夜。她说：家中眼看着要断粮，只有一麻袋棉花。父亲只身跑到三十里外，转了好几个村子才兑换了两口袋地瓜干。当时雪已下得很大，起初父亲躲在一间场院房里，看着雪不停地下，想想家中已断粮，就找到一根细绳缠在腰上，把两只口袋搭在肩上，踏着至腿梁深的雪往家赶。好在路两旁有树木做参照，但有一次还是滑进了雪沟里。父亲心想，这下完了，雪没过了头顶，还不得被憋死。幸运的是父亲摸到了一棵树，终于从雪坑里爬了出来。路上有很多雪墙挡路，父亲把两条口袋连在一起，再把绳子扔到雪墙那边，自己连滚带爬翻过雪墙，然后再把口袋拽过来，三十里路整整走了一天一夜。

每年的麦收和秋收时，母亲望着满眼的粮食就会说：现在一户人家收的粮食，比过去一个生产队都要多，当年你父亲就为了两袋地瓜干，雪地里差点丢了命。

现在粮食年年丰收，冬天呢，也会如期而至。可如今雪太少了，大雪更是稀罕。今年大雪节气过去几天了，只飘落了一点点雪花。人们说，气候变了，大雪不会下了。可我总觉得冬天来了，大雪也会随着来的。

一百元

父亲来了，等在造船厂大门外。

透过铁篱笆大门，我看到了父亲半个身影和那辆破“金鹿”。

父亲隐在大门旁，不时探出身子朝厂里张望。这会儿看到我走来，身子就贴在了大门上。父亲肩头有块和原布料不一样颜色的补丁，远远就能看到。补丁一角断了线，向外翻着，被风吹得一跳一闪。

我径直走进警卫室。里面坐着一个中年男人，半秃的脑袋，这会儿两肘撑在桌子上，正思考着什么。他应该知道我进来了。

“师傅，请开下大门……”

半秃脑袋不动，像从沉思中猛然醒来，眼睛射出一道凶光。“啥事？”

我慌乱起来：“我爹来了……请开下门吧！”

“你是哪儿人？”半秃脑袋盯着我，像审视一个贼。

“工程队的……修船坞的……”我们进厂一个多月了，他不认识我，但肯定知道有一支工程队。

半秃脑袋不说话了，仍是狠狠地盯着我。

“小清河边上的船坞……修船用的船坞……”我彻底慌了，开始瞎说一气。

半秃脑袋的眼光像要把我五脏六腑审视个透。确信我是一个卖苦力的农民工后，转回头重新进入思考状态，有气无力地说了声“找厂长去吧！”

我小跑着找来工头。到底工头的情面大，半秃脑袋很不情愿地走出来。我忙讨好地上前去打开铁栓。“干啥？”半秃脑袋大吼一声，瞪我的样子像一尊凶煞的雕塑，许久才松懈下来，极不耐烦地打开了铁门上的那扇小门。

父亲慌忙推起自行车往里挤。

“干啥？谁让你推自行车进来的？”半秃脑袋使着欺负乡下人的神色盯着父亲。

父亲很紧张，忙把自行车放置在门外。脑袋刚钻过来，不小心腋下破衣缝被门闩插了进去，“嗤啦”一声很响，肋骨都露出来了。

一旁站着几个青年人，看到父亲的样子坏笑起来。

工头淡淡地笑笑：“叔，有事啊？”

“没事，没有什么事……”父亲一定有事，他一直用乞求的眼光看着工头，这会儿倒说没事了。

“叔，没事我走了。”工头够客气，到底是同村同族的，转身去了船厂办公室。船厂办公室里很干净，地面都是用瓷砖铺的，我们这样的农民工不敢踏进去半步。

“有啥事嘛？”我很不满父亲。

父亲在我面前一下子犯起难来。“孩子，跟工头说一声，求求他先预支一百块钱吧！”

“做啥？”

“你嫂子又追加了一百元彩礼，要不就不跟你哥登记！”大哥的婚事不顺，女方增加彩礼不止一次了，父母总是忍。大哥那年二十五岁，算是大龄青年结婚。

“到别处借一借不行吗？”这话到了喉咙边上，却没发出声来。我知道该借的亲戚朋友都借过了。这一百元可不是小数，我一天工资才五元。

我跑到办公室，不敢进去，贴在玻璃上轻轻拍。工头反感地走出来：“干啥？”

我竟然结巴了：“先预支一百元吧……家中等着急用……”

“刚才你爹说没事，现在又有事了？”父亲尴尬地笑着走过来，工头口气开始变缓，“叔，工资说好年底一块儿结算的，现在……”

工头了解我们家的状况，顿了一下，很不情愿地说了句，“好吧！先在外面等一等。”

工头进屋去，里面又响起了说笑声。我和父亲站在门外，觉得时间过得好慢，好慢……我终于鼓起勇气推门进去，工头极为不满：“谁让你进来的？”我只好后退。临到门口时，身后工头又喊：“进来吧，写张借条。”

父亲犹犹豫豫也跟着进，却被一个人喊住了，“你别进，退出去！”父亲抽回刚踏上门槛的一只脚。鞋子破了，前面露出两个脚趾头，一走动土屑溅出来，肯定会弄脏地板。

我写了借条，接过工头手里的一百元钱，脊背渗出一层汗。我把钱交给父亲，父亲脸上立时起了笑容，零乱的胡子都在笑。

天快正午，我留父亲吃饭，父亲不肯，坚持空着肚子往家赶——四十里路。我的干粮是白面和玉米面对半做的，远比家中的窝头好，不是父亲不饿，是他舍不得吃！

担架队

一

有一只公鸡“喔——”一声，全村的公鸡都被带动起来了，远远近近的叫声连成一片。鸡叫两遍了，大伙开始松懈下来，几个烟锅一明一暗地闪亮着。起初有人小声说话，渐渐声音大起来，不知是谁，许是因了一个什么笑话，竟肆意地哈哈大笑。栓子干脆坐到水塘边那块青石上，随手往里面扔着土坷垃，发出砰砰的响声。

昨天约好的，鸡叫头遍到村口集合，谁都不能耽误，现在鸡都叫两遍了。午夜时分，大唐就去敲栓子家的后窗，这孩子第一次出夫抬担架，又是好睡的年龄，怕他误事。哪想只敲两下，栓子就在屋里应了一声，听声音很激灵。等大唐和栓子扛着担架来到村口，大伙早到齐了，等了足足两锅烟工夫，雄鸡才叫头遍。

“有人来了，大伙快看。”不知谁轻轻喊了一声，所有人都朝村外大路上望。果然有人走来了，是两个影子。

黑影很快走近，急匆匆迈着大步。是不是区长和通讯员，人齐了吗？就是区长他们。齐了，一共十副担架二十个人，担架队长马上回话。“出发！”区长声音不高，完全是命令的声腔。“把烟锅灭了！”几个人连忙把烟锅朝鞋底磕了，散开许多火星。人们的心绷紧了，似乎猜透区长来晚，一定是因为有更紧要的事情，是前线开战了吧？

所有人快速抬起担架，把绳襻抡上肩头。区长在前头近似小跑，一行人悄无声息地紧随其后。北大洼每个村庄每条道路区长都熟悉，出村子不远，区长就抄起了近路，朝着一片草地踏过去，膝盖往下开始湿漉漉的凉，很快鞋子裤腿都湿透了。夜里雾气重，抬起头能感觉到水汽扑到脸上，不一会儿眼睫毛变得黏糊糊。

大唐下意识低头看鞋子。他的鞋子是用若干层旧布粘合在一起做的，不用扣子和鞋带系牢，硬邦邦地很合脚。现在虽已湿透，鞋底仍没有变松软。可他分明觉得鞋子上系有带子，并且带子松了结，走一步带子就一抡，如果被另一只脚踩上，人会绊一个踉跄。

大唐十五岁的儿子垫子三个月前参了军，穿上军装戴上大红花一下子精神了。大唐一直送他出村子好远。行走在队伍里，大唐忽然发现儿子的鞋带松了，一走鞋带一摔，像拨浪鼓一会儿摔到这边，一会儿摔到那边。他想提醒儿子，就稍一迟疑，队伍就走出了十多米。回到家，儿子摔来摔去的鞋带总在他眼前晃。儿子是军人，鞋带可是不能松的，队伍上操了，战场上发起冲锋或是往下撤，被另一只脚踩上绊一跤可是不行。那些天，儿子的鞋带成了一件大唐放不下的心事。

村子里好几个年轻人跟垫子在一个连队，他们的队伍驻扎在田柳庄附近的村子里，几天前有家长去探望孩子。回来的人对着大唐一个劲儿地乐，告诉大唐他儿子入党了。入党！多么荣耀的事，看看，人家孩子比垫子早参军两个月，就立功入党了！来人还说垫子长高了，也懂事了，像个成熟的大孩子，主动迎上来跟人说话。回来的人还说，垫子他们的队伍要攻打田柳庄，就在近几天。大唐听了高兴也担心，部队能锻炼人也能教养人，儿子比以前懂事他相信，他还相信儿子帅气了，可儿子个头长高了他不信，参军才去三个月，个头变化没那么快。他知道田柳庄还是敌军驻守，是块难啃的骨头，至今还在顽抗。田柳庄围墙坚固，外围还有护城河，为了避免大的伤亡，已被我军围困一月有余。大唐又觉得，敌军是只猛虎，但已被困在笼子里，供给不足，锐气丧失，说不准一打就溃，像县城和其他地方的敌军一样，乖乖举手投降。

儿子参了军，大唐就是抗战家属，之前抬担架本没有他的差，是他自己请求去的。他觉得儿子要进步入党，不光靠战场上杀敌立功，家属积极支前也是一个重要因素。儿子刚十五岁，要是入上党该多光荣！共产党的队伍，党员就是这支队伍的核心，他就是党员的父亲……他还滋生了自己进步入党的想法。村担架队长就是父子党员，在他的带动下，这次担架队好几个人是主动请求的。大唐参加支前好多次，这次儿子在前线，要是遇见儿子最好了，他先要提醒儿子一定把鞋带系好。

栓子在前，大唐在后，这会儿栓子把担架弄得忽左忽右乱摇晃。大唐想骂他几声，想想在急速赶路的当口骂人会扰乱气氛，他尽力握紧担架让其平衡。原来栓子是在脱衣服，脱下棉袄一抬手扔在了担架上。深秋昼夜温差大，这阵子急速赶路，大唐也觉得脊背湿漉漉的。

“前面有人！”栓子小声喊。大唐歪一下身子，避开前面几个人的背影，“没看见啊。”“在那边。”栓子抬手指指右前方。原来是前面一条横向路上，有黑压压一串人，正走向前面的丁字路口，很快会跟他们会合在一条路上。

来到丁字路口，路上变成了两行人，横向路上加进来的人群不光有抬担架的，还有挑着担子推着独轮车的，是往前线送给养的。昨天区长讲过，后方医院就在这条横向路两边的几个村子里。路上人多起来，队伍行进的速度慢了许多。大唐突然觉得，前线并非已经打响，区长急匆匆领着赶路，可能就是为了赶上这群队伍吧。

忽然，前面的一行人都插到左边来，两行合成了一队，大唐他们被迫停下来。这时听到一阵呻吟声传来，这声音很快到了近前，有两个人倾着身子一闪而过，担架上伤员的疼叫声也很快远了。大唐的心一下提了起来。

二

弥水河大坝高出地面七八米，坝上长满了粗有一搂抱的大柳树，北大洼这地方被它隔开成南北两个世界。爬上坝顶，透过密密的柳树枝叶，远处有几条红色火光升起来。等火光落地，隐隐传来了爆炸声。大唐去过几次前线，知道这是迫击炮在向围墙里开火。不一会儿，在很远的另一处地方也升起了几条火光。田柳庄被团团围住，不光是围困，也用炮弹骚扰他们，让里面的十五旅惶惶不得安宁，大唐对战事也明白几分。

“轰！”这一声大，脚下都有震感，这道火光是从围墙里打出来的，远处一团火光升起来。“狗日的，还有炮弹。”外村一副担架有人在说话。“说不准是从哪旮旯里又找到了一发炮弹，嘻嘻，里面断了粮，弹药又不足，还顽抗他娘个啥？”我们的队伍没有这种重型大炮，可能刚才这人言中了，围墙里的敌军兴许就这一发炮弹了，要不一路上怎么没听到爆炸声，就是望不见火光，也能听到声响。这两人的议论引起了其他人发言，这些天围墙里的敌军家属不断在外面喊话，有母亲喊儿子的，也有媳妇喊丈夫的，要他们弃暗投明，凡投靠过来的都优待。前天晚上又有十几个兵逃了出来，里面的军队快崩溃了！大唐听着心里好快慰。

一个月前大唐也来过一次，不过那次战斗还没有打响。田柳庄围墙坚固，我们的迫击炮炸不开，护城河水深，扛着炸药包无法靠近，可我们有办法，挖地道，挖到围墙下放足炸药，只要炸开一个豁口就好办。许多地方敌军的围墙都是用这个办法炸开的。可田柳庄的敌人狡猾，他们在围墙里挖横截沟，发现我们的地道后往里注水，淹死了好多人，这才围而不打，现在是时候开打了。

前方有零星枪声传来，有经验的人一听就知道不是在交火。这样的枪声看来一直在响着，离近了才听得见。

天开始发亮，星星隐去了不少，人的影子渐渐清晰起来，能看到前方黑黝黝一道围墙，田柳庄到了。突然前方有人压低了嗓子喊：“快！快点！”人群小跑起来，一时间队伍很慌乱。“趴下，都趴下！”有人在一旁指挥。是围墙上的敌人发现了我们？离得还老远啊。栓子眼尖，朝着一块低洼处奔过去，身子紧紧贴在地面，两手搂住后颈，呼吸都不敢大口。大唐看着好想笑，用脚蹬了他一下，栓子抬起头，看到大伙或坐或半撑着身子，才觉得没必要这般小心，自嘲地笑笑。大唐一直在盯着围墙看，像是要发现些什么。晨雾里隐隐看到围墙上有几个影子立着，像人，也像木桩。

枪声在空中不时响起，他们没人理会，知道子弹根本打不到这儿。只有栓子下意识地缩缩脖子，他第一次来前线，还是一个孩子，跟垫子一般大。

大唐在找那棵大榆树，榆树下面是通往县城的一条土路，敌人在那儿曾设过卡子。现在榆树不见了，可能被砍伐修了工事。今年春天，大唐用毛驴驮了一布袋胡萝卜在附近村庄兑换了地瓜干，走到大榆树下被卡子拦下，敌人不由分说牵起驴子进了田柳庄。大唐一把攥住缰绳苦苦哀求，地瓜干可以留下，驴子万万不能，就靠它耕地播种。一个兵用枪指着他说，快松手，不然就开枪。驴子刚拉走几步还回过头冲他叫，大唐眼里的驴子就是家中的一员。回到家大唐病了一场。那天村里敲锣打鼓欢迎适龄青年参军入伍，儿子刚好满十五周岁，大唐毫不犹豫替儿子报了名。这次来前线他曾带着一丝希望，等打下田柳庄各处找一找，说不准能找回驴子，现在想来早被这群该杀的敌人宰杀吃掉了。

地上好潮湿，湿气让人浑身不舒服。这地方曾存有雨水，很可能几天前刚渗干的。同村的刘四在大唐身边一个劲地挠，他有“湿疹”病，受了潮气就痒，直抓挠到皮肤渗出血丝。栓子也在抓挠，原来就近有一个蚂蚁窝，大唐的裤口也爬上了几只，还没钻进衣服里去，他连忙用手指弹开了。

被汗水湿透的衬衣干了，感觉有些冷，隐在这里不能动就想睡觉，要有张毛皮铺在身下就好了。几十米远的地方有几棵剪去穗头的高粱秆立着，泛着青光，那里也趴着人，比大唐他们来得更早。太阳升起来，烘烘的暖意把人也照精神了。突然轰轰两声巨响在附近炸响，就要把人震弹起来，所有的人下意识把身子往地面靠一靠。谁说围墙里的敌人没有炮弹了，这不又打出来两发，大唐心里沉沉的。

有人猫着腰跑过来压着嗓子喊：“饭来了！”栓子刚要起身，见几个返回的人朝这边摇手，“饭没有了，再等会儿。”

取饭的地方是一个坑。坑里这时冒出一辆小推车，一人在前头牵，一人在后面推，飞快向后方跑去，定是刚才送饭的。

来了！送饭的又来了！有人在传。很多人刚起身，就听前面喊：“别动，都别动！”几辆小推车进了坑里，一边装着席筐，盛干粮的，一边捆着泥瓦罐，盛水的。小推车很快又从坑里冒出来，向着前方去了，是给前面队伍送饭的。

栓子不知啥时出走的，这会儿一手握着两个窝头，一手攥着两根葱，猫着腰跑过来。他年纪小，食量大，一个窝头上已经咬了一口，大口嚼着。大唐接过窝头刚要吃，看到一旁的刘四直眼看着他，大唐把窝头掰开，一半递给刘四。栓子迟疑一下，也准备把窝头掰开，刘四摇摇手，又指指土坑那边，“看，又来了几推车饭，那边人朝我们招手呢。”

卧着的人群起身往土坑那边动，每人领上一份赶紧返回原处。大唐一转身，恰好和邻村的表哥四目相对。在这儿相遇，两人显得很兴奋，相互冲对方笑一笑，各自快速回到自己的位置。

三

大唐吃着窝头，心里开始为表哥难过起来。就在两个月前，表哥十八岁的儿子在解放县城中牺牲了。牺牲的前几天，大唐收到了表哥送来的喜讯，儿子准备结婚请他去喝喜酒。大唐把过年包饺子的麦子磨成面粉，准备蒸馍馍前去贺喜，哪曾想传来这个坏消息。表哥为儿子结婚一切准备妥当，就盼着那个喜日子，却等来了一副棺材。大唐不由朝表哥刚才走去的方向望了几眼。他心里暗暗敬佩表哥，一个好样的共产党员，能从极度悲痛中挺起来，并再次加入了担架队。

垫子参军不几天，就有两家上门提亲的，都是邻村的，两家姑娘大唐也认识。大唐掂量一番，最后选中了其中一家，两家商定好年前结婚。大唐学着别人家的样子，给女方送去了两卷粗布和几斗粮食，又被女方父亲退了回来，只留了一卷粗布，说是给闺女做件嫁衣就行，嫁闺女不为彩礼，看中的是孩子，是光荣的家庭。大唐的心跳突然快起来，他伸长脖子往前方扫了一下，垫子这会儿在哪儿？一定就在田柳庄围墙附近，他忽然好想见到儿子。

一阵枪声突然传过来，激烈得像爆炒豆，这阵枪声短促得又让人来不及反应。大伙抬头朝围墙望去，看到空中一团蓝烟雾正慢慢消散。“是敌人打的枪。”有人在议论，大唐也觉得是围墙上开的枪。“肯定我们的人往墙下放炸药被他们发现了。”这话不等有人回答是或不是，就见左侧有四个人跳了起来，抬着担架下到了通往前线的战壕里。很快望见四个黑头顶从战壕里返回，传来了伤员的呻吟声。忽然前面奔跑着的黑头顶不见了，跟着一声惨叫声传过来，是前面抬担架的栽了一脚，把伤员跌疼了。大唐想努力听懂伤员的叫声，但很快呻吟声就远了。大唐的心突突跳着，冲撞着胸膛好难受。

激烈的枪声响过后，战地上寂静下来，连零散的枪声也听不到了。秋天的太阳开始发威，每个人额头上汗珠直冒。栓子在大唐身边睡着了，侧着身，一条胳膊压在耳门下，让大唐觉得既疼爱又亲切。每年秋忙季节大唐和垫子都在地里过晌，儿子吃完饭总躺下睡一会儿，眼前的栓子多像垫子。他的垫子这会儿肯定不会在睡觉，说不准正趴在战壕里两眼炯炯地盯着围墙上的动静。他不由伸手摸了一把栓子的头。

大唐也昏昏欲睡起来，还真睡着了。醒来太阳已经西斜，阵地上还是那样静，让人感到了大战临近的恐慌气氛。有人猫着腰向土坑跑去，后面好多人也跟了去。吃晚饭了，有人喊：“天还早呢。”经验告诉大唐，夜幕一落将要开战。这时区长被一个军人引着匆匆进了战壕，路过大唐他们身边时区长嘱咐：“抓紧时间吃饭，晚饭有南瓜汤。”一切迹象表明攻城要开始了。栓子跑过来对大唐说：“刚送来的米粥喝不喝？”大唐真有点渴，可又不想喝。

太阳已接近地平线，把今天最后一道光线照过来，红的。顺着太阳光往东方望去，一切尽收眼底。一队军人像是突然从地下冒出来一样，正急匆匆地往围墙下赶去。仔细看，这队人马东边还有一队在往围墙下赶。这是援兵，大唐知道，围墙四面都在增兵，就差一道开打的命令了。

大唐身后也响起了一阵急促杂乱的脚步声，一支队伍很快来到了身边。领头人扛着一挺机关枪，随后两门迫击炮，其他人一手拎枪一边肩头扛着弹药箱，还有人扛着绑着木柄的炸药包。队伍里面好几张大孩子的脸一闪，中间有个小个子肩扛炸药包，人矮步子短，比别人更拼命地往前赶，突然脚下什么东西一绊，身子向前一个踉跄，后面跟着的人忙一顿，这张孩子的脸完全暴露给了大唐。垫子！大唐的心猛一揪，眼睛就盯上垫子的脚。今天这群兵穿的都是他脚上这种鞋，不用系鞋带。大唐来不及再看一眼，急火火的这队兵就进了战壕。

大唐一下子站起身，他听到了几声喊，让他快卧下，最后是栓子揽住肩头把他压下来的。刚才看到垫子哥了，栓子显得很兴奋。大唐愣愣的，他摸一下担架，这群生龙活虎的年轻人，今晚谁会成为他们担架上的伤员？他眼前忽然现出了那个敲锣打鼓欢迎参军入伍的场面，心里对自己说，垫子还是个孩子啊！

队伍一过，一群担架也随着去了。大唐他们刚要起身，有人发过话来：其余的原地别动，等候调令！

“轰”，一声巨响，大地一颤，远远的围墙南面有一团火光冲上天去。像是事先定时一样的，巨大的爆炸声顺着围墙一声声转过来，大唐正面的围墙上也传来一声巨响。火光里夹带着烟雾，围墙被炸得尘土在火光里翻腾，接着，像冰雹一样的碎土石落到草地上“啪啪”地响。大唐他们脸上被溅飞起来的尘粒击得生疼。围墙上的敌指挥官这时大叫起来，“打！给我打！”密集的枪声响起来，围墙边火光乱闪，像被点燃了的一堆鞭炮。

大唐望着火光一动不动，爆炸声响起的那一刻，他浑身的肉都跟着一哆嗦，僵直的身子立时失去了知觉。只一会儿，大唐浑身累得不行，就要松软瘫倒在地上，他连忙扶住栓子的肩头。现在天黑下来，有些人站起身开始放松筋骨，没有人再喝令卧下。

“担架队上！”前面有人喊。头前的十几个人随着那人去了，大唐他们十几个被另一个人引领着来到战壕出口，一个个都蹲下来。

战壕里很快传来了“咚咚”的跑步声，前面那十几个人返回了。每副担架过来，大唐都上前努力认一眼伤员，哪张脸也看不清。“上！”听到这声喊令，大唐他们顺着战壕往前跑去，跑了百多米，听见头顶上子弹嗖嗖地飞，有子弹落到地上，击得身旁的地面噗噗作响。大唐他们缩着脖子，机械地跟着前面的人跑。

突然停了下来，惯性的作用，栓子扑在了前面人的后背上，大唐赶忙用力往后一拉。从前线下来的伤员就送到这儿，两人架一名伤员，也有背在身上另一人在后面托着。这次下来了两个伤员“哎哟哎哟”地叫着。大唐和前面的那副担架在地上放平，黑夜里，大唐仍能辨清他们担架上是一张大孩子的脸。

他们开始拼命往后方跑，还没跑出战壕，身边突然听到有人惨叫一声，是一个担架工被流弹击中，两手抱着膝盖在地上翻滚。大唐参加过多次担架队，这是他经历的最恐怖的一次。

四

大唐好想看清担架上这张脸，虽说眼下这头黑发不停地在扭动，有时连着发出几声急促的呻吟，平定一会儿后，又把积攒在喉腔里那沉闷惨痛的“哎呀”一声发出来。大唐听着像锥子扎在肉里，他想尽快找一处合适的地方停一停，倒是前头的栓子先停住了步子，这通奔跑他一定累了。原来是慌乱中栓子的绳襻没有垫在衣服上，这会儿一个劲儿揉脖颈，大唐知道他脖子上一定磨出了一道血印。

栓子整理好衣领刚要抬起担架，见大唐正俯身看伤员。虽是夜里，大唐仍能看清这张惨白的脸，胸脯微弱地一起一伏。“多大了？”“十七了。”“家是哪儿？”“马家庄子……”这回话弱得已发不出声。大唐把被子往他身下掖一掖，见伤员一只手捂住小腹，大唐感到手黏黏的，血！本来他想再追问一句，本县好几个马家庄子，是哪一个？他还想问，第一句话就想着问的，你认识垫子吗，今晚你们在一个爆破组？越是想问越发不敢问。他意识到伤员每说一句话，伤口里就会涌一次血，重要的是赶紧把他送到后方医院去。

不断有推车挑担的迎面赶来，见到担架立马闪到一旁。好几个路口放着竹筐，总有人亲切地问他们一声，“饿吗？有热地瓜。”大唐是有点饿，他知道栓子更饿，真希望吃一口甜甜的热乎乎的地瓜，但现在不是吃东西的时候。他觉得浑身有满满的气力，怕前面的栓子吃不消，用力把担架朝前推，好让栓子轻松些。他记起队伍每次驻进村子，上完操就唱歌，大唐记下了一句歌词，“前方打胜仗，后方支前忙。”今天有源源不断的民工把弹药食物送去前线，仗还能打不赢？

前线离村子三十几里路，这会儿已走过多半，天将到午夜时分，昨天晚上叫醒栓子就是这个时间。突然，担架摇晃起来，伤员身子朝上挺了几下，嘴里喊着“啊，啊……”大唐猜不透是想说什么，也许是在喊妈，他是没有力气喊清楚了。大唐脑袋“嗡”的一声，他预感到了将要发生什么，果然担架上很快平静下来。大唐浑身一下变得散软软的，就要栽倒地上。前面的栓子觉察到了什么，“大唐叔你怎么了？”大唐不回声，“伤员是不是要坐起来？”大唐也不回话。栓子是个孩子，他怎么懂得刚才发生了什么。

鸡叫头遍，他们来到一个村子，村口有人把担架接了。大唐望着离开的担架迟迟不动。他想起了表哥的孩子，说不准这孩子也已经定亲，父母也给他定下了娶亲的日子。

大唐和栓子被人领进一间西厢房，栓子在草铺上头一挨就睡着了，大唐也困极了，越是犯困越睡不着，比被捆绑着还难受。围墙上巨大的爆炸声和冲天的火光这会儿在脑海不停闪动，有时就觉得火光迎面扑了过来，烧得他失去知觉……那一个个黑乎乎的东西是什么？黑夜里他只扫过一眼，根本来不及多想，好像下来送伤员的有十几个战士，发着呻吟的就只有他们两个担架上……围墙上那巨大无比的声浪，只受伤的应该算幸运的吧！

鸡叫完两遍，担架队长进来了，大唐一把攥住他的手，他想说，见到垫子没有，话却卡在了喉咙里。担架队长没有觉察到大唐的异样，告诉大唐要他跟栓子回村去，这里只留两副担架备用。大唐坚持留下来，栓子也逞强，大唐说：“你是个孩子，折腾了一天一夜困乏得不行，还是回村去。”大唐和担架队长留下来，还有一副担架在前线没有下来。窗户上渐渐发白，大街上传来了说笑声，担架队长一跃起身说：“一定是田柳庄解放了吧！”

大唐跟担架队长走上大街，听着人们在议论前线的战况：我们的队伍三面攻打，故意放开一条出路，敌军守不住了，就从这道门往外逃，从那逃走的，我们两边埋伏的兵一齐开火，路边有棵大槐树，树后隐着一挺机关枪，敌军那才叫惨，只好乖乖投降。

大街上区长的影子突然一闪，本来区长是要拐进一条胡同去，瞥见大唐便折回了身，远远就朝大唐伸过手来。“大唐同志，听说您儿子也参加了这次攻城，你们父子光荣啊！”区长握住大唐的手，感觉大唐的手冰凉冰凉。

“区长，垫子怎么了？”

“今次解放田柳庄，爆破组的战士都要记功。”区长说。

“您见到垫子啦？”

区长一愣，马上明白了什么。“没有呀，说不准这会儿他们正打扫战场吧。”区长突然把话岔开，指着前面一间冒烟的房子说：“早饭做好了，你们去吃吧。”

大唐走了几步，又突然追回到区长跟前，“区长，我们村还有一副担架没回来，是不是还要返回这儿？”

“是的，也许一会儿就回来，也许能带回您儿子的消息。”

大唐急忙对着担架队长说：“你自己吃饭去吧，我现在不饿，我要去村口等一会儿。”

消失的狐狸

家乡人把狐狸叫“皮子”。在我们当地，狐狸可是受人敬畏的动物。每年冬天，村里的青壮劳力外出修路挖河，睡的是地窝子，人人都有一张狗皮褥子，铺在身下隔潮湿。如果有人说做一张狐狸皮褥子，大伙都会惊讶：“皮仙！敢用它的皮做褥子？”看来家乡人最早叫它“皮仙”，不知怎的就把“仙”字改换成了“子”。曾经家乡的狐狸有很多，据说皮毛淡褐色的狐狸有仙气，是一把“年纪”的老狐狸。这样的狐狸不惧怕人，万万不敢招惹。大多的狐狸还是见人就跑，也经常糟践庄稼，渐渐不被人敬重，就改叫皮子了吧。

据说“成仙”的狐狸，如果不去刻意伤害它，它也不会轻易报复人。谁见过这种狐狸？传说夜里迷路，它能引领你回家。在你绝望的时候，不远处会有一团火星在空中散开。你朝着火星去，那火星就移动，一团一团不急不缓地散开，永远和你保持一定的距离。你走累了，那团火星就等你，你起身，那团火星再向前走，等火星消失了，该是到村口了。

村子里好几个老人迷路后都得到过狐狸的引领，我本家的一个奶奶就经历过。那天她贪恋割黄须草，只顾低头挥镰刀，两个席筐都装满了。一抬头，天黑了，回家的路找不到了，她急得掉眼泪。开始听到身边有响动，一看，却是一团火星正散开。她随着火星走，半夜时分就到家了。从此，这位本家奶奶管狐狸不再叫皮子，改叫“仙家”。这个本家奶奶说话颠三倒四，精神有点问题，她的话很难让人相信。可狐狸晚上散发火星是真的，我亲眼见过。

我家住在村子最西边，晚上下了自习课，同学们一个个回家，我害怕走过路边那三棵槐树，夜里黑黝黝，树下面像潜伏着恶魔。那树下曾躺过一个死人，我亲眼见过的，一想头皮就开始发麻。这时候就盼着有一只狐狸出现，狐狸能引领迷路的行人，也能震慑魂魔。这是老人们说的。

从我记事起，村子周围的狐狸已经很少了，少到一年只被人发现十几次。那天我正割猪菜，听到不远处有人喊："皮子，皮子……"转头望，几个人在朝一个方向指指点点。随着狐狸的远去，最后一个个把头抬得老高，目送狐狸消失。我和他们隔着一片谷子，没看见。其实狐狸的样子早在人们的言谈中清晰了：像狗的形态，淡黄的毛发，要是碰到淡褐色的，就要朝它作揖，这是"成仙"的狐狸。这话也是老人们说的。

一次我在水沟边挖野菜，听到高粱地里哗啦哗啦乱响，一条淡黄色的动物窜出来。我吓了一跳，马上又欢喜起来，终于见到狐狸了！可这家伙朝我汪汪乱叫，原来是条狗。

以前洼里狐狸多，成群结队。每年深秋，村里人用小推车从洼里往家推黄须草，顺便捕狐狸带回家。洼离村子四十多里路，很远。大海经过千百年的潮涨潮落，大量泥沙贝壳涌上来，积滞成了陆地。海岸线后退了，那条河也跟着去了——从济南曲曲转转在羊角沟入海的小清河。

当年，从羊角沟往西至桃园村，往南至营子沟，还有小清河北岸十八里，这片广袤的土地属我们村。这样的土地能长啥？只有花子柴（花棒）和黄须草。黄须草的种子黑亮黑亮的，可以吃，秆可以烧。当年吃饭难，烧柴也难，闹旱灾蝗灾的年月，黄须草可是救了村上不少人。我没有挨饿的经历，没有吃过黄须草种子，可这种子能喂猪，有营养，是上乘的饲料，一头猪一年能长二百多斤。

这是块宝地，盐碱含量极高，不能生长庄稼。可年年黄须草、花子柴自然生成，只需收获就行，自然就有人眼红，秋天常被人盗割。于是，村里每年都派人看护。村上有十八个生产队，地也被分割成十八个片区。这一年我们生产队轮到父亲看护。

记得我八九岁，有一回恰好放了秋假，父亲答应让我去。我答应一定不偷懒，多割黄须草，兴奋得一夜没睡好。第二天我坐上父亲的小推车，路途太远，竟在车子上睡着了。醒来时，满眼是望不到边的火红的黄须草，还有白得耀眼的花子柴。有些地方黄须草和花子柴混生一起，上面白，下面红，红白相映，好一处绝佳的景致。

海滩应该是平坦的，可这里到处能看到像山包一样的土堆。这是古老的卤水井，人工挖掘的，父亲的草棚就安置在井包上。父亲指指前方的一个井包说："看，那就是咱的家。"

不知是井包太高大了，还是草棚太小了，草棚像是长在上面的一棵刺蓬草。近了，父亲突然慌乱起来，放下小推车，撒腿跑上草棚，手舞动着，嘴里骂着。这时几只狐狸仓惶地从草棚里逃出来，翘起尾巴跑进黄须草丛了。父亲从草棚提出一个袋子，笑骂着："悬吊在脊檩上，干粮都被偷吃了！"父亲骂狐狸，又像骂一群调皮的孩子，嘴里骂，却看不到气恨。

第一次见到狐狸，并不感到陌生。狐狸被父亲驱赶像贼一样逃走的样子，倒让我添了一分安全感。

三眼井在哪儿？提到洼，村里人说的最多的还是三眼井。这三眼井最大最深，分布成三角形。我们草棚北面有一个大土包，上面布满密密麻麻的洞口，里面就是狐狸的窝，像无数只黑眼睛盯着你。这是三眼井其中的一眼，另一眼隐隐约约可以望见，黑的，上面一定长满了刺蓬草和苦蒿草。还有一眼呢？望不到。既然它们呈三角形分布，那一眼处在哪个方位都有可能。

父亲不让我靠近三眼井，我知道为什么。越是不让，越发朝那边望，越发想爬上去看个明白。

割草累了，就蹲在没过头顶的黄须草下偷懒。也许就一会儿，草丛里就有响动传来。声音越来越近，一只狐狸不经意走到你面前，你起身，狐狸立马转身，趔趄着跑几步，很快又缓下来，还不停回头望你。它知道人类不会伤害它，就算是人类有恶念，距离十几步，想追到它都难。

经常能看到成年的狐狸懒散地闲步，不急不缓，一定是吃饱了。太阳也懒洋洋的。没有路，洼里只有白花花的盐碱地，弯弯转转，或窄或开阔，便成了狐狸行走的路。盐碱是白的，花子柴是白的，狐狸是淡黄的。太阳照射在盐碱地和花子柴上，狐狸融在白色里，很难被发现，只有走到红红的黄须草跟前，它的轮廓才清晰起来。

"呜——"小清河上每天都有沉闷的汽笛声传来，这是大马力拖船发出的，声音不尖厉，却能传到很远，极有震撼力。闲悠悠散步的狐狸会一顿，是一怔还是一惊？耳朵竖起来，很快又恢复过来，继续散步。它们已经习惯了这声音，可每次汽笛声响起它们还是有反应。现代文明已经开始冲击这片几乎无人烟的地区，当狐狸听到第一声汽笛的时候，该不会是现在的样子吧，一定恐慌得要命，左顾右寻，万分惊骇。

小清河里的船每天来来去去，渔民下海捕捞，装满船舱再返回。赶上涨潮时间，水面与地面平行，白帆越发显得高耸，清晰可见。有时候是几只老狐狸领着小狐狸，一起举头远眺，那专注的憨态样子让人疼爱。白帆一会儿变成一个平面，挡住视线，转向时又变成一条白线。帆借助风产生动力，说来奇怪，帆船逆风也能行驶，但只能在河里斜行。船行至北岸再后退到南岸，可谓行三步退两步。远看白帆像慢慢挥动的旗子，向前，后退，再向前……游动的白帆对狐狸来说，应该是永远解不开的"谜"，这个谜不亚于人类对银河的疑惑吧。

有时你割草割得正起劲儿，草丛里突然出现几只刚会跑的狐狸幼崽，反倒不知害怕，停下来一起看你。可爱的样子，让人马上有捉一只举起来的冲动。当心，狐狸母亲就在一旁，你若弯腰，它就往前凑，你不动，它也会盯紧你。我相信，奶着幼崽的狐狸会像刚产下狗崽的母狗一样可怕，为了孩子会不顾一切。这时候我也后退，虽然手里握着镰刀。突然小狐狸们一起转身跟在母亲身后跑了，我目送狐狸母子们跑上井包。到底哪个洞穴是它们的？

我天天想爬到三眼井包上去，想近距离看一眼狐狸的洞穴。洼里狐狸虽多，不过我还没见过浅褐色的，这种成仙的狐狸一定就藏在井包上某一个洞里，或许父亲见过。我经常驱赶偷吃干粮的狐狸，有时追出好远，父亲都不阻拦，偏偏不让我靠近这个高高的井包。

狐仙能帮助人，慈心善念，还会伤害我一个孩子？我时时对自己这样说。父亲每天围着草地巡查一遍，最远的时候他的身影会变成一个黑点。其实有人偷割黄须草完全能发现，这是父亲的职责，也为了带回些野味。水沟里的地笼每天要收一次网，一次收获几条鱼，有时还能带回被老鹰抓伤的野兔。在洼里吃啥？啃高粱窝窝头，有营养的就是鱼和野兔了。

这天，父亲走远了，我偷偷朝三眼井包走去。平日里觉得就在眼前，好似一跃就能跳到井包上。真正朝它走去的时候，才发现你向前它就后退，永远追不上的感觉。来到井包脚下，才感受到它的高大。用力昂头也望不到顶，还是这般陡峭，上面的刺蓬草没过头顶，一个挨一个黑黑的洞，阴森可怕，能容一个人钻进去。你认为眼前只是一棵刺蓬草，仔细看，下面掩藏着一个黑黑的洞口。我害怕起来，突然觉得洞穴里会窜出无数只狐狸，带头的就是一只毛发淡褐色的，把我围住撕碎！

我撒腿就跑，不停回头望。没有动静啊！我把步子放缓，再停下，犹豫一阵子又折回。忽然发现一个洞口有响动，我的天！这不就是一只毛发淡褐色的狐狸吗？吓得头发根都竖起来了……不对，原来是一棵枯死的蒿草被风吹到了洞口，一只半成年的狐狸刚探出头，蒿草被顶出来。我急转身，这动作倒是先把狐狸吓得缩进洞穴去了。这时听到父亲在喊我，急急地朝我跑来，两手挥动着。到了跟前，父亲用力拽我一把，脸色好难看。我更确定父亲不让我爬到井包上去，井包上一定很神秘。但从此我打消了爬上井包的念头。

秋天温差大，早上黄须草挂满了亮晶晶的露珠，人在里面行走十几步，鞋子、裤子就会湿透，很凉。到了正午，太阳又毒热，烤得人难受。我一天割草的时间就几个钟头，傍晚凉爽了，可以多干一会儿。太阳一落山，蚊子就会出来。这里的蚊子多且个头大，如果任由蚊子叮，它的肚子很快就鼓胀起来，变成一个血泡，身量能增加几倍，双手合拍，血能溅满一手心。每次我偷懒，父亲就吓我：“不干活，就把你摁进黄须草喂蚊子！”以前有一个醉汉，一头栽进黄须草里，第二天就只剩一张皮囊了。这个故事可不夸张，这里的蚊子一夜吸干一个人的血没问题。

我们的草棚太小，闷在蚊帐里很热。每晚我和父亲要在简易的凉棚下坐到深夜。父亲生起一堆火，只要火苗跳动，顺手拔几棵黄须草压上。黄须草被烤得“滋滋”冒泡，生出许多浓烟。我们坐在烟火旁，满耳朵都是蚊子“嗡嗡”的叫声，把我们包围着。蚊子怕烟不敢近前，却也不甘心离去。

这里的蚊子活动很有规律，最活跃的时段是晚饭后，它们一起从草丛里出动，几个小时后，又一起隐进黄须草里。要是起风了，蚊子消失得更早。蚊子走了，火灭了，坐在凉棚下极爽快。四周是黑黑的夜，虫子开始吟唱。我永远忘不了那时的夜空，星星那么密，那么明，朗朗亮。每晚我都是伏在父亲膝盖上睡着的。

“起来，起来……”父亲推我，我知道夜深了，该回草棚睡觉了，睡得正香，总是不愿动。

“醒醒，醒醒……皮子出来散发火星了。”父亲一个劲儿地摇我。狐狸每晚都散发火星，我早已不再新奇，只是父亲习惯了这样催我。

狐狸在井包下散发着一团一团的火星，明亮的星星使火点显得暗红。过去只听说火星引领迷路的行人，在这里，火星可是追着你走。你快它就快，你停，火星也停，如果你是初来乍到，这现象非把你吓个半死不可。晚上父亲同样也不让我离开草棚。等我读高中的时候，化学老师解释过这一现象：狐狸的唾液里含有磷元素，磷能发光，便于晚上觅食，狐狸随着人走，是喜欢人的痰液。有时候我也这样想，动物嗅觉灵敏，还需要发光照明吗？

“吱吱……”草丛里传来老鼠的惨叫。老鼠喜欢晚上觅食，却成了狐狸的猎物。这里最多的是野兔，老鼠也很多，到处能看到打洞挖出来的土堆，也许因为这两种动物，狐狸才得以在此生存。

白天，除了小清河上传来的汽笛声，再不会听到别的声响。站在草棚前远眺，天和地在不远处合一了。没有风没有云的日子，天是蓝的，地是红的，红红的黄须草中点缀着白白的花子柴，你见过这样的立体画面吗？

远远的，天的尽头出现一个黑点，黑点慢慢变大。这一定是一个猎人，弓着腰，吃力地推着独轮车，车上装满野兔，该有几百只，一支猎枪横在上面。父亲说，往西北方向行二十里，那里是成片的芦苇和茅叶草，猎人只需过两个夜，就能打满一独轮车野兔。人类是这个世界的主宰，没有人的地方，便是动物们的乐园了。

白天如果看到一只狐狸在狂跑，它一定是在追赶兔子。兔子逃命时经常突然转向，狐狸也会调转方向追赶。兔子只在光秃秃的盐碱地上跑，不会轻易进入草丛，那样会挡住视线，行动受阻。如果前方黄须草挡路，兔子会一跃腾起跳过去，顺着黄须草下的盐碱小路逃走。单个狐狸很难捉到兔子，它们通常协同作战，有的在后面追，有的在前面堵，走投无路的兔子被赶进草丛里，行动缓慢。狐狸跃起，准确地将兔子扑住。兔子惨叫起来，很快狐狸的撕咬声也响起来，激烈的争抢打斗，最终闹得在地上翻滚。动物的本性暴露了。

我们住的井包就有很多兔子窝，藏在刺蓬下，狼尾巴草下，最多的还是在井包周边的皱褶里。这些皱褶像树的年轮，一圈一圈，水退却后留下的。父亲说，这里十几年会有一次大潮，海水一马平川，这井包就成了一个个小岛。有一年他们七个人被在困井包上，海水一个劲儿上涨，三眼井包上的狐狸也被赶到了顶上，惊恐地哀叫。他们七个人在绝望中用绳子拴在了一起，这样死后容易被家人找到。苍天有眼，在海水没过脚腕的时候，开始慢慢回落，他们七人得救了，狐狸们也得救了。

我感到住在这里其实很危险！

父亲经常凝视井包里的卤水，嘴里自言自语：多好的卤水啊！白白待在这儿。父亲说，这些卤水晒成盐，品质在全国都能数得着。当年小清河边有一港口，叫“公集运”，寿北沿海一带产的盐都会集到这里，通过小清河运到全国各地。只是后来，潮水把什么都毁了……晒盐人苦啊！

井里的卤水幽蓝幽蓝，深不可测，我曾尝过一口，又苦又咸，呛得我咳嗽了好一阵，用淡水漱了几次口，才缓过来。父亲说，这井有几十米深，当年盐工用长绳拴一个水斗，一下一下往上提，经过三次提水，卤水才流进结晶池里。晒盐是个低贱的活儿，家里穷的、身体强壮的才干盐工，当然收入也会高些。这时候父亲会转头朝东方凝望，我知道父亲的眼睛落在了遥远的那一点一点红上，那不是黄须草，那是国营菜央子盐场的红瓦房子。那里有电泵提卤水，机车捞盐，四月旺产季，一天能立起好几个盐坨。

“要有条防潮坝就好喽！这儿也就变成机械盐场了……”父亲又自言自语，嘴角轻轻一笑，大概觉得这想法跟做梦差不多吧！

三十年前，寿北滩涂大开发，这儿真的变成机械盐场了。不光盐场，还有许多工厂也在此落户。当然首先要修一条浩大的防潮坝，才能保证长久生产。那年时任寿光县委书记的王伯祥，亲自在坝上指挥。有一次他被海风吹下坝，一头栽进海水里，被人救起，仍不肯离开堤坝。寿光人不会忘记他，他的事迹被拍成了电影，片名就叫《王伯祥》。

说来神奇，卤水晒成了盐，盐碱地就变成了良田，成片成片的棉花在此生长起来。二十世纪八十年代初，地下又钻出了石油。白白的棉花，白白的盐坨，黑黑的石油，这里成了真正的宝地了。宝地上纵横交错的柏油路修起来，便捷的交通让人觉得这地方变小了。这一切，全靠修了防潮坝。

变了！这里再也找不到过去的影子了。人来了，狐狸走了，不公平！

新娘爱兰

一

那天下班回家，先是听到一阵噼里啪啦的鞭炮声，随后是锣鼓声。大街上立起了彩门，彩门下黑压压的人群挤满了街道，无数条彩带在人头上方舞动旋飞，把下面穿着红红绿绿的演员挡了个严实。这是当地结婚的前奏，明天才是结婚日。她不愿意从人堆里挤过去，虽然那彩门秧歌牵扯着她的心。毕竟到了该做新娘的年龄，她总感觉这种场合下，会有无数双眼睛盯着自己，仿佛有个声音在说：啥时候该你出嫁？她这才调头从村后绕回家，恰巧看到了他。

起初她以为是一条破裤子搭在垃圾箱上，突然发现这条"裤子"在动，确定是一个人。他上半身深埋在垃圾箱里，两只脚后跟一弹一落。到了跟前她停下电动车，垃圾箱里的人被惊动了，几番挣脱从里面抽出脑袋，带出一群苍蝇。不等这人定下神，苍蝇又飞了进去。

这是一个蓬头垢面的流浪汉，看样子六十多岁，也许不到，邋遢的样子使他显老了。他惊惧地看着她，就几秒钟，转身趔趄着走开。这人失去了神智，但并没有丧失意识。或许饥饿时，他拿过别人家的东西，被人呵斥，被人揍，此时觉得垃圾箱里的东西是属于他的，他现在冒犯了她，本能的反应就是逃走。

流浪汉没有跑远，在离垃圾箱几十米远的地方停下来。脚下有一个几平方米的浅浅的坑，像野兔安身的窝。这个窝是属于流浪汉的，他身子一曲躺了下来。既然是他的窝，躺在这就应该是安全的。

她稍一迟疑，从电动车的车篮里取出那袋剩菜剩饭，走到流浪汉跟前微微俯下身子喊了声："给你，吃吧。"剩菜剩饭是职工们吃剩的，里面还有肉片。

流浪汉没反应，一只胳膊挡在脸上。她发现流浪汉的眼光偷偷从肘下看她。她用脚尖轻轻碰一下流浪汉的膝盖："听见没有，给你的。"

流浪汉突然坐起来，望着她。她的心猛然一颤，流浪汉额头上有一道长长的疤痕，一直延伸进头发里。虽然他的脸黑得像被煤烟熏染过，这疤痕依然十分明显。这是从死神身边擦过的记号，他应该有不被人知晓的故事。她脑袋开始发晕，分明觉得那道疤痕在"咕咕"冒血，还带有白白的脑浆……那是父亲的脑袋。流浪汉和父亲伤的是同一个地方，不过流浪汉是幸运的，总归保住了性命。只是这道疤痕把流浪汉的人生分成了两段，他的前段或是一个精明敏锐的人，后段变成了这木木然的样子。

快进家门的时候，大街上的锣鼓声突然停了，可很快又响起来，这次更热闹，还夹带着唢呐声，结婚的前奏已经进入高潮。像往常一样，母亲听到开门声迎过来。母亲是来接她那袋剩饭菜，准备给鸡拌食的。鸡窝前早放着半盆剁细的野菜，浇上剩菜汤汁，拌匀鸡就能食用。

母亲发现今天电动车篮子里是空的，而且女儿脸色难看。母亲似有所悟，转身走进厨房撮来一点玉米面，没有菜汤汁的时候，就用玉米面替代。

吃着晚饭，母亲还是轻轻叹息了一声："刘家小子比你还小一岁，明天就结婚了。"母亲像是自言自语，话却是说给女儿听的。

"娘，那流浪汉啥时来的咱村？"

"啥？流浪汉？"母亲不明白女儿为什么突然问这个，稍一迟疑，她猜想今天女儿凝重的情绪一定跟流浪汉有关，"咱村后垃圾箱边那个流浪汉？来了两个多月……差不多三个月了吧，今天的剩饭菜送给他啦？"

她点点头。

原来女儿是为流浪汉伤感，母亲的心放下来，开始不无感叹地说起这流浪汉。这流浪汉跟别的流浪汉不一样，从不向人讨吃讨喝，也不偷摸园子里的瓜果，看到有人往箱子里倒垃圾，才起身去挑拣食物吃，要不从早到晚就躺在那里。早上衣服被露水打得湿透，正午阳光毒烈，晒得满脸汗珠子往下淌，煤黑的脸上冲出道道水沟，一旁就有棵大榆树，却不知道去树荫下乘凉。垃圾箱里散发着难闻的气味，赶上风从上边吹来，气都不能喘，他照样躺在那儿。神智正常的人会这样？

母亲看女儿捧着碗不动，突然变了声："那人额头上有一条长长的疤痕，是不是也遭过车祸，你爸就伤在了头上的，要不怎会……"

她把脸别过去，不让母亲看见她眼里噙着的泪花。十多年过去了，那时她还是一个小姑娘。村里人拉住近乎发疯的母亲，没有让母亲去现场看到父亲的惨状。她小，村里人没有注意到她，她目睹了父亲踏上另一个世界的样子。那一霎，她用双手猛地捂住眼睛，永远把这一幕印在了脑子里，她也永远不会跟母亲讲起。

第二天早上鞭炮声又响起来，比昨天更热闹，新娘子该是要过门了，大街上这时候也会更拥挤。她去上班走到垃圾箱边，看到流浪汉还躺在那，身边那袋剩菜饭不见了。她扫一眼旁边，不但有一棵大榆树，不远处还有一间废弃的农机房。一个问题忽然在她脑海里一闪：晚上蚊子多，流浪汉怎样熬过的？

傍晚下班，她提着两个塑料袋，一袋装有半块不整的馒头，另一袋是掺在一起的几样剩菜，里面同样有几片大块的肉。她先在流浪汉面前晃了晃说："跟我走，这些饭菜就给你。"流浪汉没有反应，她知道他在偷偷看她，既是眼皮垂着，也肯定在想她手上的剩菜饭。她佯装要走，流浪汉立马站起了身，随着她，像一只饥饿的小狗被人用食物诱引着，来到了那间废弃的农机房里。她把塑料袋放在地上，走出了几十米远，再从拆除门扇的窗口望进去，发现他已经开吃了。

第二天她再送来剩菜饭的时候，发现流浪汉靠在破房的角落里，半坐半躺像睡着的样子，听见她来，头抬一抬。

“臭死了，以后大便到外面去。”她高声冲他喊，随后找来一把铁锹把粪便铲到了外面。下次再来，她发现流浪汉大小便都在外面了，尽管额头上那道疤痕改变了他，但本能还是发挥了作用。

流浪汉天天有吃有喝，虽是蓬头垢面，却是胖了。

二

职工们都爱吃她做的肉火烧，开饭前人人争抢着往她窗口边挤，连邻厂的工人也跑来买。曾有人对她说，不要在食堂干了，自己回家开个面食店吧，肯定赚钱多。她只是笑笑，从没有打算自己开店。其实她也完全不必这么辛苦，老板没有让她做火烧，厂子里一百多号人，馒头中午有车送来，她们三人只管炒好几样菜就行。她也不是为了显示手艺，自从父亲去世后，母亲经常以泪洗面，懂事的她就帮着母亲干家务做饭。母亲有时候尝一口她做的饭菜，脸上会立马泛起光彩，夸她饭菜做得好吃。就为了母亲的笑，为了让母亲开心，她开始读食谱类的书籍，试着做各种炒菜、面食，自然也包括肉火烧。

曾有她的一段视频在网络上传得很火：她身着卫生衣，头戴卫生帽，在窗口前利落地夹起肉火烧，包好，连同笑脸一块儿送出来……那些天附近厂子里好多年轻人往食堂里闯，不为吃饭，是来对比一下视频里的她和现实中的她有什么不同。网上的评论开始铺天盖地：“笑得灿烂，化下妆会更美！”“嫁给我吧！只愿每天吃到你做的肉火烧。”“纯朴的笑，自然的美……”

她把视频放给母亲看，母亲的脸像一簇花，可母亲很快沉静下来：“土气！该打扮自己啦！个子不高挑，腰肥腿粗，没人要啊！都二十六啦！”

她一把搂住母亲的脖子撒娇：“现在男多女少，不会有女光棍的！”娘俩都笑了。如果让她失去母亲，她会失去活下去的勇气，当然母亲更不能没有她。有一天，她就听到母亲和隔壁三婶在说话：“兰子嫁人就好了！要是哪一天我生病卧床，就喝一瓶农药，绝不拖累孩子。”她每每想起母亲的这些话，眼眶就湿润，她心里自有打算，哪个男孩子想娶她，首要条件是带上母亲。

母亲就是手里做着活儿，心里也无时不在操心她的婚事。母亲早把全村的男孩子梳理了个透，工作体面家庭富裕的不敢高攀，品行不端的坚决不嫁。倒是有一个合适的，县城里有房有车，男孩子的工作单位也不错，父母都同意。只是这个男孩子说，婚后要过两个人的世界，双方父母都不能掺和。得，这种人拥有金山银山也不稀罕。她早在留意厂子里打工的山里孩子，不要仪表堂堂，不要楼房轿车，只要愿意和母亲一起生活就行，穷点算啥，只要勤勤恳恳地工作，还怕日子不红火？

这天下班前，她照例把剩菜饭装进塑料袋里，有人私下说她财迷，连垃圾饭菜都不放过，有人说她这行为和年龄不符，这应该是家庭主妇做的事。她不在乎，浪费了多可惜，剩饭菜集多的时候，她就送给邻居们。自从见到流浪汉，她又多出了两个收集饭菜的塑料盆，一个盛零零碎碎的馒头，另一个盛收集的剩菜。流浪汉能像正常人一样，一手拿馒头一手夹菜。她眼前会跳出另一个影子，父亲如果在，年龄和流浪汉差不多。只是父亲是个小个子，流浪汉个子高大。

回到家，母亲没有像往常那样关注她电动车里的剩饭菜。看母亲乐滋滋的样子，她猜想一定是有人来给她介绍对象了。母亲样子很神秘，“隔壁三婶今天给你介绍了个对象，你猜是谁？”母亲不等女儿回话，已经迫不及待了，“是食品厂老板的侄子！”

是他！这个年轻人她认识。高个子，高学历，对人也有礼貌，好多女孩子都在追他。她冲母亲一眨巴眼：“娘，瞎说个啥，咱和人家怎般配？”

母亲的脸瞬间沉下来，声音也低了：“是这个年轻人的姐姐求你三婶，人家愿意，说好明天下午在小桥上见个面呢。”母亲的心凉了，连女儿都没有高攀人家的心思，她攀得哪门子媒？

她陷入了沉思，想起那段视频上，曾扫过一个年轻女人几秒钟的定格镜头，眼神那般专注，这人就是食品厂老板的侄女，这个年轻人的姐姐。这姐弟俩从小没了爹娘，是叔父把他们养大，从另一个角度说，姐姐也占据了妈妈的位置。她突然决定明天去见见他，反正小桥离她们厂子很近，就在一片小树林边上。

第二天，职工们吃完午餐，她开始洗刷清理，三点钟后她有一段时间空闲。她提前十分钟往小桥边赶，远远望见一个影子，看个头看形态，是他，就是食品厂老板的侄子！她的心怦怦跳得厉害，甚至告诉自己，尽管年轻人很优秀，也要坚守和母亲生活在一起的底线。

年轻人突然躲到一棵小树后面，见她走近了迎出来，有些慌张，低下头说话都结巴了："对不起，马爱兰……我早有女朋友了，我姐姐不知道，去求你三婶……"说着用袖子直擦额头上的汗。

她轻轻笑了，心竟然一下平静下来，继续迈着不变的步子，眼睛没斜一下，擦着他的身边走过去。

附近这片林子小树长得枝盛叶茂，偌大的工业园区里，算得上最清幽的地方。它避开了机器的轰隆，人流的喧闹，她早就打算进去走走了，只是不想一个人进去。她盼着像那对对情侣一样，挽着另一个人的手进去。

三

时间久了，这间废弃的农机房便有了名字，村里人开始喊它"流浪汉房"，这里每天都能看到她的影子。

这天，一辆黑色轿车开进村子里来，驶大街拐小巷，最后停在流浪汉的破房前。那车子油黑光亮，看到的人都赞叹一声："好车！"车上下来两个年轻人，一男一女，男的进屋抱住流浪汉就哭："爸……"

时值半晌，村里的年轻人都上班或是下地，只有一些老年人围了上来，这场面让他们好生疑问。只是听到那男的喊爸，再细端量，父子俩形态面相还真相近。那女的也流泪，对着老人们说："我爸遭了一场车祸，出院后就成了这个样子，五个月前没有看好，走失了……终于找到了，呜呜……”

老人们才看清，流浪汉的衣服虽是脏污不堪，却都是好料子新款式。

男的抱起流浪汉，流浪汉却不肯走，嘴里嗷嗷叫，使劲儿往下坠，几个老人上来一起帮着把流浪汉推进了车里。车子开走了，可很快又回来了，停在了这些老人前面。两个年轻人下车打开后备厢，拿出两条香烟、几箱牛奶，还有两编织袋水果，冲着这些老人鞠躬：“谢谢啦！谢谢你们给我爸送吃送喝，谢谢啦……”

老人们有些慌乱，有个老人忙摇手：“不是我们送的饭，是兰子，一个姑娘，她叫马爱兰。”

两个年轻人好似一怔，还是把礼物塞进老人们手里，老人们拿着礼物，有些受之有愧。那女的便问：“你们知道马爱兰的手机号吗？”

“不知道啊，我们都不会用手机。”老人们抢着回答。

男的从上衣口袋里掏出一张名片，送到一个老妇人面前，说：“麻烦您交给马爱兰妹妹吧，让她联系我。”

傍晚下班，农机房前不光站着几个老人，还有几个年轻人和孩子。她从大街上刚拐过来，就有人喊开了：“兰子，流浪汉走了，被他儿子和儿媳拉走了。”有人马上反对：“不是儿媳妇是闺女，跟流浪汉长得蛮像的。”有人把名片递过来，“兰子，你猜流浪汉的儿子是啥人物？原来是个大款！大老板！”声音一下压低了，“今天你若在，把事情说给他儿子听，一定会给你一大笔钱的！”

她笑笑，面对这么多张巴望的脸，她脸上淡得像蓝天上的纱云，说：“找到了家就好，要不到了冬天怎熬过！”是的，半月前她就开始担心流浪汉该如何过冬，有的流浪汉就是冻死在腊月天的。

晚饭刚过，有那么多的电话打过来，闺蜜、同学、同事，话题是一样的：你给流浪汉的儿子打过电话吗？他儿子是哪家的老板？不要错过这个机会……名片上的名字她不认识，职位是“先行化工有限公司副经理”。“先行化工”听说过，好像印着这名字的卡车也来过她们厂，是属于滨海工业园区的，离这一百多里路。她把这张名片丢进一个旧纸箱里，对来电的人统一回话：干吗要给人家回电话呢？管他是哪儿的老板。

四

流浪汉的儿子原来是大老板，这事在村子里引起不小反响，人们把流浪汉、老板、大款关联起来，一同指上幸运的马爱兰，人们开始关心：到底能给她带来多少好处，连职工们看她的眼神也在发生变化。

今天是星期六，也是她给母亲往家带肉火烧的日子，等洗刷完毕，她可以提前二十分钟下班。她欢快地洗刷着碗筷，这时候一个脚步声轻轻从身后走来："小马，你母亲身体好吧，还经常下地吗？"是老板。这些日子老板经常到食堂来，对她问这问那，她好像回答过多次，母亲身体很好，承包着五亩粮食田。老板还是问，她也总是甜甜地回话。

"照顾好老人，你母亲不容易啊！有啥困难只管说。"

"没有困难，老板，我和我娘过得很好。"她手里洗刷着碗筷，用笑脸迎接老板。突然她的脸沉下来，老板看着她的神情让她脑海里忽地闪出了父亲的影子，当年父亲看她的时候就是这个样子。她感觉好温馨，一阵子过后，又透着淡淡的悲凉。

晚饭母亲吃着她带回的肉火烧，嘴里也不闲着。"隔壁三婶又给你提亲来了，你猜谁？你们厂老板的儿子……你三婶做媒婆久了，跑惯了三村四镇，谁家有大男大女都知道，这会儿和你们厂子都连上线了……厂子的儿子？谁相信！"

"娘！您务实了，人家是名牌大学毕业，家大业大，怎会看上咱？再说啦，人家还用得着媒人，攀上门的不知多少？"

母亲鄙弃地冲她一乐："那你怎就没追着谈个？"母亲催婚的方式总离不开这句话。

她笑笑："您不是天天在为我操心吗？"说着凑到娘身边一起吃饭。

娘忽然把火烧停在嘴边，想起了什么："哎，你三婶说老板娘亲自来求的她，她儿子愿意，说什么暗恋你好久了。"

她脑海里猛地闪出了老板的儿子：文静，看人有些腼腆。本来他们家自己开灶，可经常来食堂买饭，她以为是老板一家爱吃她做的肉火烧。每次不经意掠过他的脸，发现他都在盯着她看，眼光碰到一起的时候，他迅速避开。

她联想到老板看她时的神情，老板儿子避开她眼神的样子也更加清晰起来。应该去小树林见见他，反正每天习惯了到里面走走。

第二天，她是在洗刷好碗筷又拖净地板后想起该到小树林见他的，她不明白这么重要的事情自己会没有牢记于心。她来不及换下工作服，刚进林子，就听到里面有响动。在那棵粗壮的槐树下，就是他，老板的儿子！一定是坐在树下那块她经常坐的石板上，看到她，他才立马起的身，显得很局促："你好，……小马！"

她却出奇的平静，以一种碾压式的眼光看着他，直看得他低下头。一个直觉告诉她，面前这个年轻人如果不是深深爱她，不是爱了很久，一个众人之上的老板接班人，绝不会在她面前表现得这般乞怜。她想起厂大会上那个神情坚定讲话有条有理的年轻人，此刻判若两人，她差点笑出声来。

"我爸妈说请你吃饭……明天中午行吗？"

"明天中午？职工饭谁做？"

"今天下班我送你回家吧……不，吃饭去。"

他一个劲儿地搓手，额头上渗出细细的汗珠。她笑笑，转身朝林子外走去："今天不行，我娘还在家等我呢。"

母亲今天是在院门外迎她的，从母亲神采奕奕的脸上，她看懂了，消息传得真快，三婶早把一切告诉了母亲。母亲下意识地前后扫一遍，发现近旁没人，才贴上她身边小声说："人家愿意，一百个愿意，第一句话就是婚后要我跟你们一起住！"她笑了，感到从没有过的轻快。

她做了老板儿子的女朋友。职工们进食堂，开始在她脸上扫一下就迅速躲开。她是厂长的儿媳妇，是未来主人。或许等不了几天她将离开食堂，坐进敞亮的办公室里，不再是一个普通的食堂职工，跟她交谈不能再那么随意。一个月，两个月，她照旧在食堂里，对人还是那张笑脸。她跟男朋友看似缺少“如漆似胶”的亲密，缺少情侣间的“朝夕相处”，只是在某一天的下午她空闲的时候，双双走进小树林，让人觉得他们的恋情似有若无。

恋爱只有短短几个月，可她进厂已经五年了。老板是农民出身，靠自己的努力打拼，建立起了这份家业。记得第一年她进厂，厂里资金周转困难，老板把车子卖了给职工发工资。老板诚信仁慈，在工业园区有很好的口碑。

直到要做新娘的前两天，她的影子才在食堂里消失。婚礼很低调，选在一家普通的酒店里，几桌酒席，只宴请双方的亲属。婚礼前还是招来了许多职工好友，大厅里坐得满满当当。一阵鞭炮响过，新郎新娘出现在众人面前，当新郎给她揭下红盖头时，有几个女生还是尖叫起来：“马爱兰！新娘是马爱兰……”

宁愿守着土地

一

上午九点，玉米收割机开进福德的责任田里。收割到一半时，福德突然冲司机摇手。收割机停下来，司机探出头来问：“咋啦？”司机边问边朝身后的粮仓查看，一切正常，粮仓里刚装满八成，并没有玉米棒子溢出来。司机刚要再发问，福德凑上前说：“先割这十亩吧，剩下的十亩过几天再割。”司机迷惑了，哪有收割一半停下的？看福德神情坚定的样子，司机只能听从。收割下的十亩玉米，刚好装满一辆十轮大卡车。

福德把玉米棒子卸在环村路上。往年这时候公路上玉米晒得满满当当，挤一小段路面都难。今年只有福德一人晒玉米。秋收前村子里来了收购玉米棒子的，刚收割下的玉米就能立马换成钱。还有收割青储饲料的，他们的机械把颗粒秸秆一同粉碎，种地人在田间地头就能拿到钱。他福德不打算卖玉米棒子，还是跟往年一样准备晒干脱粒。公路上就他自己，福德有种孤零感。也许村西的玉米开割后会有人来晾晒吧，福德想。

等把玉米摊匀晾晒好，天快晌午了。福德不忘朝野外望一眼，村后两千亩土地上，就只剩下他的十亩玉米还孤零零地立在那儿。现在的农业机械真让人佩服，秸秆粉碎变成肥料，玉米棒子连包皮都能扒得干干净净。早上还是望不到边的一大片，这会儿已全部收割完毕。福德老汉鼻孔里突然哼了一声：就让它立着，谁还敢抢了去？

一辆黑色皮卡车停在远处，几个人影边走边指指划划，想必是顺通的工程队准备建闸门桥的。福德的胸口立时像被什么东西重重击了一下。

村口那边站着三个年轻人，正专注地看着来来往往运玉米的卡车，有车辆驶来就上前打招呼。中间那人是二狗，腰带上系一个黑色大钱包，看到福德就迎过来："福德大伯，玉米都收割完了？"福德老汉听出这话里带着怪味，明明他的十亩玉米还立在地里，一眼就能望见，嘲弄人不是？福德转身朝村后一指，意思是说你二狗没长眼睛。

"福德大伯，这片玉米是您老的，干吗留下？"看福德放慢了脚步，二狗朝前追一步，"大伯，等收割后卖给我吧，保准给您个好价钱。"福德的目光在二狗脸上停了一下，发现二狗的样子很诚实，刚才是自己错怪二狗了。都是顺通这小子，近些日子把福德的心情搞得乱糟糟。

福德自顾低头走过去，听身后传来了一阵嘻笑声。回头看时，二狗和两个年轻人忙低下头，相互挤弄着眼睛做着鬼脸，这次一定是在背后说他的坏话。无非是年轻人都卖了玉米棒子，你福德一把年纪啦还要晾晒脱粒。另外两个陌生年轻人才是收购玉米棒子的老板，二狗是他们的"地保"。凡外地来村子里做生意的，先得找上一个地保。

福德心里骂：好你个二狗，我福德不傻，把玉米棒子晒干脱粒卖给粮贩，花点时间费些力气，一亩地能多卖好几百元，还能赚下玉米芯子，十亩地就是几千元。你二狗别看我是近七十岁的人，这点苦和累还能受得了。

今年村子里来了好几家收购玉米棒子的，他们争抢收购，这不二狗就带着老板在村口拦截车辆。价格却像是商定好的，谁也不上抬，要是价格再抬高一点，他福德也愿意卖。

顺通这小子确实灵透，看透了种地人的处境。好家伙，村后两千亩土地全部要承包。福德算明白了，现在不叫承包，叫土地流转，土地集中到少数人手里，便于管理也减少费用。福德的二十亩土地都包含在里面。

村里的年轻人很欢迎这些生意人，庄稼收割了可以直接变成钱，省下的时间去打工，远比自己晒干脱粒划算。但福德不欢迎，是这帮人把农民本来就少得可怜的利润又抢去了一部分。要是家家户户晾晒脱粒，粮贩就会多，价格也会提升。

福德老汉回到家中，饭菜已摆上了桌，老伴儿不在家，一定是刚刚离开的。弥散的菜香里掺杂着香烟味儿，是顺通来过了吧？福德的心一提。他仔细看地上，并没有找到一个烟蒂。顺通烟瘾很大，一根接着一根，看来只待了一会儿，是来告知什么事情的。

福德慌忙走出家门，看到老伴儿刚好从老赵家出来。自从得知儿媳妇怀孕后，老伴儿有空就往老赵家跑，脸上总是喜滋滋的。

“顺通来咱家啦？”福德问。

老伴儿的笑脸马上消失了。“来了，通知咱快点把剩下的玉米收割完，他准备建闸门桥，等挖断了路收割机就无法进入。”老伴儿突然盯住福德发问，“你留下了十亩玉米？”

“就留下，我看看顺通这小子敢挖断路试试！”

看福德转身要走，老伴儿一把拉住他：“先吃饭，吃饱了再去不迟。”

二

福德老汉草草吃完饭，看到他气鼓鼓的样子，老伴儿不放心，一直目送福德拐进大街不见了背影。

就回家吃饭的工夫，一台挖掘机停在了小桥边。福德赶到挖掘机前，没人，他大喊了一声：“人呢？谁让你们挖路的？”

原来司机站在挖掘机另一侧，脑袋正埋进机器里，在检修什么。听到福德的喊声忙回话：“今天不挖，预报明天有雨，等雨过后施工。”司机说着直起身子，看到下面的福德两手掐在腰间，眼里要喷出火来。司机笑笑忙朝前方一指：“老板在那儿，有事找他去吧。”不远处停着一辆黑色轿车，是顺通的车。

轿车这时启动了，里面的顺通一定是望见了福德。车子一会儿就来到了跟前，顺通没有下车，只落下玻璃，笑呵呵地说：“福德大伯，留下这十亩玉米要等着涨价？”

福德把肚子里的火气努力压着，脸上也笑呵呵的，“是啊，现在一斤棒子三角五，等涨到七角再卖。”

顺通鼻孔里狠狠出了两声气，车子轰然一声朝前开去。窜出几米又嘎的一声停住，好像记起了什么，探出头来朝后喊：“福德大伯，预报明天有雨，到时候收割机可无法进地收割。”

“不碍事，”福德一身轻松地看上自家的玉米，“玉米棒子不是麦子，淋点雨怕啥。”他突然提高了声音，“顺通，我的玉米没收割前不许把路挖断。”

“那是那是，您老的玉米啥时收割了我再施工，反正不急，过个一月半载的都行。”说完车子开远了。福德分明看到车子中途有两次减速，又很快加大了油门。

顺通走了，福德这会儿才打量起这十亩玉米。雨来了，收割机无法进入收割，如果推迟下十几天，熟过头的玉米棒子会垂下来，收割的时候容易脱落到地上。如果时间再延长，枯萎的玉米秆经风一吹就倒地，就更麻烦。上午收割到一半时，福德忽然想起了顺通跟他说过的一件事：福德大伯，我准备在地下埋设管道，还要经过您的地里。当时福德嘴角只轻轻动了下，聪明的顺通一定能猜透是啥意思。见福德不出声，顺通一下子变得满不在乎的样子：福德大伯，您老不愿意的话我就转个弯，反正也就加长个百八十米的。

福德现在开始后悔，如果把庄稼收割了，顺通从他地里铺设管道照样能拦下搅路，他觉得自己这个决定好糊涂。福德浑身燥热起来，当下之急就是赶紧把这十亩玉米收割了，把玉米棒子卖给二狗算了。

现在的收割机都集中在村西的玉米田里，福德骑上电动车急急奔去。路上运送玉米棒子的卡车显得急匆匆，两车相错时也不怎么减速。头顶上天气晴朗，正是秋季蓝天游白云的时候。分明人们都得知了雨水要来的信息，都想赶在落雨前把庄稼收割了。

福德看到每个收割机前都等着不少人，全在排队等号。一问，时间都排到了夜里。司机都喜欢庄稼连成片收割，福德自己的玉米在村后，还只有十亩，这个时候肯定没人愿意去。福德老汉额头上冒出了汗珠。既然当下收割机没有指望，就先把晾晒在环村路上的玉米打脊盖好。远远地，福德望见老伴儿早在路上打堆了。老伴儿跟福德都是近七十岁的人。老伴儿姐弟六个，她是老大，在娘家没读几天书，却练就了庄稼地里一把好手。你瞧，庄稼人就看重这做活的架势。福德一眼看明白，老伴儿在用铁锨打圆，并非是在打脊。“雨布呢？干吗不把雨布带来？”

老伴儿显然对福德的问话很不满，这会儿抬起头责问他：“过河随大群，看见没有，全村就你晾晒玉米棒子。”

“咋啦？我就要晒干脱粒，偏不卖棒子。”福德窝在心里的火气终于可以发一下了。

“晒干脱粒，晒干脱粒！今年你见过收购玉米粒的粮贩？”福德的心一紧。是啊，都卖了棒子，真是没有见到过一个粮贩，今年他像犯了魔，竟没注意，总不能自己拉到几十里外的淀粉厂卖吧。

“快去问一下二狗，让他派车来把玉米棒子拉走吧。”

福德着起慌来，知错地骑上电动车朝前驶去。村口却不见了二狗的影子，福德隐隐感觉到不妙。等他赶到收购大院，见十几个人正在给玉米垛盖雨布，前来卖玉米棒子的卡车排了长长一溜。还有一个坏消息，因为要下雨，每斤玉米棒子下落了二分钱。价格落了，卖棒子的农民反倒情绪高涨了。

福德终于看见了二狗，这会儿正急急忙忙从办公室奔向盖雨布的人群。福德连喊了几声，二狗四下环顾，才从闹哄哄的嚷叫声、隆隆的马达声中锁定了福德。

“二狗，我打算把晒在环村路上的棒子卖了，能不能派辆车去？”福德追到二狗跟前。

“哎呀大伯，现在送上门的都忙不过来，铲车忙着打垛，哪有空去装路上的？当初求您不卖，现在……”二狗见福德哭丧着脸好可怜的样子，声调缓下来，“大伯，现在价钱可是下落了二分钱。”

“落就落嘛，咱不差二分钱。”福德求着二狗。

这时盖雨布的人群里有人在喊二狗，二狗顾不上福德撒腿跑去了。在垛顶跟一个人讲了些什么，很快又冲下来，擦过福德身边稍一停顿说：“大伯，我去求求老板，行不行可说不准。”

二狗进了办公室，好长时间也没露面。福德从窗口望进去，见二狗站在办公桌前直挠头皮，老板模样的人盯着二狗好像在责问什么。福德很感动，心里说算了，不要为难二狗了。转身刚走几步，就听见二狗在身后喊他：“大伯，老板说了，要等清闲下来才能去……您老别急，反正今天下午一定去。”

“大伯谢谢你了二狗。”二狗平日在福德眼里是个捣蛋货，今天遇事求他，还真是个热心肠。二狗看福德站着不动，又说：“大伯，您去环村路上等着就是，现在光卸完这十几卡车也要一两个小时。”

福德在环村路上等得耐不住了，几次来到收购大院，见前来卖棒子的卡车总是不断，再怏怏地回去。一直等到太阳快要落下，卡车和装载机才来。

装载机司机好像带着情绪来的，每一铲下去，福德老两口赶忙把洒落地下的棒子捡上去。司机总是不耐烦地喊，快点，晚饭都要耽误吃了。福德老两口不敢言语，只顾忙乱地捡着棒子，终于装完了，两人都出了一身大汗。

十亩地卖了两万多斤棒子。如果收割后立时卖，不光能多卖四五百元，还省了麻烦。福德心头一哆嗦，他突然想起，一斤不光少卖二分钱，棒子晾晒了一天，重量也减轻很多，少卖一千元也不止。福德心里叹息一声，看来老伴儿说的对，凡事都要随大群。难道就该把土地流转给顺通？

福德让老伴儿回家做饭，自己打算再去村西的地里问一下收割机。老伴儿要他干脆回家，大片的玉米收割不完，没人会去村后收割。那只有等到村西的玉米收割完，还要等到村前的、村东的，最后才是自己……自己动手掰！这个想法只在脑海一闪就被打消了。根本不现实，十亩玉米他跟老伴儿最少要掰三天，还要单个棒子扒皮，玉米秸秆要削断，运走……

晚饭后，在县城工作的儿子打来电话："爸，村后的十亩玉米您不要着急，我来想办法。"

儿子咋知道还有十亩玉米没收割？"我不急，预报明天有雨，等雨过后再说吧。"

"我能找到收割机，要是明天没雨，上午咱就收割。"

"你到哪儿弄收割机？"福德很不解。

"爸，您就甭管了，跟我妈千万别着急啊！"

三

还好，雨没有下，听闻昨夜几十里外的地方下了大雨。福德心里松缓下来。可天气预报又说，全国大部自西向东将面临一场降雨，估计后天夜里到达本地。福德明白，秋天里"自西向东"的预报将会是连阴雨，雨一般不大，连续下一星期都有可能。

早饭刚过，儿子的电话又打来了。福德兴奋起来："收割机这就过来吗？"

电话里儿子支支吾吾起来，沉吟了好一会儿，说："爸！有家化工厂缺少一个守门的，我看您正合适。"

福德一下子懵懵的，儿子的话在脑海里转了一圈后醒过神来，"你不是说今天不下雨就找来收割机吗？怎么扯到化工厂去了。"

"爸，不就是十亩玉米吗，收割机到了就一会儿的工夫。这家化工厂您去了一个月工资一千八，机会难得。"

福德想起来，一个月前村后的田主都跟顺通签了合同，只有福德没签字。顺通找上他也是这些话，"福德大伯，您老岁数大了，把土地流转给我，我在化工厂给您找一份守大门的工作，清闲工资也可观。"

“是不是顺通叫你说的？”

“不是不是……”儿子不承认，语气却不气壮。儿子声音突然坚定起来，“爸，您跟我妈都是快七十岁的人啦，就把土地让给顺通算了，光承包费也够您二老吃喝的。”

顺通真是神通，果真把儿子收买了。福德不明白，顺通手下的工程队有几百人，城里镇里不下五六处工地，城里楼房好几座，坐高档轿车，是村里最有钱的人，干吗又要回家承包土地。

一个月前，顺通把大伙召集在一起，言明要村后的种地户把土地转让给他。“别人承包费一亩二百五，我给三百块！”顺通声音很大，还在人群里故意找到福德跟前，“福德大伯，您老二十亩一年就得六千块，不用动气力您二老就有吃有喝。”顺通说完又面向大家，“别人承包土地秋后算账，我是一次性缴足十年的！”

人群里议论开来，当场有年轻人举手同意，要求马上签合同。顺通显得异常兴奋。“老少爷儿们，村后两千亩土地连成一片，我首先硬化生产路，再打机井铺设送水管道，现在种地有多少利润可赚？我出的承包费多，还要大投资，五年内我不会赚到一分钱，十年承包期结束，路、水井、管道还不是村里的吗？我可是为咱村父老乡亲着想啊！”

福德和老伴儿相互看一眼走出了人群。外面风光赚了大钱的人真是不实在。村里的土地是按人口分的，他跟老伴儿应分的土地还不足十亩，另外十亩是每亩二百五十元承包他人的，哪来的一年净得六千元？福德心底一股火气往上冲。他回头望一眼，发现几个年龄大的老人也走出了人群。

顺通小跑着追上来。福德知道他想要说什么，不等顺通开口就回话说：“我身子骨还硬实，赶哪天不能下地了，就是白送我几亩地也不要。”顺通想要说什么，也许是身后的人嚷嚷着在喊他，也许看福德神色坚定，就扭头回到了人群里。

第二天，顺通找上福德，开口就说：“福德大伯，我知道您种了一辈子庄稼，对土地有感情，别人一亩三百元抢着跟我签合同，您老每亩我再加二十元。”福德把头偏向一方，故意不看顺通。他听说几个像他这个年纪的老人开始犹豫不决，现在也都跟顺通签了合同，大概也是私下加了钱吧。

顺通看样子并不想强求福德，看福德不说话转身就走，迈出门槛了又折回头：“我说老伯，我可不差您这二十亩土地，只是到时候我统一播种，统一灌溉收割，您的地夹在中间种植起来就不方便。您想想，谁家的机械愿意为这点土地来一趟，还不够路上耗油的。”

这话深深扎痛了福德，顺通已经把话说白了：你福德的二十亩地不让给我可是不行。乡里乡亲的，别的人家都愿意流转这块土地，自己却成了“钉子户”。昨天夜里福德跟老伴儿就商定好了，地可以让给顺通，不过要跟顺通置换一块靠边的土地，这样顺通的地照样能连成片。福德把意思一说，顺通急得就地转了一个圈：“福德大伯，这两千亩地我是准备用铁丝网封闭的。”

福德不急不缓地看着顺通：“这好办，把我的二十亩分离在外面就是。”

顺通苦恼地笑起来：“我说大伯，四围的地我是准备种柳树，是要生养‘知了猴’的。您种粮食我种树，喷洒农药的时候两相害，可是不中。”顺通眼睛突然一闪，“福德大伯，等知了猴上了树，我是要雇人摘收的，到时候您老两口给我打工照样挣到钱。”

好好的土地种树，还是为了生养知了猴，福德心里觉得堵。他就低头不语，顺通也只好走开了。

过了几天顺通又找上门来，告诉福德园区有一家化工厂需要一个守门的，如果肯把土地让出来，就介绍他进这家厂子。福德一口回绝了顺通，一旁的老伴儿也反对。这次顺通走后没有再来过。

福德年轻的时候就盼着跳出农村，在厂子干个临时工也好。如今这般岁数了，和土地打了一辈子交道，真真舍不得离开土地。进了厂子被管束不说，他隐隐觉得这是一个套。现在厂子里年龄截止在六十五岁，他是快七十岁的人了，到时候土地让出去，再被厂子以超龄辞退。还有，和老伴儿在一起相互有个照应多好。今年春上老伴儿夜里下床去厕所绊倒，腿骨折，要不是他在，后果不堪设想。

这些日子顺通没有找上门来，福德心里就一直提着。要是这二十亩土地夹在中间，不但播种收割没有农机手愿意来，而且等修了闸门桥，顺通就控制了水源，种地离开水可万万不行。他有些耗不住了，看来顺通那边也急，要不怎会找上儿子做“说客”。

一个小时候后儿子又打来电话：“爸，顺通在村西刚承包了十亩地，就跟他置换吧，剩下的十亩顺通付钱给您。”

“村西哪个地块？”福德问。

“靠近河沟的那块。”

老伴儿在一旁听着，马上不满地回儿子话，“那块地是红土质，怕旱怕涝，旱时硬得像石头，雨季能淤到人膝盖，产量不稳定。”

“那您老还想怎么着？要是顺通生了气，不跟您置换了，村后的二十亩夹在他地中间可是不行。”儿子有些不耐烦。

福德看着老伴儿：“你说咋样？”老伴儿无奈地叹一口气，那样子要福德决定。福德想了想说：“就这样吧。”

儿子的电话很快又打过来：“爸，顺通的收割机很快就到，您去村后等着吧！”

四

福德感觉儿子受到了一种压力。顺通是儿子所在的建材厂最大的客户，顺通每次进厂，老板都笑脸相迎，总是受到最好的接待，有钱人神通四方。为了儿子，福德也该转让这块土地。

儿子读书时是班里的垫底生，毕业后真让福德犯了愁。他希望儿子跳出农村，没有文凭真是不行。他打听到县建材厂招收职工，但必须交一笔入厂费。他狠狠心把钱交了。二十多年过去，儿子在厂里成了骨干，工资也很可观。福德一鼓作气，贷款在城里给儿子买了房娶了亲。那时一套房子才十几万，不几年福德就还清了，要是放现在，房价翻了几倍，靠种地还房贷简直不可能。这件事算是福德一生最得意的事情了，美中不足是没有孙子。孙女今年满二十岁，想不到国家开放二胎，更想不到的是儿媳四十大几了又怀上孕。福德老两口破灭的孙子梦重新被点燃起来。

老伴儿五十岁那年进城照看孙女，就是那几年，分明就是老伴儿年壮和衰老的分界线。现在老伴儿近七十岁了，手脚反应都跟不上，再不能进城给儿子照看第二个孩子。胡同里老赵家跟他一样情况，儿媳妇生了二胎，老两口一年出资两万元给儿媳妇雇保姆。福德老两口也打算这样做。老赵是退休职工，每月拿着几千元的养老金。福德没有养老金，可这个数字他能办得到。自己有二十亩土地，还有这些年的积攒，给儿媳妇雇五年保姆没问题。可事事难料，哪曾想顺通要流转这片土地。

儿子极力要他放弃这块土地。昨天晚上老伴儿给儿子打去电话，说明了继续种地的打算。儿子电话里急了："爸妈！我自己有钱，雇保姆不要你们出钱。"福德老两口觉得这钱应该出，给儿媳妇照看孩子是公婆的职责，还觉得自己一个种地的，能和退休的老赵付一样的钱，也是他的一种体面。

福德骑电动车急火火地来到村后，并没有看到收割机。他朝村西望去，村西那片玉米收获得差不多了。收割机这玩意儿本钱大挣钱也快，越是有钱人越有能力赚钱。村里十几台收割机顺通就占了两台。

"福德大伯您来了！"玉米叶子突然哗哗响起来，一张笑脸从里面走出来，顺通不知钻进里面去干啥。边走边掏出香烟递过来，想起福德不抽烟，又送进自己嘴里。看到这张讨好般的笑脸，福德心里有些懊悔：看来顺通想得到这块土地比自己更急切，如果自己再扛一把，或许顺通就会答应跟他置换外围这块地。可现在什么都晚了。

"福德大伯，收割机一会儿就到，您稍等。"福德现在不着急，等收割机一到，很快就会收割完，然后把棒子卖给二狗。今天不下雨，昨天下落的二分钱今天该会涨上去。

这时顺通的电话响了，福德一旁听得清楚。司机打来的，说收割机刚进一块方田，要等全部收割完才行，要不村民不答应。顺通赔着笑脸向福德道歉。福德说了句不急，我先去那边走走。

细细一算，从土地责任制到现在，福德在这儿种植已有三十多个年头了。这条生产路上每一步，都写满着他跟老伴儿的故事。春天，他跟老伴儿看着路边的小草发芽，各种野花开放。麦收秋收，路上的人来来去去，脸上流着汗，却写着满满的丰收的喜悦。他突发感想：他跟老伴儿在这条路上来来回回几十年，不知不觉一起变老，也可以说是这块土地陪着他们两个变老……一切都将过去，再过几天这里将会封闭。福德看到一辆卡车围着地边正卸下了一捆捆的铁丝网。

那年他还是一个十八九岁的小伙子，冬天村里在这开始挖沟引水，春节过后初十马上动工。几年下来，生生把这片盐碱地变成了良田。他是看着这片土地从大集体下分到每家每户，今天又归统了一个人……

福德听到身后有人在喊他，回头看是顺通，正两手用力朝他招手，不远处一台收割机正朝这里驶过来。福德想不到收割机来得这么快。

瓜　园

一

要说种瓜，随地丢一粒种也许能发出芽来，可未必有收获，即使结下一瓜半果，也不会有好的口感。种瓜讲究的是土质，红土地肥沃，可难侍弄，特别是苗期，遇干旱容易龟裂，苗不旺；沙土水肥渗漏得厉害，需要及时补充，成本自然就高。种瓜最适宜的是介于红土和沙土之间的中性土质。三茂老汉的瓜园正是这样的地处，还有园子一旁四季不干涸的小水塘，天就的一处瓜园。

三茂老汉的日子多滋润，四围的篱笆墙上，东面一溜棱瓜，南面爬满了扁豆蔓子，傍晚黄黄的棱瓜花一齐开放，粉红的扁豆花也不示弱，两种花香交织在一起，那味儿才叫一个清香！三茂老汉不抽烟，喜欢喝几口小酒。每次生着火了，再不急不缓走到篱笆墙下，剪下两根棱瓜或是摘一把扁豆，刀一切，白汁冒出来。菜下进油锅，“滋”的一声格外响。待菜出锅，顺手从草棚前的畦子里拔起一根香菜，掐成几段扔进去。都说有钱能使鬼推磨，也不尽然，有钱能吃到山珍海味，却吃不到三茂第一时间摘下的青菜。

太阳毒热的时候，三茂老汉放下手里的活儿，躺在用几根木棍撑起的凉棚下。架上爬满了葫芦藤，几个大葫芦吊在下面。三茂眯起眼睛，一会儿仰脸瞅瞅葫芦，再懒懒地转身望一眼园子里的瓜：地中间是西瓜，两边是甜瓜和面瓜。甜瓜、面瓜的叶子看上去一模一样，但三茂一眼就能分辨出来。小风从水塘那边吹来，送来丝丝凉意，凉棚下的三茂那叫一个舒服。附近庄稼地里劳作的人们热得满头大汗，望见凉棚下惬意的三茂，就会说上一句：三茂的日子赛神仙啊！

但三茂的苦闷谁知道，一个光棍，连个近房侄儿也没有。老实憨厚的人必然就穷，穷就讨不到老婆。这个规则是祖辈传下来的，但也不尽然。那时秀儿真俊，两根粗黑的辫子垂在背后，是村里拔尖的姑娘。秀儿说："穷怕啥？只要勤劳，有种瓜的技术，日子总会发达起来。"秀儿做完地里的活儿，再割满一席筐猪菜，就到瓜园来，跟在三茂身后，一起给瓜蔓打冒杈。三茂总看着她憨笑："秀儿！你歇着，瓜茎上净是刺，你的手娇嫩……"

秀儿亮开手掌，果然有几处扎伤的血点点。

三茂有些慌了:"秀儿,你到凉棚下歇着,我给你摘一个花皮黄！"三茂在地里寻起来，不停地弯腰要摘瓜的样子，又直起身，他要给秀儿摘最香甜可口的瓜。终于瞅准了一个，傻傻憨笑着递给秀儿。

秀儿咬一口，嘴巴一张，舌头吐出来，一脸苦相，"苦死了，做害人！"

三茂的眼睛瞪得好大，他忙上前捧住秀儿的手，照着秀儿咬过的地方就是一口，他认准的瓜会有错？真是爽甜啊，一年之中园子里也结不出几个这样的瓜。

"咯咯……"秀儿笑弯了腰。秀儿长得俊，笑起来更俊！三茂和秀儿对着笑，笑着笑着，秀儿就低下了头。

那些日子啊！

想起那段日子，三茂就想起秀儿，就想起水塘边那棵柳树下，还有那个满天星星的夜晚。秀儿两手搂紧他的腰，脸贴在他胸前，身子抽搐着，哭成了泪人，"三茂哥！带我走吧，咱们远走高飞！"

三茂拿不出五十块钱，拿不出两块粗布，没有带着秀儿远走高飞的勇气。第二天一大早，大榆树村来了人，吹吹打打，鞭炮连天，娶亲的队伍带走了秀儿，还有秀儿肚子里他的骨血！

二

每年瓜熟的时候，即使大白天，也经常有人越过篱笆墙，不惊不慌地走进瓜地，摘走一两个甜瓜。三茂老汉拿眼瞪他们，有时也会愤怒地吼上几声，可白天摘瓜不算贼，最多摘瓜人嘿嘿一乐，做个鬼脸，还要冲他狠劲咬上一口瓜。三茂老汉没法子，他受的委屈事儿多着哩。每天在瓜地里他要寻视好几遍，发现熟透的瓜就摘到草棚里。

那是一个傍晚，三茂发现一个黑影子蹲在篱笆外，他心一提：妈的瓜贼！他骂着，分明又不像瓜贼。瓜贼手里总要提个袋子，大多是黑夜行窃。近些了，这个黑影发现了三茂，仓惶朝着林子逃窜。三茂老汉认出来了，这孩子是玉成。在他蹲着的地方，留下一个啃了一半的生硬面瓜妞。

三茂老汉知道，玉成一定是饿了，要不生瓜怎好下咽。玉成仓惶的样子，让他有了那么点做人的威严，到底只有玉成见着他害怕。“玉成，玉成……”他冲他招手喊，越喊，玉成跑得越急了。

三茂老汉急急走回瓜棚，从床下抓起两个熟透的面瓜，他知道玉成跑的方向行不通，还要返回近旁这条小路来。他要等他，须隐起身，要不玉成望见他不会过来。

玉成终于走回来了，三茂老汉几步跨到路中间。玉成见了折身要跑，看到三茂朝他举起两个面瓜，他看懂了三茂没有歹意，停住了。

“孩子，饿了吧！”三茂把瓜递过去，玉成迟疑一下，伸手接了，把瓜压在额下，鼻子下意识嗅了嗅，不作声。

“学校建筑工地正缺人手，你咋不去？干一天小工也有几十块。”三茂老汉说完，忽然觉得这话多余。玉成这孩子呀，他比谁都清楚。

要说那年月哪家没有瓦房、没有摩托车这都正常，但吃不上饭就稀罕。玉成就没饭吃，二十几岁的小伙子挣不来饭吃谁相信。玉成五六岁没了爹妈，叔父收养他。一副憨厚的样子，手脚却不干净。在学校，哪个孩子丢了铅笔少了书本，在他书包里十有八九能找到。

他没少挨同学们的揍，也没少挨叔父的揍，可就改不了这个毛病，小学没读完就辍学回家了。十四五岁的时候，叔父做装饰活儿也带上他。他心思也灵巧，就是毛病总犯，做哪家的活儿就偷哪家的东西，惹得几次叔父连工钱都没拿到。前年叔父去了外地跟人合伙揽工，把他撇在了家中。临走叔父托人在建筑工地给他找了一份活儿，可干了没半个月，工地上脚手杆就少了几根。被工头扇了几巴掌，工钱也没给，他也只是擦擦嘴角的血慢腾腾走开。他被人打从不还手，也不跑开，那场面让人同情。可想想他做的事，还有那双低着头骨碌碌看人的眼睛，真是一副贼相。一张憨脸藏着一颗贼心。

没人再找他做活儿。他的责任田早被叔父包给了别人，他没有收入，不偷咋活？越偷，村里人越躲着他，丢了东西就往他头上栽。“玉成，还我东西来……”他总不吱声，不吱声，就越发让人怀疑，哪个人都会随手给他一拳，他都受着。虽然很多事情后来搞明白了，并非玉成所偷，可人们丢了东西时的气愤，不朝他发朝谁发？

三茂老汉同情玉成，有时候真盼着瓜贼是他，就像盼着铁蛋儿能来他瓜园一样。要是铁蛋儿来，他会尽数把上好的西瓜、甜瓜让铁蛋儿带走，最好秀儿也一同来……铁蛋儿个头矮，粗壮，玉成高高的个儿，看上去又不失灵动。在三茂眼里，两人却很相近。三茂觉得他和玉成还有一样共同之处，是他们的性格，凡委屈的事儿都能咽下，还有他也是早早没了爹娘，饿急了的时候在集市上也偷过烧饼，不止一次，不过也从没被人发觉过。要是被人捉住暴打一顿，坏名气传扬出去，说不定也会被人歧视。

玉成如果有饭吃，不被人冷眼低瞧，说不准会有出息。他见过这孩子在建筑工地做活，虽是个学徒工，砌起砖墙来还真行，会出落成一个好手。可惜他被人误解，他有偷摸的前嫌，要不……人饿着肚子还能不犯错事？就像建筑工地丢了脚手杆的那事儿，没几天就查清了，原来是一个收废品的趁天黑偷走的，要不玉成还不得背一辈子“黑锅”。

“孩子，你愿意回建筑工地不？……你要愿意，明天我替你去说！到底工头是咱村的……明天成不成，你都要在这儿等我，不成，咱再想别的法儿。”玉成不吱声，三茂看清楚了，这孩子眼里充满着感激。

三茂老汉想了一夜。如何去工地，见到工头如何请求，他拟好了几套方案。天一亮，他挎上一篮子熟透的甜瓜。连他自己也不曾想到，事情会如此顺利。工头一口应允，还答应准时发放工资。三茂乐得什么似的。他想，可能因为工头是同村人，也可能是他们查清了上次不是玉成做的贼，也可能因为这一篮子甜瓜。还有一点，在办公室他听到工头们议论：眼下寿光工人难招，工期紧，已派人去临沂招工。不管怎么，答应了就好。

第二天，三茂远远望见玉成早站在那儿了。从三茂喜滋滋的脸上，玉成知道事情办妥了，嘴角露出了一丝笑意。

“孩子，工头答应了！好好干……下班后来瓜棚吃饭，菜是自己种的，不要有什么想法。你要觉得不过意，等发了工资还我钱就是。”三茂一连串说出了这些话。

玉成去了建筑工地，一日三餐三茂早早做好等着。看着玉成大口咀嚼，腮帮子鼓起像个小球，三茂心里就涌出一种快感。他想，如果自己早年娶妻生子，孙子也该这么大了。他经常夜里害怕，突然一个胸闷，或是哪个部位不舒服，就盼着身边能有个人。眼前的玉成让他滋生了一个打算：明年扩大瓜园，在瓜地四边种上大葱。寿光大葱名扬全国，肯定会卖个好价钱，到时候自己那套老房子也该翻新了。

工地上的楼房一天天在长高。三茂劳作一阵起身松缓筋骨的时候，眼睛总要朝那个方向望。现在的人真能啊，就几根钢筋水泥柱子撑着，那样高的楼房竟如此坚固，八九级的地震都摇不倒。他觉得那楼房很亲切，似乎和自己有什么关联。玉成年龄不小了，到了法定的结婚年龄，如果娶上一房媳妇，几年后孩子就该进这栋楼房读书了。

三茂老汉每日整理着瓜园，还要早早做好玉成的饭。他生活里添了新内容，有一种说不出的快乐。

早上有时雾气很重，瓜叶子上落满露珠，无法做活儿，三茂就背着手来到工地上。搅拌机前站着两个人，一会儿把水泥倒进去，一会儿把沙子倒进去，按电钮让机器运转的总是玉成。三茂离着老远就停下，隆隆的机器声中，玉成不经意一个转身，就和三茂的眼光相对，一老一少会心一笑，这感觉让三茂再舒心不过了。

三

铁蛋儿的身板像他，模样像秀儿。三茂经常把自己和铁蛋儿、秀儿串联起来，会陷入很长的遐思之中。在思绪的空间里，有一幅天伦之乐图：男人、女人、孩子，围在饭桌前，盘坐在火炕上，左一声爹，右一声娘……

梦醒了，他会狠狠扇自己两个嘴巴，骂自己想入非非，别家栏里怎好认领犊儿！他眼前会跳出一个男人，秀儿的男人，这个满脸横肉强壮的汉子，对秀儿下手很重。那阵子秀儿坐着月子可不经打，可怜的秀儿，怀里还要紧紧护着铁蛋儿！结婚六个月生孩子的女人，哪个男人接受的了？不能怪这个男人，怪自己，怪懦弱的自己！

那年水库工地上，大榆树村青壮劳力来了几十号，其中就有铁蛋儿。这群年轻人两人一组，一个推一个拉，独轮车压的辙印好深，个个累得满头大汗。就是这张脸在人群里一闪，多像秀儿，他认定这个年轻人就是铁蛋儿。他眼睛紧盯着看，不料铁蛋儿早发觉了三茂紧盯着他的眼神，几次过后，竟朝他吐了一次口水："看啥？我身上生金子生银子？"

铁蛋儿看不懂三茂的心情，三茂怪怪的眼神，让人觉得不舒服。铁蛋儿哪知道，三茂就在附近的工地做伙夫，昨天改善伙食，他把自己那份肉包子留了下来，准备送给铁蛋儿，铁蛋儿怎会读懂一个陌生人的眼神？铁蛋儿今年该是二十三岁了，抚养一个孩子可不是件容易事，自己没能为这个孩子花过一分钱。他觉得秀儿的男人很可敬，虽说经常打骂秀儿。秀儿不应该挨打，秀儿挨的拳脚应该落到自己身上才是！

在村子里，三茂每次看到玉成被人打，就想起小时候的玉成。想起那次集市上玉成一只小手被母亲牵着，另一只小手攥着饼干，三茂碰到了，探下身子说："给三伯伯咬口饼干好吗？"

"给！"那双小手伸到他嘴边，明亮的小眼睛望着他。

"好孩子，三伯伯舍不得吃！"他断定日后这个孩子会有出息。哪曾想五岁时父亲得了肺病去了，肺病是能够治愈的，怎就没有治好？不久母亲又得了一种怪病，很快也离他而去。可怜的孩子！他忘不了玉成小手托着下巴盯着卖油条的发呆，他想起了小时候的自己，肯定也是这个样子。人饿了，"越轨"的事总会犯。

三茂不懂大道理，他觉得人犯了错事，心态就会发生变化，就像一根生长着的瓜蔓被掐断了梢头，会从每片叶子和蔓的桠口生出新的蔓芽，种瓜的人需要及时把这些蔓芽掐掉，只留下一根蔓条。第二天你会发现，这些桠口又生出了新芽，需要一次次掐掉，直到留下的这根蔓条落了瓜，桠口才停止冒新芽。这个瓜长大成熟，样子也是畸形，一头圆肥，一头尖细，这种瓜口感却是极爽。每年三茂都会故意把几棵甜瓜蔓头掐断，多费些工夫，结的瓜自己留下吃。谁人有这样的口福？他三茂就有！

三茂觉得玉成就像这种爽甜可口的瓜。

"三伯，给您！"玉成第一次发了工资，下班后还带回两瓶酒。

三茂接过酒，乐得什么似的，他把酒托起，从上端详到下，像第一次见过"齐民思"酒，这酒在当地最拔尖。

"三伯，这是我的工资，您存好。"玉成把一沓钱递给三茂。三茂迟疑了一下，慈爱的眼神望着玉成。他照顾玉成吃喝，并没有盼着玉成把工资上缴他，突然又觉得这钱应该接过，和自己的积蓄攒在一起。父亲和儿子的关系应该是这样的吧！他这一辈子缺失的东西一下都有了。

这天中午时针指上了十二点，玉成还没有回来。早上三茂用铁夹捉到了一只野鸡，加土豆炖了一锅。每次开饭，三茂先象征性地给自己碗里盛一点，再把玉成碗里盛得满满的。他继承了祖上这种习俗，把老人放在第一位。他总是慢慢地吃，随时准备给玉成添加，欣赏他狼吞虎咽的样子……今天三茂隐隐感到一种不祥。太阳开始西斜，他望见工地上的塔吊在转，听到阵阵哨子声传来，一切正常。三茂想可能今天加班，加班的时候工地上管包子吃。想到这里，三茂的心稍稍放松了。

天黑下来，该是玉成下班的时间了。三茂远远望见一个影子走来，心中一亮，这影子就是玉成。可今天走路的样子疲疲垮垮，不像往日。近了，这影子又折回去。三茂急着追喊："玉成，玉成……"影子停下来，三茂赶过去："孩子，你咋了？"

玉成不吱声。三茂忽然发现他脸上有几处紫青，"嗡"一声，三茂心里大叫了一声"不好！"

"孩子！到底是咋回事，你说……"

玉成低头擦泪，突然扑到他怀里，"三伯，我走了！"转身跑了几步，又回过头，"三伯，工地上的水准仪不是我偷的……不是！"玉成的声音变得愤怒，撒腿跑远了，三茂哪能追得上。

三茂老汉呆了。他觉得自己像在梦里，这段日子的好梦一下子崩散了。

玉成走了，三茂在瓜地里做着活儿，一点精神也打不起来。

两天后他得到一个消息：工地上的水准仪找到了，是工头的一个朋友急用，当时保管室没人就拿走了。三茂气得把手里的一个面瓜摔了个稀烂，怒气冲冲地朝着工地奔去。

三茂用了全身的气力，抡圆了胳膊把拳头砸在办公桌上，震得一张图纸落到了地上。三茂分明看到工头平静的脸一下子恐惑起来，张大嘴巴望着他。

"你说说清楚，为啥揍玉成？……水准仪谁偷的？"

"三叔……"工头的嘴巴动了几下，那表情是想说：你三茂跟玉成非亲非故，凭啥为玉成讨公道？不知是三茂咄咄逼人的气势，还是觉得自己理亏，工头张大嘴巴望着他。突然工头身子一仰，拉开抽屉抓起一把钞票。“三叔，你把玉成的工资拿走吧！”工头慌张地点数着钞票，点毕，犹豫一下，又加了两张。“三叔，给玉成多加二百！”

说着，小心翼翼把钱送到三茂面前。

三茂拿起钱，猛然朝桌子上一摔：“谁要你的臭钱，把玉成找回来！要不就告你去！”

工头傻傻地望着三茂，慢慢小心着用胳膊把钱拢到一起。待要把钱放回抽屉时，三茂上前一下把钱收起，工头手里还夹着一张，也被他用力抽回。钱是玉成的，只有他三茂配给玉成保管。然后他把门狠狠一摔，气冲冲走了。

四

第二年，三茂把瓜园扩大了一倍。这年西瓜产区尧水大涝，产量减产厉害，三茂的西瓜却大丰收，三茂狠狠赚了一笔。到了秋天，村庄重新规划，三茂的房子处在中心街上，被经商的人盯上，出大价钱要和三茂调换。三茂一口回绝，拆了自己的三间草房，建起了五间大瓦房。房产证上，他注上了玉成的名字。

过了几年，三茂把瓜园租给别人种植了棉花。他年龄体力不能再侍弄瓜园了，他有了一笔不算少的积蓄，是留给玉成的。他身子骨虽硬实，毕竟年龄大了，经常有不舒服的时候。他不觉得恐怕，玉成是自己的儿子，虽不在身边，总有一天会回来的。

三茂留恋的两处地方，一处水塘边那棵柳树下，那里记录了他和秀儿甜蜜痛苦的恋情。水塘几十年前填平了，那棵被柳树伐掉了，变成了一座养猪场，三茂想秀儿的时候，只能远远站着望。另一处就是曾经的那片瓜园，那里有他和玉成一段快乐的日子！只要天气晴好，三茂就会来到这里。他觉得玉成一定会回来，会在一个他最需要的时候来到。

村里那事儿

一

早晨空气清新，那臭味儿就越发刺鼻！

最早经过三子酒店的是大刘，他每天例行去菜棚拉草帘。他从胡同刚拐上大街，迎面小风里裹着一股臭味儿扑过来。越往前走臭味儿越烈，走到三子酒店，腐熟的粪便臭熏得他透不过气来。大刘发现酒店门前有一个白色涂料桶，臭味儿就是从这儿发出的。大刘心里疑惑，猜不透怎会有一只粪桶放在这儿，或许是三子夜里掏厕所放这儿的吧。不对，酒店里有下水道，马桶上有水龙头，哪来的粪便？大刘觉得蹊跷，又觉得不是件多大的事，就只顾捂住鼻子匆匆走开了。

随后经过酒店的是小于，他比大刘晚了几分钟。这时候三子酒店里已经亮了灯，还听到里面有脚步声。他发现铝合金镶框的大面玻璃上涂着一片屎粪，灯光把影子投到街面上。小于立马意识到发生了什么，料定三子是招惹了什么人，夜里被报复了。

大棚种植户早起的时间差不多。等第三个人经过时，看见三子夫妻俩在门前忙活着。女人端着一盆清水，一下一下往玻璃上浇，再用拖把蘸水上下擦拭。三子从路边掘起沙土，一锨一锨撒到门前，再用扫帚堆成一个堆，最后用铁锨铲进一旁的垃圾箱里，那只涂料桶被三子用力一拍，立马变成了几块塑料片，也一同被扔进了垃圾箱。这人觉得奇怪，虽不知发生了什么，但料定问题严重。走出十几步了忍不住回头望，看到三子夫妻俩这时进了房门，顺手“哐”的一声把门带上。

接下来拉草帘的人们集中路过，酒店和往常没有异样，虽然还有臭味儿没散尽，但谁也没有在意。等这些人走到村口，正好碰上送活鱼的水箱车开过来，后面还跟着送菜的车。这是三子酒店每天例行的活动。等村上人拉完草帘回家吃早饭，酒店送活鱼的车已经开走，送菜的车正准备启动。三子两口子依旧笑吟吟的，跟经过的村民打着招呼。

一个看似再平常不过的早上。

三子酒店被人泼了屎粪的事还是很快传遍了全村，传播速度比屎臭味儿还要快。掘人坟墓，泼人屎粪，这是最歹毒的行为，没有深仇大恨不为之。三子跟谁结了大仇？

酒店周围的人家这才明白，难怪今天早上屎臭味儿熏天，原来是三子酒店夜里被人作了案。有人说自己当时还在梦里摸鱼，突然梦里的水变成了粪浆。被臭味刺醒后，发现窗户开着缝，原来臭味儿是从外面钻进来的。

村里有的人对臭源不认同。在盐田打工的村民起得早，他们说屎臭味儿在村子东部，方位大概在村主任于德胡同里。于是村主任于德周围的住户一个个恍然：还以为早上谁家茅厕没改造，这会儿在清茅坑哩！最后还是于德对门的快嘴张道明了真相。他说，那臭味儿太烈，估计就在附近。他刚要开门探个究竟，隔着门缝，看见于德门前有一只白色涂料桶，里面装着屎粪。快嘴张推测：作案人一定十分慌张，本意想把屎粪泼到院门上，因为太紧张粪桶脱了手，在地上滚了几下才停住，院门只溅上一些星点，却撒了一地臭。很快村主任于德两口子走出来，立马着手清理。地上的屎粪不多，三五下清理干净。快嘴张拍拍胸脯：胡同里除了我保准没第二个人看到。

酒店人员广聚，是一个容易生发事端的地方。村主任这个村里的实权人物，很容易跟酒店扯上关系。两家大门被同时泼上屎粪，必然有什么关联。村里人一时间谁也思索不透。

二

中午十一点，大街上车子开始多起来，从三子酒店一直排到十字街口。这时候“沿海酒店”老板二福斜着眼从玻璃望出去，心里别提多难受，十辆，二十辆……二福心里默数着。如果排过了街口，该是三十多辆！少说也得有七八桌客人。随后二福脑海里还会跳出一个数字，这群顾客给三子带来的利益。

二福心里沉闷。曾经，他的酒店也是这样顾客盈门，大街两边车子排满，好多还是慕名而来的远客。当初有人批评“沿海酒店”这名字太张扬，中国沿海线那么长，低调点好。二福神气地笑笑，他相信自己的手艺，名字就要高调。

二福出校门那年十七岁，经人介绍进了一家职工食堂，一干就是十几年。其间二福自学烹饪很是下了一番功夫，博得了厂领导和职工们的肯定。有人说他辞职干酒店，主要还是因为有拿手的菜，糖醋鱼、酸菜鱼、清炖鱼、红烧鱼……曾有厂领导说，二福做鱼的手艺不逊某城有名的大酒店，真要开家酒店，不愁没有顾客。的确是这样，开业时那般红火，谁想如今咋就这般萧落了呢。

二福最难受的是酒宴结束时候，三子酒店的客人从他门前经过，车子里客人红光满面。职业的敏感性告诉他，顾客那种兴奋的神情，无疑是对三子酒家最大的肯定。

有时候他酒店一天只来几位散客，即便闯进一帮子人，也经常是三子酒店招待不下才来他这的。水电费房屋租赁费一分钱不少交，这样怎能维持下去，二福有了关门停业的打算。

今晚三子酒店客人的车灯一次次从玻璃窗扫进来，常识告诉二福，今晚他店里不会有客人来了。二福准备拉上窗帘走人，没有生意，从这经过的村民总要朝店里盯上几眼，那眼神明显透着嘲弄。就在他准备离开的时候，有位客人走了进来，是村子里财大气阔的盐田老板宋涛，也是二福的同学，宋涛要了一桌十人的酒菜。

生意清淡，一桌客人也不错，而且还点了两道大菜——糖醋鱼、红烧鱼。宋涛告诉二福，今晚邀请的是老同学和发小，要二福也一起加入，二福满口答应。二福曾给自己定下规矩，不跟客人掺合一起，他并非为结算时犯心思，他认为酒店老板要表现得低调，要将每位客人奉为上帝，这样既体现了职业风范，自己又不失气度。现在酒店快到头了，不管那么多了。

菜上齐了，客人只来了五位。宋涛扫一眼来客，“不等了，咱们开始吧。”估计这时每家该吃过晚饭了，再等也不会有人来。他望着二福喊：“你也过来坐吧。”二福忽然迟疑起来，他发现今晚来的几位全都默默无声，没有一点老同学聚餐的兴奋劲儿。他明白宋涛请客绝不是拢合同学感情，肯定另有所图。“过来坐吧，等来了客人你再去招待。”宋涛又喊。二福这才过来坐下。

邀请的客人不到半数，做东的没面子，但宋涛不露声色。到底是有钱人大老板，经历的多，见过世面。第一杯酒端起来，宋涛一下喝了半杯，其他人就抿了一口。二福看明白了，几位跟他猜的一样：宋涛这位抠门，平日碰面都懒得跟人打招呼的老同学，一定有事相求，要不会舍得破费，太阳还不是从西边升起？

“老同学厉害，如今可是村里的拔尖户了！”

“老同学，你可把我们落下十万八千里啦！”

既然宋涛做东，就该说点客套奉承的话。桌上的人这样说，二福也跟着说。

这些话并非是在恭维宋涛，论经济实力，宋涛确是村里数得着的。平日宋涛跟人往来少，大家却都知道他不简单，城府深。当年村里建起第一付盐田，没有谁看好。新盐田产量低、品质差，当时市场价格也不行，宋涛却跳出来承包，没有竞争对手，以基价中标。第二年盐价暴涨，连续几年稳居高价位。十年间，宋涛赚得盆满钵满。村里有人说宋涛运气好，了解宋涛的人清楚，运气是一方面，主要还是宋涛头脑灵活，眼光前瞻。

宋涛笑笑，扫了几位一眼，“我一个小小晒盐的，能赚几个钱，你们不清楚？”

“老同学开玩笑，我们又不跟你借钱，别害怕。”气氛开始轻松。

宋涛城里有房，听说还是几套，车子几十万，名副其实的大款。

宋涛突然仰起头，重重叹息了一声：“还是有权好啊！人家不让咱发你就白瞪眼！”大伙看着他笑，见宋涛脸色阴沉，才知道他的话是认真的。大伙心里一沉，宋涛这不是在骂村主任于德吗？

两年前于德被选举为村主任，上任几个月，刚好宋涛盐田承包期也满了，村里准备再次招标。盐田是个聚宝盆，投标者非常踊跃，不光有本村村民，外村的也不少。宋涛跟村“两委”提议，要求同样价格再让他承包十年。理由是当年盐田建成后，只有一条自然踏成的小土路，运盐的卡车进不来，是他自己出资几十万修成了柏油路，这笔钱本应村里出，村里不出，理应让他再续约十年。村委驳回了宋涛的要求，依然在规定的日期招标。宋涛虽再一次中标，承包费却高出上次好几倍，宋涛看人的眼神都是气嘟嘟的，看见村主任于德就差上去扇几个耳光了。

“老同学们可要帮我一个忙。”宋涛突然打量起桌上的人。

酒桌上静下来，相互传递一下眼神：宋涛今晚请客，该不会是要联合我们上访吧？

宋涛虽然二次中标却不服气。为这事上访到镇上，镇政府查明情况后不支持宋涛的诉求，宋涛又上诉到县里，县里同样不支持宋涛，驳回的理由跟村里镇上一样。因为合同上写得明白，十年期满盐田原貌上缴，期间道路房屋、盐田用具均由承包人负责维修置办，承包期满统归村里所有。

桌上的人支支吾吾，讪笑着。

“镇上县里不给解决，我要去省里，人多影响大，老同学们可要支持我，陪我一起上访！”宋涛盯着大伙恳求，“我用双倍的工钱支付你们！”

助势上访，这可不是件小事。再说宋涛应该遵从合同，上访他不占理，村“两委”做得对。村主任于德更是村里人看好的，他坚持了公道，要不选票怎会有压倒性的优势。

越是有钱，越是歪点子多，越会算计人！桌上的人心里暗暗叫骂。

气氛很尴尬。终于有一个人站起来，推说家中有事走开了。跟着，另外几个人也都借故走开了。酒桌上就剩二福、宋涛两人。

宋涛两手撑住桌子，无奈地叹息一声："不公平，村委不公平啊！"

要不是在自己酒店里，二福也要拍拍屁股走人。他鄙视宋涛，特别是前年村里硬化大街，好多人纷纷捐款，唯有宋涛一毛不拔。宋涛这句"不公平"，二福脑袋却突然"嗡"一声涨起来。"不公平"这三个字很迎合他的心情。现在顾客一边倒似的涌上三子酒店，与村主任于德有关系。于德家中来客，都是去三子酒店报红烧鱼。主任有带动性，其他人还不是随了去！

"他妈的就不公平！"二福站起来，脸色很难看，也不管身边的宋涛，一仰脖一杯酒下了肚。

"宋涛哥，我可是在县厨艺比赛拿过奖的，谁人不知？比不上他三子一个建筑工地烧火做饭的？要是公平竞争，我会输给他？！"二福用力朝着三子酒店指点。

宋涛给二福满上酒，眼睛紧紧盯着他。

"为啥于德来客总去三子酒店报菜，这不明摆着吗？！主任偏向那家，说不定里面藏着什么猫腻……当初真不该投他的票！"

二福有些醉，嘴里开始叫骂："两个臭杂种，我不会放过你们，看我怎么整你们……"

二福端起酒杯，宋涛也随着端起来。好像突然想起了什么，宋涛放下酒杯，冲二福抱抱拳，转身走出了店门。二福没有起身相送，自己又喝下了几杯。

就在这天夜里，三子酒店和于德院门上被人泼了屎粪。

第二天二福起得很晚。酒醒了，想起昨晚说的话，心里后悔起来，真不该骂于德和三子。要说于德可是他心中最佳村主任人选，于德的工作让他敬服。要说三子，虽是影响了自己的生意，可人家公平竞争，没有挖他墙角没有对他耍手法，找不到恨人家的理由，二福越想越自责。老婆回家告诉他昨夜村里发生的事，二福心一沉，脑中猛然一闪，就觉得这事好像跟自己有些关系。他走上大街，发现村里人看他的眼光怪怪的，更坚信了自己的猜想。这一天他的心一直提着，感觉像有什么霉事要落到头上。

一连几天，酒店连个散客都没有，二福打算马上关门停业，大不了再干职工食堂去。中午他老婆提着一袋鱼汤扔到饭桌上，然后气嘟嘟转身离去。二福不解，忙去解开鱼汤袋口，这不是三子酒店的鱼汤吗？二福刚要发火，一股熟悉的味道扑进鼻来，二福身子一震，肩膀不由一耸：这不就是当初自己开张时的气味吗，是一道道细细做出来的。再细细品味，比自己当初还有提升！

曾经，酒店里客人满满，客人不停催促上菜。二福忙不过来了，开始偷工减料，客人照常蜂拥而来。又不知过了多久，客人少了，渐渐清冷起来……

二福狠狠地捶了自己脑袋几拳！

三

村主任于德跟酒店老板三子被人泼了屎粪，两家却很平静。村主任于德照常去村委上班，这段时间工作忙，上面要来卫生大检查，今年玉米“锈”病发生早，必须发动村民尽快防治，哪项工作都不能延误。

村里人都想从于德脸上发现些什么，找到些什么。于德平静的态度让人只看到一种气度、一种智慧，这就是他们看好的村主任，没有错！

于德上任第一件事是对村庄进行改造，主街道设计成三十米宽，都赶上县城的马路了。村里财力不足，于德想尽法子筹措资金。那时村子几公里外正在兴建工业园区，大街改造就要和园区连接起来。如今街道两边不光有两家酒店，还有百货店、服装店、理发店，几乎包罗了村里人的生活所需。另一方面，几公里外工业园区的职工来来去去购物的、品尝美食的，自然带动了这里的经济，这里才如此繁荣。这里让人感觉这条街不像一个村落，更像一个乡镇。这一切都应归功于村主任于德。

当年二福酒店开张后几个月，三子酒店也开张了。三子最初在建筑队干小工，后来改为伙夫。二福刚开店那会儿村里人很吃惊，到后来人们又佩服，谁想到一个烧火做饭的，仅仅两年时间就打拼出了自己一片天地，其中包含的艰辛困难自不必说。

三子酒店很低调，门牌上只写着“鱼馆”二字。村子属沿海地区，水产品丰富，把鱼当招牌菜听起来可靠实在。不过走进店里你就会发现，菜谱里各种菜肴一样也不少。单说每天的用鱼量，那可是一水箱活鱼，少说也有几百斤。三子酒店每天客人满座，好多是慕名而来的远客。村里人都说，三子发大啦！

一般说被人泼了屎粪，事发后两家紧闹腾，老婆大街上骂，男人放着狠话，警车鸣着笛开进村，警察对附近的人员摸排调查，这才算正常。两家的平静倒让人生出许多猜疑，里面会不会藏着什么黑幕？村里人都清楚，这种事如果报警，警察会一查到底，特别是针对村干部的事，性质更加严重。

村里人的猜疑不无道理。以前村里招待宴请不计其数，都指定在某家酒店消费。听说一桌费用上千元，这家酒店老板可随意加价，村干部从中捞取好处。村民对此恨得咬牙切齿，知道里面有鬼，却无从查证。每年光招待费十几万，支出账上根本看不到。现在新农业新农村政策下，村干部都是村民选举产生，每个参选人员要上台演说自己的执政理念，说到村民心窝子上的才有资格当选。村主任于德是这样说的，也是这样做的，村里有了酒店，却从没见村干部在里面大吃大喝。

有人得到消息，三子老婆背地里骂过一次：水缸里逃不走瘸鳖去，还不是那号人！自己做菜“偷工减料”，生意冷淡了怪怨别人，赶明儿指不定要给我们酒店放火呢！

人们经过村委大院，还是不自觉地在宣传栏前放慢脚步。墙上玻璃框里挂着一张张收支账表，现在村里收支情况每月张榜公示一次，上面有村主任的签名，还有新成立的村民监督委人员的签名，每一项收支也都是村民了解的，无懈可击啊！

不知哪里传出这样一个消息来：村主任于德曾去三子酒店报过两次红烧鱼。这本来正常，哪家村民没去酒店吃过鱼？鱼是两家酒店的特色菜，在方圆几十里的村子和工业园区都很有名气。可村主任身份特殊，容易牵动人们的眼球，加之主任和三子酒店同时被人泼了屎粪，就有了猜不透的玄奥，这几天早有人暗中调查于德了。

村子里暗流涌动。

消息属实。第一次是去年春天，于德老丈人来了，不光为探亲，也是慕名来吃鱼。于德去三子酒店报了红烧鱼，其他几个菜是老婆自己做的，也有人出来证实，其中一道菜还是邻居送的，春天棱瓜稀罕，让老丈人尝个新鲜。

第二次是去年冬天。儿子放寒假带回几个同学，孩子们嚷着要吃鱼，于德又去三子酒店报了一次红烧鱼。两次结算都用现金，分毫不少。

不知为啥，也许是感受到了什么，二福老婆有一天对着几个女人说出事那天晚上，二福醉成了一摊泥，是她架二福回家的。半夜二福醒了，一个劲儿喊口渴，她给二福倒了一杯水。喝了水，二福精神起来，一条腿老往她身上压，气得她一次次推开，最后狠狠拧了一把，二福这才老实，一觉睡到了天明。

四

两年前全村茅厕都进行了改造，用的是国家为建设新农村下拨的专用款项。祖辈传下来的茅坑被深埋地下的管道被陶瓷蹲便器替代。高压喷水清洗厕所，闻不到臭味，夏天不见了蛆虫涌动，蚊蝇失去了繁殖条件，环境提升了一大截。

那天早上的臭味儿可是茅坑里腐熟过的粪便，没错，那气味儿种地人明白，少说粪便也在茅坑里沤了半年以上。

这问题把全村引爆了，屎粪哪来的？

屎粪来源成了焦点。屎粪不是出自本村，会是哪儿？另外还有，盛粪的涂料桶是新的，上面遗留的涂料刚刚凝结，说明涂料刚用过。哪儿有刚涂刷过的房子就是怀疑重点，警察去追查还不容易。

逻辑思维，案情分析推理，真不能小瞧种地的村民！

人们想到了村外的建筑工地。离村不远的工业园区还在扩建中，要说建筑工地，人员虽然不少，但居留时间短，粪便未腐熟工程就完结走人。从今年春天开始，工地厕所也要进行环保化处理，粪便全部埋到地下，屎粪来源可以排除。那么就要说盐田，四季都有工人留守，茅厕还是原始的蹲坑式。离村子不远有几家盐田，一排排像小山似的盐坨，盐坨间星落着几排红瓦房子。那排最白亮的是宋涛的盐田房，要没有那红色房瓦，还以为那是一堆白色食盐呢。

宋涛二次中标后，不光盐田用具全部更换一新，房屋也进行了维护装饰，地面换成大理石板，门窗变成铝合金框架，墙面用涂料粉刷一新……第二个承包期准备大干一场了。

村里人远远望见那排白色房子，感觉那画面像电影里变换的镜头，随着焦距变化，房子忽近忽远。人们猛然想起，宋涛曾叫嚷着要去省里上访，现在一点动静都没有了。

这天，临近傍晚，宋涛把车子停在了十字街口，手提一个黑色包包，里面装的是香烟。不知为啥，是太阳从西边升起来了？宋涛见人就递烟，年长的还塞一包。等到太阳落山时，宋涛给二福打去电话，要二福今晚准备一桌。电话里他点了糖醋鱼、红烧鱼，还点了辣子鸡、芹菜炒鱿鱼、辣肠，言明今晚再宴请老同学们。二福听了没发声，电话放在耳朵上好久才放下。

二福的生意渐渐开始好起来，每天能接待好几桌客人。大街上停放的车子，不光有三子酒店的，也有二福酒店的。

这天，宋涛驾车拉了十几个职工进了二福酒店。二福迎上来，宋涛只管低头走进套间，边走边说，来两桌价钱最贵的。进了套间，宋涛面无表情，一句话不说。

今天宋涛放盐。这是盐田统下来的规矩，每次放盐后都要摆酒宴请职工。今年盐价平平，宋涛反倒大气起来。往年每吨四百多元时，宋涛也只让食堂做几个简单的菜招待职工。一个抠门的盐田老板忽然变得大方了！

村子里曾有人预言：等二福酒店重新红火起来，三子酒店会衰落。不曾想二福酒店重新红火了，三子酒店却像添了一把柴，火得更加有气势。到底是两家酒店影响力大，大街上从南到北排满了车子，分不清是哪家酒店的客人。

这一年秋收秋种结束，农闲开始了，村里准备硬化每条胡同。这次村“两委”没有发动村民捐款，可捐款的人仍然不少。二福捐了，三子捐了，宋涛也捐了，而且就数宋涛捐得多！

小河涨水

这条小河叫部队河。其实它是一条引水渠道，上游连接弥河，流到我们村后变成两条，一条通往盐场水库，一条流向三分场。它的河龄很短，一九六四年冬至一九六五年春天修建的。起初小河没有名字，后来三分场驻扎的“炮八师”战士经常维修这条渠道。看到有解放军维护看守闸门，村里人人倍感亲切，人们心中踏实，军民亲如一家。小河虽小也该有个名字，人们就开始叫它部队河。村里人都说，这名字起得好！

家乡多是盐碱地，白茫茫的望不到边，除了家家院子里的槐树、榆树，野外几乎看不到一棵树。就因为这条小河，盐碱地上奇迹般种出了水稻，河两边柳树繁茂，小河给家乡带来了生机。水是生命之源，这话一点不假。

后来弥河成了季节性河流，这条小河也会在春天断流，雨季时水流翻滚，涨大水时看着就要溢出来的样子。小河有水就有鱼虾，还有河蟹和蛤蜊。蛤蜊有好几种，椭圆形的，长方形的，颜色也不同，有白色的，深灰色的，外壳都很薄，把两只蛤蜊一碰，受撞击的部位就会破碎，露出鲜嫩肥美的肉质。蛤蜊肉做汤最好，出锅前再加一点香菜末，那味儿甭提多美！要想抠到蛤蜊，必须在枯水期去河畔找。水浅了，看到下面一条条细细的沟痕，那就是蛤蜊行走留下的，痕迹消失的地方，就是蛤蜊下潜的地方，往淤泥里一抠，保准捞上一只肥美的蛤蜊来。

村里人都知道小河春天断流，再经过一段时间慢慢渗漏、蒸发，部分河段开始露出地面，深的地方变成了水洼。积攒了一年的鱼虾被迫聚到小水洼里，里面的鱼虾该有多丰富。一网推下去，不等网具出水，里面就开始翻腾：最活跃的是梭鱼，蹦着跳着，网鱼的人须把网具不停地摇晃，要不鱼就能腾跃到外面；巴掌大的鲫鱼一个劲儿地摔尾巴，绝望中嘴巴只会一缩一张；鲇鱼最狡猾，一个劲儿地往其他鱼下面钻，这种鱼生命力强，离开水还能活好长时间；当然还有螃蟹，它不甘心就擒，张开两只大钳对人示威，也只是徒劳罢了。

转眼又到了初夏。村里人开始谈论，该去部队河捞鱼了。但每年捞鱼的多是孩子，成年人捞鱼那是不务正业。上个星期天我特意去过一次，河水虽还连成一片，但已经很浅，有的地方能望见河底了，隐隐看到水下蛤蜊行走的痕迹。可能看到了我的影子，鱼儿纷纷往深水里逃。推算下来，这个周末该是最佳的捕捞时机。

整整一个星期，我人在教室心却飞到了小河里。窗外一条小路从学校通向羊临路，顺着羊临路往北走二三里就是部队河。

终于盼到了星期六放学的铃声。我们那时候一星期休息一天半，上午的课上完，下午就自由啦！铃声一响，孩子们冲出教室，比平日都欢快。有想法的孩子很多，或是星期天去野外捉鸟，或是走亲戚，说不定还有像我一样的，早就在惦记部队河里的鱼了。这也使我的心一直放不下。

在胡同口我拦住了好友愣子，经过一番思量后，我决定约他一起去。愣子听了很惊讶："部队河发大水了，你不知道？前天水都平槽了！""哪来的大水？从春节到现在一直没下过大雨。"我知道愣子爱说谎，比如他妈妈要他去割野菜，他说孩子们都在家，他一个人去野外害怕，实际野外的孩子多的是；他妈妈要他去供销社买东西，他会偷偷买几颗糖，撒谎说东西涨价了，要买的东西不能如数。这愣子又懒又馋，如果不是我最好的玩伴，我才不会邀约他。要知道部队河就剩几洼水，去的人多了，能捞几条？

"你不信？"愣子盯着我。"前几天上游下大雨了，好大的雨！"

我才不相信，看着愣子不屑的样子，我心里很生气。本来打算吃过午饭去的，现在决定马上就去。“看着吧，等我捞回满满一篓鱼，一袋子蛤蜊，让你眼馋吧！”我悄悄把书包藏进门楼的夹缝里，取出网具。网具是我早上就准备好的。怕母亲发现追问我的行踪，我猫着腰，两脚轻抬慢放，一溜小跑出了村子。

那天野外出奇的静。路旁田里没有了锄地的人们，开阔的草地上不见了牛羊的影子……忽然觉得一切都变陌生了。每次去捞鱼的时候，孩子们都成群结队，一路连蹦带跳，叫嚷声惊得树上的鸟儿四散逃跑。今天这么安静，静得我心怦怦乱跳。我有些害怕，开始后悔，愣子不来，也该约上其他几个伙伴才好。

路面柏油晒软化了，黏得鞋底“滋滋”响。槐树上知了叫得很欢，听到我的脚步声戛然打住，却很快又叫起来，“吱”一声叫得更响，我的心也跟着颤抖一下。要有一辆卡车开过来多好，把沉寂的大地搅动一下。我心里想。

怎么可能，那时候卡车很少，跑运输的多是马车，正午的太阳烤人，牲口需要午休，连辆马车也看不到。路像一条晒蔫的带子，永远望不到尽头，我恍若在梦境里。

“喂，小孩子，干啥去？”突然一个声音吓了我一跳。路旁一棵大槐树下扎着一间小草棚，一个黑瘦的小老头蹲在草门前冲我喊，可能看到了我手里的网具，“部队河发大水了，哪能捞到鱼？快回家去吧！”

这老头是我们村的一个老光棍，负责看管庄稼。现在庄稼没有成熟，他清闲得很。这老头刁诈，也爱管闲事，我们孩子背地里喊他坏老头。可他的话还是让我的心一提：愣子说小河涨水了，这老头也这样说，难道果真是这样？

我努力说服自己，这老头是在骗人！有一次这老头让我们上树掏鸟蛋，我们胳膊脸上都划出了血道子，他骗我们说鸟蛋不能吃。小鸟快破壳了，他骗我们把蛋送给他，等孵出小鸟送我们每人一只，实际上他偷偷把鸟蛋吃了。还有一次，一只受伤的兔子窝在草丛里，他要我们一起围捕，讲好谁捉住归谁。最后我们把兔子逮住，他说这只兔子是他打伤的，应该归他，要不就去学校告诉我们老师。

“孩子，不骗你的，真是发大水了！”老头继续喊我，样子很诚恳，“正午顶上，一个小孩子可不要乱跑！”

这话母亲也讲过，夏日的正午如同午夜，可能藏着什么骇人的东西，不管什么意思，反正是要人们忌讳的！

不要说我整整盼望了一个星期，我还准备给愣子一个回驳呢，再说老头的话并非可靠，我都已经走过大半路程，前面那棵大柳树已经望见了顶梢，树下那间红瓦房子也在树条间一闪一晃。那房子是用来看管闸门的，部队河就在前面。

就是涨了大水，我也要看一眼，大不了再返回……怎么可能，哪来的大水？我还在给自己提着心气。

突然我的心一悸，是水流声？那哗哗的声音分明就是水流发出的！声响越来越大，我的心怦怦乱跳。这声音告诉我，只有河水超越了槽线，水才能够冲到石壁上，再打一个回漩溅进水里，发出这样的声响……我张大嘴巴，慌慌张张跑起来。闸口到了，眼前的小河果真是水流翻腾。闸口旁那块平滑的石头，平日里孩子们都争着坐上去，脚浸到水里，那叫一个惬意，现在也已经被水淹没。

我呆呆地站着，脑海一片空白。我的心念，一个星期搅得我不安的情绪，都随着这滚滚的河水去了。

回家吧！我无奈地对自己说，却始终不动。这翻滚的河水忽然给了我一个提醒：前面不远处还有一个闸口，闸口后面是一个地势落差形成的大旋坑，现在正是漂流的好时机！在闸口我曾玩过一次，从上游跳进闸口，人在奔流的水中犹如在空中飘悠，又像在梦里飞翔，太爽快太刺激了。可仅玩过一次，就被大人们喝住，当时我很扫兴。今天就我自己，谁管得着？

我重新振奋起来，顺着河坝往前走。我忽然想起一件事：有一年小河涨水，一条十几斤重的大花鲢跃出水面，因用力太猛落到了岸上，刚好有人经过，不费丝毫气力得到了这条鱼。这个故事在村里传得沸沸扬扬，到底是谁捡到了鱼，大家都不清楚，也许这事发生在其他地方，也许压根就没有这事。我眼睛还是紧紧盯着水面，真希望有条鲢鱼跃到岸上来。

一只青蛙被我惊起，从杂草中跳进水里，溅起一圈涟漪，很快被水流荡走。我知道这只青蛙过一会儿还会钻出水面，它需要呼吸。如果等在这儿，看它露头时对准它扔下一块坷垃，它会惊慌地翻一个身，重新潜到水里，那样子很好玩。但现在我没有心情戏耍它。这酷热的天气，连树上的知了也停止了歌唱。两棵树相距好远，我拼命跑一气，暴露在太阳下实在难受。

“啪嗒”，一条梭鱼跃出水面，欢快地一跳，又顺水而去。突然这条梭鱼又逆流冲过来，游到我身边又是一跃，在水中再打一个旋，仿佛是在挑逗嘲弄我，嘲弄我手里的网具。

像雷声？不像，这声音缺乏雷鸣的震撼，但却具有雷声的轰响，闸口到了！一眼望下去，闸口后面的旋坑形成一个巨大的漩涡，像一条水龙在里面折腾。我惊呆了！

不就是为漂流而来吗？闸口陡然下落的水流，像无数道水线，争抢着往下奔，人跳下去，一会儿就冲到下面，肯定爽！我放下网具，衣服也没脱，试探着把一只脚放下去，一股巨大的力量把我往下扯，我干脆一跃，感觉先是上下翻转，接着胸腔里憋闷，连呛几口水，这一刹那我意识到灾难降临了。在极度恐惧和懊悔中，脑袋“嗡”的一声，一头撞在了石壁上，紧接着屁股火辣辣地疼起来，是凝结石缝的水泥渣扎进了肉里。在晕乎中我又感到脊背也疼，仅存的一点儿意识告诉我，这是岸边的蒿草划到了身上。在极短的时间里，甚至来不及反应，我从闸口被冲进旋坑，又被旋转的水流冲到了岸边。我本能地抓住岸边的蒿草，总算停了下来。可打旋的水浪还在不停地冲过来，求生的本能使我用力往上爬。蒿草根部松软，一些根被拔出来，好在岸边的蒿草密密麻麻，另一只手又抓住一棵蒿草，像攀爬梯子一样，总算爬到了岸上。

我连站起来的力气都没有了，趴在地上，水从口中、鼻孔往外喷，身子剧烈起伏。当鼻孔不再流水，便开始大口喘息，水从舌头下往外滴，这时候我意识到自己活下来了。

我不停地作呕，连腹中仅存的一点食物都吐了出来。意识告诉我，不能在此久留。我起身晃晃荡荡往家走，网具也不要了。恰好这时望见柏油路上驶过一辆自行车，给我疲惫的身体增添了一些气力。我不敢再走河边，那翻腾的水流现在变得面目狰狞，我也不敢回头望闸口，那旋坑就是一个魔窟，我害怕身后有魔鬼追上来。我算明白了，上次漂流，闸口有两个大孩子先把我架稳，摆正了姿势后才松手，下面还有两个大人把我接住，今天我全然忘记了。

我一步一个水印，烈日下却感觉不到酷热。今天希望的东西没有得到，回家后也许母亲会因找不到我而骂我揍我，也许愣子会奚落我，而且我现在累得不行，路上要休息几次……你知道吗？此时我心里却是舒服极了！

这是我人生的一次历险，让我明白了许多东西。后来凡事我都要思量一番，不再盲目自我，老师的话、父母的话我都认真听。因为我明白他们的话都是忠告！

村里有个弯腰婆

一

村里上年纪的人大都驼背，严重者走路时让人觉得他们随时要栽倒。母亲说，年轻时受了苦和累的人，老来腰不弯才怪！母亲这一声感叹，道出了前辈们的艰辛。我祖父那代人连独轮车都没有，去县城卖柴草，去渔港码头卖高粱秆全靠肩挑。那可不是村前村后的距离，那是几十里的路程，一二百斤的担子，就靠两条腿一步一步走过去！

“看人家先生们，六七十岁了，个个腰杆直挺的像年轻人！”母亲口中的“先生”是退休教师，拿着养老金的“公家人”。其实村里退休教师只有两人，腰板确实挺直，却柔弱无力，远不如驼背的庄稼人健壮。母亲以此督促我好好读书，将来不敢奢望我成为国家干部，做个村里的小学教师就足矣，重要的是不用挑担受累。我却以此怪怨母亲：“我还是个孩子，每天放学去担水，老了还不是要驼背？”母亲抬头看我一眼，她大概想不到我会用她讲过的话来回顶她，跟她讲理。稍愣片刻后，母亲脸色凝重起来，一个指头点上我脑门：“你不喝水？不洗脸？往后你就光吃干粮吧！”放学后哪家孩子都要担水，担子太重，孩子们两手被压在担下，踉踉跄跄要被压垮的样子，路上要歇息好几次。哪家母亲都懂得长身体的时候孩子最怕劳损，可不担水不行，生活在这儿，祖祖辈辈的庄稼人都是田里辛勤劳作，能吃饱饭就好，担水还算什么苦累事儿。

显然那次我把母亲惹怒了，看我不情愿地挑起扁担，噘着嘴乱嘟嘟，追着我不放："担水咋啦？担水老来就一定驼背？弯腰婆年轻时享受了清闲，现在她腰比谁弯得都厉害！"母亲又列举了村里谁谁年轻时挑担受累，现在腰板照样挺直。母亲正面反面都在理。确实是，村里就有这样的人。要说驼背跟劳累有关，也不尽然。

"人呢，今天好好的，谁知明天会怎样！"母亲提起"弯腰婆"的时候，最后总说这样一句。

"弯腰婆"是地主婆，当年娘家曾是本地的大户。听说出嫁时排场很大，送嫁妆的队伍先头进了村，后尾的还在路上。门当也要户对，婆家也是村里的拔尖户。远远望见村子，首先看到的不是家家院子里高矮不一的槐树，而是那幢蓝砖砌成的小楼。站在楼下，须努力仰头才能看到顶端：翘起的飞檐，红亮亮的门窗，在当地，那是绝无仅有的。这小楼，还有偌大的院子，院子里几十间房屋。曾经的大家贵妇人，如今腰咋会弯得这般厉害！

现在看见弯腰婆，还以为她是在系鞋带，其实是在走路。你会觉得她脖子在用力挺，否则膝盖就能碰到前额上。好在她走路是一点一点地蹭，不看路也不会走错。日子久了，来来回回次数多了，脚下的每一个坑洼都熟悉了。

"弯腰婆，你走错路了，这路是通往墓茔的。"孩子们放了学围过来逗她。弯腰婆知道孩子们是在戏耍她，也知道自己没有走错方向，可马上会停下来，身子先在原地顿一顿，像要把力量积聚到尖脚上，好让自己稳定些，再吃力抬起头。她满脸的皱纹很深，一条条的，眼睛深陷下去，她的表情永远看不到变化，干皱失去光泽的脸，也失去了喜怒哀乐的条件。但能看到她惊恐地望着孩子们，不知害怕些什么。

"弯腰婆，快点回家吧，那群野孩子过来了！"村里有人提醒她。弯腰婆下意识地抱住脑袋，慌得就要跌倒在地上。要是离家近，弯腰婆干脆在地上爬，手脚并用，行动比两只脚快，滚进家门，立马插上门闩。要是离家远，她就哀求身边的人："行行好，拦住那群孩子！"边喊边坐到地上，让自己变成一个刺猬球。那些孩子暴风雨般投掷来的砖头、石块，每次都让她遍体鳞伤。

孩子们恨弯腰婆是有自己的理由的。电影《白毛女》中可怜的喜儿、狠心毒辣的地主婆、教科书中黑心作践长工的地主婆，无不激发着孩子们对地主婆的憎恨，弯腰婆便成为众人报复的“靶子”。

弯腰婆姓王，户口簿上注明王氏。起初孩子们喊她地主婆，可村子里好几家地主，就有好几个地主婆。可能是便于区分，还是因为她的形态，还有她的样子很难跟书本上的地主婆扯到一块，就开始喊她弯腰婆。孩子们喊，大人们也跟着喊，弯腰婆渐渐成了她的名字，倒是恰如其分。

村里人有去东北谋生的，几年后回到家中，惊讶地说：弯腰婆还活着？一个吃不饱喝不足的残疾人生命如此顽强，的确是一个奇迹。

二

我的家乡濒临渤海，几乎天天刮风，白天黑夜都刮。如果傍晚风早早停歇，预示着明天风会刮得更大。秋天收的柴草家家都放在院子里，还要用砖头石块压牢，可仍免不了被风吹跑一些。村子里形成了一个不成文的规定，柴草落到谁家门前就属谁家。

天不亮，村民们就要上早班，东方开始发白，人们已经往田里运土肥两三趟了。早起的人们经常看到街上有一个黑点在蠕动，那是捡拾柴草的弯腰婆，她起得更早。听到有人过来，她立马坐着不动。大家都知道她屁股下藏着柴草，那柴草不属于她，但都装作看不见。年轻人装满一独轮车土肥小跑似的往田里冲，嘴里还唱着：“说打就打，说干就干，练一练手中枪，掷个手榴弹……”年轻人都争着当先进，都想光荣榜上有自己的名字，都想比别人多运几趟土肥。那时候的年轻人就是这样！

太阳出来了，先照到小楼的顶端，于是小楼变成了两种颜色，被一条笔直的线划分，上端浅蓝，下端灰暗。阳光也照在低矮的土房上，亮晃晃的。风突然把地上的柴草旋起来，越过房顶飞到别处。

弯腰婆把柴草揽在怀里，开始一点点往家蹭。有人说弯腰婆总在街口那盘废弃的石磨上休息，是累了，石磨刚好又是一个不错的座位。我却发现弯腰婆不光是休息，她坐在那只要身子一仰，抬眼就能看到小楼。她看小楼的眼神愣愣的，会看上许久。小楼瓦片下藏着麻雀的窝，成群的麻雀叽叽喳喳围着楼顶飞。弯腰婆眯着眼睛，她在想什么？是在想自己被从小楼赶到草料院的那个日子？

村子中央有一口水塘，水塘南面曾是一块很大的空地。后来村里人用土坯把空地围了起来，存放牲口草料。院子里还有两间低矮的土房，是守夜人住的，却从没有人住过。那年春节后有人提议，草料容易引发火灾，威胁周围的房屋。“青年之家”的小伙子们站出来，利用晚上的时间义务在村外空地上建起了一个新草料院，草料院一旁也挖了一个水塘。冬天弥河开闸放水，水塘蓄满水，够全村人和牲畜半年的吃水。等雨季到来，雨水再补充，水质和弥河水一样好，不像村里的刷街水，上面漂浮着粪便污物，不用多久水面便生出一片绿藻。

村子里的草料院腾空后，弯腰婆住了进来。她之前住的小楼变成了大队部。

晚上，小楼窗口经常有手电光扫射，那是值班的基干民兵，每晚例行的活动。它在向村里人传达一个信息：坏人不要乱来，村子尽在监控之下。要是开村民大会，或是什么节日，小楼的窗口就站着一个背枪的民兵，民兵不时探出头四下观望一番，很是威风。于是我就想，自己什么时候能长大，也成为站岗的民兵。

这年冬天轮到叔叔值班，我跟在后面偷偷进了小楼。踏进去的那一刻我感觉好失落，完全不是想象中的样子。里面空间很小，什么东西也没有，黑黑的，要不是开着门，通向二楼的木板口投下点光亮，一定会黑咕隆咚。我曾想象里面摆放着古董、雕刻着花纹的硬木桌椅，还有像电影里罩着华丽纱幔的床……也许这些东西以前摆放过。一架木梯通向二楼，木梯很陡，只容一个人上下。二楼空间更小，光线充足，轻轻走动木板就会咚咚作响。我试探着伸出脑袋，眼睛一阵晕眩，整个村庄在这里尽收眼底。后来听人说，小楼的作用是防匪防强盗的，夜里有情况，楼上的人就敲锣，村里的年轻人立刻集合起来，确保村庄平安。

当年村里有去五井煤矿推煤的，去临朐县贩卖虾酱的，在外面有人问起客从何处来时，如果回答“寿光县杨家庄子村”，没有人会知道，如果加一句“有小楼的那个村子”，说不定会有人思索一番后说：“听说过，听说过，那家可是家大财主！”

现在的人们吃穿不愁，大多住进了楼房。可能年轻人不知道，如今普通人家的生活条件已远超当年的大户，知足吧！

三

弯腰婆就是一个乞丐，一个不能转移固定在村子里的讨饭人。看到她的第一眼你会心生怜悯，村里没人因为身世仇视她。而孩子们情绪容易被点燃，对待她的态度不一样。

学校开忆苦思甜大会，要求每个学生写一篇控诉黑暗旧社会的作文。孩子们被台上如泣如诉的控诉人打动，激发起了心中的怒火。那次散会后，我们一群愤怒的孩子跑到弯腰婆门前，先呼口号，再把手中的砖头瓦片对着院门乱砸一气。她家院门始终虚掩着，两扇门板是用棺材板做成的。院门被推开了，我们气势汹汹地冲进去。弯腰婆不在，要不然定会头破血流。

用棉条编制的房门也是开着的，孩子们争着往屋里冲。房门很矮，个头高的孩子须低下头。屋子里漆黑一片，四面的墙壁被草烟熏得墨黑。只有那道墙缝照进一些光亮。眼睛渐渐适应了黑暗，我们看到屋角有一个灶台，几块砖头撑起一口小铁锅，铁锅锈迹斑斑，看来好长时间没用过。土炕上放着一捆柴草，一定是弯腰婆从街上捡来的，我们不明白弯腰婆为何把柴草放到土炕上，墙根下放着一个泥瓦罐，水面漂着绿藻，脖子一探，影子照在里面，一股发腥的恶臭扑进鼻子。我们悄悄退了出来，再打量一番空空的院子，冲动的心情冷静下来，各自散去。

弯腰婆在村里讨饭，有时夜不归家。小女孩们望见她吓得“哇哇”哭。她一点点挪动的小脚，一步一颠，还有花白的乱发遮住脸，不就像故事里的白发女魔吗！小女孩们惊恐万状，跑回家紧忙关上院门。男孩子们不怕，走到她跟前还要故意大喊一声“弯腰婆！”弯腰婆被吓一跳，下意识往一边挪动。要是听到村里那几个熊孩子的声音，弯腰婆就慌了，她的眼睛不好，耳朵很灵。

有几次母亲抓起一块干粮对我说：“弯腰婆在大街西口，几时蹭到咱家，给她送过去吧。”不知怎的我很乐意去，可能看到弯腰婆就想起我外婆。外婆也是小脚，腰也弯得厉害，不过外婆衣着干净，浑身没有一处补丁，头发花白却很整齐，在后脑勺绾成一团，套在一个黑色网袋里。外婆也是满脸皱纹，不过皮肤白润，保养得很好。还有，外婆在村里受人尊敬，舅舅是抗战烈士，孩子们见到她会停下来，喊她一声“奶奶”。每年麦收，队里筛选出上乘的麦子，缴了公粮，留下来年的种子，再就是送给外婆。母亲说，外婆想起舅舅就哭，常常几天不吃不喝，眼睛越来越差，腰也弯了。母亲同情弯腰婆大概是想起了外婆。

我把手垂下，用干粮碰一下弯腰婆的手：“弯腰婆，给！”

弯腰婆能听懂我的声音。她把干粮紧紧攥在手里，慢慢挺起头，嘴巴张开：“好孩子！真是个好孩子！”

我吓得后退。每次去外婆家，进门我喊一声：“外婆！”外婆抬起头，高兴得满脸皱纹都在笑。“好孩子，我的好孩子来了！”说着紧紧抓住我的手。我害怕弯腰婆会像外婆一样攥住我的手。她的手脏兮兮的，我才不让她碰。

弯腰婆接过干粮就大口吃起来。她只剩两颗门牙，高粱面窝头又涩又硬，咬不动只能蹭，那快速啃食的样子，生怕被人抢走了。她一定是饿坏了。我望着她，不知为什么，有一次竟然脱口问了一句：“弯腰婆，你剥削过穷人吗？”

弯腰婆立马站着不动，抬起头，样子很吃惊。她想不到我这样的“好孩子”会问这种话。“你这孩子，你这孩子！”她嘴巴张开，可能看我脸色冷峻，慢慢低下头。

“弯腰婆，你有没有用簪子扎过丫头的脸？”我声音大起来，那一刻我想起了《白毛女》中黄世仁的娘和喜儿。

弯腰婆转回身，开始一点点往回挪，嘴里喃喃着：“我哪有丫头，哪来的丫头……”

那天放学路上，我们几个孩子边走边唱：“打土豪呀分田地，我们要做主人，我们要做主人……”走到弯腰婆身边，我们故意提高了嗓门，一齐用力踏地：“打倒土豪！打倒劣绅……”

弯腰婆趔趄着躲到墙角，把头埋得更深。那样子像被队长刚训斥过。“弯腰婆，好好劳动改造，休要耍阴谋！”弯腰婆也是这样躲到墙角，低头不语。队长吼她几声，是摆摆样子，从没有强制她劳动，弯腰婆能干什么？队里收了粮食，年年还分她一点儿。分了粮食，弯腰婆的女儿就拿回婆家，磨成面粉，蒸了干粮送过来。那些日子弯腰婆能吃上饱饭。

有一年夏天，天空突然电闪雷鸣，乌云翻滚，大雨转眼就倾泻下来，下地的人们都淋在了野外。大雨来得快，停得也快。雨后孩子们喜欢踩着泥水在街上玩耍。我刚出家门就看到弯腰婆畏缩在一堵墙下，怀里揣着几块干粮，浑身湿透，一头白发被雨水淋得一绺一绺的，现在是夏天，身子却在抖。前面几米处就是一家门楼，她却没能蹭到。这天傍晚，雨又开始下，整整一夜没停歇。

第二天早上起床，满院子都是水，大街变成了水沟。我披上蓑衣去学校，发现弯腰婆缩在一家门楼里，好像睡着了，衣服上留着窝头残渣。来到水塘边，这里水没过了膝盖。弯腰婆的院子和水塘连在了一起，一片汪洋，两间土房浸在水中，看上去要垮塌的样子。这样的房子不比门楼里强。

母亲经常感叹：“活个啥！不如到那边享福去。”意思是生不如死。

村里也常有人这样感慨：“看弯腰婆吃些啥，发霉的干粮，糜烂的菜叶，人家啥病也不生！”

水塘里发臭的水弯腰婆能喝，集市上变质的菜叶子也敢吃。村子逢三、八集日，弯腰婆就早早在一家菜摊前候着，看上去是睡着了，其实是在等摊主卖完，好捡拾地上的菜叶。有时候摊主也送她一点新鲜的，走过的人也送她一点，有一次一个年轻女人还送过她一个鸡蛋。

一次我经过弯腰婆房前，听见里面传出呻吟声。我贴上墙缝往里瞧，看到弯腰婆捂着肚子在地上打滚，一定是吃了不干净的东西。

四

有时候我感觉弯腰婆像一个谜。

数学课开始讲乘法口诀，我总是背错，越怕错越是紧张，连着几天被老师罚站。我开始用功，放学路上嘴里也叨念着。

“错了，四八三十二，不是三十四。”我没有留意到墙角的弯腰婆，这会儿她抬起头，看我的眼神很精神，她应该是被我的叨念声惊动的。初夏的日子晚上不再清冷，弯腰婆要在这儿过夜了。她身下铺着一点柴草，上面盖着一块农药袋子，她的身形刚好蜷缩在墙角，这是她常偎的窝儿。

“嘻嘻，被先生打手了吧！”

我心一沉，重新梳理刚才的背诵，确是错了。我惊诧起来：弯腰婆不简单！弯腰婆原来识字，她会不会有一本“变天账”！

我一路思索着。想着母亲没有读过书，乘法口诀也运用得烂熟，弯腰婆是不是也曾像母亲一样集市上买菜，在大街上跟鸡蛋小贩讨价还价熟练的？地主婆还做这些？我开始产生一种疑惑，就觉得弯腰婆是个难破解的谜。

我听到弯腰婆对母亲说过，她热爱新社会，感谢共产党。

早春的野菜开始发芽，孩子们放学后嚷嚷闹闹争着去野外挖野菜。家乡有一种植物叫蔓菁，根茎形似人参，剥除皮，白嫩嫩，甘甜。怪了，盐碱地是咸的，长出的根茎却是甜的。这种植物根茎可以蒸着吃，剁碎后也可与高粱面掺和一起。春荒，家家粮食不够吃，家家都挖野菜补充，家家都备有掘蔓菁的专用工具。野外生长蔓菁的地方，被孩子们挖得坑洼不平。

我总搞不明白，看着叶子肥大的蔓菁，挖出来的根茎却总是一些散乱的根毛。挖不到肥嫩的根茎，就不停地转换地方，我很烦恼。

“这一棵，你挖这棵试试。”弯腰婆无处不在。有一次在野外我被她吓了一跳，她靠在一个土坑堰上，样子像蹲着也像躺着，应该早注意到我了。看我气馁地把一棵棵根毛蔓菁扔掉，“扑哧”一声笑出来，就指着一棵蔓菁让我挖。我斜她一眼，刚才她的笑声带有轻蔑，怎么，一个地主婆瞧不起人！我偏不听，故意用力去挖脚下的几棵蔓菁，挖出来的仍然是些根毛。

“你这孩子就不听。”弯腰婆指着一棵蔓菁，“顶上一点芽，下面胖娃娃。你挖出来看看，保证又肥又嫩。”弯腰婆边说边挪动身子，把我挖出的蔓菁叶子放进一只袋子里。弯腰婆没有力气挖根茎，早春的蔓菁叶子也叫皮菜，晒干后揉碎做成团子，蒸熟可以吃。等过了这个季节，叶子就只能当柴烧。在这个季节，皮菜团子是弯腰婆的主食。

我犹豫一下，还是照着这棵蔓菁挖下去，果然好肥嫩。弯腰婆又对着几棵蔓菁进行辨认，确定好其中一棵指着要我挖，果然还是上好的根茎。

“早春根茎似蜜甜，初夏叶子往上蹿，秋来柴花随风摇，初冬割来做柴烧。”弯腰婆一套套的。她看我似懂非懂，就把一棵蔓菁的枯叶子拨开，露出一点微红的芽：“明白不？顶上有这点芽的根茎才肥嫩。”我茅塞顿开，油然生出了敬意。

“稀谷密秫黍，到老不直立。新来媳妇真辛勤，早薅晚疏不停息，乐得婆婆转身去。”接下来又是一套庄稼经。这句话的意思我懂。弯腰婆笑了，大概她眼前出现了一个板着脸下地查看媳妇的婆婆，看到媳妇一双巧手，没啥可挑剔，满意离去。“白露早寒露迟，霜降麦子最适宜。”弯腰婆又是一套。

我沉思不语。弯腰婆这大家闺秀下过地？

“弯腰婆，你下过地吗？”

“怎没下过地？春天剜野菜，夏天割青草，秋天挑着扁担割黄须草，我还自己套上牲口耘过地来！”弯腰婆有些兴奋，突然低下了头，可能想起了自己的身份。

弯腰婆原来也受过苦，我沉思一下，拿起一棵根茎送给她。弯腰婆用手一撸上面的泥土，大口嚼起来，她牙口不好，只能咂几口甜汁，茎渣全吐出来。

太阳快落山了，孩子们笑着嚷着往家赶。弯腰婆拎着皮菜也往家挪，天黑前她蹭不到家，不定要在什么地方过一宿。

五

今年春旱严重，村中水塘快见底了。村里早有计划，将水塘填平变成露天电影院，也免得雨季储存水，变质后气味熏人。村里的年轻人自告奋勇，包揽了这项苦工程。是否有人想过弯腰婆今后的吃水问题？

年轻人干劲儿足，独轮车装满土还在路上赛跑，为赶在雨季前完工，夜里加班，大街上挂了一溜灯笼。那晚我见弯腰婆躲在夜色下，下巴放在土墙豁口，半天不动。不知眼前这场面让她想到了什么，她一定不会明白，没有工钱，年轻人竟有如此的干劲儿。她想起了当年雇用的长工？

雨水还是赶在了工程前面，一场大雨落下，只能停工。水塘只剩一小段，看上去像个水坑，弯腰婆吃水没问题。

前年冬天村里挖通了引水沟，不光解决了村里的吃水问题，弥河水还能灌溉小麦，天旱，照样能迎来一个丰收年。那天村里好热闹，一台崭新的脱粒机运到了打麦场，惹得男女老少都来围观。弯腰婆坐在人群外围，张着嘴巴也在乐。她看不到那新鲜玩意儿，也搞不明白，快乐的气氛感染了她。机械化开始替代劳动力，牲口拉碌碡的年代即将告别，谁人不乐。

麦收期间凡劳动力都要出工，弯腰婆也出现在场院里，夹在挑选麦穗的老年群体中。她动作利索，选得干净，原来是把农家好手。她脑袋埋在胸前，有时突然左右环顾，你会发现她把一颗麦穗碾去皮，偷偷送进嘴里，麦粒无法嚼碎，只能全部囫囵吞下。即使有人看到了又怎样，弯腰婆却存有忌惮。

年轻人白天割麦，晚上开动机器脱粒，场院里变成了一座小山。弯腰婆忙着手里的活儿，却不时翻着眼睛瞟麦垛，这山一样的麦子让她到底想起了什么。接下来人们把麦子抛上空中，让糠皮跟麦粒分离。女人们挥起扫帚把糠皮堆到一起，男人们把上乘麦子装进袋子，准备上缴公粮。年轻人把粮食扛上肩，嘴里还不忘唱一声："……我撂倒一个俘虏一个……粮食装上马车。"

缴完公粮，剩下的麦子分到各家各户，弯腰婆也有一份。最后是"丰收宴"，每人两张白面饼子，一碗西葫芦汤。

太阳还未落山，场院里就聚满了黑压压的人群。最高兴的是孩子，早就盼着吃白面饼子了。能吃顿白面饼子就炒菜，全村人都高兴。弯腰婆嘴巴快速蠕动着，动作起来很夸张，不时端起菜碗吸溜一口汤。队长提着菜桶过来，把剩下的每人匀一点，弯腰婆碗里也添加半勺。弯腰婆这样小的身量，吃得一点不剩。

天黑了，吃过饭的人们陆续回家。麦收结束，该好好睡一觉了。弯腰婆没有回家，她在一垛麦瓤里睡下了，两只脚腕裸露在外面，像两根麻秆，又细又皱。

我忘不了那个夜晚，很静很凉爽，满天的星星一个个亮闪起来。突然传来一个小女孩的歌声："天上星星亮晶晶，站在大桥望北京，望见北京天安门……"声音奶声奶气，很应景。我们孩子最大的愿望是去北京天安门，见到领袖毛主席！

六

这年腊月，弯腰婆死了。

二十世纪七十年代初，夏天雨水大，冬天降雪多。天特冷，风也大，吹得树梢一个劲儿啸叫。大街上积雪一米多厚，被风吹开的地面，裂开一道道缝隙。

第一场雪过后，人们听说弯腰婆死了。几天没见小草房烟囱冒烟，有个老太太往墙缝里瞧，看到弯腰婆躺在一堆柴草上，蜷缩着一动不动。第二天再往里瞧，还是那个姿势躺着，于是人们断定弯腰婆死了。村里派人去准备下葬弯腰婆，推开门，看到弯腰婆坐在草堆上，正啃着一块冷窝头。

刚进腊月那场雪最大，连着几天不停。弯腰婆墙上的缝隙被雪堵上，院子里风把雪吹得像小山，把房门堵了个严实，这次弯腰婆一定死了。村里派民兵带着卷席过去，清掉门前积雪，发现弯腰婆已经僵硬，的确是死了。民兵把弯腰婆草草卷起来，抬到院子时，听到里面喊："我没死……别埋我……"

几个民兵扔下抬杠退到一旁，过了好久，听听没了动静，最后抬着出了村子。天寒地冻，费力凿了一个坑，埋了。

在弯腰婆冻死的前几天，我们几个孩子去过那间小草房。凭我们孩子的常识，墙洞对着风向的地方，里面经常有冻死的麻雀。我们顺着大街搜寻，来到弯腰婆门前，看到雪地上有一趟脚印进了土房，屋里好像有动静。我们怀着好奇心试探着钻了进去，发现一个中年女人坐在土炕前，是弯腰婆的闺女。她一脸的愁容，看到我们，一句话没说。土炕旁放着一个茶缸，还冒着丝丝热气，炕上一团黑棉絮，弯腰婆裹在里面一动不动。墙缝这会儿被柴草堵上了，风还是灌进来，屋里跟外面一样冷，山墙下一个葫芦瓢被风吹得一悠一悠。实在没趣，远不如寻死麻雀好玩。就在我们准备离开的时候，草门忽一下开了，一个头裹红围巾的小女孩扑了进来。

"姥姥……"小女孩哭着扑到土炕前，从衣兜摸出两个熟鸡蛋。

那团黑棉絮动了几下，这会儿我们看到了几片残剩的被面。中年女人一把搂紧女孩，眼泪扑簌簌下落。“你咋过的小木桥？”“桥上雪厚，很滑，我从冰上绕过来的。”“摔过跤吗？”“摔过，没伤着！”母女俩抱在一起边哭边诉。

也许是看母亲生命无望，或是像村里人说的那样，死去远比活着强，这天母女俩丢下弯腰婆回家了。

四十多年过去了，不知怎的，那女孩头上的红围巾经常在脑海里闪，我也常感叹：八九岁的女孩独自行走在冰天雪地里，哪个父母不心疼！想一想，那女孩今年也快六十岁了，是否还健在？

弯腰婆死了，一直到现在，村里还有人提起她，她成了苦难的代名词。

有一年弯腰婆被孩子们砸得满脸流血，额头翻起一块皮，血淋淋的。她闺女正好撞见了，哭着喊着架起母亲往水塘里拽，要母亲死去别再遭罪。闺女心疼母亲，却不能保护母亲，只能当着众人做样子发泄心中的激愤。还有一次是个寒冬，弯腰婆冷得不行，点燃了一堆碎草坐上去，后来起了火苗，弯腰婆动弹不得，多亏闺女碰上，要不性命难保。那次弯腰婆裤子着火了，屋里散发着焦糊的皮肉味！闺女抱起母亲径直走上水塘中央。弯腰婆拼命喊：“救命！救命啊……”邻居跑出来把闺女喊住。村里人说，要不是及时喊住，闺女那样子真把她投进冰窟窿里。

后来弯腰婆的身世渐渐清晰起来。娘家也是北大洼人，盐碱地里哪有富贵人家，日子只稍稍好一些。出嫁时娘家陪送两担嫁妆，一个挑担的进了村，另一个挑担人落在后面，这是真的。丈夫死得早，留下两个闺女，听说一个女婿还是残疾人。当年她丈夫也做过善事，到了年关，劳动能力不足的人家，她家堆在场院里的柴草随便烧，这事情到现在还有人传扬……

弯腰婆是我童年印象里很深的一个人，到现在依然记得清楚。像以前的村庄，哪条胡同口长着什么树，谁家的门楼是蓝砖砌的，谁家的拴牛桩立在大街上，也都记得清楚，但要我现在确定它们的位置，却无法准确，连小楼的位置也说不准。也许原先的水塘就是现在的街道，弯腰婆的小草房就是社区的楼房……有一天夜里我梦到了弯腰婆，她还是那个样子，一头白发遮住脸，在大街上一点点向前蹭动……醒了，却再也睡不着，忽然脑中一闪：弯腰婆一定是饿的。人吃不饱腰就弯，久了不就弯得厉害了。

红瓦房子

那天是个大逆风，等过了营子桥，东北风刮得更加凶猛。我身子几乎贴在自行车大梁上，奋力蹬着。忽听“咔嚓”一声，脚下一闪，心跟着一悸，坏了，链条断了！说好今天上午十一点前赶到工地，迟到了包工头定会以此为理由，拖欠的工钱又要泡汤！咋办？寿北的村庄稀落，离这儿最近的村子也有四五里路。四野茫茫，望得见的只有白花花的盐碱滩和秋天成熟的黄须草。我一时六神无主。

无望中发现不远处有一付盐田，几间低矮的红瓦房子。心里顿时一亮：盐田有收盐的小推车，说不准会有修车的工具。不敢多想，推着自行车急急往前去，又开始担心口袋里仅有的几块钱。在这前不着村后不着店的地方，你得做好被人“宰”一刀的准备。尽管觉得接下来会有很多麻烦事，已经全然不顾了。

这是三间红瓦房子，中间的房门敞开着，风大，门被吹得一合一开。屋里散乱着几双胶鞋和一些盐田用具。一眼看见地上有一个锤头和一把钳子，心里抑制不住兴奋起来，心想说不准就有维修链条的工具。我探进脑袋连喊几声，没人回应，试探着刚要迈进去，一股草烟的气味飘过来，原来山墙的一面还连着一间小厨房。厨房很简易，没有房门，灶台前坐着一个头发斑白的老者，五六十岁的样子，正专注地往灶口里添加柴草。

我忙上前拢下身子，一腔乞求人的口气，跟他说自行车链条断了，能不能帮忙修一下。老者没有反应，只管添着柴草。我就继续说，故意把声音装得悲戚：今年春天在养貂场做了三个月苦工，工头没支付一分钱，昨天收到通知，今天去工地领取，如是耽误了，说不准又要推迟很多时日，请帮忙解决一下吧！

老者突然抬起头，我被吓了一跳。我恢复平静后，他很和善地朝我笑笑，我怀疑这人会不会是哑巴。

“他耳朵聋，听不见的。”身后突然传来说话声，回头看，是个二十出头的小伙子，脚穿长靴，肩扛盐耙，刚从卤池划盐回来的。

“小刘去县城了，下午才回，他箱子里有链条和工具，上着锁。”小刘是谁？可能是盐田的保管员。不管是谁，箱子上着锁，就是告诉我没有办法维修。我心里哀叹一声，怎么就这么不凑巧，偏偏修车的不在。小伙子放下盐耙，看来刚才我跟老者的对话他都听到了。“先骑我的车吧，今天我不用。”

我疑惑地看着小伙子，怀疑是不是听错了。小伙子走进套间，扯开一块黑色塑料布，露出一辆七八成新的“飞鸽”牌自行车。一手抓起车后座，一手握住车把，从狭窄的床空间把车子倒了出来。“结算是大事，不能误了。”看我站着不动，又说，“等下午小刘回来，就把你的链条接好，误不了回家。”

我想说不曾相识的人骑走自行车你放心吗？你真是个好人，我会报答你的……这些话只在脑子里打转，发觉自己说话都结巴了：“谢谢……谢……谢！”顾不上行为是否欠礼貌，一抬腿骑上自行车，再回头看那小伙子，仍觉得像在梦里。

我按时到达了工地，工头不在。我在简易的办公室刚坐定，进来一个慌里慌张面带歉意的中年人。他说自己是工地的领工员，包工头一大早就出走了，临走吩咐中午留我吃饭，让我耐心等待。领工员为了表示自己话语的真实性，跟着又解释：包工头外出是向甲方结算工程款的，拿到钱首先支付我们的工资。可能看我平静的样子，让他很不解，继续解释，“真的不骗你，包工头亲口说的，午饭过后他就回来。”或许这句话是他准备应对我的质问的，面对怒气冲冠的讨薪者惯用的一套。我冲领工员点点头，这一举动反而让他不安起来。

来时跟几个工友商定好的，如果再拿不到工钱，就一同到工地来，强行把工头的一台小型拖拉机开走，不能再容忍一次次放空话了。

吃过午饭，我坐在办公室一张破旧的排椅上，领工员不时拿眼偷偷瞟我，我只当没看见，心里却明白了：工头是故意躲我走的，等到天黑也白搭。我起身告辞，领工员慌忙上前拦我：天还早，再等一会儿包工头就回来了。我的平静，大概他猜到接下来我会带领几位工友来工地找麻烦，他非常清楚讨薪人暴怒的情绪。

我温和地看着领工员，告诉他家中有事，请替我转告包工头，尽快支付我们的工资。领工员诚惶诚恐，一连说了几声“一定转告，一定转告！”

我不愿意等，不光因为等下去没有结果，还觉得对不住盐田那位小伙子。

回程是顺风，等望见红瓦房子，心突突跳起来。我没有礼物，身上没带多钱，怎么答谢人家。我忐忑着来到房前，发现自行车链条已经修好，那位小伙子从屋里迎出来。我连忙掏出仅有的几块钱，面带愧色：“今天就带这么多，不够明天一定送过来。”小伙子一愣，瞬间笑着把钱推给我：“出门在外，谁都会遇到难事，不要客气。”这时我听到屋里有响动，很快一张笑脸探了出来。这人手上滴着水，油垢还没有洗净，这人一定就是小刘，看来刚刚把我的车子修好，“放心骑吧，保管没问题。”

我感动得一时说不出话来，变得手足无措。小伙子看着我的样子，笑笑说：“大哥一定很忙吧，我们不留你了，就快些往家赶吧。”我骑车走出老远再回头望，两个小伙子还站在房前向我招手。

我赶回家，几个工友早在门前等我。知道我空手而归后，情绪激动起来，决定立即赶往工地，趁夜晚把工头的拖拉机开走。不知怎的，我竟说了工头一大堆好话，并担保十日之内定能讨回工资，讨不回我负责。工友们听后都散去，我却开始后悔：如果十日内拿不到工资，我该怎么向工友们交待。没想到，三天后工头亲自登门把工资送到了我们手上，我们都庆幸没有做出鲁莽的行为。

每一年的农闲我们都结伙外出打工，工头拖欠我们工资的事情时有发生，虽有口角发生，但从没有过肢体冲突。每当这时候我就对自己说：要相信别人，世上还是好人多。

三十年过去了，那片盐田早变成了一座大型炼油厂，职工宿舍前的篮球场地，就是三间红瓦房子的旧址。准确地说，三间红瓦房子的位置就是左边篮球架的位置，因为“营子沟”还在，可以做参照。每次路过这里，就想起那两个小伙子，心里就涌出一股融融的暖流，心灵像得到一次洗礼，一遍遍提醒自己：做个好人，要做个好人！

麦 收

一道亮光在东北方的天空忽然一闪，跟着一串有气无力的雷声响起来。秋嫂一脸忧虑，不停地朝着黑云张望。

“百岁老翁没见东来的雨，不知道这是早上？”二婶子低头挥着大扫帚，话是冲着秋嫂说的。柏油路上的尘土、沙粒在她脚下腾起一团烟雾，每挥动一下，她脸上的肥肉跟着哆嗦一下。二婶子已经把路面扫了很长一段，扫到秋嫂跟前，还在用力挥，一团尘雾把秋嫂包裹起来。秋嫂紧忙捂住脸躲开。

“没看见云是在东北方？该晒麦就晒，该去割麦就快点走。”也许是二婶子的话秋嫂没有反应，二婶子有些生气。

这块黑云接下来是发展还是消散？夏天早上的云很多时候会悄然消散，可也有倾盆大雨的时候。要说东北方向涌来的黑云，也许自己没留意，还真没有下雨的记忆。现在手机上天气预报显示两小时内无雨，秋嫂决定揭开雨布，把堆成脊的麦子晒开。可预报也有不准确的时候，昨晚卫星预报：本地区有雷阵雨，局部冰雹。雷、雨、冰雹这几个词，一下一下撞击着秋嫂的心。她又开始犹豫，一旦下起雨，这五千多斤小麦她是来不及打堆盖好雨布的。她现在很想跟人讨论一番当下的天气，再把忧愁倾诉一番，让人给拿个主意，可面前是二婶子。

“没用的东西，是不是让人加了塞子？”场地清扫完了，二婶子手搭凉棚朝远处望，这话像是自言自语，又像是说给秋嫂听，“该来了吧，收割机进了麦田我开始回返，现在场子都清扫好了，死哪儿了？”

秋嫂很羡慕二婶子这种泼辣女人，在农忙的当口能撑起一片天。麦收季节收割机是抢手货，她敢张开双臂站在路中间将其拦下。柏油路上晒麦场地拥挤，她总能占到顺便的地方。哪个粮贩跟她商讨价格，一定是当天最高的粮价。

羡慕归羡慕，秋嫂却不愿跟二婶子打交道。

秋嫂今年种了十亩小麦，分别在村前和村西两块地段。昨天多亏地邻老宋追着收割机不放，排挤着加塞的人，费尽心力排上号，才收割了村前五亩小麦。按说再推延几天收割最好，播种前她施加了有机肥料，还掺了相当数量的化肥，麦粒成型后又追浇了一遍水，看上去麦穗黄了，但下面还有绿叶子，未完全成熟。既然老宋排到了收割机，她们的田方只有她跟老宋两家，不割哪行？要凭她自己，就是收割机排到号也许会被人挤走，况且家中还有五岁的儿子和犯哮喘病的婆婆，她没时间排号。

那块云没有多大变化，秋嫂看看时间，从黑云出现到现在过去了十分钟，秋嫂犹豫着，决定再等会儿，夏天的雨可是说来就来。村西那块麦子前几天就熟透了，手指一弹麦粒就从穗头中蹦脱出来，如果风大，麦穗相互撞击，不光麦粒脱落，整株麦穗也会落地，要是下雨，地里陷车，收割机不能作业，要是落下冰雹，一年的收成算完了！

老宋这会儿收割机排上号没有？秋嫂望着村西方向，突然一阵咳嗽，昨天晚上她感冒了，嘴上烧起几个燎泡。昨天她把小麦晒在这段柏油路上，离村子不算远。她不停地翻晒，中午饭也只草草吃了几口，毒热的太阳照着她，汗水不住地流，她把一瓶瓶水喝光，那些水分再变成汗水淌下来。她指望着麦子达到标准，能快些卖掉。粮贩子过来用仪器测量，她是亲眼盯着的，足足二十五个水分，要达到二十个水分，在中午时段也需要两个小时。看着公路上其他的人家谈妥准备装车，秋嫂浑身一阵燥热。她最怕心急，着急就上火，吃不下东西，身子就疲乏。一个让她发怵的事实摆在面前：今晚她的小麦要在路上过夜了。

秋嫂必须把麦子堆成脊，再用塑料布盖好。即使夜里没有雨，露气重，也会影响第二天晾晒，而且夜里司机们视线差，好多麦子被碾成了细粉，也是个不小的损耗。秋嫂浑身的衣服被汗水湿透，等压好最后一块砖头，已是夜里九点多。刚到院墙外就听到婆婆透不过气来的咳嗽声，这声音让人听着都憋闷。儿子小虎在喊妈妈，秋嫂急急跑进家门，一把抱起儿子。婆婆把饭菜做好了，看着秋嫂疲惫的样子，胸脯艰难地起伏着，怕是婆婆的老毛病要犯。如果有人捶背，小口喂白糖水，隔一会儿吃一片水果就能控制，可这是麦收。秋嫂把几个水果洗好，又拿来白糖一同放桌上，让婆婆自己照顾自己。

秋嫂还有一个无时不在脑海闪过的人，那就是女儿小玉。女儿过几天要高考，想起女儿，秋嫂浑身一振。她把儿子放腿上，一边喂儿子，一边自己偷闲吃。女儿学习成绩不错，不敢保准考取重点本科，普通本科是有把握的。她边吃边看今晚第二遍卫星预报，得知二十四小时内有雷阵雨并伴有冰雹，她更坚定了今晚一定要守在路上。她不担心麦子被人偷，这几年本地风气大好，没有粮食被偷的事件发生。她怕夜里下雨，有雨就起风，风把塑料布掀开可就麻烦了，麦子被雨水湿透，晒干更费时，品质也会下降，自然影响价格。

到了夜里一点，秋嫂实在撑不住了，不光疲累，还困得厉害。她忘记了夏天蚊子就潜伏在路边的草丛里，疯狂又贪婪。刚想打个盹儿，脖子、脸上被叮得又疼又痒，身子冷得发抖，脸颊却烧得发烫。有几次她暴露在车灯下，司机减下速来，猜不准她是个疯女人还是要寻短见的，灯光照着她的时候她更加浑身不舒服。她决定回家喝一碗红糖水，再吃几片感冒药。她轻轻开门，听到套间里婆婆和儿子都已睡熟，婆婆“呼啦呼啦”的喘息声比平日更困难，她的心一提。老人帮不上忙，心里不就着急上火吗。她提前做好早饭，却没有食欲，她知道这不是好预兆，吃不下饭就没有气力。

现在秋嫂不知如何是好，路上车辆多起来，不时有刚收割下的麦子卸下来晾晒。她担心东北方那块黑云，若是把麦子晒开，就要去村西收割另一块，要是雨落下来，田里的麦子收割不完，路上晾晒的麦子被水冲走，岂不是耽了城里也误了乡里！

二

几辆红色大卡车中间夹着一辆农用车驶来，副驾驶坐着的正是二婶子的老公。二婶子忙举扫帚示意，车子停在秋嫂麦子前。秋嫂上前想说，我家还有五亩麦子要割，给我让出一段空间。却见二婶子冲司机喊：“朝前走，朝前走。”车子重新启动，向前驶了几十米，回头冲秋嫂喊：“咋样？这段路面够不够？”秋嫂忙说：“够了，够了。”想不到二婶子早替她打算了。这段路面可是二婶子清扫过的。

“停！”二婶子大喊一声，怕司机听不到，跟着扫帚朝驾驶室一抡，车停下了。二叔跳下车，冲着二婶子瞪眼：“轻点不好吗？里面震得很响。”二叔转眼看见了秋嫂，忙说：“秋嫂，刚才我看见老宋了，你们的田方收割机马上要排上号了。”

“我说你这娘儿们，要是早动手，麦子这会儿该摊开了，就知道站着发愁，你看天？”

这会儿那块黑云不见了，朝晨的阳光从树叶间照下来，一露面就灼热，也一下把秋嫂激活了。难怪二婶子和好多人不理会那块云，自顾晾晒麦子，她服了。凡早上东北方有云，是不会落雨的。

“收割机旁好多人排着号呢，快点啊！”二叔怕秋嫂行动迟缓。秋嫂骑上了电动车，刚启动，手机响了，是老宋。秋嫂忙点开，听老宋的声音很烦躁：“秋嫂，收割机到田边了，快点……”秋嫂心一提，她知道老宋是个稳健人，遇事能冷静面对，今天这般不耐烦一定是发生了什么事情。果然电话里还传来吵嚷声，一个女人的声音特别尖亮，如果不是跟秋嫂通话，老宋一定是在跟这女人争吵。麦收季节经常为价钱发生争吵，到底谁会让步，就要看双方的气势。秋嫂平生最怕跟人争吵，这会儿心“咚咚”跳得厉害起来。

驶过村后那片林带，田野开阔了。全村几千亩小麦，三五天就能收割完毕，今天可能是最后一天。远处有几台收割机在作业，生产路上拉麦子的车来来回回，带起一串串尘土。秋嫂一眼望见自家田边停着一台收割机，老宋在前面拦着，一旁围着好几个人，有个女人在跟老宋比划着。

见秋嫂来到，老宋撇开对面女人，对着秋嫂高声：“讲理不讲理，在别家田里一亩五十元，偏偏轮到我们就涨成六十元？”这话是在给对面女人施压，也是让秋嫂快点加盟进来，一同对付随意涨价的收割机。

秋嫂的心特别慌乱，她知道自己这时应该冲女人喊：“凭啥收我们六十元，看我们好欺负咋的？”可她说不出来，这些话是二婶子那种人说的。她看一眼老宋，再低头斜一眼女人，实在难为情。

一旁有人搭话：“你们对峙不是办法，大忙的时节，如果早开割，这会儿一亩地割完了，这样双方都没好处，我们还在等着割麦哩。”

“你们问问别人去，价格是不是早涨了？”那女人不看老宋，盯了一眼秋嫂，又看上一旁的人，是想得到大家认可。

秋嫂觉得有道理。年年麦收，价格总是涨涨落落，再说现在是黄金时段，如果麦子收了，当天就能晒干卖掉，一亩地不就多花十元钱吗，五亩地五十元。秋嫂心里这样想，却没说出口，她怕伤了老宋的脸面。

驾驶楼里这时探出一张脸，弱弱地冲着下面说：“要不就打个对折……”

“放啥屁？堵上你的臭嘴！”女人转头骂了一声，这张脸又立马缩进去。看来男人只管干活，老婆说了算。

“不割我们可要走啦，好多人还等号来！”女人嘴上这样急，老宋就是不闪开。

秋嫂终于说话了：“一亩五十五元吧！”她觉得双方都应该让步，折中最好，刚才收割机里的男人不也这样想吗。

老宋和女人都用不满的眼光看向秋嫂，却没有再说什么。一旁的人赶紧撮合：“我看行，早把麦子割了早晾晒，预报下午还有雷阵雨呢。”

老宋闪开路让收割机开进麦田，小声怪怨秋嫂："若不松口，收割机一定会让步，一小时可是几百块，她们耗不起的。"老宋说完又补充道，"我也不在乎多花十元钱，只是这女人太强势，偏要跟她较劲儿。"秋嫂不好意思地低头笑笑，老宋也很快走进麦田捡拾漏掉的麦穗。

女人丈量好地亩，秋嫂主动过去付钱。女人抬一下眼皮，接过秋嫂递过的三百元，又利索地从兜里掏出一张五十元找给秋嫂，"还是收你五十元吧，要是那个老男人，一分也不让！"秋嫂很感激，她把钱朝前一推，"谢谢妹妹，这五十元我不要。"秋嫂用下巴指指老宋，"就算我给他垫补的，到时候还收他五十元就是。"

女人犹豫片刻，又把钱塞到秋嫂手里，笑了，说："算了，在你们麦田不涨了，下一家再涨吧。"这女人的脸晒得跟秋嫂一样黑，笑起来牙齿好白，面相也很善和。

五亩麦子很快收割完了，秋嫂捏起一粒放嘴里咬，"咯嘣"一声很响，麦子算熟透了，只需草草晾晒一下就能达到收购标准。不知是刚才太激动还是这天气太热，秋嫂出了一身透汗，觉得鼻子出气爽快了，感冒竟然好了。现在是九点钟，不光天气炽热还刮起小风，正是晾晒麦子的好天气。十点前把路面上的麦子摊开，经过中午暴晒，下午三四点就能卖给粮贩。现在只要守在路上，再不用牵挂着田里了。

等秋嫂引着车子来到公路上，眼前的场面就要让她流下泪来。二婶子、二叔已经把她堆成脊的麦子摊开了，正用铁耙子来回翻晒。二叔脸上挂满汗水，掏出香烟刚打着火，见秋嫂的运麦车开来，又把火摇灭，走过来帮着把这车麦子摊开。

二婶子黑黑的脸上映得汗水也发黑，扯下搭在肩上那块毛巾抹了一把脸，看着文弱的秋嫂涨红的脸，不知是心疼还是不解，"我说秋嫂，你家票子该把人活埋了吧，老公一年赚那么多钱，干吗还要受这份累……越有钱人越爱算计！"

秋嫂吟吟笑着，二婶子粗声大嗓，她感觉就是一缕清风，吹在身上好舒服。

三

麦子要快点晒干，不光要摊薄，还要勤翻动，正午太阳炽热的时段，翻动频率还要加快。秋嫂趁着翻动后的间歇赶回家，门锁着，有人告诉她婆婆跟孩子提着篮子出门了，好像去了超市。秋嫂的心放松下来，只要能出门走动，婆婆就无大碍，昨夜的喘息声实在让她不放心。

秋嫂拿了两包老公待客的香烟，又匆匆赶到小吃部买了三十个包子和一提矿泉水。这时候路边树荫下只坐着二婶子，可能刚翻动过一次麦子，肥胖的胸脯一起一伏，看见秋嫂嘴里骂开了："娘的，今天收粮车咋这么少。"秋嫂也觉得不正常，昨天这时候公路上收粮车可是来来去去不断。

秋嫂问二叔去哪了，二婶子指指前方，说刚才有人找，有辆外地收粮车路上出了故障，要他帮忙维修，到底多远她也不知道。"他娘的，不管认识不认识的，有人求就去，不收人家一分钱。"

秋嫂把包子递给二婶子，二婶子不客气，抓起一个塞进嘴里，腮帮子立时鼓起两个肉球，蠕动几下一个包子落肚里了。秋嫂把一瓶水拧开放在她身旁，自己也抓起一个包子，她也饿坏了。

二婶子身上散发着和秋嫂身上相同的汗臭味，还有一种不常洗澡特有的怪味。秋嫂觉得农家人本就该有这个味儿，今天这味道她闻起来不比香水差。她几口吞下了一个包子，打量着二婶子肥胖的身躯，五十岁的人了，真是一把种地好手。

二婶子家和秋嫂相隔两条胡同，平日里两家没有交往，就连路上碰面秋嫂也尽量靠边走。秋嫂心中的"泼妇"大概就是二婶子这种形象。今早二婶子挨着她清扫场地，她心里就别扭。现在她发现了二婶子的另一面，竟是一个心地善良、为人仗义的农家女人。二婶子一儿一女，前年冬天听到鞭炮声，秋嫂才得知是二婶子的女儿出嫁，二婶子的儿子也有了女朋友，秋嫂见过，那女孩长得不错。

秋嫂便问二婶子儿子几时结婚，二婶子听了一口饭梗在了喉咙里，脖子直直朝上挺着，好一会儿脖子一曲再一张，总算咽下去了。二婶子告诉秋嫂，去年就打算着结婚，新房都装饰好了，可女方要求在城里买房，最多等一年，买不上楼就分手。家中存款就五六万，还是二叔干汽车维修工时攒下的。现在修车行当萧落，只能在家种地。今年卖了这季麦子，再等上秋季卖掉玉米，还有儿子几个月的工资，先凑够首付。现在时兴进城买房，买不起也要硬撑。说着说着二婶子没了声，低下头，把一个包子贴在嘴边慢慢嚼着。秋嫂想不到强势的二婶子也有颓败感伤的时候。

秋嫂也把心窝子话说给二婶子听，她说，外人眼里她家一定很富裕，老公长年在外承揽工程，房子是村里最好的框架结构，还有十多万的车子，可外人不知道，去年一个工人从脚手架摔下来，断了一条胳膊，医药费花去了三十多万，几年攒下来的那点积蓄不够，还借了十多万。今年女儿要是考进大学，就指望这十亩麦子做学费。

“什么？不是说谎吧。”二婶子直直地看着秋嫂，定格了好大一会儿。秋嫂还告诉二婶子，老公不同意她种地，建议把责任田承包出去，一个女人怎种得了田，是她坚持要种的。二婶子审视了秋嫂好一会儿，到底相信了秋嫂。

二人越说越近乎，老宋来到跟前了她们才发觉。

“秋嫂，你婆婆在超市门前犯病了，已经被人送去卫生室了。”老宋边说边把电动车放好，“你去吧，我替你翻晒麦子。”

二婶子站起身，推一把老宋的电动车，“有我在呢，不就翻晒个麦子？老宋你该干啥就干啥去。”

秋嫂脑袋“嗡”了一声，她担心的事情到底发生了。婆婆发病有两种情况，一种眼睛泛白呈休克状，只能从艰难起伏的胸脯断定人还活在，另一种是呼吸艰难，身子不能动却是清醒着，但愿是第二种。秋嫂急急赶到卫生室，婆婆躺在靠墙的一张床上。婆婆身子太瘦小，进门先望见一头乱蓬蓬的白发。走到床前，秋嫂眼泪唰一下滚出来，五岁的儿子懂事地闪开把奶奶亮给秋嫂，一只胖乎乎的小手还紧紧攥着输液管，好像之前输液管上翘过，奶奶不适才这样攥的。婆婆无神的眼睛望着秋嫂，喉咙里痰液呼啦啦作响。秋嫂擦了一把婆婆的脸，又抚摸一下儿子的头。她开始骂自己和老公，让老人和孩子跟着遭罪，同时又感到特别委屈。种地多不容易！翻耕播种，施肥喷药，这些活计自己还能应对，最难的是冬天浇水，特别是晚上，她从不敢朝漆黑的夜里多望一眼，只敢盯着矿灯照出的光斑看，总觉得四周有怪兽盯着她，随时会扑向她。她忘不了那种叫声，“嘎咕——嘎咕——”像恐怖影片里，漆黑夜里乱石岗上发出的那种怪叫。她惊得浑身汗毛竖起来，抖作一团。从小她就不敢晚上出门，上个厕所也得娘陪着，她不知道这样的夜她是怎样挺过来的。后来有人指着一种黑鸟告诉她，晚上的怪叫声就是它发出的。秋嫂不明白，这种鸟比山鸡都小，怎么就能叫出那样悠长恐怖的声音……还有当下，如果没有老宋和二婶子帮忙，她真应对不了。

卫生室里有一个刚包扎完伤口的男人，大概是收割机司机，不知怎么受伤的，另一个男人陪着。从二人的交谈中秋嫂得知，邻县下雨了。秋嫂心一悸，邻县听起来遥远，其实相隔就几十公里，雨要过来那还不快。婆婆听明白了，在床上吃力地抬了几下头，示意秋嫂快去晒麦场。儿子也抬起小脸蛋：“妈妈，你快点去吧，这里有我照看奶奶呢。”

秋嫂心里有数，看情形婆婆滴上几瓶药就能恢复，或许拔下针管自己能走回家。

四

这条柏油路擦着村子经过，宽阔的路面不光交通顺畅，也是晒粮的好场所。来到路上，秋嫂立即感受到了雨水将来的气息。路面上人多起来，手里握着扫帚或是推板，眼睛关注着天空。可能现在还没有云，也没有听到雷声，只能从灰蒙蒙的天空和潮湿的空气中感受到这是即将下雨的前兆。人们没有动手堆麦子，或是手机预报显示，即将有雷阵雨。像秋嫂心里希望的那样，雷阵雨只代表局部，或许当地不会下，夏天的雨水就有村前大雨倾盆，村后阳光灼热的时候。

二婶子手握推板看向天空，见秋嫂急匆匆赶来，忙问病人咋样。秋嫂说婆婆是老毛病，滴上药歇息一下就好。二婶子松了口气，说了句“没事就好”，接着骂起老公来：“死哪儿了，你看天就要下雨，不知道麦子晒在路上？”

前方忽然骚乱起来，很多人站到行车道前，举起扫帚挥动着，一辆蓝色农用车正驶来，车上竖着高高的绞龙架，是粮贩的车！路上的人都示意停车，农用车却丝毫不理会。二婶子挥动着两条粗胳膊站在路中央，车子来到近前不得不减速，二婶子这才退回来。这辆车停在了秋嫂麦前，司机探出头冲秋嫂喊：“卖不卖？一块一斤。”

“啥？一块钱一斤？昨天不是一块零六分吗？”二婶子扑上来，盯着司机质问。

司机不看二婶子，只管对着秋嫂说：“面粉厂降价了，今天就这价，说不准明天还会落。”

“太低了吧！”秋嫂差不多是在喃喃，她实在拿不准主意，看一眼二婶子，嘴里轻轻一声咕哝：“一次落六分钱，能不能……”

司机忙打断她：“你的麦子是昨天晒上的，我还给你测量过水分。”秋嫂认出来了，昨天就是这人测的水分。她心里对自己说，最好再涨二分钱，如果这个价……她实在拿不准主意。

“告诉你，别人的麦子这个价我还不收哩，我知道你的麦子够标准。”司机点上一支烟，把嘴唇噘得老高，吐出一团烟雾。

“走，该买谁家买谁家去，不卖！”看秋嫂有些动心，二婶子过去朝农用车上就是一扫帚。车子一声轰响，喷出一股黑烟，呛得秋嫂和二婶子连连后退。

“狗娘养的，看着天要下雨想发灾难财啊，想得美！”二婶子冲着跑远的农用车啐了一口，扯一下秋嫂，“面粉厂落价？别听他胡说八道，不就想趁人之危讨个便宜价？”二婶子看看天，“怕啥？真要雨来了，这点麦子堆成脊盖上雨布还不快？”

秋嫂低头不语，她知道二婶子为她好，可自己真担心雨会落下来。

“轰隆隆……”雷声真响了起来，听起来有些远，人们心里清楚，等雷声近了，云就该滚到头顶了，夏天的雨会像开闸的水，哗一声就落地了。

路上的人一刹间忙乱起来，每个人奋力推动着推板，大扫帚跟在后面清零，一片沙沙声和木板跟路面的摩擦声交响着。很多人戴上了斗笠，做着防冰雹的准备。这个常识秋嫂也懂，遇上冰雹最紧要的是保护好脑袋，砸到其他部位最多红肿瘀青，不会有生命危险。现在秋嫂顾不上了，用力推动着木板，感觉一点儿不累，就是力不从心。身边的二婶子看着那样轻捷，推板在她手上像一个玩具，呼啦一推，一米见长的麦子就堆到了一起，二嫂子很快堆好了十几米，真是一把好手。

恰在这时二叔赶到了，二婶子狠狠看他一眼，朝他喊：“秋嫂家的麦子多，先去帮她。”

公路上乱作一团，有的人家麦子已堆成脊准备盖雨布，就在行驶车道上伸展雨布，不顾来来去去的车辆，急得司机一个劲儿按喇叭。嘈杂的声音里秋嫂听到有人在喊她，却见刚才那辆收粮车又调头过来，停在秋嫂身边。

“再加一分钱，一块零一分卖不卖？”司机见秋嫂还没反应过来，就指指天空，“雨可是马上要下了，晚上预报还有中到大雨！”秋嫂心里要说“行，我卖。”却见二婶子摇晃着肥胖的身子跑过来，老远就指着司机骂：“滚！两块钱一斤也不卖给你！”司机见来者不善，启动车子跑开了，留下一句骂声：“腌臜娘儿们，你的麦子白送也不要！”

一声很响的雷声在头顶上炸响开来，乌云遮住了天，瞬间黑得像夜里。跟着一阵凉风吹来，刺得浑身冒汗的人们一哆嗦。鸣着笛驶过的卡车亮起大灯，浑身湿漉漉的，滴下一路水。秋嫂心里一股怨气冲上二婶子，在这当口一斤少卖五分钱咋啦，她一个弱女人实在不想在路上再过夜。这时有盖好麦子的邻居跑来帮忙，好几个人一齐打堆，还有几个人抻开塑料布准备着。

唰唰的雨声传过来，前方百多米的地方已是大雨倾盆，还好没有冰雹。雨点落地激起一片白亮亮的水雾，秋嫂心里更添了几分急躁。在众人帮助下，秋嫂的麦子终于盖好了，大点子雨滴像从冰上刚融化下来，不光凉，砸在身上还生疼，落在雨布上咚咚响。人们纷纷躲到树下避雨。

大雨像一个水罐被一梭子子弹打穿，开始下水柱，慢慢变水滴，水滴再变小水滴。雨很快就停了，路面都没有完全湿透，再往后看，路面上一滴雨都没下。云散了，太阳不怠慢，毒辣辣地又照射下来。

晒麦的人们绽开笑颜，被老天耍了一场，人人却都开心，提着的心终于放下了，预报的雷阵雨过去了。人们望着远去的黑云和雷声，相信那地方雨一定下得很大。

二婶子敲了一下秋嫂的后背，“刚才还生我气了吧，怎就不好好算一算，这麦子少说也有一万斤，少卖五六百块？”秋嫂不好意思地笑笑，她真庆幸自己刚才没有把不满发出声来。

这会儿二婶子开始责怪二叔：“怎么帮人修车一去就几个小时，是你朋友还是你家亲戚？”

二叔嘿嘿一乐，不自在地挠挠后脑勺，“故障找到了，司机去买配件了，装上就好。”二叔看一眼二婶子，说：“司机说换好配件就来拉咱的麦子，让咱们一定等，最晚擦黑前把麦子装上。”

二婶子嘴里嘟哝一句：“就怕说得好听，到时候指不定买谁家的麦子。”秋嫂相信二叔这种诚信人会赢得别人信赖。她突然觉得自己要被冷落了，二婶子把麦子卖掉，今晚她又要一个人守在路上了。

突然前方又一阵骚动，一辆白色收粮车驶过来，惹得许多人朝前凑。车子停停走走，看样子不像要收粮，在询问着什么。近了，听到司机发问：“知道宋师傅在什么地方晒粮吗？”有人回话：“村子里多半姓宋，到底找哪一个？”“修车的，五十岁上下。”有人指指二叔，车子驶了过来。

二叔摇摇头，不认识此人。司机跳下车来说：“宋师傅您好，小张是我车友，他还在买配件的路上，怕您等急了，就打电话给我，让我来拉您的麦子。”

二婶子挤上来问：“什么价？”

“老价钱，一块零六分。”

晒粮的人都看向二叔，人人心里羡慕。这时卖掉麦子，晚上不用守夜，也不用担心今晚的中到大雨。

二婶子抓起一瓶水递给司机，司机摆摆手，说快点装车吧。二婶子对司机一比划，要司机把车头掉过来。二叔和秋嫂正疑惑，二婶子捅一下秋嫂：“先装你家的，一个女人家别再守夜了。”秋嫂激动地刚要说“哪怎行？”又被二婶子推了一把，示意她快点把雨布揭开。

站着的人们都过来帮忙，二婶子抢过秋嫂手里的铁锨，递给她一把扫帚，“男劳力多，只管后面清零吧。”秋嫂心里这时已经打算着，二婶子麦子卖不掉今晚她陪着守夜。

帮工的人多，绞龙“呼隆隆”转得欢，十多分钟麦子装完了。秋嫂取出两包香烟散给帮工的人们，一支烟没抽完，前面又开过来一辆收粮车。二叔说，小张来了。

小张跳下车，先对着二婶子道谢：“您是二婶子吧，谢谢您！二叔帮我修车，您一个人受累了。”二婶子先是一愣，咧开大嘴一乐：“不累不累！”司机又说：“给您一斤加二分钱吧，算是二叔的劳务费。”二婶子擂司机一拳：“该多少就多少，多一分也不要。”人群都笑起来。

二婶子的麦子也很快装完了，司机这时想起了什么，对着装车的人们说：“刚才我接到电话，大批收粮车正往这儿赶，中午缩在家怕有雨，现在卖粮正是时候，要不夜里还有中到大雨来。”

人群兴奋起来。果然，远远望见一溜车子开来，都竖着高高的绞龙架。一时间粮贩纷纷下车忙着测验水分，商定价钱。很快呼隆隆的绞龙声响起来，今晚家家不用在此守夜了。

地磅上过秤，又给了秋嫂一个惊喜，每亩产量达到一千三百斤，收入一万五千元。秋嫂先去了卫生室，医生告诉她，老人和孩子一小时前就回家了。路过烧烤店，秋嫂买上两只烧鸡，她自己家吃一只，另一只送二婶子。她还有了打算，等老公回家，让二叔进工程队干零杂工，二叔是一个理想的零杂工人员。

秋嫂远远望见婆婆和儿子在门前等她，可能婆婆知道了卖麦的信息，脸上喜滋滋的。秋嫂把一只烧鸡递给儿子，要他送去二婶子家，自己陪婆婆进屋做饭，这时候才觉得浑身关节酸痛起来。

吃完饭洗了澡，秋嫂头一着床就睡着了。不知过了多长时间，她听到窗外有雷声和哗哗的雨声。这雨真是时候，麦子卖了，地里正干旱，这雨正好播种玉米，秋天还会是一个大丰收……

朦朦胧胧中，秋嫂心里舒服极了！

离幸福还有多远

一

把孙女送进幼儿园，孙成迈着大步急急往回赶。八点半有趟班车经过小区，一小时二十分钟就能到达村子。现在刚刚七点十分，孙成对自己说，急啥，急也没用，心里着起火也要等一个多小时，可步子就是慢不下来。路旁树下有人围着一辆三轮车，是乡下进城卖菜的。他凑上前抓起一把芹菜，犹豫片刻又抓起了一把。老娘八十七岁，耳朵聋眼睛花，就是牙口好，中午炒一份和娘一起吃。儿子值了夜班，今天在家，给他留一份。他心里轻快一些，在这儿碰到卖菜的，省了他去菜市场，还便宜三块钱。

“孙老板，顺便买上菜了。”老田站在广告牌前跟他打招呼。

“是啊，碰得巧，菜也新鲜。”孙成的眼睛一直朝着垃圾箱那边看，平日这个时间老田就站在垃圾箱旁，今天换了地方。

“孙老板，几时来上班？昨天领导又催我，说再不来，就让别人替换，想干环卫的人真不少。”

老田替孙成找了份环卫工作。孙成有几次路过环卫队门前，见大门外贴着一张招工启事，已经褪了颜色，或是以前环卫队缺少人手，现在求个职就难了。不管怎的，都应该感谢老田。他有点不好意思地冲老田一笑：“就这几天，回家把老娘接来就去上班，领导那边你先替我扛着，到时候请你喝个小酒。”早上七点，孙成跟老娘通电话，娘声音疲弱，不停咳嗽，孙成不放心，决定回家一趟。

老田只管低头把几团废纸撮进垃圾袋里。这老小子就是爱净洁，黄色的环卫制服总是一尘不染。当年在盐田，老田用淡水洗衣服真不该骂他。看看身边没有人，孙成凑得更近些：“老田，以后别再喊我老板了，过几日穿上了环卫服，我还要称你师傅来。”孙成说着，想象着自己真穿上了环卫服，工作在车流人流不息的马路上，会是怎样的感受。

儿子住三楼，今天孙成上楼前深重地望了一眼车库的卷帘门，虽说什么都看不见，孙成仿佛看见门里面就放着两张床，房角一个煤气炉，脸盆架，一个小饭桌，完全是家的样子。也许住车库让人瞧不起，可总归是自己的家，比起当年盐田的草棚要强得多，且这幢楼房有好几个老人住在车库，老田就在隔壁。

孙成上楼轻轻开了门，立马把头转向厨房。儿子儿媳正在调笑嬉闹，见孙成进来，赶紧打住，慌乱中恢复平静。这样的尴尬孙成遇到不止一次了，如果不是为了接送孩子上学，儿子儿媳绝不想和他住在一起，当然孙成更不愿意跟儿子儿媳住一起。他的家红瓦砖墙，赶不上楼房宽敞，可住着舒心，还能随时照顾老娘。

饭桌上碗里的面所剩无几，碗筷零乱。孙成每天做好早饭，儿子儿媳通常还在睡觉。他叫醒孙女，强迫她洗脸刷牙，爷孙俩开始吃早饭。孙女虽是幼儿班，也耽误不得，唯有这一点他和儿子儿媳意见一致。从幼儿园回来，孙成会估摸一下时间，最好上楼开门时，儿子儿媳都吃饱了，留下一张待洗刷的桌面就行。他实在不愿看儿子儿媳边吃饭边相互埋怨的样子。

孙成从小喜欢吃面片。白面和豆面比例要搭兑好，用擀面杖推成一张薄薄的饼子，用刀拉成道道相等的横线，再斜划成道道相交的斜线，面饼变成许多指甲般大小的平行四边形块。小时候母亲用高粱面和豆面给他做，婚后老婆用白面、豆面给他做，做盐田老板那些年，厨房给他做，他从没想过自己要学着做，更没想到如今每天早饭给儿子一家做，擀的面还这般劲道，豆面、白面比例搭配这般适当。

孙成洗刷着碗筷。厨房的门开着，他望见儿子儿媳这会儿在客厅看电视，两人的情绪看样子都不错。他一手拿着擦布，一手拿着一个洗净的碗从厨房探出半个身子，故意咳嗽一声，说：“今天早上电话里听你奶奶的声音好像病了，要回家一趟。”儿子把脸转过来说：“明天就是星期六，差这一天？下午四点我上班，孩子谁接？”

儿媳听到这话一下定格在沙发上，眼睛盯着电视，孙成知道，这会儿她注意力可不在电视节目上。孙成忙说：“下午三点有返程的车，幼儿园四点四十分放学，下车直接去学校。”儿子儿媳不说话，只要不耽误接孩子，凡事还能商量。

“我奶奶什么时候来？北楼那边停车位跟人商定好了没有？”儿子又问。孙成说：“今天回家先跟你奶奶说一声，回来再去旧家具市场买两张床，下星期就接你奶奶过来。北楼那边的车位，找了楼下老程去问过，啥时都成，那个车位也空了几个月，交上钱就能用。”

“干吗买旧床，不吉利……北楼的车位先把钱付上不好吗？今天空着，说不准明天就有人先买下，到时候麻烦。”儿子有些不满意。

孙成不再说话，这时五个月大的小孙子突然“哇”一声哭起来，儿媳急急的脚步把地板踩得咚咚响，钻进自己房间里去，孙成也缩回厨房，把门掩上。

现在孙成跟儿子儿媳说话时总有些慌，仿佛欠着他们什么。竖起柴草分高低，自己是老子，倒像儿子在他之上了。前几天他跟儿子儿媳商量要把老娘接来住，就是憋了半天才说出口。他说，你奶奶八十七岁了，一个人在村里很不放心，隔壁三婶说过，有一次你奶奶两天厨房没冒烟，进去看，你奶奶躺在床上病了，再不能让一个老人单独住村里了。

儿子瞪着眼看孙成：“跟我们住一起？哪有空房间？”过了一大会儿，儿媳也说出一个理由：“四代人不能住一起，四的谐音是‘死’，避讳！”

孙成忙解释：“我跟你奶奶住车库就行，不住楼上，也省了每星期六往家跑。”

“车放哪儿？”

"好多车不都停路边吗？"

"赶不准的时候，要排出一里多路来。"

孙成本想回顶儿子一句：我每天接送孩子来回还二里路来，年轻人走点路算什么。儿媳突然开口说："北楼有个停车位要出租，租下来不好吗？"

孙成不说话，他听说过那个车位，一年租金三千元，赶上儿子一个月工资，儿子当然不会出这笔钱，掏腰包的是他。孙成想想儿子儿媳也算不错，能让老娘来住车库就好。他说："我先让楼下你老程叔去问一下，差不多咱就租。还有，老田给我找了一份工作，不耽误接送孩子，等你奶奶来了就去上班。"

"干环卫呀？一个月还不到两千元。"儿子显然对他干环卫感到脸上无光，可就说了这一句，不再作声，大概觉得这个家许多开支都由老爸来掏，钱包再鼓也有穷尽的时候，就需要补充。

孙成和儿子儿媳把事情敲定，心里很快慰。昨天老程回话说，北楼那车位一年就三千元，少了不行，最好现在就把钱付了。孙成也觉得应该先把钱付上，迟早的事。不知怎的，现在他越来越把口袋捂得紧了，总觉得迟一天交更好些。

孙成把碗筷洗刷干净，又择了菜叶，看看时间还早，把芹菜也切了，拿上一份匆匆下楼。儿子从楼上追下来，把一袋豆奶粉递给他，"爸，给奶奶带上，壮骨的。"儿子脸上带着一种苦楚和无奈，孙成接过豆奶粉自顾走去。手机这时候响了，是老伴儿打来的，他知道老伴儿要他打钱。前天老伴儿来过电话，说二儿子的女儿准备入"小饭桌"，预交五百元，等定下后再打电话。果然是，孙成没有犹豫，立马给老伴儿发去一千元，老伴儿也需要钱，手头这会儿也所剩无几了，二儿媳妇预产期就在这个月，还需要一笔钱，最好是顺产，剖腹产可要上万元。孙成心里叹一声气，两个儿子离开了他这个"财源"该怎过？叹过气后再嘲笑自己：谁让你做过盐田老板，"大款"的身份村里谁人不知。

孙成和老伴儿只相距六公里。在这个不算小的县城里，大儿子住城南，小儿子在城北，几年来老两口扮演着牛郎织女的角色，只有暑假春节老两口才有见面的机会，每人怀里都抱一个孩子。老伴儿和他一样大，快六十岁的人了，只读过几年书，却能用手机购物、银行卡提现，这些都是被生活逼出来的。儿子每月三千多元工资，家庭基本消费都勉强，不会给她钱，像他一样，买菜、孩子进幼儿园费用都是老伴儿出。今天回老家，孙成没有告诉老伴儿，连准备让老娘搬进城住都没告诉她。在二儿子家里，她压力更大，接送孩子，还要给待产的媳妇换着口味做饭，不容易！

班车八点半准时来到，上了车，孙成的心绪一下飞到了老娘身边。

二

娘说："你拐过大街口，我一眼就能认出你。"

孙成相信。娘眼花，大概就像动物世界里，海岛上满满的雏鸟，母亲总能很快找到自己的孩子。孙成也调皮一笑："上了班车，在县城我就能望见您站在槐树下等我。"

娘笑得满脸皱纹聚到一起："你是葫芦娃啊！长着千里眼？"娘喜欢看动画片葫芦兄弟，知道有一个千里眼兄弟。

每个星期六上午十点，孙成到村里，远远就望见娘在那棵槐树下站着，孙成觉得娘像槐树根生出的小树，永远定格在那儿。村里人告诉孙成，你娘七八点就在树下站着了，不停用手罩着眼望你。孙成当然相信，他还知道娘这一夜都睡不好。等孙成走近些了，娘迈开小步子咧着嘴迎上他，孙成也紧赶几步，挽住娘的胳膊，母子俩说着笑着回家。孙成总觉得这一幕很熟悉，小时候他就站在这棵槐树下盼着外出做活儿的父亲回来。父亲来了，孙成跑上去，父亲从口袋里摸出几块糖或是几个核桃给他，他跟在父亲身后蹦蹦跳跳，开心极了。现在角色换了，母亲变得像个孩子。

今天槐树下没有娘的影子，今天不是星期六！孙成觉得槐树像被人刚修剪过，像是少了很多枝杈，看着有些陌生。

孙成开了院门，院子里好静，静得他心怦怦乱跳。房门虚掩着，孙成小心着轻轻推门，门还是“吱”的一声好响，屋子里仍没有回音。

他知道娘耳朵聋，聋就好！

娘在床上睡着了，一头散乱的白发遮住了半个脸，一只胳膊松垮地垂下来，像要从身子脱落到地上。他忽然发现娘原来这般老了，脸只是一张发皱的皮贴在头颅上，身子缩得像一捆枯萎的谷秸，相信轻轻用手就能托起。他心里一阵酸痛，泪水从眼眶涌出来。看见他总是眉开眼笑的老娘，独自在家竟是如此的情形！孙成抽泣起来，他把娘的胳膊轻轻放到床上，下意识地去试试娘的鼻孔，有些热，是感冒了。孙成突然觉得如若今天自己不来，娘会不会就这样永远躺下去，永远不会再睁开眼睛。

那部电话机紧挨着娘的头，上面盖着一块手帕。村子里很少有人再用座机，娘用，她不会用手机，连阿拉伯数字都不认识。孙成每天上午七点准时打来电话，母子俩电话里重复着同样的内容。孙成说：“娘，早上好。”娘说：“宝成你好，孩子们都好！”短暂的交谈，孙成知道娘平安，娘知道儿子在城里无恙。娘耳朵聋，但每次电话一响，总会立马抓起电话。早上七点，是儿子每天对老娘的问候，是老娘每天的盼望。有几次孙成错过了时间，等电话打过去，还是听到娘立马抓起了电话。听不到儿子来电，娘会永远守在电话旁。那一次孙成跟娘开玩笑说：“等孙子孙女都入了小学，我还要回家承包盐田，发了财，进城买套别墅，接您老去享福。”娘笑笑说：“我可没有进城享福的命，你和孩子们在城里过得顺就好，等哪一天打来电话我不接，就是出事了，你快往家赶，我身子还不会腐臭。”娘这句玩笑，孙成想起来眼圈就发潮。

娘生了九个孩子，活下来的就孙成一个，孙成知道自己在娘心里的分量。他决定不叫醒娘，让娘一直睡到正午，让娘搬进城住的事也不告诉她，要不等他回城去，老娘会在家不停收拾东西，会累坏身子。现在他要去趟卫生室，给娘买点感冒药，等娘醒来，他再满脸带笑跨进来。

卫生室在胡同口左拐，孙成买了药匆匆往回赶，他听到屋子里有响动，隔着玻璃一瞧，娘醒了，正艰难地起身，身子立到一半又停住，像哪个部位不舒服，跟着打了一个闷嗝，总算坐定。孙成拭一下眼角，一把抓起房门后那把芹菜和豆奶粉，愉快地走进来：“娘！”

娘真神奇，她像一棵晒蔫的玉米苗，浇上水，立马就精神起来，又变成了那个在槐树下盼他的老娘。

娘说：“今天不是星期六干吗来，怎就不提前打个电话？”孙成撒谎说：“给您打了两次，您没接。”娘点点头，离开电话几步她就听不见。娘说回家一定有事情，孙成说：“今天来了，明天星期六就不来了。”娘吟吟笑着，她相信儿子的话。孙成听出来，娘的鼻音比早上电话里好了许多，感冒无大碍，心放下了。

孙成切菜，娘烧火，饭菜上桌，娘还是习惯地把肉挑进孙成碗里。孙成望着娘笑，“再过两个春节我就六十了，还把我当孩子看。”娘说：“儿子到了八十岁在娘眼里也是个孩子。”孙成忽然想，应该搀着老娘去盐田看看了，要不等娘进了城，他回家的次数就少了，就看不到盐田了。他看一眼表，快下午两点半了，时间过得真快，再有半个小时回程的班车就到。他说：“娘，我要起身回城了。”娘说：“天还早呢，下午四点有趟班车。”孙成告诉娘，今天不是星期六，孙女还上幼儿园。娘一听急了：“快走，不能误了正事。”说着往孙成兜里放了五个咸鸭蛋。孙成快走出院门的时候，娘突然把手伸进孙成衣兜里，“宝成，上车打票。”孙成看清了，娘手里攥着几张十元卷在一起的钞票。孙成眼里差点又流出泪来，人人知道他是大款，每次他给娘钱，娘都不要，娘说村里每年分红三千多元，镇上每月发养老金一百六十元，娘确实不缺钱花。孙成再一次觉得现在农村绝不比城里差，村民每年有分红，种庄稼国家有补贴，干吗都往城里挤？孙成一年花在路上的钱真不少，娘从没有给过钱买票。他听人说过，老人突然对儿孙特别亲近，不是好预兆，孙成心里沉沉的。

每次回城孙成都是拐进大街朝站牌走，今天走到第一个胡同口他就进去了，他不想让身后的老娘依依不舍地站在槐树下，想让娘快点回屋休息。穿过这条胡同，他又转到了大街口，在这里，可以将盐田看得清清楚楚。现在变了，草棚变成铁皮房。房后两个黑塑料布包着的盐堆，那是今年剩下的“盐种”，再过一个月，头茬盐就该捞了，盐台上会立起好几个白得耀眼的盐坨，那可是真金白银啊！他孙成承包这付盐田十年。十年间，他像是一个大水塘，风一吹，水花就溅到岸上。现在他这个水塘还在，里面却只剩塘底浅浅的一洼水，经不起渗漏，经不起蒸发。很快的将来，水塘要干涸龟裂。那十年里，人们见面喊他孙老板，他当时就是一个老板，叼着过滤嘴香烟，骑着摩托车。现在再让他骑摩托车他都不敢骑了，烟戒了，一包廉价香烟也要五元钱，抽不起呀！他只盼两年过后，小孙子也进了幼儿园，儿媳上班，两个儿子家庭就能自行运转，前提是他这塘里的水不“干涸”。他准备干环卫工，就是要往“水塘”注水，虽说注入的不如流出的多，总比没有水源好。

三

孙成赶到幼儿园时刚好放学，看来只要路上稍有迟缓，就无法按时接走孩子。他牵着孙女的手往家走，路过超市，孙女身子往下蹲，非要孙成买包火腿肠不可。孙成使劲儿拽孙女，他知道过了超市门前就好了。

回到家门口孙成刚要开门，听到小孙子在房里“哇哇”哭，嗓子都哭哑了。孙成推开门，见儿媳的脸急得涨红，抱着孩子在客厅来回走动，见孙成进来，赶紧说：“叫辆车，送孩子去医院！”

孙成顾不得问孩子病情，转身急急下楼，喊来一辆出租车。儿媳抱着孩子下楼梯，孙女站在那儿却不动，见孙成上来就大喊：“爷爷，给我买火腿肠，要不我就永远站这儿！”孙成连说：“好，给你买。”孙女才随着他下楼来，一同钻进出租车。

到医院，医生给孩子一番诊断，又问儿媳孩子病发时的症状，然后指指大厅里那几排联椅说："去那边输液吧！"没有让孩子住院，看来孩子没大碍，孙成提着的心放下来。

儿子大华赶来，接替了孙成。孙成去结了药费，领着小孙女回家。答应孙女的事，孙成一定兑现，买了火腿肠，又买了一个面包，让孙女吃饱睡觉，今天他实在不愿意做晚饭。

孙女吃饱躺下睡了，这孩子睡眠好，一觉就能到天明。孙成觉得肚子饿了，又实在懒得动。他忽然想起老田，刚才上楼时看见老田卷帘门缝里透着光，一定还没吃饭。他答应请老田喝小酒，只是说说而已，现在真想和老田喝顿小酒了。他想起娘给他的五个咸鸭蛋，再买上一袋花生米，一瓶酒。到了楼下小卖部，他觉得应该买两瓶酒才行，老田酒量很大。

在盐田时，孙成从不让工人喝酒，喝酒误事也容易出事，到处是卤水，栽进去可不得了。每次放完盐，孙成备好酒菜会让工人们大喝一顿，醉也无妨。那次放盐价格每吨卖到了四百元，真是狂赚，孙成心里乐开了花，饭桌上他和老田猜起拳来，两人你一杯我一杯，每人喝了一斤多，竟然都没醉，那次他知道了老田海量。现在让孙成喝，半斤酒也会醉上一天。细一想，自己已经好长时间没有喝酒了。

孙成敲敲卷帘门，里面没有动静，孙成喊："老田，开门。"卷帘门慢慢升起来，这车库房便一览无余。里面就像当年盐田临时工住处的摆设。右山墙下两排砖撑着一块木板，上面整整齐齐叠着两卷薄薄的铺盖，铺盖上面压着一件羊皮大袄。夜里冷了，羊皮大袄压在身上肯定管用。一张被单从床上落到地下，才有了床的样子。床前一个小水泥板桌子，上面放着碗筷，还有两个冒着热气的馒头。难怪老田从不邀请他到里面坐，一张卷帘门，挡住了里面的窘相。

"孙老板，来这儿应该我请，你倒拿来酒菜。"

孙成笑笑："我是老板嘛，老板腰包鼓，应该破费。"

"这会儿又称老板了，不是说以后不要叫你老板了吗？"两人都笑起来。老田说："你早说一声，我也好准备两个菜。"

"那碗里扣着的是啥？端过来就是嘛！"

老田尴尬地掀开碗，里面是一些咸萝卜块。孙成说：“好啊！当年在盐田不就经常吃它吗，我们寿北人爱吃咸。”

两人倒满酒，很自然地一碰，每人喝下一大口。这动作孙成太熟悉了，在盐田他跟老田不知碰过多少次杯。孙成的心情立马好了许多，凡是能让他想起当年盐田的事情，孙成心里就乐意。

“你老小子就是勤快，看屋子收拾得多干净。”孙成说着乐起来。“当年在盐田你用淡水洗衣服，我骂了你，跟你说，那次我真生气了，刚承包盐田，一次盐都没有放，手头正紧，知道吗？一方淡水十元钱呢？多亏你没顶我嘴，要不真会把一桶卤水泼你头上。呵呵……”

老田也乐了：“跟你说孙老板，那次差一点我就卷铺盖回家……多亏留下来，跟了你十年，要不儿子今天咋会住上楼房啊！来，干杯！”老田说完，也没等孙成，一仰脖子把杯里酒喝干，起身凑到孙成耳朵上，“孙老板，再过两个月，房贷就全部还清，儿媳说准备要孩子了，呵呵……”

老田脸红起来，就喝了一杯，看来远没以前的酒量。他说本应该去年就能还清，老伴儿在家种姜，谁想价格跌得厉害，只能够本钱，春天闺女结婚，又陪送了他半年工资。“村里人都知道我打工发了财，还在你们富庶的县城买了房子，闺女陪嫁自然要体面，哈哈……谁也不知道我现在干环卫工来，嘿嘿……”

“老田，楼上房间空着，干吗住车库？”

“儿子儿媳好着哩，不让我住车库，可房子是儿子的，咱不住，现在儿子没车，住车库咋啦。等儿媳生了孩子，老伴儿就过来，到时候儿子买了车，我就上楼住。”

老田自得的样子，让孙成有了一种满足。两个儿子，两套楼房，两辆轿车，孙成没借一分钱，还有剩余。儿媳也没因还房贷不敢要孩子，现在两个孙女一个孙子，说不准二儿媳妇还能给他生个孙子。两个孙子，两个孙女，这可是有钱难买的财富。想到这，孙成起身端起一杯酒，“老田，咱把这一杯酒干了，像当年在盐田一样。”

承包盐田的第一年，老田从几百里外的山区来了，还有他十七岁的儿子，还有床板上这张羊皮袄。孙成对偷懒的工人看不惯，很多人没少挨他的骂，火气大时还骂娘。唯有跟老田，就那次淡水洗衣服闹过不快，以后再没发生过。老田这人勤快，不耍滑，工作上很给力。盐田工人每年都调换，唯有老田父子跟他干了十年，直到承包期结束。孙成十年间赚得盆满钵满，奖金也没少给老田，要不老田怎敢打算在县城给儿子买房子。老田说："县城里盖了好多别墅，欧式的，给你儿子买两套吧！"

孙成说："去县城买？不行，我要去北京给儿子买两套。"老田眨巴着眼看孙成，他绝不怀疑孙成的财力。孙成看老田的样子，止不住乐了。孙成却是从没打算过进城给两个儿子买房子，两个儿子都是菜鸟，上学时差不多是班上的垫底，读完九年义务教育就在盐田帮工了。孙成自有打算，眼看十年承包期快到了，下一个十年承包费绝不是一个小数目。他明白一个道理，人要发财靠能力，更要靠运气。在他承包盐田的前十年，盐价一跌再跌，到他承包盐田时，一年五千元竟中标，十年五万元，先交两万，余下三万后期付。哪承想第一年盐价就来了个大暴涨，且十年间稳中有升，红眼的人不知多少。凭他现在的财力，村上没人敢跟他较劲。再承包十年，盐田这边他撑着，村前二百亩梨园，一年后落果，村里就向外招标。还有村后那块空地，村里准备变成养殖区，统统承包下来，父子三人每人一处，还怕日子不红火！

老伴儿说："老田只够首付都进城买房，咱为什么不买？两个儿子的女朋友都说了，城里没房不结婚！"

老娘说："奋斗一辈子为个啥？不就是为孩子，光顾赚钱，孩子大了，耽误了婚姻可是大事！"

孙成只能认了。他知道买了楼房买了车，就没有财力承包盐田，接下来孩子生孩子，进城照看孩子，孩子入幼儿园，接送孩子……他不明白现在的年轻人咋想的，干吗都往城里挤。像他两个儿子，文凭低，没特长，进城只能在化肥厂干车间工，工资三千元，或是进钢厂做冶炼工，养活自己都勉强。现在农村不比城里差，很有发展前景。事实上孙成真看准了，村前梨园已到盛果期，上乘的梨子批发都是五元钱一斤。村后的养猪场也不错，连着几年平稳。今年猪价刚跌几个月，价格又“噌噌”窜上来。还有，这付盐田离村子只有二里路，照顾老娘也方便。

老田有些醉，嘴里含糊不清一遍一遍重复着：房贷就要还清，儿媳会给他生个胖孙子，老伴儿就要过来……身子一歪，躺在床上睡着了。老田今晚高兴，酒却喝了不足半斤。老田跟儿子终于要还清房贷，马上要一身轻松，而他孙成的钱就要面临用光。你老田可别得意，接下来就要走我过来的路：儿媳生孩子不能上班，就没有收入，老伴儿过来照看孩子不能再种地，孙子吃喝费用也是一大笔……

孙成晃晃悠悠上楼来，脑袋迷迷糊糊，没有完全醉，腿已经不听使唤，他现在只想睡觉。忽然脑海里晃起了老娘躺在床上睡着的样子，还有那头白发，浑身燥热起来。不能再等，明天就收拾车库，早点把老娘接来！

第二天是星期六，孙女不去幼儿园，孙成还是早起了。做好面片，儿子儿媳抱着孩子回来，孩子没事，小两口脸上喜滋滋的。孙成下楼找了老程，一块儿去北楼把三千元车位租用费付了。这时老田来了，孙成说：“昨晚说好的，今天抽空和老田去旧家具市场买两张床。”老程听了说：“咱楼上有一家准备搬走，有两张床要卖，都是实木的，价钱肯定便宜。”孙成听了很高兴，老程连忙给那家打电话，电话那头说：“都是一幢楼住过的，给点钱就行，两张床五百元怎样？”孙成在一旁听见了，不等老程开口就说：“行！行啊！”孙成觉得是个好兆头，娘要来，一切都顺。

三人上楼把床拆了，搬进车库组装起来，真是不错！孙成觉得应该给娘床前挂张被单，要不他睡得晚，会影响娘休息。孙成看看表，刚十点，再过半小时有趟班车来，十二点回村，和娘吃过午饭就回，家里的东西过几天再回去收拾。想到这，孙成对老田和老程说：“今天下午老娘来，晚上一块儿来吃饭。”

四

娘说：我今年八十七了，村里还有几个人跟我一般大？嫁给你爹快七十年，从没离开这个院子，房子也翻新过几次，要我进城，我不去！

“娘！您岁数大了才进城去，好照顾您！”

娘抬起头，好像记起了什么，“到今年五月，你爹去世整整二十年。这些日子经常梦到他，看来我阳寿不多了，到时候死在城里，骨灰是进了坟地，魂回不来，你爹在那边找不到我会急！”

“这都是迷信。”孙成想对娘说，并没有说出口，他知道娘信。孙成做梦都没想到，老娘竟然不同意进城，一滴眼泪落进饭碗里。

“一星期一趟，一天一个电话，你已经尽孝了，不比那种几个儿子的差。”

孙成急得站起身说：“娘！你要有个三长两短，往后让我怎做人，人家会说，一个盐田老板的娘在屋里……”

娘一乐：“你还算啥老板，兜里还有几个钱？”

孙成嘴角也轻轻一乐，跟着泪水哗哗流下来，“娘，城里我都收拾好了，新买的床，孙子孙媳也愿意您去。”

“我知道了，你跟孩子们过的好娘就放心。”娘说这话时进了套间，捧着一个小木盒子出来，打开，亮给孙成。木盒里面有十几张百元钞票，娘从钞票下摸出三块银元。“这个你拿着，每个儿子一块，你自己留一块，到时候哪个儿子听话，你就给哪个。这个木盒放在面缸下面，到时候别忘了。”

孙成抽泣起来，他把银元放进盒子，合上。盒子在娘就在，他才不会把银元带走分给儿子。这时手机响了，是老伴儿，声音急急的，“二儿媳进妇产房了，需要剖腹产，院方要求预交手术费……”老伴儿的声音突然弱下来，好像在跟人说话，听着很忙乱，很快声音又大起来，“亲家公和亲家母都来了，你也快点来吧！”

“快回去，这可是大事，生了，就给我打电话。”娘耳朵聋，电话里的声音却都听懂了。

孙成不动，此时不知该怎样才好。

娘急得跺脚，“还有十分钟班车就来，错过了就要等到下午三点！”孙成这才起身，低着头拭着泪大步朝车站赶。走到大街上，看见站牌那边围着不少人，车子快到时人群才聚过去。他小跑起来，望见公路上一个红色影子在树间一闪一灭，等窜出树林，车子豁然来到眼前。

娘的影子在眼前不停地晃，却是躺在床上睡着时缩得像谷秸一样的瘦小的娘，直挺挺地，身子已经发凉……不能！不能让娘一人留在村里，要说服娘，一定要娘进城去……明天头班车再赶回来。

“老孙，愣着干啥？快点上车。”司机在喊，他跟孙成早就熟了。

嘟噜子

渤海湾有名的海产要数梭子蟹，梭子蟹特别之处就是“肥”！甲壳刚揭开一条缝，“黄子”就跟着流出来。要是外地人问及梭子蟹口味儿如何，当地人懒得用如何美味来形容，也懒得用比山珍海味强百倍去夸耀，他们会爽气地回你一句：“尝尝不就知道了！”要不就是指指墙上的广告语句：渤海特产咸蟹子咸而不腻，堪称一绝！

在羊口入海的河流有小清河，还有一条汇入小清河一同入海的弥河。弥河生产河蟹，大钳上长着绒绒的毛，大的碗口大，味道极其鲜美。嘟噜子是螃蟹的一种，它喜欢下潜到水里，窝洞却在小清河两岸的芦苇丛中。梭子蟹因形态像织布的梭子而得名，“嘟噜子”因何得名不清楚。羊口码头祖祖辈辈的捕鱼人都这样叫，附近的村子也跟着这样叫，没有谁去探究名字的起因。嘟噜子不光具有海蟹、河蟹的美味，肉也更细嫩，带有一点淡淡的腥味，人们喜欢它和这种腥味是分不开的。它形似河蟹，个头比河蟹小了许多。不要小瞧它个头小，两只钳子很有力，当心让它夹住手指，生疼！不卸下大钳它不松开。后来我知道，嘟噜子才算家乡真正的特产，别处的沿海根本没有！

像庄稼一样，夏天收获麦子，秋天收获玉米、大豆，水产品在不同的时期收获也不同。初夏捕捞青条鱼、光鱼，初冬捕捞鲅鱼、刀鱼。嘟噜子在秋天疯狂进食，储存脂肪，立冬后是它最肥美的时候，特别是雌性，顶盖黄！要是其他季节，口感就差了许多，到了夏天白送也没人要。嘟噜子肥美的季节也是农闲的时候，除去初一十五潮汐涨水，小清河两岸的芦苇里到处是掘嘟噜子的人。

掘嘟噜子可是体力加技巧的活儿。嘟噜子洞垂直有一米多，下面芦苇根错综交织，往下挖几十厘米就见水，挖到嘟噜子不容易。如果你是新手，一定会选择一处窝洞密集的地方下挖，第一步没有问题，老手也这样选择。接下来你肯定急于求成，最多打开一平米的地方，等下挖半米，本来亮敞的洞就不见了。越往下泥土越稀软，加之双脚踩踏，洞口被淤堵了，只能用手摸索着去抠。单膝跪地，翘起屁股，头深深栽下去，那样子不光难看也别扭。等手触到嘟噜子，以为就要成功了，然而它身子一缩，八只带尖的脚紧紧抓住泥土，让人无从下手。你只能费劲地把手伸到它下面，嘟噜子才被艰难地抠上来，不过要小心手指被它的尖脚扎进肉里，有时针刺留在里面好几天，手指也就疼痛好几天。

我第一次掘嘟噜子，一个小时下来就挖了十几只，浑身上下沾满泥巴。好在很快发现，周边的人先是打开十几平米的一块地方，然后一层一层把土挖出来，空间大了，抠起来就容易。老手还会用一根粗铁丝，头上弯成钩，分开岔，捅进洞里一拧，再一提，嘟噜子就带上来了。这样可以少挖一层土，省了很多力气，但需要经验技巧，生手是做不到的。一天下来，挖个十几斤，自己舍不得吃。路口昼夜有人收购，一天多则赚几十元，少则十几元，在那时候这个数目可不算少。后来知道，收购嘟噜子的多是外地人，听说有的地方年初二招待新女婿时饭桌上嘟噜子这道菜是必须的。

有一种简单的掘捉方法——截洞。中午时分，气温渐渐升高，嘟噜子爬到洞口来，洞口看似封严，实则都留有几个小气孔。你脚步轻轻，动作要快，对准洞口把铁锹斜插下去，嘟噜子被断了后路，一翻土，自然暴露出来，不等它逃跑快速将其扔进水桶里，让它没机会钳人。这种“截洞法”对经验技巧要求更高，不光动作快，还要有极强的判断能力，眼睛犹能穿透地表，看出知道哪些洞里有嘟噜子，哪些没有，哪些伏在洞口，哪些还潜在洞下……学问大着哩！

白天挖掘，晚上还可用灯光照来捉嘟噜子。春天的嘟噜子昼伏夜出，如果刮一场西南风，气温就会升高，要是再落下一场小雨那更好。嘟噜子喜欢夜晚觅食，有的地方成群结队，灯光一照，甲壳上泛出光亮，像无畏的铁甲兵团。嘟噜子喜欢雨水、喜欢湿润，但要把它放进淡水里可不行，用不了多久就会死掉，它适应的是海水。

在冬春两个季节，很多人就靠嘟噜子增加收入，其中的辛苦自不必说。到达目的地首先要翻越防潮坝，还要跋涉几里路的泥沼地，到处是潮汐留下的水沟。白天还好，晚上走在芦苇里，脚下是泥水，说不准啥时一脚踩进坑里，变成落汤鸡，那滋味真不好受。

用灯照嘟噜子同样有学问。记得我第一次照嘟噜子，等赶到防潮坝时天已经大黑，站在坝上一望，无数的灯光火把闪动，望不到边，真是一片灯火跳闪的海洋，我立即兴奋起来。等下进芦苇丛里，世界突然暗了，芦苇叶子在轻风里沙沙作响，感觉森森的。我很快失去了方向感，紧跟在同伴身后，一步都不敢放松。后来我看到同伴身子一哈一起，才知道人家开始上货了，这才开始注意脚下。

我根本看不到嘟噜子，但分明同伴的水桶不时发出扔进嘟噜子的声响，于是就注意观察同伴的动作。同伴说："随在我身后哪能行？自己选择一条路线，顺着水沟照。"我离开同伴，找到一条小水沟。夜色下水沟像一条白色带子。拨开芦苇朝脚下一照，果然发现了嘟噜子，光束照在甲壳上，折射出一点光亮，不多时就捉到了十几只。这些家伙不愿束手就擒，拼命往暗处逃窜。知道逃不脱后，特别是大个的雄性，八条腿撑起身子，口吐白沫，两只钳子朝上张开，摆开决斗的架势。这时候需要你手快，一把摁住，注意不要让芦尖扎伤手指，攥紧，用力朝水桶一摔就完事。

突然脚下一滑，一条腿下进了沟里去，我惊出一身冷汗，多亏一把抓住了芦苇，才没有继续下滑。同伴听到响声赶过来，告诉我每迈一步都要小心试探，看着是一团芦苇，实则是生长在半坡上悬着的，切切注意。

捉到半桶的时候，忽然发觉周围没了灯光，四下漆黑一片，小沟里的水突然涨到了脚下，我惊得大声呼喊起来。好久没有听到同伴的回应，突然一束手电光在前面乱摇晃，是同伴在招呼我。我吁吁跑到同伴跟前，同伴急坏了，告诉我涨潮了要赶紧返回，晚了海水会断了后路。我才明白照嘟噜子不光辛苦，还存有很大的风险。

我慌忙小跑起来。同伴喊我方向错了，你仔细看，那几盏光亮是在移动的，是小清河上满载回港的渔船，身后那几盏高高的灯光才是航标灯。我完全迷向了！

过去常有照嘟噜子的人遇难，多是迷失了方向，最后被海水淹没。曾有人遇到过这种情形：脚下的嘟噜子突然多起来，越往前越多，竟然眼前的嘟噜子变成了小山，上面的嘟噜子乱翻腾。俯身一看，是一具尸体上爬满了嘟噜子，这死者是照嘟噜子被淹死的。嘟噜子不择食，什么都吃。

照嘟噜子的能手冬春两季能靠这个盖三间瓦房，这不是吹嘘。这些人住在小清河岸边，白天直接挖掘晚上用乙炔灯照。那真是一个遭罪，吃冷饭，简简单单搭个草棚，哪能睡得好，地面又潮湿。要是赶上阴天，觉都睡不好，听到雨声立马起身。下小雨正是嘟噜子喜欢觅食的时候，手快的几个小时就能收获一百多斤！几个月下来盖三间瓦房真不是问题。

天气渐渐变热，芦苇齐腰深了，荆条花开了，夏天到了，掘嘟噜子活动告一段落。有人说嘟噜子吃了荆条花就滋生毒素，人吃了这样的嘟噜子就中毒。是真是假不清楚，反正嘟噜子喜欢在野荆条下藏身，喜欢吃食荆条花。

一九八三年，我在羊口渔船修造厂打工，住在小清河岸上的船坞房里。海水涨潮时离船坞房只有十几米。渔船修造厂很大，占据了沿河二三百米，长满了芦苇，芦苇下面都是密密麻麻的嘟噜子洞。晚饭后我习惯在河边走一走，看渔船上的灯火，还有那极具震撼力的拖船。记得当时我还穿着薄棉衣，那晚一条轰鸣的拖船驶过后，小清河上静下来，忽听到脚下有窸窣的声响，蹲下身一看，是一只嘟噜子！它在覆盖着厚厚的芦苇叶子上爬动。温度低，嘟噜子身体僵硬，很容易捉到。我浑身一振，蹲下身静听，四下轻微的爬动声响不断，只要寻着声响去，都能轻易找到嘟噜子，回去睡觉前竟捉了好几斤！

嘟噜子最简单的吃法是腌制，撒上盐隔几日就能食用。炒炸也不错，一剁两段，食用油加热后加点干辣椒爆炒，口味独特，吃了上顿惦念着下顿。那一年两个月的时间，食堂的菜我没打多少，啃馒头就嘟噜子，很下饭，明明做的是苦力活儿，竟然胖了许多。

嘟噜子吃不完就装编织袋里攒着。它生命力极强，在没有空间挤搡一起的袋子里也能存活七八天。赶上天气适宜，晚上有职工也来照灯捉嘟噜子，这小小的地方不下二十个人，每人至少收获五六斤，总算下来就是一百多斤。神奇的是，这片不大的芦苇地每晚都有出产，算一算，这里的嘟噜子的数量远远超越了洞口的数量，真是照之不绝！

很多渔船修造厂的职工白天上班，晚上就去小清河下游照嘟噜子，以此贴补家用。有时候一晚上能照出一百多斤，顶得上半月的工资。一个职工曾讲过这样一次历险：那晚他全副武装，穿了连身雨衣，腰上扎了网袋，就下到了水沟里去照嘟噜子。涨潮了，暗暗的月光下看到水面漂来一个亮东西，吓得他赶紧往岸上爬。但沟壁太陡，身上还带着几十斤重的嘟噜子，试了几次都没爬上去。最后一闭眼，心里说由它吧！一会儿睁眼一看，漂来的是一条刚死去的橹子鱼，足足有二十几斤重，真是意外的收获。

嘟噜子繁殖能力极强，农历四五月份，雌性嘟噜子就聚到小清河边上产卵。这以后嘟噜子开始消瘦，没有人再食用。这也好，嘟噜子有了繁衍生息的机会，等下一个冬春季节到来，照嘟噜子的人又会热闹起来。

十多年前羊口地区大开发，滩涂上建起了许多工厂，临海的小清河两岸砌了石头墙，建设了港口，防潮坝变成了柏油路，一直通向了海边。车子行驶在坝上，一边是湛蓝的大海，一边是望不到边的盐田，坝前坝后两道截然不同的风景。原先的芦苇滩缩小了，但嘟噜子依然数量不减。现在很少有人掘嘟噜子了，年轻人工厂上班远比掘嘟噜子收入高，倒是晚上照嘟噜子的人更多。可不是像当年为增加收入，现在照嘟噜子也成了羊口一种游玩的资源。

现在你不用担心潮水会断了后路，早已没有了泥沼水沟，芦苇下是平坦的土地，海水不会漫上来，也不用担心迷路，防潮坝上路灯亮整夜。在没有风融融暖的晚上，坝上坝下车子停得满当当的，小清河两岸的芦苇里变成灯的海洋，不再是装有电池的手电筒、乙炔灯，全是强光的蓄电池矿灯。人们不再急切匆忙，不在乎收获多少，到处是开心的笑声，欢声笑语里有老人也有孩子。

今天的羊口不再是一片盐碱地，今天的你也不再为吃饱肚子东奔西忙，但嘟噜子还依然在，不管现在还是未来，永远生生不息！

盼望一场雨

寿北的春天经常刮风，搅得满天尘沙翻卷，碰到一阵强劲的风，扑打得眼睛都睁不开。小清河入海口风更大，风直接从海上吹来，无遮无挡。我们的工地就在小清河边上，主要是清理船坞里的淤泥。风推着海浪拍打在石坝上，迸起的水花激打在脸上生疼。

这是一九八三年的春天。

刚来的几天还算平静，到了这天夜里，听见工棚顶上“嗡嗡”作响，附近电线发出尖利的啸叫，起大风了。早上工头出门察看，刚走几步被吹了个趔趄，帽子飞上天。工头抱着脑袋窜回工棚说：老天不让出工，休息休息！这几天大家累得筋骨疲乏，刚好需要休息，懒在被窝里没人动。负责工程的船方主管跑进来，火气很大，“这里春天三天两日刮风，不干？船坞修不好，到了休渔期渔船不能维修，厂里靠啥？”

船坞要赶在休渔期修好，这是立了合同的。工友们慌忙起床，草草吃饭，一头扎进大风里，下到几米深的船坞下。露天没有避风的角落，头顶上尘土翻腾着飞过，说不准啥时会从空中冲下来。如果正好在弯腰作业，风从后背钻进去，上衣鼓胀起来，刺得浑身冰凉，尘土随风钻入，皮肉和衣服间就覆盖了一层小沙粒，真难受。

没有条件洗热水澡，傍晚收工只能洗把脸，吃过晚饭床上一歪就能睡着，疲累到了极点。夜里经常听到工友的呻吟声，这往往是在梦里，梦见自己两腿陷在淤泥里动弹不得，手乱扑腾，越陷越深；或是背负着大块石头，艰难地往顶上爬，但始终爬不上去……我们宿舍是两间简易车间，夜里风裹着尘土从玻璃缝钻进来，早上醒来脸上落满一层土。农民工没有休息日，再累也不能休息，就盼着下一场雨，“天漏”了谁也没理由赶着你上工。

天上经常飘来云，雨稀稀落下几滴，在浮土上砸几个坑点，云就吹散了。寿北的春天雨水稀罕，大雨更是几年一遇。

这天夜里，房顶上突然有“啪啪”的声响，不是风声，分明是落雨的声音，雨点砸在石棉瓦上格外响。有人梦呓般喊了声：“下雨喽！”二十几号人都醒了，恰巧这时一阵风把雨点吹在玻璃上，像有人在用力擂，咚咚的响，雨下得真大！有人似乎不放心，披上衣服用手电往外照，跟着一声尖叫：“妈呀，雨好大，院子里汪汪一片了！”

屋子里响起一片欢叫声。天亮时，雨还在下，工头不知啥时出去的，这会儿披着一块塑料布进来，边跺脚边说：“船坞里水聚满了，就是雨停下，也得抽上一天，睡觉，伙计们睡个够！”

给我们做饭的是船厂的一名老职工，每天一大早从家中赶来，今天下雨来迟了。饭做好后进屋喊：“饭好了，起来吃吧。”肚子是有些饿，饿也懒得起，先睡足再说。伙夫见没人回应，自己退到厨房去。

过了一会儿，门卫姓郭的老头进来，看满屋子的人在睡，先咳嗽一声，试探着问：“你们吃毛蛤不？”有人从被窝里抬起头看他，他就对着这人说：“船坞那边停着渔船，毛蛤一角钱一斤，想买现在就去。”

工头问：“船坞那边？船怎能靠岸？”

“现在正涨潮，渔船靠得了岸，船上也有翘板。”说完郭老头走了。

我们开始议论：“骗人吧，一角钱一斤毛蛤，哪有这么便宜。”

伙夫这时走进来，他以前是个渔民，说：“今天下大雨，商贩不来，捞上的毛蛤、螃蟹容易变质，价格自然就低。”

“郭老头冒雨来图啥？”

伙夫说，船坞停着的是他儿子的船。我们这才相信，后悔没有马上答应他。这时郭老头又来了，手里攥着两件雨衣，“派两个人去吧，给你们雨衣。”又指着墙下几条尿素袋说：“袋子任你们装，一袋十元钱怎样，这条袋子少说也装一百二十斤。”

工头点了两个人去，另有两个工友也愿意去看看场面，每人披了一张塑料布一同去了。看着四个人消失在雨幕里，郭老头叹了一声气，“船要等着出海，货不能白倒掉吧，给点钱就行。”

“下雨天也要出海吗？”有人问。

“渔民只有大风靠岸，没有雨天休息这一说。”

我们才知道，渔民也不容易。很快，四个工友回来了，进门就嚷：“累死了累死了。”说着把肩上的袋子扔到地上。另外两个人手里也提着袋子，里面发出窸窸窣窣的声音，是螃蟹和爬虾，还是活的。

“螃蟹、爬虾白送的，只收了毛蛤钱。”回来的人很兴奋，“不光郭老头儿子的船，还有十多条船，要是跟他们讨价，还要便宜。”

工头说：“咱们早饭和午饭合一，大家齐动手，煮毛蛤！”说着摸出两张十元票子，递给身边的一个人，“去买两捆‘候镇白干’今天我请客。”有人反对，“工头太小气，买‘高粱佳酿’不好吗？”工头瞪那人一眼，“‘孔府家’更好，你喝不喝？”大伙都笑起来。

渤海特产梭子蟹，放在今天要一百多元一斤，还不一定买到肥实的。用手一掂量，分量重的就是“满壳”的，揭开甲壳黄子往外流，蒸熟后凝结一块，最好吃。很多梭子蟹还是活的，扁平的浆爪还在动。爬虾也是活的，倒在地上一弹一蹦，脊背有一条黑黑的线，是脂肪，蒸熟像蟹黄一样美味。有人找来两把螺丝刀，把毛蛤生生撬开，做汤味儿极鲜美。

毛蛤很快煮熟，用几个塑料盆端上来，几个人守一盆，伙夫在厨房喊：“吃完再添。”蒸熟的梭子蟹红亮亮的，可能受热膨胀，有些壳裂开了缝，黄子露出来。毛蛤汤每人一碗，里面还加了香菜。爬虾没有东西盛，装在几个塑料袋里，摊在桌子上。酒杯也不够用，有人用了茶缸，还有人对着瓶口吹。

喝过几口酒，有人猜起拳来，声音和动作太狂野。工头站起身，两手往下按，屋子里静下来，这时只有房顶上“啪啪”的雨声。工头一挥手："喝！他妈的猜拳，喊翻了房顶也没人听见。"屋子里又嘈杂起来，两人一对，听不清嘴里喊的什么，真像是电影里一群土匪抢劫后在山洞里狂欢。

中间好像伙夫端着干粮进来过两次，只管喝酒，没人吃。开始时螃蟹、爬虾抓起一个就吃，后来就挑挑选选，只吃里面的脂肪。不觉天黑下来，怎样钻进被窝里都记不得了。第二天醒来，天已大亮，雨也停了，有人打开窗户，一股清新的空气扑进来，外面是蓝蓝的天，窗外那棵小槐树叶子一动不动，那般鲜嫩光洁，雨后的羊角沟原来这么美！每个人伸伸懒腰，多日的疲累一扫而光。

工头进来说，船坞里正准备排水，无法施工，放假两天。又说，昨夜郭老头儿子把剩下的毛蛤卸在了岸上，大约千把斤，五分钱一斤，每人五十斤。工友们听了都很高兴。吃过早饭，每人自行车上驮了五十斤毛蛤，乐滋滋往家赶。行到村外，看到大沟小渠都是满满的水，到处是蛙声，小麦葱绿旺盛。小麦正是拔节期，最需要水。到了村里，大街树下围着几帮人打扑克。这些人几天前还忙着疏浚河道准备引水，现在不用了，老天爷帮了这个忙，不用费力，不用花钱，真是一场好雨！

家有燕子窝

住进这座房子的第二天，早上开门，见一点黑影“嗖”的在檐下一闪，不见了——燕子！我惊喜得差点叫出声来。抬头看，原来还有一只落在檐下的晾衣绳上，并未因我看它而惊慌，对着我还扭动脑袋，似乎在向我表达一种心意。很快又一闪，那只飞走的燕子回来了，落在了另一只身边，刚才并非因我开门惊跑的。

燕子是吉祥的象征，农家人都喜欢有一窝燕子入住房屋。我刚刚入住进来，燕子就跟随来了，心中禁不住乐滋滋的。我轻轻后退，故意不去看它，我要留住它，首先要给它一个在此安家安全的好印象。

中午回家，就见托梁和房墙形成的角落处，出现了一圈像高粱粒大小的泥点点，那些泥点就是燕子用嘴一次运回的“材料”了。檐下早有两个燕子窝，两头细，中间鼓，像两个切开的花瓶黏在了上面。房子几年没人住了，燕子也像这家主人一样，把窝放弃了。我奇怪燕子为啥不借用这两个现成的窝巢？对门是一位七十多岁的张老太，她告诉我说，燕子孵化从不借用它人的窝巢，就是知道这窝的燕子已不在世上了，也不会用。她还指着这两个旧燕子窝说，你看这两个窝一模一样，当初燕子做窝一定是近旁有一个相似的物件，燕子的模仿能力很强。

闲暇的时候，我就斜躺在椅子上隔着玻璃饶有兴趣地观察它们。有时候两只燕子相对着乱叫一气，脖子冲对方一伸一缩，单从动作和激烈的叫声就能猜出，燕子夫妻在吵架；有时候它们又相互梳理羽毛，轻柔地呢喃，这明显是在亲热。人类听不懂燕子的语言，可它们的动作、行为又多像人类。有时候我突发奇想：现在养鸟的人多，百灵、画眉……怎么就没有养燕子的？想想，关在笼子里是为了留住鸟的美丽，而燕子就生活在人类的身边，何须把它们关起来。再想想，燕子这样弱小的飞禽，雏鸟成活率这般高，就因为伴在人类身边。这样想来，觉得燕子又是顶顶聪明的动物。

有时候看着燕子落在晾衣绳上，累得胸脯一鼓一缩，觉得燕子最是不容易的动物了。像其他的禽类，做窝的材料用树枝草梗，可以嘴爪并用，而燕子做窝的材料是泥巴，只能靠嘴巴衔来。

窝口开始向外扩展，几天后已经张开到直径最大，接下来该是缩拢了。却见燕子停止了衔泥，衔来的是一根根枯草和羽毛。燕子开始铺床了，是不是雌鸟要产卵了。

我猜对了。接下来几天，只有雄鸟飞进飞出。站在院子中间，仰头朝窝里眺望，就能看见雌鸟在里面一心一意孵卵。我心中美滋滋的：燕子夫妻要做爸爸妈妈了！

我的母亲是一位勤劳能干的农家妇女，地里的农活不耽误，还养猪、养鸭、养鸡，每年都用一只老母鸡孵化一窝雏鸡，我也因此知道了鸡的孵卵期是二十一天。燕子该是多少天？

好像只有半月左右吧！窝里就传出了细弱的“唧唧”声，那声音听着让人兴奋，能让人产生无限的爱怜。又感觉那弱小的生命用两个手指头绷紧了一弹，就能结束。燕子夫妻外出觅食的时候，我偷偷搬来凳子朝里望，声音自然惊动了雏鸟，几只黄黄的小嘴儿张开，无力地唧唧叫着，以为父母来喂食了。我笑了，多么可爱的一群小生命！马上跳下凳子，不忍心再欺骗它们。

雏鸟渐渐长大，燕子夫妻飞进飞出的速度明显快起来。真佩服上天赋予它们的本领，那速度让人感觉它们就要撞在墙面上，而燕子竟是如此轻巧平稳，翅膀一收，身子一缩，像扎一个猛子，钻窝里去了，里面立刻响起了雏燕唧唧的索食声。等燕子从窝里钻出的时候，嘴里再衔出雏鸟的粪便。多么灵性懂事的动物，送来食物，捎走粪便，剩下的精华就是成长的孩子了。

很快，窝里探出了四只小脑袋，头顶上竖着几根羽毛刺，脖颈和脊背还光光的，尽是松弛的肉皮。它们已经懂得在窝口迎接父母送食了。父母飞来，四张黄嫩嫩的小嘴儿大大地张开，拼命往前挤，并没有因为兄弟姐妹而谦让。老燕双脚抓住窝的边沿，尖嘴伸进迎合的雏鸟嘴里，雏鸟扭动几下脖子，努力咽下食物，老燕再把嘴伸进另一只雏鸟嘴里……父母飞走了，小燕儿们平静了，拨浪着小脑袋相互看几眼，然后脖子一缩，相互靠一靠，恢复了亲情。

这情景最让我感动，让我想起了童年。天寒地冻的腊月，早饭我们兄妹四人是在被窝里吃的。母亲不停地挨个给我们盛饭盛汤，挨个给我们收拾碗筷，那时的我们就像现在的小燕子，受用得心安理得。

燕子最遭罪的是雨天。雏鸟食欲猛增，燕子夫妻却无法觅来食物。雨稍一缓，燕子立马就起飞。经常飞走一会儿，大雨又开始了。燕子从雨幕中钻回来，浑身湿透，看样子让雨点砸得可不轻，空手而归，显得无奈颓丧。

饿疯的小燕子拼命叫唤，它们知得父母回来会带来食物，但它们不懂得雨天父母无法觅来食物，不知道父母也正饥肠辘辘，更不知道父母冒着多大的风险，说不准会让暴雨砸在地上永远飞不起来了。它们只懂得拼命索要，嗓子都沙哑了。母亲过会儿就抖动起翅膀飞到窝口，看着伸长脖子的孩子，像是人类在跟孩子们说："等一等，雨小了妈妈就给你们觅食去……"燕子落到晾衣绳上，眼睛总凝望着孩子，忽然低下了头，接着扭转了身……

不知怎的，一股热流就会从心底升腾到眼眶，泪水流出来。那次我冒着大雨撑起雨伞去探望母亲。母亲八十六岁了，独自住在村子边沿的一个小宅院里，母亲看到我很疑惑，"啥事？大雨天的！"我不声不响偎在母亲身边。我要说，是燕子教育了我，让我真正懂得了抚养的艰辛。只是人类的抚养期太长，需用十几年二十几年，在漫长的日子里，索取、受用变成了习惯，被看成了理所当然……

家有燕子不光代表了吉祥，燕子从孵卵到成飞只有短短几十天，它是人类抚养和被抚养关系的浓缩，你看懂了，也就懂了什么是伟大无私，也就懂得了如何去回报父母。

这天下午，四只小燕子颤悠悠地依次从窝里飞了出来，那慌张惊恐的样子，只有燕子父母看在眼里乐在心上，它们最清楚不过了，个个都是健康的宝宝。最后，它们一个个落在了电线上，那里早有父母在等待了。燕子夫妻今年的第一个成果圆满了。

这一年，燕子夫妻成功孵化了三窝宝宝。

农历九月的一天，我习惯地回家先望一眼檐下的燕窝时，发现燕子不见了。还是对门的张老太和几个年长的说，燕子今天下午结队飞走了，到南方去越冬了。他们还说，从上午开始，成群的燕子就在院子上空盘旋唱歌，俯冲到檐下的窝边，房檐下不停闪着黑色的影子。我很惋惜没能接收到燕子的致谢告别，没能为它们送行。今天上午在园区附近的电线上，我看到落满了一串串的黑压压的燕子。那是它们在集结队伍，也是在展示成果，然后带着今年的收获去南方。我家的燕子也一定加入了它们的队列中。

连着几天，早上起床和晚上回家，我还是习惯性地先望一眼檐下的燕子窝。每当意识到燕子已经飞走了，心中就一阵空落，我才知道，燕子已融进我生活里来了。少了它，心里空落落的，闪得慌。

初冬的一天，在一片小林子里，我看到了一只黑影子一闪，是落单的燕子吗？仔细看，原来是一只黑谷雀。我已经在盼望春天了，春天不光会有百花开放，春天来了，燕子也会来的。房檐下的窝里，又要上演抚养和被抚养、温馨和艰辛的故事了。

养　鸡

母亲最看不惯浪费食物。像吃得半块不整的馒头，吃了几口的炒菜就倒垃圾桶里这种行为，母亲会用重重的口气说："不珍惜粮食老天要生气的，会降灾的，到时候庄稼颗粒不收，看吃啥！"

丰衣足食是上天给的，母亲认这个理。

我是五十多岁的人了，虽没有挨饿的经历，但前半生是啃高粱窝头过来的。现在衣食无忧，当然靠的是科技发展、农业现代化。这些年不敢说被年轻人同化了，至少是受了一些影响。于是母亲经常冲我说："当年啃高粱窝窝头，就咸萝卜疙瘩，瘦得跟猴似的，只有过年的时候才吃上一顿白面馍馍，掉到地上的馍渣都用手指肚蘸起来吃！"母亲指指垃圾桶，"看看，鸡蛋大的馒头都扔掉，欺负老天爷是不是？"

是怪心疼的，可剩菜剩饭隔一夜就变馊，不倒掉又咋样？特别是孩子，口味不合都不吃，哪会下一顿接着吃。

时代不同了，吃好喝好早已不再是人们的一种奢望。母亲这代人是永远不会懂的，看到食物浪费就心疼。她有许多经历，经常讲这样一个故事：有一年大旱，她的一个伯父饿死在逃荒路上。母亲用拳头比划着，"要有这么一块干粮也不会饿死，也能挺到前面的村子！"母亲的结论是，粮食万万浪费不得，关键时候金银都换不来的。

一天，母亲从集市上买回两只雏鸡，颜色红黄间杂的那种，装在网袋里，奇怪的是它们不惶也不挣逃，对人没有一点恐惧感，眼珠不停地骨碌碌转着。母亲说，茅厕后的空处架一行篱笆就是一个鸡窝，以后把吃剩的饭菜倒进去，避免了浪费，鸡还能产蛋，这可是一举多得的好事。

我是哭笑不得，这般岁数了，妻子进城去照看孙子，我一个大男人光种地就忙得够呛，哪还有闲暇喂养鸡。

不收下哪行！我对母亲言明："喂鸡我不在行，到时候喂死了别怪我。"母亲听了很不高兴，瞪我一眼说："只要用心，知道自己饿，就想起给鸡喂食，那还不容易？"

母亲八十七岁，身体很好，住在村边一处小宅院里。第二天早饭刚过，母亲来了，提着一塑料袋剩汤，还有一包野菜。母亲开始给我示范：把野菜剁细，再浇上剩汤搅匀，然后倒进食槽里。母亲重重地看我一眼，明示喂食就这般简单。两只鸡头也不抬，只顾啄食，吃饱了，缩在角落懒得动。

我想起以前母亲养鸡，哪只鸡产了蛋，就"咯咯"叫着来到母亲面前讨赏，母亲会抓一把玉米粒或是高粱粒撒到它跟前，算是犒赏。现在玉米粒不再稀罕，随便抓一把倒进食槽，喂起来多省事，省得"叮叮当当"剁野菜。于是我盛满一碗玉米粒倒进去，两只鸡一跃扑过来，啄起一粒，可马上又松口丢下，无趣地甩甩头去打盹。现在人们的生活水平提高了，鸡的食性也变了，以前只有犒赏时才能吃上几口的粮食，现在都不搭理了，倒是野菜更受青睐了。

这以后，我生活里就添了一项内容，一日三次"叮叮当当"剁野菜。母亲再三叮嘱的，食要喂得勤，拌匀，一次不能多，馊了立马倒掉，及时清理食槽。要是怠慢，鸡的特性就应是谐音"饥"，一顿不吃就会饿死。

我生怕鸡有个三长两短，对不住勤劳的母亲。母亲每天都在村边的草地里挖野菜，要是逢上集日，就捡菜叶子。

一天早上，我把拌好的食物倒进食槽，发现只有一只鸡过来啄食，另一只偎在墙角，缩着脖子，无精打采的样子。我吓了一跳，是不是闹鸡瘟？等中午回家，这只鸡已经僵硬——死了。

正愁着没法向母亲交代的时候，母亲来了，却没责怪我，她是行家，“看看！鸡冠子黑黑的，是鸡瘟！”我舒了一口气，遇上鸡瘟，谁也束手无策。过去家里曾经有过几次闹鸡瘟，母亲的几十只鸡一夜全死光。

母亲说：庭院里不能养一只鸡，单数犯忌讳，两只以上才吉利。我想，难道下一个集日母亲还会买鸡？果然是，母亲又买回了两只。这次买回来的鸡是通身黑黑的，羽翅虽已丰满，身量却比斑鸠大不了多少，脾性也不同于上次那两只，装在网袋里乱撞乱碰。母亲叮嘱：“这是笨鸡，怕生，注意喂食的时候不要弄出声响，一旦受了惊吓，半天不进食。”

两只黑鸡放进窝里，先是一阵狂奔乱窜，找不到逃走的出口，开始展翅腾飞，好在上面有尼龙网罩着，一次次被碰下来。过了一阵儿，是累了，也是逃走无门绝望了，窝里平静了。可很快两只鸡又“咯咯”惨叫起来，先前那只鸡容不得新来的，追着狠命地啄。虽然黑鸡灵动，但空间太小，这只鸡一次次轻易得手，每啄到一次，黑鸡就疼得没命似的“咯咯”叫上一气。

傍晚喂食，两只黑鸡缩在墙角发抖，眼神惶恐。先前那只鸡不紧不慢过来进食了，仿佛两只黑鸡不存在。我远远地隔着篱笆观察，等这只鸡吃饱了回到原处打盹，那两只黑鸡才战战兢兢试探着过来啄食。饥饿总能战胜恐惧，看来人和动物有着共同的本性。

夜里被一阵惊恐的鸡叫声惊醒，慌忙起身查看。邻家有一只大花猫，经常偷食笼子里的鸟，这两只黑鸡很容易成为它的猎物。借着手电光亮，见一只偷吃鸡食的老鼠正顺着墙根仓皇逃走。太胆小了，连只老鼠都能让它们惊恐万状。

“咯咯”的惊叫声一夜没有间断，我懒得再起身。老鼠这种动物精灵得很，你若起身哄赶，它立马钻进木堆下的洞里，你一离开，它就再溜出来，不吃饱不罢休。

一宿没睡好，早上起来脑袋发胀。喂食的时候，不小心铁盆掉进了食槽里，“当”的一声很响。两只黑鸡惊得没命似的飞撞，不好，尼龙网竟被撞开一个窟窿，一只鸡飞上了西厢房的顶上。

我挥手一哄，它竟然一展翅膀飞到了正房的脊上，迈着碎花步，观察着周围，随时准备着再飞走的样子。我悄悄转到房后，抄起一根长竿猛一挥，本以为能把它赶下房顶，哪料它张开翅膀响起一串惊恐的叫声，从我家房顶飞到了前邻的房顶上。黑鸡的飞翔能力跟鸟儿差不多，只好作罢。我气得扯开窝顶的尼龙网，心里说，由你吧！如果飞走，更好！若自愿回窝，我一定把尼龙网罩个结结实实。

中午回家，两只黑鸡出现在院子中间的菜畦里。茄子、黄瓜毫发无损，可怜了一畦辣椒，叶子全被吃个精光。几天前辣椒就有了落果，再等十天半月就会有收获，眼下的样子要重新生出新芽，不知等到啥时候。我抓起一根木棍照着黑鸡扔过去，恨不得一棍砸死它们，哪想两只鸡就地展翅一跳，躲过了。木棍的力量很大，在空中打旋，重重击在了一个花盆上，碎了。真恨不得立马把它们捉住撕烂，可等你重新抓起木棍的时候，两只鸡已早早落到房顶上了。

我对母亲哭诉，母亲责怪我说：家禽能和人一样懂事？耐不住心性能养的成鸡？先不要管它，等傍晚它会自动宿窝的。果然如此，天一擦黑，两只黑鸡就回到了窝里，还是缩在了原来的墙角。我连忙盖好尼龙网，封了个严严实实。

这一夜好静。早上喂食，还是先前那只鸡独自享用，但两只黑鸡不再惊恐，缩在后面等着，等“老大”吃饱回到原处打盹，两只黑鸡开始匆匆进食，吃饱了，再回到属于自己的墙角抱团。一样的家禽，不同的种类，怎就聚不到一起。

或是先前这只鸡意识到新来的对自己构不成威胁，或是认为自己老大的位子已经坐稳，进食的时候只要两只黑鸡不跟它争抢，就不会动武。两只黑鸡更知趣，只要不挨揍，绝不冒犯老大。

渐渐地，我给它们喂食的时候，两只黑鸡不再躲闪，虽不敢跟老大争抢，见到我会马上凑过来，冲着我把脑袋左摆右晃。这动物灵性得很，知道我是它们的“衣食父母”，不会伤害它们。有一次我隔着篱笆伸过一只手，故意弄出声响，两只黑鸡只是稍一躲闪，根本谈不上害怕了。

安安静静的日子只持续了几天，接下来烦心的事又来了。早上五点钟，“咯咯咕咕”就叫着催你喂食，我开门，叫声立即停下，如果懒在被窝里，叫声不但提高还变换音节，“咯咯——咕——咕——”简直无法忍受。等你怒冲冲来到窝前，它早靠在离你最远的墙边，竖起脑袋像在聆听什么，狡猾又愚顽。只好饭不做，先“叮叮当当”剁野菜给它们喂食。

中午你要休息，须先喂饱它，要不它高一声低一声，轮番叫个不停。隔壁媳妇坐月子，婆婆过来说，鸡一叫，孩子就一惊一乍，看看能不能换个地方养。换哪儿？母亲那是个小宅院，根本没有做鸡窝的地方。听见鸡叫，我的心就一提，有几次叫声一起，听见隔壁的婴儿就“哇哇”哭起来。

我突然希望再闹次鸡瘟！

这天回家，发现两只黑鸡不见了。听见厨房里有响动，未进门，一只鸡嗖一下蹿了出来，另一只被我堵在了里面。抄起棍子刚要抡，它一展翅膀飞向了窗口，重重被玻璃碰下来，窗台上放着油盐酱醋瓶子，稀里哗啦砸成了碎片。接着它又飞到橱柜上，如果再赶，可能把大米箱子也摔下来。我只好退出，让它毫发无损地逃出来。

我简直气恨到了极点：无论如何也要除掉它！

怒火烧心，很快就有了几个方案：卖掉！宰杀！送人！想想都不妥，特别是宰杀，我见到血就发怵，哪敢动刀？

忽然想起了野外的养猪场院子里就散养着一群笨鸡，经常顺着田边小沟觅食到我家责任田边，让这三只鸡跟它们合群岂不很好！

主意打定，说干就干。天刚擦黑，三只鸡竟是那般顺从，我手一抓，它们身子就往下一塌，毫不反抗，乖乖被我装进一条编织袋里。来到猪场边小沟前，我放下袋子往外倒，三只鸡恐惧起来，陌生的环境让它们无法适从，先是挤在一起，挪挪动动，突然往我身边靠过来。这求救告饶似的举动，让我的心怦然一跳。我朝后退，三只鸡就往前赶，草丛下是一个被雨水冲出的坑，像是个陷阱，三只鸡掉进了里面，哀叫几声不见了。

我心里沉沉的，站在那儿，感觉说不清是解脱还是失落。

第二天我对母亲撒谎：闹鸡瘟，鸡冠子发了黑，被我埋到野外了。母亲深信不疑，叹一口气，惋惜地扫一眼鸡窝，提回一包野菜和剩汤饭，偻佝着又背走了。望着母亲的背影我心里好难受，真对不住母亲，几次想喊住母亲说清缘由，话却卡在喉咙里。

从此以后，母亲再没提买鸡的事，她十分清楚，窝里已有病毒，再养还会死的。可我，那段日子总觉得三只鸡还在窝里，下班回家，习惯了抓起菜刀剁食，意识到鸡不在了，心里又有一种说不出的空落。特别是傍晚，看上黑糊糊的鸡窝，就感觉里面有六只眼睛在盯着我，流露出无限的哀怨。我的心立马一紧，赶忙转过脑袋。

生活似乎失去了一件很重要的内容。

两个月过去了，不知多少次想起了这三只鸡，走到养猪场的时候，一定会驻足观望一番，始终没有看到那三只鸡的影子。随后自己给自己一个乐观的解释：它们一定融进了鸡群里，说不准已经产蛋了。

今年玉米吐缨穗的时候，台风“利奇马”携着暴雨来了，大雨连着下了两天两夜，大沟小渠水都满了。大雨刚停下，我蹚水来到玉米田里，担心玉米会被大风吹倒，如果吹倒，今年收成算完了。

不光沟渠里水满了，玉米地里也存了水，只有田间小路上水暂且没漫过。我痛心地看着倾斜的玉米，迈着沉重的步子查看，忽听身后有响动，回头看，一下怔住了——这不是我家那三只鸡吗？红黄色的那只在前，两只黑鸡跟后。我停下，它们也立马停住，高高抬起头，脑袋不住地转动，两只眼睛轮换着看我——是问询？还是迎候？

我看懂了，它们的眼神并不友好。

难怪几次寻它们没影儿，原来它们一直生活在沟渠下的蒿草里，这会儿水满了，被逼上岸来。那边养猪棚的顶上，密密麻麻落满了散养的鸡，到底不是一个群种，没有跟它们合群。它们的身量长大了许多，冠子红红的，看来已经产蛋，浑身湿漉漉，脖子上的羽毛凝在一起，不时抖擞一下。

我忽觉好愧疚，又有一种无法言状的亲切。这三只鸡像三个人，让我无地自容，突然自责起来：为何心胸连几只鸡都装不下？

“咕咕咕……”我嘴里唤着，做出喂食的动作，相信它们一定会熟悉。果然，它们试探着向我走来，我弯身待要抚摸它们，它们仓惶躲开，永远离我触不到的距离。

它们戒备我，气恨我，又不愿离开我……我们之间曾经走得很近，人和动物曾经的默契信任，让我破坏了！那些日子不也充满着温情？

只要善待动物，不再有杀戮，坚信胆小的麻雀也能跟人类走近的！

我要让它们回家，让它们重新相信我，偿还欠母亲的那份内疚。

我站着不动，我要让它们把我审视个够，直到让这三只鸡相信我！

梦圆清水泊

你打好被褥，妈妈塞给你几个煮鸡蛋，路远，饿了就吃。走出村口那一刻，浑身振奋起来：你要去的地方，空气清新，环境优美，有现代化的机械，还有充满朝气的名字——青年农庄！你可是向往好久了。

你永远记住了这一天：一九五六年四月四日。你不会想到，你的命运从此就和这块土地紧紧系在了一起。

四月的风迎面吹来，越吹越大，舌头舔舔嘴唇，分明是咸味，真的发咸，脸上也开始发紧，好不舒服。应该是清新的风，湿润的空气才对，你来的地方叫清水泊，应该有一片望不到边湛蓝的水、成群的水鸟、丰富的鱼虾……走错地方了？你开始疑惑。

怎么会是白茫茫的土地，地表泛着盐渍。家乡的麦苗早已返青，这里看到的除了白色的盐碱就是去年被人砍光剩下的黄须菜根茬。吃饭难，烧柴难！你心里突然一紧，明白了：原来这是一块人烟稀少荒凉的土地！

“因为荒凉，我们才来改变它。”你记得青年农庄成立大会上，地区领导和县委领导都这样讲过。你和二百多名农庄员工一样，热情被激发了，浑身一抖擞。

可现实还是告诉了你什么叫苦什么叫累。你每月口粮四十三斤，没有工资，每天步行去四公里外的那块盐碱地上挖沟修渠。领导说，等把盐碱地改成台田，修好了引水渠道，挖好排卤水的地下沟，清清的弥河水流进台田里，种上水稻，秋天就能吃上白白的米饭了。你不信，员工们也不相信，这块土地连耐碱的高粱都不生长，哪会生长水稻？

这里怎么天天刮风？风是咸的，流淌的汗水是咸的，脸上和这块土地一样，一天下来挂满一层盐渍。你的嘴唇干裂了，咬一口杂面卷子，硌得好疼。听工友说用盐水润一润会好些。骗人！盐水渗浸血沟里，那才叫一个疼。工友们一旁都笑了，却不敢大声笑，嘴巴张大嘴唇上的口子裂得更疼。

你记得已经几天没洗衣服了吗？内衣每天湿透又被身体烘干，硬巴巴的好不舒服。实在太累，挖一天土，骨架要散了，躺在草铺上就想睡。好像刚刚睡下，起床的哨子就响了，又要顶着咸风去上工。那天你突然发现，她头上那块红围巾总那么透亮干净，还有身上的衣服。傍晚收工的女生跟你们一样，后背上留下一道道发白的盐渍。她们是姑娘家，跟男生干同样的活儿，还把自己收拾得干干净净。这成了你心中一个好想解开的谜，特别是出工路上，看着几个纤弱的身影夹在几乎被男生淹没的队伍里，那块红头巾就越发显亮，牵拽着你的眼球，时时刻刻盼着这点红头巾在眼前晃动。

终于，那天晚饭后你远远盯着女生宿舍，夜色下一个影子朝弥河边走去。你随了去，后来看到那个影子从坝下攀上来，还有吃力的喘息声，你马上躲到一旁屏住呼吸。不知怎的，从此你不再倒头就睡，晚饭后也下进弥河提水，不光为自己，也给宿舍的同事们提水洗衣服。你总是看到她的影子从坝下攀上来，再擦着她的身边走下去。

就在那个晚上，一定是水溅出来洒在了坝坡上，她一脚踩中滑了一跤，你听见她大叫一声，还有水桶骨碌碌滚落的声响。你赶紧一把将她扶起，再去追落入弥河的水桶，然后把满满一桶水提到坝顶。你听到她轻轻说了声谢谢，看着她小心提着水桶慢慢走去，那样子一定是摔疼了。第二天晚上你早早来到坝顶，她来了，你什么也没说，抢下她手里的水桶下到河里，再把满满一桶水送到她脚下。

一天，二天，三天……大概十多天过后，你再把水桶放到她脚下的时候，就问了句：“女生们真爱清洁，你的红头巾总那么干净。”

她没有正面回答你，小声说了句：“是妈妈织的，跑去县城几十里买的毛线。”你想说，我的被褥是截布的，续的是新棉花，妈妈特意给我做的。你没说出口，见她提着水桶走开了，走了几步又停下来说：“你们男生不讲卫生，你脖领上的油灰总不洗干净。”你刚想说，没钱买肥皂哪能洗干净？但这些好像她早就知道：“用刷子擦，很容易洗。”她突然声音放得很小，“明天你换下，我替你洗。”第二天晚上你把替换下的衣服交给她，再一天晚上，她把洗好叠得整整齐齐的衣服还给你。

听人说，这里的春天爱刮风，立夏后风会减少。那一天天气特别好，没有风，大伙坐在一起休息的时候，同宿舍的小牛子突然嬉皮笑脸冲你叫起来：“大伙看小张的嘴唇，人家没有血道子，滑润润的。”“是翠用唾液润的吧，比润肤霜都灵！”又一个人跟着喊。大伙都笑起来，看上你，也看上她。你突然双目圆睁，双拳攥紧，跳起身追着小牛子打，“胡说个啥，我们连手都没牵过，哪来的亲吻？”你突然瞥见了她，步子停下来。她头埋在胸前，只看到一肩黑发和脖子上那条红围巾，这是一种认可的态度，你能感到这张脸在下面甜甜羞涩地笑。

那个晚上好像发生了什么，你在坝顶等了许久，没有看到她的影子。终于来了，她的样子好疲惫，手里也少了那只水桶。你慌了，“咋啦？身体不舒服？”她没有回声，只叹了一口气，“同宿舍的女友走了好几个了，还有几个开始动摇，口粮不够吃，活儿又苦又累，我们是不是被骗了？”你马上接了一句，“是啊，哪来的清水泊？哪来的机械化？跟村里比差远了！分明就是鸭兰子鸟待的地方。”她说了句，“张哥，咱也回家吧，回村种地养猪，起码嘴唇不会被咸风吹裂。”你答应了她，商定一早在土坝下碰面。

这个夜晚你不知怎么了，翻来覆去睡不着，好难受。到半夜时分了吧，你穿好衣服，悄悄走了出去。宿舍是土坯的，房门又笨又重，你一推，房门吱呀一声响，你心一提，害怕惊醒熟睡的同事，还好，都累了一天，全进入了梦乡。你走上野外，夜幕下那一片发光的是啥？

不是盐碱地，那是稻田里的水。台田修整好了，清清的弥河水流了进来，秧苗也插播好了，如果蹲下身细看，绿色的秧苗一株株排列成行。当初不是怀疑盐碱地上不能生长水稻吗，不可能的事不就在这块盐碱地上成真了吗？

夜好静，不知啥时月亮爬了出来，有风轻轻吹来，水田里的月亮一漾一漾的。你知道月亮隐去后东方的太阳会升起来。你的心突然怦怦跳得厉害，你开始害怕，害怕东方泛白的时候土坝后面会看到她的影子。没有！那黑糊糊的是一株荆条，肯定不是人。这会儿东方真的发亮了，该是昨晚约定会面的时间了。没有，你紧紧盯着土坝，还走到几十米外的地方变换了角度看，土坝的背面看得清清楚楚，没有她的影子。这时候你听到了那一声熟悉的起床哨子响，连你自己也搞不懂跑起来会是这般快。你随在打饭的队伍里，没有寻到那点红头巾，可在出工的队伍里，那顶红头巾还像往日一样闪晃。你心里舒服极了。

这天晚上她又提着水桶上坝来，你把昨晚的事情说给了她听。她说，昨夜她去老卤沟边上蹲了一夜，听见起床的哨子响才回转宿舍，在打饭的人群里望见了你，才长长舒了一口气。你不由自主地攥住了她的手，你们两个人的呼吸急促起来。

那是第三年的秋天，你俩两个月没见面了。有同事对你笑道："当心，翠会跟别的男人跑了。"是啊，两个月对新婚夫妻是长了些，可这儿是灰央，离农庄第一基地几十里路远，这些日子每天都有羊羔出生，场里职工少，没人替班。

那是一个中午，天是蓝的，地面的黄须菜是红的，望不到边际的柴子花是白的，你远远望见一个红点点朝这边走来。是她吗？头上顶着红围巾，还多了一件红色上衣。你先是吃了一惊，这里没有路基，全是盐碱地里自然踏成的弯曲小路，她是怎样找上这儿的？你迎上去，估计她会哭鼻子，几十里的荒草路一定把她累坏了。你没有想到迎面看到的是一张灿烂的笑脸。她说："真远啊，起初望见几排蓝瓦房子，还以为到了，一问才知道是驼央，离你们灰央还远着哩！越往前走越害怕，感觉像到了无人区，你们不怕被野生动物同化了？”

你指指远方，“看到没有？那个黑点点就是我的同事。”你再转身指指另一个方向，“那是灰央，我们的宿舍，还有羊圈。”她照着望去，什么也看不见，视线里全是荒碱草地。她望着满眼的柴子花突然兴奋地叫起来，“真美呀！要能拍张照片就好了。”柴子花是白的，白色的绵羊在里面吃草，柴子花摇曳晃动，更美。她突然又叹息一声，“这柴子花变成棉花该多好！家乡的棉花也该采摘了。”

你怔怔地望着满眼的柴子花不动，突然一把抓住她的手，领她到一个土坑旁，里面有一汪澄清的水。“你喝口尝尝。”她真的双手捧起来喝了，立马从嘴里喷出来，边干呕边捶打你。你没有动，面色凝重，你说：“这地方是大海千百年潮汐潮落淤积成的滩涂，下挖半米就是海水，要能生长棉花，还不是做梦？”

晚饭你做了她带来的萝卜，同宿舍的工友还凉拌了黄须菜，饭后工友们去了羊圈睡，她说：“咱跟领导申请一下调到一起吧？”你沉吟了好久说：“场里哪来的单间房，住几年集体宿舍再说吧！”

年龄大了，经历过很多惊魂心魄的事情渐渐开始模糊。一九六四年的大海潮，海水把这片土地变成了汪洋，绝望中你们几个用绳子连在了一起，这样过后好让家人容易找到你们的尸首。那次海潮最终放过了你们，你跟工友成为幸运儿，这件铭刻于心的事件现在甚至记不清哪月哪日了。奇怪，一些年月久远不经意的事情却时常在脑海里闪跳出来，那般清晰。那是一个秋日的下午，你跟她在田间小路闲步，她突然歪起头盯着你笑，“老张，这是梦吗？”你蒙了，“啥梦？”“你不是说过盐碱地里生长棉花简直是做梦吗？”年龄大，反应钝了，这句淹没在岁月里几乎无法被勾起的话忽一下在脑海一闪。这里正是当年那片土地，还是满眼的白，却不再是柴子花，真的像梦一样变成望不到边的棉花了！

你有一种成就感。大自然把这儿从大海变成陆地，农场人把盐碱地改变成良田，看似不可能的事情还是奇迹般发生了。这一天你心情格外爽快，准备做晚饭的时候，你忽然喊了她一声，“翠，我带你去看一个地方。”她立马给你使出一个怪相，青年农庄那会儿也没叫她几声翠，老了反倒酸雅起来。她还是随你下楼来，走到一片林子旁，你故意嘘了一声，“翠！啥味道？”她耸耸鼻子，“这不是园子里的苹果香吗？”“不对，”你故作神秘，又指指身后的房子，“那是什么？”“咱们的生活楼啊！”“不对，”你摇摇头，又指指路旁，“那是什么？”“月季花啊！你怎么啦？”突然你哈哈大笑起来，“什么也不是，明明是一汪望不到边的水嘛！是我们当年盼望的清水泊嘛！”她张大嘴巴惊喜地看着你，是啊！这就是我们梦中的清水泊，点亮我们青春梦的清水泊！眼下的景象，真给我们一个现实的清水泊，我们也绝不会置换！

哦，我的农场！我的清水泊！

娘是一棵树

娘怀我那年四十岁，正赶上生活困难时期。娘不止一次对二婶说：“不想要了，可就又怀上了！”

娘肚子里的我像一颗发育良好的大豆，成熟后豆荚一开，一粒圆滚滚的豆子蹦出来。二婶打量着刚出生的我说：“这孩子秀气，比哥哥姐姐生相好。”

娘愁得直抹眼泪，“饭都吃不饱，咋养活孩子？”生哥哥姐姐时娘的奶水很好，轮到我奶水断了。娘后来对我说，那时家中只有一口袋胡萝卜，煮熟了往我嘴里抿，小生命就挺过来了。我十岁那年，个头超越了长我五岁的姐姐。爹常常看着我乐，再转过头对着娘说：“你不是说二妮儿亏了苗子，不会出落成好胚子，现在你看？”

娘个儿高，模样也俊，我随娘。爹生得壮实，个头矮，哥哥姐姐随爹。因此我懂得了，发育跟营养充盛有关，但基因更重要。

娘是小脚，干活却利索。娘的脾气好，从没打过我一下。惹得同伴直羡慕我。每每我们结伴挖野菜，因只顾着玩耍，天黑时篮子里的野菜连底都遮不起来。同伴的娘对孩子又打又骂，娘瞅一眼我的篮子，笑笑，连句责怪话都没有。

那一次娘得了重感冒，半个月起不了床。娘对着爹流眼泪：“这病咋还不见好，怕是看不到二妮儿出嫁了！”

娘说，儿子娶了亲，闺女嫁了人，这样她才算完成任务。

娘经常对爹说：给二妮儿找个年龄大点的对象，早些嫁人，婆家越近越好，最好在本村。娘同我商量。不知怎的，我第一次跟娘翻了脸，决不嫁本村！娘说，这不跟你商量吗，不愿意咱拉倒。

我跟邻村一个男孩订了婚。娘脸上有些不悦，我猜到娘嫌男孩小我两岁。娘嘴上却说，随你，你看上眼的娘就同意。

我出嫁那年二十五岁，算是大龄女。不知怎的，娘竟偷偷抹起了眼泪。转过头看见我，又换成笑脸。

结婚第二年我有了孩子，才知道生活不易。忙地里的庄稼，还要照看孩子。离娘家只有五里路，看娘的次数渐渐少了。有一次娘嗔怪地点我一指头，“嫁出去的闺女泼出去的水，你把娘忘了！”

我委屈地一下流出了眼泪。刚要把烦心事说给娘听，娘先说话了，“就不兴娘跟你开个玩笑？”娘笑着，“我壮壮实实的，不用你挂心，有事你先忙，娘才不想你来！”

“只要不刮风下雨，你娘就在村口槐树下站，眼睛望着前方。看到近似你模样的人，你娘就精神起来，手搭眼罩眼皮都不眨。等看清不是你，一下子就蔫了。”娘家村里的人见到我都这样说。

我才想起好久没去看娘了。娘是世界上最好的人！我坚信这种亲缘，婚后自己却是把家庭放在了第一位。这才急急骑上车子去娘家。娘在槐树下望见我，笑得满脸皱纹聚到一起。我说，以后不要在村口站，来往的车辆多，尘土呛人。娘说，我喜欢在村口，热闹。

娘说谎。不知怎的，我始终没有把娘的心情说破。

娘七十四岁那年去世了。当年闺蜜们羡慕我有个年长脾气好的娘，现在我开始羡慕她们。娘没了，生我养我的村子一下失去了意义。可每年我都回去，“母亲节”这天一定回去。回去后，在四下没人的时候，就搂住村口那棵大槐树……

今年女儿参加了工作，“母亲节”这天赶回家，给我买了好多礼物，像个孩子似的拥抱我。我让女儿带我去娘家。在村口我让女儿停车。我抱住槐树泪如泉涌。每每望见槐树，就仿佛看到树下站着的那个影子。树是娘的化身，树在娘就在。这棵槐树很幸运，村庄两次规划都没动过它。村里人相信：村口有棵槐，家家有钱财。

女儿惊诧地望着我，慢慢低下头，她像在思索着什么。每个女人心中都有一个物件看成娘的化身。等我老去后，女儿眼中的我会是什么？

罚款

在竞选村主任演说大会上，有村民向刘平提问：“如果你当选村主任，大街巷子里置放的拖拉机农具，你如何处理？”刘平当即表态：“在村外整平一块场地，大小农机具统一放置。”

这话说到村民心里去了。投票结果，刘平当选村主任。刘平当选了村主任，并非因村民大会上许下的这个承诺，刘平人品好，有才能，担当村主任村民信得过。

刘平上任后三个月，村后那块坑坑洼洼的草地整平了，四面用铁网围上，停放场建好了。出口处还建有一间房屋，安排了专人看管。于是各式农具都集放在了这里，大街上，巷子里一下子透亮了许多。

随后村委发布了规定：机械用完，一律归放停放场。如若有人再随意停放，一次罚款二百元。

这个规定一出，村民心里就开始嘀咕：这些年村规民约可真不少，特别是刚上任的村官，个个口号喊得响亮，可最终都难落实处。乡里乡亲，同姓同族的，违反了村规也只是口头警告，至于出台的罚款条例，从没有真正执行过。村官难当，难就难在这方面。

今年春天，弥河开闸放水，村里所有浇灌机械都在使用。一天下来，大多村民遵守规定，机械放回原处，可就有几个村民仍然把机械停放在了大街上、巷子里，其中就有村主任的侄子刘国富。

刘平找上这些村民，责令其立即将器械放回停放场。刘平在村里人缘好，有威望。或是因为停放机械的村规，也许是为了刘平本人，这些村民都立马把机械放回了原处，并没有听到刘平提及罚款的事。只有找上侄子刘国富时，刘平板起了脸，不光让侄子马上把机械放回停放场，还正色道：“罚款二百元！”

侄子不干了：“叔！大街巷子里停放机械就我一个人？为啥别人不罚款，偏偏罚我？”

刘平不说话，只管低着头，转身走开了。身后的侄子气得脸色发涨，“叔！本以为当上村主任能沾你光的，哪想第一个挨罚的竟是我！”

刘平和侄子刘国富年龄相差不大，小时候还是最好的玩伴，叔侄俩感情一直很好。

第二天，村委办公室的山墙上，一张红纸贴在了上面，写着：村民刘国富违反机械停放规定，罚款二百元。

第三天，是村里每月公布收支账的日子。墙上镶嵌的玻璃框里，挂出了两张明细表。在收入账表格上有这样一项：收村民刘国富罚款二百元。

好多村民问会计：“刘国富真缴了罚款？”会计回答说：“是村主任刘平替他缴的。”

村里麦田近万亩，全部浇灌完需要十多天。自此，再没有村民随意把机械停放在大街上、巷子里。村子里总是那么干净透亮。

麦田浇完，刘国富来到村主任刘平家说：“叔！二百元钱还你。”刘平笑笑说：“不要了，你不是说叔干上村主任没沾过光吗？这次罚款就替你缴了，算不算沾光？”说完，叔侄俩都笑了。

家在弥河边

一

老伴儿进城的第二天，他承包下了二十亩土地，再加上自家的十亩责任田，三十亩一个人耕种也算极限了。现在机械化程度高，播种收割这些重体力活儿都有机械替代。他一个六十岁的老人，身体还硬实，有几十年种地经验，他自信不会有啥问题。

进城前老伴儿说，种好十亩责任田，雨水调和的年份也能收入个万儿八千的，钱哪有封顶的时候，够用就行。老伴儿要进城照看孙子去，不同意他再承包二十亩土地，三十亩地一个老头子没个帮手怎行。平日里他听老伴儿的，老伴儿理家论事确有一套，可他明白，老伴儿进城照看孙子要好几年，要到孙子进了幼儿班。儿子家一下多出两张嘴吃饭，养一个孩子花钱不少，不多种点地补贴家用怎行。

弥河这几年经常断流，特别是春天，河底都能跑车了。种植小麦没有水浇灌可不行，没有充足的水源，小麦丰收没保证。村里就那几眼深井，水位低，抽水电费也是一笔不小的开支。儿子原本想让他老两口一块儿进城去，说在家种地剩不了几个钱。他心里明白，种地成本虽高，但这几年因干旱承包价格也便宜。这几年弥河是经常断流，说不准明年就会水流不断。有了河水浇灌，小麦亩产一千斤没问题，三十亩那就是三万斤，还有国家下发的补贴，除去成本怎么也能剩余二万元。麦收过后播上玉米，夏天雨水勤，玉米产量也能过千斤，一年下来，三万元的净收入没问题。

儿子有出息，考取了一所重点大学，毕业后在城里有了一份不错的工作。儿媳也是大学生，还是城里的姑娘。他高兴，可心里很歉疚，没能给儿子买得上一套房子。儿子儿媳懂事，还是自己去银行办理了贷款手续，欠人家银行几十万呢！

在村里，人们都叫他李老三。却没有人见过他的大哥和二哥，连他自己也不曾见过。从他爷爷那辈起就单传，一直到他的儿子。他的大哥、二哥都是不满三天就夭折了。他出生后第四天，爷爷说让他排行老三，寓意这一代人丁兴旺。说来奇怪，这一代人还就他一个男丁，连个姐妹也没有。

儿子结婚一年后，儿媳给他生下一个胖孙子。他心里那个乐！看来孙子这辈就要打破几代单传的怪圈了，现在也放开了，要是再生个女娃何尝不好，起码这一代人不再单一。

年纪是大了，他清楚自己的身体，庄稼地里还不含糊。到时候把收入的一半替儿子还房贷，他知道债压在身上的滋味。他曾打算建一个蔬菜大棚，这样来钱快，可本钱就要二十多万，老伴儿和儿子更不会同意，自己也缺少技术，算来想去，还是种庄稼轻车熟路的好。

麦子播下了，墒情不好，缺少水分的土地发芽率不会高。他经常凝视着弥河，要有清清的水该多好！以前弥河一年四季流淌，特别是春天，水是极清的，清得发蓝。在田里劳作口渴的时候，他盼着有一杯不冷不热的白开水，一仰脖灌下去，浑身的毛孔渗出汗来，那叫一个舒服，瞬间就添了精神。同样久旱的麦田，要能通浇一遍水该多好！那麦苗还不得“噌噌”地长，特别是灌浆期，籽粒大，也饱满。

弥河两岸的村庄，受过水灾的害，也得益过河水的恩惠。河水压跑了盐碱，过去家乡只有弥河两岸呈现着绿的生机。夏天河水上涨，漫过两边的土地，秋天水退去，留下一片肥沃的农田，播下小麦，来年定会是个丰收年。那时候别的村子还在啃窝窝头，弥河沿岸的村庄餐桌上就能经常见到馒头。只是赶上雨水少的年月，河水漫不上来，只能眼睁睁看着河水流入大海。现在家家户户备有浇灌机械，弥河却干涸了。

还好，小麦播下不久，一场中雨落下了，谢天谢地，麦苗生得整齐。浇返青水的时候，就因机井忙耽误了十几天，产量打了不少折扣。他一个老到的农民种地自有一套，他知道什么样的土质施什么样的肥。他不怕累，施了有机肥料，合理配施了化学肥料，自然今年的亩产就超越了千斤。等他喜滋滋地回过头来一算账，光电费就是一笔不小的开支，又失去了原来的乐观。他心里嘀咕，如果弥河淌水该多好啊！

不卖了，现在国家提倡农户储存粮食，再说储存到年底一斤价格也能涨两角钱，三万斤小麦就是六千元！他把麦子全储存了下来。

儿子回家看着西厢房满满的粮食，又惊讶又责怨："爸！干吗要储存，储存粮食也该通知我一声才是！"他自得地笑笑，他还行，一百多斤的粮食袋子还能扛得起，还有四邻帮忙。平日谁家有活儿他都去帮，自己往家运粮食，一呼就来了十几个人。

儿子望着满屋子的粮食说："爸，卖掉麦子，您老买辆电动轿车吧！"他心中一亮，何尝没想过，公路上经常看到轿车型的电动车，司机多是老年人。要有辆电动车，去城里看望老伴儿和孙子就方便多了。等孙子稍大一点，老伴儿抱着孩子他开车，来来回回从城里到村里，再从村里去城里，那将是一件乐事。他从二十岁就驾驶拖拉机，上路没问题。他知道一辆电动轿车要几万元，三万斤小麦卖掉兴许能买辆不错的，可儿子哪知道这满屋子的麦子成本是多少？……还是先帮儿子还房贷的好。如果冬天麦子增值了，今年的玉米再来个大丰收，可以考虑买辆便宜的，价格一万元出头的电动轿车也不错。

大街上每天都有收购小麦的粮贩，价格在不断上涨。他喜欢打开西厢房，为了通风，也是欣赏。这么多粮食，一斤上涨几分钱，算下来就是几百块。现在玉米长势也不错，电动轿车看来不再是个梦。像他每次进城看望孙子一样，小宝贝一次一个变化，从最初逗他朝你笑，到现在能含糊不清地喊爷爷了！

可爱的孙子，西厢房里沉沉的财富，丰收在望的玉米，无不让他觉得日子太美好了。

二

今天是八月十九，天很阴。按节气算来，再有一个多月玉米就要收获了。今年台风频繁，前几天卫星云图显示，“温比亚”台风挟着雨水要来了。他早早给玉米喷施了助壮药物，就算有些倒伏，产量影响也不会大。他倒是盼着下一场大雨，玉米正需要雨水。

确是一场大雨，从下午开始，一整夜没停歇，第二天上午还没有停下的迹象，院子里、街道上全是汪汪的水。

要做午饭的时候，他听见有人走进了院子，急急的脚步踩的水很响。“快撤！弥河发大水了！……村口有校车等着，快点，快点……”是村干部。这惊惶的声音告诉他，灾难真要来了！他走到院子里又停下，西厢房里的麦子像一只大手猛地揪住了他的心，霎那间无限的懊悔在脑海聚起一个疙瘩：要是早卖掉该多好！

大街那边刘四过来了，雨中被两个儿子半架半拖着，屁股使劲往后顿，嘴里叫骂着不肯走。刘四前几年贷款建起了养猪场，头两年少技术缺经验，赚的钱只够还银行利息的。这几年猪肉行情好，刘四还清了贷款，栏里还存下了五百多头肥猪。他的两个儿子也到了婚配的年龄，把这五百头猪卖掉在城里买套房子没问题。现在让他扔下猪场他哪肯啊！这猪就是他的命！

或许是虚惊一场，大水不会来吧！他心里仍存一丝侥幸。到村口了他跳上一堵矮墙，看到弥河坝里还是一片绿绿的庄稼。他又换了一个角度，天呀！穿河而过的公路已是汪汪一片水，水就要溢过坝来了！

三

大水远远超出了他的估量，村口那棵榆树上清楚地留有水位的痕迹。村庄比榆树的地形更低洼，房屋的受灾情况可想而知了。路旁的灌木下，有几个大小不一的猪躺过的印迹，一定是刘四的猪场进水，淹死的猪被灌木挡在了这里，还能闻到让人作呕的气味。

大街上好多不认识的年轻人在清理淤泥，他的院门前停着一辆小型卡车，车旁站着几个人。他知道这几个年轻人是在等他，也知道他们要帮他做什么。

前天他给儿子打电话，要儿子准备着等水退去后回家晾晒麦子。家里的拖拉机淹了，不能启动，附近的公路有积水，晾晒要去十几里外的地方，最好能找一辆车来。电话里儿子的声音疲弱无力："爸，您老自己想办法吧！这几天我不能回家。"

鳖羔子！他心里骂着，赶忙给老伴儿打电话。老伴儿说儿子守在坝上三天三夜没回家了。不知怎的，他的心竟一下平静了。这几天来为他们服务的志愿者们，让他很感动，心里始终暖融融的。儿子是好样的，他无时不把那些满头大汗、累得晃晃悠悠的志愿者们看成自己的儿子。

他打开西厢房，一股霉酸味扑过来，刺得他赶紧别过脸来。身后的几个年轻人说："大伯，您老在一旁歇着，我们来。"

真是些好小伙子，粮袋扛在肩上，发黄的水从里面漏出来，从肩膀流到脚后跟。他们都是爱美的年龄，不图回报，听说好多人还是外地来的。

三万斤小麦很快搬运完毕，刚好装满了卡车。他开始清理被水泡过的家具电器，屋子里充斥着一股怪味，就是高处没被水淹到的物件也潮乎乎的。沙发、饭桌，所有的物件全泡在泥浆中。

四

那天他被校车送到安置点，被领进一间教室里，里面早有七八个人了。虽是夏天，身子却直发颤。有个满头白发的老太太靠在墙角，双手合十对着窗外祈祷，那含糊不清的祷语增加了教室内惶恐的气氛。不断有避难的人送进来，这会儿进来一个年轻妇女，怀抱里的孩子“哇哇”哭着，带给大家一个坏消息：堤坝决口了！

天啊！他存在的最后一丝幻想破灭了。他开始恨自己，恨自己不该承包土地，不该把小麦储存起来，要是听儿子的，跟老伴儿一起进城，在城里做个环卫工也好啊！

风很大，有时风裹着雨点砸到玻璃上，发出“啪啪”的声响。身子冷，也饿，该是下半夜了吧。门开了，这次进来的不是避难的，是个戴眼镜的中年人。校车刚停的时候，这个人就在车门前为他们撑伞遮雨，然后看到他匆匆的身影在走廊里来来去去。这会儿他腋下挟一个雨布包，打开，是一张棉被，无不歉意地说：“对不住了，留校的教师就我们几个，这张棉被你们轮换着暖暖身子吧！”他走了，有人认出来，他就是校长。

门又开了，进来一个女的，提着一桶热腾腾的面：“让你们挨饿了，学生放假，伙房里缺人手，对不住了！”明明给我们送吃的，还说对不住。他心里热，一碗面下肚，更热乎！

天亮了，雨终于停了，天空真蓝，他心里的阴霾却是解不开。校园里聚了好多人，来了好多车，有几辆车号还是外地的，卸下了好多矿泉水、棉被和食品。有几个年轻人抬着几筐包子走来，还热乎！原来今夜许多人在为他们忙着、操劳着。那位校长和伙夫肯定一夜未合眼。当他们饥饿、冻得发抖的时候，已经有无数人在关注他们了，在为他们吃饭操心，为他们御寒行动，这个社会大家庭没有忘记他们！

这时手机不停地响着，群里的视频发了好多：激浪滚滚的洪水，淹没的村庄菜棚，大坝上抢险的车辆人群……心里猛一骇，两位年轻的辅警为抢救受困群众被洪水卷走，至今下落不明……

好多照片也传过来：那是几个累得透支的小伙子躺在沙袋上睡着了，那是几个抢险队员在水里奋力向前，那是一个驼背的老太太双手往捐款箱里投钱……那个高高瘦瘦的，他认识，是市里的领导，那位年长些的，在电视里见过，是省里的领导……这个社会从上到下都在为抗洪奋战着。

他记得小时候弥河发大水，那年他十二岁，蹚着没膝的水流，在夜里迷失了方向。最后找到一处土台，爷爷倚在一棵树下，他缩在爷爷的蓑衣下，又冷又饿，三天三夜没吃上一口饭，差点丢了小命。几代人梦想着村子能迁出去，远离这易受弥河水灾的地方，容易吗？迁到何处？钱呢？

灾后第三天，他得到一个消息，政府出资要把村庄整体迁出去，新村全是清一色的楼房！这是他做梦都不曾想到的，简简单单的农舍就要变成楼房了！村里几代人的搬迁梦就要成真了。

水退了，今天回家。

五

他先把一张方桌搬到院子中间，再把电视机放上去。太阳很好，正适合晾晒。刚才帮他搬运麦子的年轻人说，等卸下麦子后就回头帮他搬家具。不能光靠人家，只要自己搬得动的，他不会麻烦别人。忽然他想起了刘四，这老小子是个财迷，这会儿面对倒塌的猪舍，成堆的死猪会不会崩溃？应该先去看看他。

大街上泥浆已清理干净，十字街口不知啥时停上了几辆箱式货车。有村干部迎上他说，市文联的同志们送来了生活物品，一会儿来领。他这前脚刚进村，就有生活物资跟上了。好家伙！这边大街上铺了一张塑料布，堆放着一溜比人还高的物品：棉被、洗化品、大米、豆油、面粉、方便面……那箱洗化品看着就高档，是他从没用过的。

他一生务农，消费从不敢大手大脚，收获的季节在路上看到一个玉米棒子，也会停下来捡起。今天面对如此多的物品，却没有了就要拥有它的兴奋。他感激地望着这群人，继续朝刘四猪场走去。不好！那不是刘海的家吗？院墙倒了，一堆砖头挡在了胡同里。

刘海的日子够难的，今年只有四十九岁，背已微驼，满脸的皱纹。这次大水不光菜棚被淹，他得病的女儿还在外治病。女儿十三岁时得了急性白血病，去北京治疗两次，家中负了很多债。女儿今年二十岁了，考取了潍坊卫生护理学校，仅读了一年又复发。发大水时，女儿还在市医院血液科治疗，这个家庭难上加难啊！先去他家看看，如果房子有险情，就先让他住进自己的西厢房里来。

院子里有说话声，他在倒塌的豁口前站住，见刘海手里握着一把钞票，对着身边几个女士激动地说不出话来，“谢谢……谢谢文联的同志们！”

又是一股暖流流遍全身，这个世界太温暖了，暖到了每一个角角落落！他忽然觉得没必要再去看刘四了，凭他对刘四的了解，这时候早该在号哭了，现在猪场那边安安静静。刚才他看见袁二头了，袁二头是村里的粮贩，他准备去问一声，等麦子晾干后就地卖掉，价格随行情就行。底层霉烂的，晾干后当肥料，中间那些变质的卖给酒厂，价钱不计较，白送也行。他想起在安置点那么多捐衣物的车辆，其中就有酿酒厂的，人家心里装着咱，咱还计较个啥！

大街上传来分发衣物的说笑声，他还是去了袁二头家，心里想，等和袁二头交代清楚，再去领捐送物品。

听我说过年

早饭一人一碗水饺，捞出水饺后锅里还在翻滚，再续进一些面条，父亲饭量大，只有他去捞碗面。中午饭桌上就丰盛多了，鸡肉炖蘑菇，油煎大鲅鱼，馒头管够。晚饭跟早饭一样还是水饺，不过可以省着肚子吃，锅里一定还要有剩余。年年有余嘛，图个吉祥。这是我十岁前对大年三十的记忆。

过了腊月二十，家家开始准备年货，蒸年糕、磨扒谷。父亲会在某一天的早上从鸡窝里抓出一只公鸡，公鸡吓得“咯咯”叫，惊得其他鸡四散逃走。午饭前鸡炸好了，不能吃，跟原先那条大鲅鱼一同挂到厢房的大梁上。我常常扭着脖子朝上打量，有时母亲会突然闯进来，破口大骂，馋死了，就跳上去咬一口吧！厢房的门始终关着，就怕谁家的馋猫偷偷进来，飞身一跃撕下一块肉来。母亲把我看成了馋猫，其实我的样子不亚于一只馋猫。

平日里母亲看我们兄妹啃高粱窝头，在嘴里磨蹭半天难下咽。高粱窝头中间总有一个馏不透的核结，更难吃。母亲就骂：“吃毒药啊？怎么就咽不下？”这时父亲在一旁就轻轻叹一声：“等明年挖通了引水渠，弥河水流过来，盐碱压下去，就整天吃白馍天天像过年啦！”父亲去年也这样说过，可啥时候弥河水流过来？

谁不想吃白馍，队里一年就分那点麦子，只有年三十午饭才能吃上一顿。平日里我不止一次这样想：等到年三十吃午饭，要把咸鱼肉夹进白馍里，咬一口馍再夹一筷子鸡肉炖蘑菇，慢慢吃，吃快了噎得打气嗝。引子发的白馍放久了龟裂开来，像瓦片一般硬实，馏透了就软和，热气里飘着甜甜的麦香，我一顿吃它两个！啃着窝窝头的时候我常这样想。

怪了，盼到年三十可以放开肚皮吃了，却没了食欲。枣园那边传来的鞭炮声和孩子们的欢笑声把我的魂勾去了。看我分神，母亲就拿眼瞪我，我赶紧大口吃，瞟见母亲给妹妹添菜，慌忙摸一下口袋。口袋里装着一挂鞭炮，是我偷偷塞进去的，鼓鼓囊囊就怕母亲发现。腊月十五前鞭炮就买好了，从下乡来的小贩手里买的。质量差，底部用红泥封的，哑炮多。父亲就买了几挂，除夕夜放一挂，请“祖上”放一挂，初三、初五还有正月十五必须放一挂，都是计算好的，不能随便燃放，还担心我会炸伤手指，哪年都有孩子受伤。

今年我九岁，按阴历算来，明天初一我该是十岁了。

午饭的时候，高粱秸编织的挡风门响了一下，是土坷垃击打的声响，跟着又是一下。我猜到是小栓来了，上午我们约定好的，每人偷一挂鞭炮，下午到枣园里跟其他孩子一起燃放。小栓不敢来我家，昨天我俩经过饲养场，看到一摊牛粪上冒烟，不等反应过来那牛粪就炸了，溅得我俩浑身净粪点。埋伏在土墙后面的孩子哈哈大笑，不等我俩回击就跑开了。回家后母亲冤枉了小栓，要我别跟他一起玩，捣蛋的孩子作践人，只会学坏。今早小栓来约我玩，被母亲轰跑了。

小栓可是我最要好的玩伴，我不在乎母亲对他的态度。看见母亲去了套间，我起身冲了出去。小栓站在院门前，见到我兴奋地一蹦，把藏在身后的手亮给我看，是一挂鞭炮，还是红纸包装的呢！

“东子，把碗里的菜吃干净，要不晚饭没你吃的了！”母亲在身后喊我，她一定猜到我是去枣园的。“当心五福爷爷的棍子抡到头上！”我跑得更快，孩子们都知道今天枣园里可以随意玩，而且晚饭是白面水饺，白菜猪肉馅的更好吃。母亲怕食物浪费，总是骗我，今天就不听她的。

小栓穿上了新衣服，一件蓝色粗布棉袄，看着很别扭。里面的棉花没有摊匀，后背凸起一个包，针脚很大，缝合处露出丝丝棉絮。小栓妈妈是残疾人，手拙，眼睛也不好。小栓不在意，也没有孩子因此取笑他。小栓流鼻涕时习惯用袖子一擦，袖口明晃晃辨不清颜色，今天新袄袖上也有了一行鼻涕，像一片干葱白黏在上面。

“嘭！”一声炮仗响传过来，几只惊恐的麻雀从头顶掠过，枣园那边的孩子欢叫起来，还听到“孩子王”明子的声音，他嗓门最粗。我跟小栓加快了脚步。

“小栓，把鞭炮留下！”我们经过小栓家，他家院墙今年雨季坍塌了一处，小栓爸爸从豁口望见了我们，一边喊着一边颠着一只脚冲过来。小栓爸爸秋天挖引水渠时扭伤了脚，到现在没有痊愈。

小栓立即停步，弯下身子，刚要转身往回跑，他爷爷在院子里喊：“让他放嘛！大过年的，谁家孩子不放鞭炮。”小栓爷爷背很驼，不知怎的今天没有拄拐杖，看上去精神很好，而且我记得每一个春节栓子爷爷脸上总是挂着笑。小栓爸爸听了折回身去，爷爷从墙头探出脑袋冲我俩笑，“玩去吧，小心别炸伤手！”小栓家两间正房的山墙下还连着一间小土房，爷爷住在小土房里面。今天爷爷黑黑的房间里有了发亮的东西，后墙贴上了一张木板年画，一张财神图。

“小栓，把鞭炮留下！”我们刚跑到胡同口，小栓的姐姐突然出现在面前，张开双臂拦住了我们。她刚才跟几个女孩子在胡同一侧的朝阳处踢毽子。“留下！现在燃放了正月十五放啥？”姐姐指点着小栓，样子很凶。

我忙上前把小栓的姐姐挡住，示意小栓绕开快点跑。

“好一个东子！昨天你把小栓骗得炸了一身牛屎，现在你又要骗他去放鞭炮，你咋就不放自家的鞭炮？”小栓姐姐狠劲地指点我。

昨天我也被崩了一身牛粪，妈妈怪小栓使的坏，现在小栓姐姐也来怪怨我。我不想跟她辩解，只想快点到枣园去。我往一边挪动，小栓姐姐就跟着我动，就不让我俩过。小栓姐姐一动，头上的那只蝴蝶花就忽闪一下，她的头发没有梳理，蝴蝶花像乱草丛上落着的两片树叶，很难看。

这只蝴蝶花是和货郎兑换的。刚进腊月，小栓妈妈拖着瘸腿一歪一扭来到街上，把一团旧棉絮递给货郎。“少，换不来。”货郎说。他妈妈又拖着瘸腿回家拿来一团头发，货郎在手里攥一攥，“少，再添。”他妈妈夺过头发愤然一声，不换了，就往家走。小栓姐姐不肯，急得在原地哭着跺脚，爷爷听到后拿来两只破鞋子，这才成交。

突然，小栓姐姐跟几个女孩“哇”地大叫一声，撒腿跑开了。我身后的小栓正在点燃一个鞭炮，准备扔到女孩子们脚下，女孩们最怕鞭炮。

二

我俩赶到枣园，却看不到一个人影。

枣园是五福爷爷的，原先四周有土墙围着，几年前土墙倒了，五福爷爷一个老光棍，他懒得建围墙。五福爷爷又矮又胖，是个很凶的老头，即便没有围墙，枣子成熟的时候也没哪个孩子敢偷摘。他手里那根棍子扔得又远又准，孩子们都怕。他从不下地，就靠这枣园的收入，日子过得蛮滋润。因为他凶巴巴的样子，孩子们背地管他叫鸠山——一个日本军官，《红灯记》里让人憎恨的反面人物。就是枣树叶子落光了，也不许孩子们进来玩耍。怪就怪在临近春节这几天，孩子们不去思索为什么，只知道这几天可以在此放心玩。

“啪！”一棵枣树下突然腾起一股烟雾，一摊狗屎被炸上了天。孩子们欢呼一声跳出来，有藏在土墙下的，有蹲在粗大的枣树后的，还有趴在一个废弃的石碾旁的。石碾原先设在一间房子里的，房子塌了，碾台被雨水浸倒，石碾就滚落到此地。五福爷爷不管，也没有别人维修管理。

“别过来，要入伙先送我十个鞭炮。”孩子王明子看到我俩凑上来，强势地指点着我们。

我不动，轻轻扯了小栓一把。

“好，不交是吧？晚上我家燃放‘彩筒花’你俩别去！”

明子爸爸在供销社上班，听说还是个官儿。他家有钱，每年腊月二十八年集，他家买的“泥筒花”都是大号，用篮子往家提。他家的鞭炮都是供销社里的正品，清脆响亮。听说今年他爸爸带回了“彩筒花”，这可是新鲜玩意儿，一根长长的硬纸筒，从一端往天空喷火球，火球爆炸后迸发出五颜六色的烟花。有孩子说那叫“万花筒”，能喷射一万个火球，颜色都不相同。孩子们今晚都想去看稀罕。

小栓经不住明子的威吓和“彩筒花”的诱惑，乖乖拆下十个鞭炮上前交到明子手里。我就不动，明子家燃放烟花在门前的空地上，好多人都围着看，他能阻挡了谁？我心里骂小栓傻，没明白我扯他一把的意思。

看我不服，明子要强行施压。忽然有孩子喊：“那边，看那边——”有个孩子猫着腰正往枣园深处溜，偷偷把一个鞭炮塞到了五福爷爷的鸡窝里。孩子们吓得不敢出声，炸五福爷爷的鸡窝，作死呀！

五福爷爷的草房藏在枣园深处。隔着杂乱的树枝看过去，那房子像被钢笔在上面乱画一气的一幅画。要在夏天，树叶密不透风，外人猜不透里面会有一间房子。五福爷爷很少外出，只有去水塘打水才露个面。

“啪！”鞭炮响了，一只黑鸡惊叫着从窝里跑出来。原本今天这只鸡没敢露面，就躲在窝里面发抖。这时窗棂里一个影子一闪，是五福爷爷，好像一直在里面朝外看。门开了，孩子们转身就跑，可马上停下来，发现五福爷爷笑眯眯的。他望一眼我们，再“咕咕咕”冲黑鸡唤了几声，黑鸡仓惶钻进鸡窝去，五福爷爷用石块堵住了窝口，回屋去了。

没事！孩子们继续玩。小栓一个接一个放鞭炮，一挂鞭炮很快燃放净光。他跑过来伸手跟我要，我把口袋捂住，就不给他，谁让他不节制。

明子找到一摊狗屎，把刚才小栓送他的鞭炮插了上去。芯子冒出蓝蓝的烟雾，能听到“滋滋”的响声，最后一丝烟雾一晃飘上空中。孩子们早已隐蔽起来，鞭炮却没有炸响。哑炮？明子探出脑袋确定哑炮后，恼怒地瞪小栓一眼。小栓很困惑，刚才他的鞭炮都响亮清脆，到底怎么了？他跑上前想看个究竟，刚俯下身，“啪”一声鞭炮炸了。小栓被崩得浑身是屎点。孩子们哈哈大笑，小栓气急败坏地甩一下手指，再去弹棉袄上的屎粪，我刚要说墙那边有一片残剩的雪，先去清洗一下双手，小栓已经在脸上一摩擦，涂得满脸都是狗屎。

孩子们在枣园里各自寻找安放鞭炮的地方，只有小栓可怜巴巴地站在一旁。我犹豫了一下，还是送了他几个鞭炮。小栓又蹦又跳，答应除夕送我两颗糖。我才不相信他的话，他嘴馋得厉害，会送我糖？

不知不觉鞭炮放完了，孩子们准备回家。这时却见明子猫着腰朝五福爷爷房子走去，我们知道他口袋里还有一个大炮仗。走到房前，我们以为他会把炮仗放进鸡窝里，没想到却把五福爷爷靠在墙上的屎盆放倒，大炮仗压在了下面。这时我们看到窗棂里的影子一闪，门却没开。炮仗“哧哧”喷出焰火，我们兴奋又紧张。“轰”一声，震得我们脚下发颤，屎盆炸上了天，稀里哗啦落地成了碎片。

这下五福爷爷肯定追出来。我们跑出枣园了，却发现五福爷爷并没有追，只是站在门前看着一堆碎片发呆。

“栓子，玩疯了吧！对联都贴好了还不回家？”栓子姐姐站在胡同口朝这边喊。孩子们四散回家，小栓故意侧着身子，他怕姐姐看到衣服上的狗屎。

家家院门都贴上了对联，村子里变得明亮起来。两个中学生正扛着凳子手拿彩笔往家走，大街上所有的黑板都画上了喜庆的图画。画的内容一个样，一棵树上开满了梅花，上面挂着两只彩色灯笼，灯笼旁有七个红色大字：易风易俗过春节。黑板画跟家家院门上的对联过门钱相互映照，新年的气氛更浓厚了。

小栓家也贴上了对联，上联：春风吹山川，下联：光明照中华，横批：五谷丰登。这横批是我写的，不光小栓家，好多人家的横批都是我写的。小栓家两扇院门中间开了缝，就要落山的太阳红红的，照得对联显出两道亮杠，太阳也照到小栓家的西山墙上，黄黄的。

我望见自家院门也贴上了对联。今年院门上下檐檩都贴满了过门钱，在微风里轻轻晃动，五颜六色好光彩！

三

母亲边往我碗里添水饺边说：“晚上不要玩得太久，看完明子家的焰火就回家。”她好像也知道了明子家今年买了新玩意儿——彩筒花，很有底气地说：“明年咱也买，不就是一根硬纸筒子吗？”母亲口气不再是命令式的，轻言细语像在跟我商量。“不要在焰火下钻来窜去，会烧坏新衣服。”新年到了，母亲态度大变，凡事也能隐忍。

刚才村里响过了一阵鞭炮声，现在家家都在吃水饺。外面天色渐渐暗下来。忽然窗外火光一闪，跟着传来“哧哧”的响声，邻居家开始燃放泥筒花，照得我家屋里通亮。很快亮光和声响停止了，这是小号的泥筒花，火药少价钱便宜，喷发的时间自然就短。今年父亲买了两个泥筒花，也是小号的。

小栓说今晚在胡同口等我，我在那儿站了好一会儿，也不见小栓露面。明子家传来嚷嚷闹闹的笑声，那边已经聚集了好多人。我怕误了看彩筒花，赶忙跑了过去，看见小栓早站在人群里了。看他兴奋的样子，想着今晚他爸妈是否因棉袄上的狗屎打骂过他。想想母亲对我的态度，心想小栓大概也不会遭到责骂。大过年的嘛。

明子家墙头上早摆好了几个泥筒花，孩子们都在议论着彩筒花，不光孩子，大人也来了好多，小栓爷爷拄着拐杖也来了，啥时燃放明子说了算。很快见明子手拿一根香神气地走过来，孩子们马上让出一条路。

泥筒花是用泥巴做成的圆筒，中间的空心填上火药和金属末，点燃后会喷发出明亮的焰花。泥筒花家家都买，有一角钱一个的，两角钱一个的，明子家是五角钱一个的。火药在泥筒里放久了会受潮，大多人家都在今夜燃放。

大号的泥筒花喷发的火焰威力十足，带着风声。烟花起起落落，把夜照得通亮，一个还没喷发完另一个又被明子点燃，欢笑声一片，连大人也跟着叫好。小栓第一个抱着脑袋冲到焰花下，火星像雨点一般落到身上，他做着鬼脸扭动着屁股窜进跳出，惹得好几个孩子也一同冲了进去。小栓姐姐不甘示弱地跟在男孩子后面，她肥胖的身体加上一件印着大红花的肥棉袄，那朵蝴蝶花在头上滑稽地一跳一闪，惹得人群哄笑起来。

我也忍不住想冲进去，一眼看到母亲就在人群里，正注视着我。

最后一个泥筒花顽强地喷出一团暗红的火星，熄灭了，夜一下子变得漆黑。明子爸爸手持彩筒花早在一旁等待了，为了显示彩筒花与众不同，爸爸不肯交给明子燃放。他手持彩筒花斜向空中，拿打火机点燃了火药芯，人群鸦雀无声。“呼”一声，一个火球冲上了天，留下一道长长的火尾巴。就在人们觉得这颗火球结束使命的时候，“啪”的一声，空中炸开五颜六色的烟花，把村子照得像白天一样亮。火球间隔一段时间喷发一次，颜色各不相同，有的火球带着一串细碎密集犹如爆炒豆般的声响，人群欢呼声一浪高过一浪，黑夜和白昼随着火球的喷发和熄灭变换着。

有孩子数着：“一、二、三……一共十二个火球。”

“真是个好东西！好东西啊！赶明年引来弥河水，粮食大丰收，咱也给孩子们买！”小栓爷爷拄着拐杖站在人群后面，今天他声音特别清亮带劲。几个老人也随着说，买，家家都要买！

有孩子兴味难尽，嘴里嘀咕，万花筒不是喷发一万次吗？人群笑了，边笑边开始散去。

今晚家家窗口好明亮，煤油灯换成了蜡烛。路过枣园，我的心一提，五福爷爷家没有亮光，那间小屋在枣林里黑黝黝的，像一丘土堆。

四

村子里少有人跟五福爷爷往来，只有小栓爷爷常来串个门。孩子们不明白，五福爷爷为啥会羡慕小栓的爷爷。五福爷爷吃的是馒头，衣服是清一色的截布，夏天村里人在田里累死忙活，他在荫凉下喝茶。小栓爷爷衣衫褴褛，腰背驼得厉害，走路看着要前栽的样子，每天背着荆篓捡粪，顺便捡拾垃圾。小栓家只有他爸爸一个劳动力，吃的窝头连糠皮都磨了进去呀！两个老人在一起的时候，小栓扑进爷爷怀里撒娇，五福爷爷眼睛直直盯着小栓。“看你多有福气，儿孙满堂，哪像我？”这时候小栓爷爷显得神清面爽，丝毫不掩饰自得的神情。大人们的事情我猜不透。

每年春节请“祖上”族里男性都要参加，小栓爷爷总跪在香案前面，精神气十足，五福爷爷落在一处角落里，神色黯然。而除夕男人们做的第一件事就是到供桌前给“祖上”请安。父亲领着我，小栓一家是三代人。五福爷爷不去，听人说是因为没有后人是一种不孝，“祖上”不愿意待见。

每次父亲跪下后对我说：“来，给祖爷爷、祖奶奶磕头！”我学着父亲的样子连磕三个头。父亲嘴里念念有词：“祖上吃好喝好！”蜡烛火苗一跳一闪，香炷烟雾围着火苗飘游。吃好喝好怎么贡品一点都不少，我心里发问，祖上在哪儿？供堂里气氛庄重神圣，我的样子也好乖。等走上大街，身心一下子又融进新年欢快的氛围里。

父亲叮嘱我每一家长辈都要去拜年送祝福。我在胡同口等小栓，小栓望见我飞快跑过来，他口袋已经鼓胀起来，已经接收了好几家拜年回赠的零食，嘴里含着糖“滋滋”地吸着。昨天还说要送我糖，这会儿咋就不提了，他比谁都馋。他要我先去给他爷爷拜年，他爷爷有糖回赠孩子。小栓家穷，对拜年的孩子却大方。爷爷把捡垃圾的钱攒着，过年买来糖给孩子们压口袋，哪个孩子都有一份。

我想了想，现在去小栓爷爷家会多走好些路，还是一家家往前赶的好。小栓随在我身后，这小子不光早早撑开口袋装零食，还捡拾地上的哑炮。

天开始放亮，拜年的人群渐渐变得清晰。已经走过一圈了，我突然停下脚步，望着枣林迟疑起来。

“走，咱们给五福爷爷拜年去吧。”我说。

“啥？”小栓惊诧，“给他拜年，我才不给‘鸠山’拜年！”

小栓拽我，用力推我，他怎么也想不通我会给五福爷爷拜年。我就站着不动。小栓一下子气恼起来，警告我再不走他自己可要走了。他朝前迈几步停下来等我，看我坚持在原地，一跺脚真走了。

我为啥突然决定给五福爷爷拜年？父亲嘱咐我给长辈们拜年，并没有提到五福爷爷。我心里很迷乱，不知为啥还是慢慢走进了枣林。我的脚步声惊起了一群麻雀，枣林里发出一阵唰唰的声响。我吓了一跳，忽然想起枣林里曾吊死过一个人，被人放下后用白布裹着，我是见过的，心怦怦乱跳。

今天觉得林子好深。我怯怯地挪动着步子，仿佛白布裹着的那具尸体还在林子里，忽然产生了返回的念头。这时候眼前有点亮光在树枝间一闪，原来到五福爷爷房前了。

房门上没有贴对联？只有今年遇丧事的人家才不贴对联呀。我心一颤，除夕的早上村子里充满欢声笑语，这儿却没有半点新年气氛，更像野外的坟茔岗地。如果不是屋子里那盏昏红的灯苗，我真要转身离开了。

听人说五福爷爷有过老婆孩子，后来儿子病死了，老婆跟人跑了，他脾气就变得更坏。听孩子们说，晚年五福爷爷最盼望除夕孩子们来拜年，听说哪年有个孩子来拜年，他出手真大方，糖果、红枣大把往孩子口袋里装。可就没有孩子愿意来给他拜年。

我突然问自己：我是冲五福爷爷的礼物来的？是不是显得贪图小利？小栓会不会也这样想，他要跟别的孩子讲了我会招来奚落的。

脚下碰到了什么东西，是昨天被明子炸碎的尿盆碎片，旁边还多了一只破碗。村里没儿没女的人家在除夕晚上要摔破一只碗，寓意明年会有新生命降生。五福爷爷也有这种想法？他是在想念早逝的孩子吧！

我左思右想，还是轻轻推门，房门却是关着的。我趴上门缝往里瞧，土炕上五福爷爷在睡觉，昏暗的油灯下一床油腻印着碎花的被子下露出一头蓬乱的白发。五福爷爷身边有一个盛满红枣的瓦盆和一个小纸盒。仔细看，纸盒里装满了花花绿绿的糖！

我断定五福爷爷是刚躺下的，而且现在还醒着，房门也是刚关上的。他一定早早起了床，却没等来一个拜年的孩子！父亲这样叮嘱过我，给长辈拜年不能迟到，晚了就是对长辈的不敬。

五福爷爷一定不欢迎这时候来拜年的孩子，要不会把房门关上？我轻轻后退。快出枣园的时候回头望一眼小土屋，突然又觉得五福爷爷不会嫌弃晚来拜年的孩子，肯定不会嫌弃！

回到家见小栓在等我。母亲问："你去给五福爷爷拜年啦？"

我点点头。我猜到是小栓告诉母亲的。

"去给他拜年？"母亲很吃惊，反感地看我一眼。

"五福这人不行啊，以前瞧不起人，现在谁会正眼瞧他。"父亲插了一句。年轻时打老婆亏待孩子，要不儿子怎会病死，老婆没法活了才跟人跑了。

父亲看我们一眼，跟母亲去了套间，声音很低："年轻时不务正业，多么殷实的家庭让他给败了。那时候他有钱，但不管哪家借钱都一毛不拔，村里生病的等着去医院他都不借一分钱。"

"现在孤独无助了，羡慕孩子了，当初谁家孩子摘颗枣子都连追带骂的。谁让他以前不好好做人。"

小栓早等不及了，推着我出了门，我们准备到水塘溜冰去。过年玩得总是开心，可这天五福爷爷那盏昏红的煤油灯，躺在床上那头白发时时在我脑中跳闪。

傍晚时分下起雪来，越下越大，没有风，雪片垂直着下落，村子白了。"瑞雪兆丰年"，大雪是丰收的好兆头。

天黑下来。玩了一天好累，准备上床睡觉时，突然窗外一闪，五颜六色的光亮照进屋里，是彩筒花！一声，两声，三声……火球在空中炸得雪花四散翻飞，五彩的烟花，洁白的雪花，辉映得空中绚丽多姿，比明子家的烟花好看多了。原来今年邻家也买了彩筒花！

我说父亲

一

夫妻俩凡是一个早早去了，另一个一定会长寿。这种说法不绝对，至少十有八九是这样。他命该如此，走就走了吧，把阳寿都留给了你，你活过百年没问题。这是父亲去世后左邻右舍、我两个姑妈还有二姨妈宽慰母亲的话。父亲不该在六十五岁就去世，按年龄远远低于当今的人均寿命。他还那么健壮，前一天担水把菜园浇了一遍，夜里就突然离开了人世，突然的，没有一个儿女守在身边。到今年九十一岁的母亲生活仍能自理，在院子里种菜种瓜，每年去医院体检，竟没有一项数据不达标。看来真要验证当年宽慰母亲的那句话：您阳寿越过百年没问题。

那年我本家一个小脚奶奶看着伤心欲绝的母亲，像是自言自语也像是在安慰母亲，“知足吧，他可是多活了四十五年呢！”我奶奶当年去庙里许过愿，在“神婆娘”那儿长跪不起，连磕三百个头，只要父亲能活下来，将来当牛做马都甘愿。我奶奶连生七个孩子，一个都没能活过三天，我父亲是第八个孩子。等父亲过了第九天，九天是新生婴儿的卡点，预示这个孩子不会再夭折。于是奶奶在床上双手合十：上天保佑我的孩子，不求长命百岁，只求送我入土为安就足矣！

母亲跟父亲同岁，十八岁嫁给父亲，两年后我奶奶去世。按奶奶当年许的愿，父亲给她披麻戴孝送终就行。于是有人借此说，母亲走了，儿子随后也要跟着去，这可是她自己许的愿。这个愿说明奶奶当年求子心切，只要孩子不再夭折，什么样的条件都可答应。她当然不希望自己的儿子做牛做马，更不希望儿子随她而去。她希望儿子长命百岁、儿孙满堂、世代荣华富贵。

这事后来母亲知道了，她极为不满。日子艰难，加上八年间生下我们兄妹四个，吃了上顿愁下顿，愁烦的时候难免把火气发到父亲头上。“难怪呢，你娘许愿让你做牛做马，就没打算日后出息风光，这穷日子啥时是个头。”父亲表现木然，这样挨骂他早习惯了。母亲要求父亲事事比别人强，很有些不讲道理。有时候她倒希望父亲跟她争吵，好把满腔的火气痛痛快快发泄出来。父亲低头不语，但手里该干啥活儿一点儿不耽搁。于是母亲更加恶毒的话讲出来：“瞎了眼嫁了你，无能无为，摊个婆婆自私透顶，竟许愿让儿子随她去。她死的那年我二十岁，你随她去了，让我守活寡？”

母亲说的“无能无为”统指庄稼人，每月领工资或是村里的干部才是“能为”人。那个时候做媳妇的希望婆婆早过世，好让自己没了管束变成自由人。母亲跟奶奶就生活了两年，根本没有受到奶奶的管制，相反奶奶还事事依着母亲。奶奶是老实人。后来母亲经常骂父亲也骂我们：“随你娘，老少都随，凡事抢不到先头。”谁家得到了救济款，或是谁家男人搞到一点儿钱，而父亲没能抢到先头，母亲就骂，还连带着奶奶：“老的无能少的也一样，老实人不吃亏才怪哩。”或是我们去野外挖野菜，谁家孩子捉到一只受伤的大雁，母亲就骂我们：“老实传统了三辈子，要是心眼儿多，大雁还会被别家孩子抢了去。”

奶奶去世后母亲对每个祭日却很记重，还有一年当中上坟的节日。父亲去世后母亲更是把每一次祭祀看得十分重要。她会叠很多金色、银色的纸元宝，叠的时候虔诚无比。如果发现笸子里叠好的元宝哪一个有纰漏，一定会小心翼翼重新修整。她从集市上买来烧纸冥币，都要仔细翻看。有一次母亲确定一沓冥币完好无损，带回家发现有几张破损，立马气鼓鼓去集市上退换，还跟摊主大吵大闹，骂卖冥币的心术不正，要遭报应。一旁有人嘲笑母亲，一把火化为灰烬了，有破损算个啥。于是母亲又跟插话的人大吵：“残损的钱币跟你买东西你要？”母亲把阳间和阴间的交易看成一模一样。她在集市上买菜曾被找回一张缺边角的纸币，她就奇怪，明明翻看过了，回到家才发现是残币。也正因为当时检查得仔细，跟人退换的时候人家不依不饶，气得母亲好几天阴沉着脸。

村里人都知道母亲脾气不好，也都知道母亲很疼爱父亲。夏天雨水多，河沟里的鱼虾就多。雨天不能出工，男人们就去河里网鱼。饭桌上每人一碗清炖鱼，这是除过年外饭桌上少有的荤腥。母亲只吃半碗，另一半留给父亲。她非常清楚，这个家依靠的是这个男人，亏虚了男人可不行。

二

我没有见过爷爷奶奶，两位老人在我出生前一年就去世了。先是爷爷，随后奶奶也去了，中间只隔了三个月。我对奶奶的了解多是从母亲嘴里得知的，比如奶奶曾说父亲十四岁就能挑起一担谷子，同龄人中没有哪个能比得上父亲强壮。奶奶在一旁看着乐得直擦眼泪：“瘪种子弱苗子，哪承想出落了一个壮孩子，老天开眼！”

父亲确实健壮。那些年生活困难，吃的是野菜跟高粱面掺和的饽饽团子。村里组织年轻人推盐挣脚力费，父亲一次装三包，一包二百斤，独轮车顶盖还要加一包。从盐田到益都火车站二百多里路，一个晚上就能赶到。卸下盐再去五井煤矿装煤碳，父亲装的同样比别人多，第三天早上返回家中。

村里人都愿意跟父亲结伴同行，特别是没有发育结实的大孩子们，他们的父母见着父亲就撂下一句话，路上你多关照吧，然后转身离去。他们知道父亲一定会照着去做。路程远，十七八岁的年轻人难免体力不支，也有轮胎瘪气轴承损坏的时候。一群人累了走进车马店休息，首先清点人数，发现谁没能跟上来，大伙异口同声地说，得去个人帮助他，然后一齐看上父亲。父亲默不作声，解开袋子摸出一块干粮，边走边吃。大伙又说，不一定是走累了，也许是轮子坏了。父亲就折回来，几个人上前把推车架起来，卸下车轮后父亲背在身上，去接应落下的同伴。

自从母亲嫁过来，很多事情有了改观。母亲骂父亲："上辈子憨下辈子也憨，只管被人耍弄吧！啥事也抢不到先头。"上辈子是指爷爷，下辈子是指我父亲。母亲嘴里的"先头"也应该理解为"鲜头"，即事事占便宜，好事总能落到自己头上的意思。像路上有赶脚人落伍了，总是父亲去帮，回家后也只换来一句，"路上亏了你啊"，并没有实际的表示。如果推脚的队伍少了父亲，有落伍的人受到帮助，这家人至少用一瓶高粱白干酒去答谢。自从来了母亲，再有此类事情发生，母亲会大声数落，冲着那家人叫嚷："欺负老实人是吧，讨饭的还会说声谢谢呢，折回了十几里路去帮忙，就只放了个屁！"这话很见效，等父亲路上再次帮助了人，这家人就提着礼物上门道谢。老实人就该吃亏？老实人就不该得到尊重？这话像砸到铁砧上的锤子，当当作响。以前父亲收工回家，经常有人找上门剃头，之后母亲对来人表现得很不耐烦："他干了一上午活儿，要歇歇乏了。"来人听了不好意思地笑笑，转身离开。以前收工后给人剃头是常事，好多人都养成了习惯。

父亲是瓦工，在村子里是数得着的。父亲还是厨师，村子里红白事都离不开他。父亲还是个粗布艺人，从棉絮里抽线到织成成品，中间要经过好几道程序。冬天父亲被人请去顺织线，这道工序需要计算，上线跟底线搭配要得当，出现差错织出的布就稀疏。只读了一个月私塾的父亲让人佩服，看着让人脑袋发晕的织线竟计算得丝毫不差。春天气温升高，父亲又被人请去给织线上浆，上浆后的织线黏合在一起，就要把线理顺开来，晾干后绕成线圈。父亲一年少有空闲的时候。也是因为这门手艺，主人不但好吃好喝款待父亲，还会送我们家馒头炒菜表达感谢。每当父亲被人请了去，我们兄妹都很兴奋。能吃上馒头就炒菜，可谓大犒劳。这得益于处处不让人的母亲，要不主人家管够父亲吃喝就罢了。

父亲身体强壮，还有农家人离不开的手艺，为何日子还是艰难，不能跟人家一样。母亲一语道破：憨呢！后来，有一件事让我开始觉悟。

夏天雨水多，风雨交加的天气里，就有被吹走苫草的房子。这家人急得什么似的，雨停后需要马上修补房顶。这种瓦工活儿自然少不了父亲，别看是修补，工序一点都不少，需要三五个人才能完成。那次我是亲眼见着的，几个人你推我闪，谁也不愿爬到房顶去。一个脸上长痣的中年男人嘿嘿笑着拍打父亲肩头：“还得你上房，我们在下面给你打下手。”父亲听了大嘴一咧无声地笑了，那样子有几分自得。我心里愤怒起来，责怪父亲为何不推让，明摆着是在耍弄人嘛。长痣男人接着又说：“偏偏是房脊处被风吹走了，做工就难，我们都做不来。”这个长痣男人经常给人苫房草，他这样说不是欺骗父亲是咋的？父亲这时候吼了一声，一个飞身上了脚手架。脚手是几根木棍架构成的，站上去左右乱晃，父亲双腿发颤。稍作停留，父亲再一个翻身爬到房顶，冲下面豪气地喊一声：“上苫草。”下面几个人忙把苫草扔上去，低下头各自偷偷乐。

主人送来两包香烟，几个人先望一眼房顶的父亲，不紧不慢拆开烟盒，每人分几支装进口袋里。等父亲下来，背上湿透了，两个裤筒沾满了泥巴。长痣男人嘿嘿乐着掏出一支给父亲，父亲嘿嘿笑着，满意地点燃了香烟。

我在一旁早涨红了脸，冲过来指着几个人说：“他们把烟卷偷分了，装口袋里了！”我拍拍自己的口袋示意父亲。父亲没有因我揭穿真相而气恼，乐滋滋抽着烟。他已经习惯了，他也知道主人不会送每人一支香烟，也知道下面的人私分了，却能接受被欺负的行为。难怪母亲骂父亲憨！我心里也开始气恨父亲。

父亲进屋洗把脸的空儿，长痣男人轻声说：“这小家伙不随爹，随他娘，将来不是善茬！”

这以后我记住了这个男人，对他非常抵触，碰了面就拿眼睛抠他。一次老师布置了作文，题目是“做个好人”。写好人就要有坏人作比较，我差一点把长痣人当坏人写。后来这人五十岁不到就死了，最后一面碰见他，是在村口处。那时他腰已经弯得厉害，走起路来只能一点一点蹭动。他动过手术，脊椎没有毛病，病生在肚子里，腰就直不起来了。他问我是不是要去池塘边摘酸枣，看我不理他，很迟缓地抬起一只手："别去了，酸枣就剩这几颗了，给你吧。"他张开手掌把几颗熟透的酸枣亮给我。

他非常微弱，仿佛指头一点就倒地。他的眼睛那样诚恳，透着一种慈爱，病态的眼神让人怜悯。一时间我无法把以前的长痣人跟他联系起来。他抖动一下手，再次示意我把酸枣拿去。

突然间我原谅了他，一直埋在心里的憎恨全部消散了。人大概都这样，老了或是生命接近了尾声，年轻时的狡诈诡计也就随之消失了吧。我暗暗庆幸那次作文没有把他当坏人写。

我恨长痣人其实还因了一件事。那年初冬，队里要把沤熟的红麻捞上岸。初冬的气温已经很低，几个人挽起裤筒做着准备活动，上下揉搓双腿，然后一齐下到水里忙碌一番，很快再上岸回暖。队里准备了一瓶白酒，几个人对着瓶口轮番喝，最后一个永远是父亲。父亲前头的就是长痣人，轮到长痣人时瓶子里还有好多酒，他对着嘴就是不松口，最后只剩了一丁点。父亲对上瓶口酒就没了，逼得把空瓶晃动几下，最后几滴落进口中。我心里骂，要是最后一个是别人，长痣人敢喝光吗？

父亲酒量很大，如果不是帮人做事，在家从不敢尽兴喝。夏天父亲回家身上总有一股青草味儿。别人收工，他还要割一捆青草卖给饲养场，挣两个工分。他疲惫的身子需要一口白酒解乏。每次从床下摸出酒瓶，一根指头在上面做个标记，咕咚一口，再看一眼是否超越了标记，他舍不得多喝。瓶子里是劣质散酒，母亲卖鸡蛋换来的，日子穷，父亲一年喝不上几瓶酒。有一次酒瓶空了，他身子乏得不行，往空酒瓶里倒了一点水，晃动几下后喝下去。不知怎的，这情景我一直刻在脑海里，而且随着年龄的增长越发清晰起来。

母亲八十岁后不再去上坟，这事就落到了我头上。每次我一定带上一瓶好酒一包香烟。纸钱燃烧起来，我把香烟拆开倒进去。熊熊的火苗里立即散发出香烟的气味。我再一杯一杯把酒洒上坟头，这时候父亲把水倒进空瓶的情景在脑海中再次跳闪，我的泪水跟着落下来。这种形式上的告慰不知对那边的父亲是否有实际意义。金元宝银元宝遇火立马瘪了，旋动一下化成灰烬。纸钱冥币看似成了灰烬，树枝一拨还有厚厚一沓。母亲说纸钱烧化不尽，在那边就是残币。这种说法我不信，可我还是仔细地烧化，不放过一丁点儿纸片。父亲一个老实人，手里攥着残币在那边如何能消费！

三

爷爷有个外号“喝牛倌”。爷爷从小放牛，给大户人家放，还经常被外村雇佣去放牛。他嗓门很大，吆喝声能传出老远，老远就能辨出是他的声音。人和牲畜对声音的感应不一样，听到爷爷的喝牛声，村里男女老少都忍不住笑。那声音执着不屈，透着一股憨气、一种犟劲儿。反过来牲畜听了就是一声恐怖的信号，或是哪头牛正准备偷吃田苗，这声音能把牛吓一个趔趄，慌忙掉头跑开。喝牛倌是对爷爷的嘲笑，从另一个角度说又是一种褒奖、一种信任。农闲的时候大户人家都愿意把牛群托付给爷爷放养。牛要吃嫩草，吃得饱才长膘，母牛才早早发情，一年中产一头牛犊，重要的是还不会招惹事端。嫩草都长在庄稼近旁，如何让牛吃到嫩草又不损害庄稼，这里面大有学问。牛吃了庄稼可能会被田主牵走，牛主人就要用粮食或是银元去赎回，找一个放心的牛倌实属不易。爷爷一个老实人也有自己的特长，牛群听到爷爷的吆喝声，没有哪头牛敢偷吃田苗，离得再近也不敢吃。不听话的牛用鞭子惩罚是直接的手段，但不是最好的，关键是把握好节点，一声吆喝远比鞭子抽打效果好。

父亲从六七岁开始给人放牛，看形态、听声音，那样子完全是爷爷的翻版。村里人远远望见草地上喝牛的父亲，忍不住哈哈大笑。可能是血脉相连的原因，轮到学校放秋假，孩子们都抢着放牛，队长总是让我先挑选，一定考虑到了基因关系。我也从没辜负过队长的好意，没有因牛吃庄稼给队里招来麻烦。那年秋假我被村里评为“放牛能手”，村里还通知到了学校里。

其实放牛并不难，只要不离不弃，细心观察牛的动向，它根本不敢偷吃田苗。牛跟人一样，有的老实，有的狡猾。狡猾的牛偷偷接近田苗，先拿眼瞟你，看你注意力分散，趁机吃掉几棵庄稼。如果你发现它停止吃草，两只耳朵竖起来，这就是偷吃庄稼的前兆。这时冲它大喊一声，它会吓得一激灵，一上午或是一下午不敢再接近田苗。我能掌握牛的脾性，算是一种天赋，从爷爷、父亲身上继承过来的。

秋假过后学校开总结大会，在大会上校长表扬了我。许多双眼睛一齐看上我，那种感觉实在太美妙了。那次好多家长也参加了会议，站在学生后面。我听到有声音在议论我，有位家长不知道我是谁家的孩子，另一个人小声说，这不就是小喝牛倌的儿子嘛。引发了一阵很轻的哄笑。我回头愤怒看过去，声音立刻停了。本来大好的心情打了三分折扣。

喝牛倌这名字把我们三代人串联了起来，我心里非常不舒服。母亲说，老实人才被人起外号，强势的人谁敢？这话很对。爷爷叫喝牛倌，父亲被人叫小喝牛倌。我呢，背后一定说这是谁谁的孙子，谁谁的儿子，我才不愿像父亲一样事事隐忍，被人耍弄欺负。

那年麦收结束，场院上堆满了麻袋，该是年轻人较量一番的时候了。一个小伙子站到场院中心，十分霸气：“谁敢跟我比试扛麻袋？”没人敢回声。那小伙子再把一只脚踏上麻袋，指点着众人说：“我就料定没人扛得起。”他眼睛扫着大伙，看没人敢应战，就指点身旁一个青年人说：“过来跟我比试一下？”那年轻人自知不是对手，摇摇头退后一步。小伙子拍着胸脯，试图激怒出一个挑战者。他自恃体格强壮，样子十分嚣张。

突然父亲喊了一声：“来！我跟你比试。”场院上引发出一片哄喝声，马上给父亲闪出一条道。

小伙子一个手掌迎上父亲："谁输了罚一元钱？"

父亲拍打着胸脯，"一元钱不行，罚两元！"场院上沸腾了，人群把父亲和小伙子围在了中间。

我吓得心怦怦乱跳。这小伙子腰粗膀圆，村口废弃的石碾磙子都搬得起来，父亲哪是他的对手。我恨父亲抢风头，钱可是输不起。前天母亲卖鸡蛋刚换回了一元多钱，那是家里一个月的油盐酱醋钱，真要输了母亲怎能饶过父亲。可我一个孩子，在众人面前实在无力阻挡。

父亲朝手心啐一口唾沫，一手攥牢麻袋的上端，另一只手钻到麻袋底部，足足憋了半分钟，把力量在身体里运行一番，突然大喊一声，麻袋艰难地离开了地面。父亲脸憋得涨红，两条腿打着颤。麻袋抬到腰部，接下来最费力的是把重量翻上肩头。这不光需要气力，更需要全身配合，力量往上提，腰身尽可能弯得最低，成败就在一霎间。也就在这关键一刻，有人突然上前一步，一个指头朝麻袋上一点压，这算是"四两拨千斤"。已经到极限的父亲就因了这一指点，身子一歪，麻袋滚落下来，先是一个踉跄，接着跟麻袋一起摔倒在地上。

人群大笑起来，还有人恶意鼓掌。我真想揪住那个点父亲指头的人，可这人得意地做着鬼脸隐没在了人堆里。最后那个年轻人赢了，赢得并不轻松，跟父亲一样脸涨得通红，两腿乱颤，如果在他吃力的那一刻点压一指头，也会摔倒在地的。

父亲输了，还好赢家没有提及罚钱的事。几个人把父亲按倒，年轻人跳到他背上"骑马"，算是对输家的惩罚。

"你是个傻瓜，一个大傻瓜，就情愿让人欺负吧！"我早憋了一肚子火气，回到家冲父亲大叫起来。明明被人做了手脚，父亲是看到的，为啥还要认输？我的话把母亲的眼光招惹过来，母亲先是疑惑，随后看上父亲，她不知道发生了什么，但一定猜到父亲被人欺耍了。

"啥事儿？"父亲一脸懵懂。

“被人当马骑！”我大喊。

“小孩子懂个啥？闹着玩你也当真。”可能害怕要被母亲骂“傻憨”，父亲眼光凶巴巴的，这是我第一次看到父亲这样子。我心里打一个寒噤，我多么希望父亲在外面或是在母亲面前也能表现出这副神态。

四

我很喜欢父亲酒后的样子，跟别人有些不一样。父亲喝酒非常懂得节制，从没有酩酊大醉过，更不会酒后肆狂闹事。酒壮人胆，喝过酒的父亲在母亲面前表现的就随意，母亲知道酒后意识模糊，就让他三分，还因为父亲喝酒有分寸，没有招惹过是非，对他的一些酒后举动母亲都能忍让。

那次我正伏案做作业，感觉脖颈后有一股热烘烘的酒气，我知道是父亲在审视我的作业。我装作没有感知到的样子，心想我读四年级了，作业你能看得懂？一会儿我听到地面上有划擦的声音，父亲在地上写字，跟着喊我一声：“认识这个字不？”不就是一个繁体的“学”字吗？我名字里的一个字。父亲笑笑，他明白自己的学问无法难住我。

“唏，就读了一个月私塾还想考问儿子？”母亲一脸鄙夷，却难掩满心欢喜。

“哼！要是当年我们先生不被日本人打死，这会儿我该是村里的会计了。”父亲喝过酒的脸上放着光，“甭说会计，文书也能胜任。”

父亲读过私塾。才读一个月，赶上日本人进村，孩子们跑得快，先生七十多岁，蹒跚着刚跑上大街就听身后喊：“站住！”不知先生没听到还是不肯停下，日本人开了枪，先生被打死了，学堂关闭。

“先生不被打死，你读得起书吗？能读多久？”这话母亲说得透亮，家里穷，没有钱供父亲继续读书。父亲凡事忍让吃亏，并不说明头脑不灵光，事实上正相反。村里盖房打地基都是父亲计算丈量，经常听到人们夸父亲，为父亲惋惜，要不是当年穷，要能读上两年私塾，现在该是学校的教师了。这些话不是吹嘘，我们兄妹就是最好的说明。在学校我们兄妹四个都是班里的优秀生。二十世纪八十年代初，大学招生很少，我们家就有两人被大学录取，轰动了整个村子。

有人说眼睛贼亮贼亮的人，看似精明，实则读书无天赋。每当人们提及这个话题，总要拿父亲做比较，看人家杨京，面相憨厚老实，心可是灵透。灵透被人看成是学问，有学问的人品德普遍高尚，像村里的知识分子，打架骂娘的就很少，而文化人会被高看一眼。我不到二十岁就有人上门提亲，而女方在打探过程中得到的声音很一致：那可是个好人家，闺女嫁过去错不了。

读二年级的时候我学到了一个谜语，并认定这个谜语太高妙，回到家迫不及待让父亲猜：麻屋子，红帐子，里面住个白胖子。我眼睛盯着父亲，心想父亲一定会被难倒的。在学校这个谜语是我猜破的，赢得了好多孩子敬佩的眼光。父亲笑笑，并没有认真思索，漫不经心地继续做着手里的活儿。"这东西好吃，长在地里，队里年年种，"他抬一下眼皮，"是不是花生啊？"

我憋了一个课间操才猜破，父亲竟然轻松道破，我心里很敬服。"我出一个你猜？"父亲望着我。我惊喜万分，父亲也有谜语？父亲指着院子说："什么家禽永远吃不饱？"我挠着头皮，这就难了，还有吃不饱的家禽？父亲给我一个提示，"这家禽咱们家喂养着呢。""院子里只有鸡嘛？""对，就是鸡。"我突然脑洞大开，鸡吃得再饱也是"饥"嘛，原来猜的是谐音。谜语不光猜实物，竟然还如此丰富。父亲又指上院子，"什么草永远晒不干？"还有晒不干的草？父亲微微一笑，并不想让我过多思索，"这种草就晒在院子里嘛！""院子里？院子里只有水谷草啊！""对，就是水谷草。"我脑中灵光一现，水谷草晒干了不仍然带个"水"字嘛！

母亲在院子里剥玉米皮，父亲凑上前去，抓起一个玉米一层一层对着我剥。"皮里掩皮里藏，毛毛茸茸一扎长。"这还用猜吗？

父亲不是在演示吗？太形象了。我跟父亲会心一笑，把母亲也带乐了。父亲抓过一个马扎，没有坐，先在我面前一摆划：一合并，再张开，父亲笑着打我一下屁股，再拧一把，离着屁眼很近，惹得我们哈哈大笑。父亲一肚子谜语，看到什么现场就能编出谜语来。

母亲常说一句话：这个傻憨还有这般心眼儿。“心眼儿”指的是聪明才智。说这话的时候，母亲脸上满满的幸福感。

五

父亲打过母亲，那次还是当着众多人的面。母亲挨了打，到后来却哑口无言。

那年一场大风吹走了好多人家的房草，我们家的苫草也被吹走了一些，不严重，只吹掉了房檐一处地方。母亲准备好了苫草，父亲却不见了影儿。母亲听见隔壁胡同里有人在嚷嚷，是一个五保老人的房草被风吹走了，一点儿没剩，需要重新苫盖。母亲望见父亲就在那家房顶上。村里负责五保户的吃住，母亲不反对父亲为五保老人苫房，但修房的人那么多，要父亲先修完自家的，何况天空又涌来了黑云，一旦落下雨来，雨水带着泥浆会灌满一屋子。

母亲喊父亲，父亲装作没听见，母亲提高了嗓门，嘴里开始带脏话。父亲继续在房上做活，脸绷得很紧。母亲在下面开始骂父亲傻憨，骂老辈少辈傻气，跳起脚指点着骂。父亲停下手里的活儿，突然从房上滑到脚手架，直接从脚手架跳到地面上，抡圆了胳膊朝着母亲一巴掌。动作很大，临到最后猛地收手，扇得不重但有响声。

所以人惊愕，父亲竟然敢打母亲，这该如何收场。想不到平日里少言语的父亲，脖子上青筋暴出，话讲得有条有理：“五保老人，全社会都要关心照顾，我们是社会主义，这是一个人思想觉悟品德问题，你的觉悟哪去了？”老实人一旦被触碰底线，简直是狂兽。母亲捂着脸，轻轻揉搓几下，转身愤然离去。

那些天父亲回家缩头缩脑，不敢看母亲一眼，我们吃饭的时候他在院子里胡乱忙着什么，我们吃完饭离开，他再进厨房去，不过锅里的饭都是热的。这件事过去好久了，一次弟弟在学校跟同学打架，孩子家长找上门来，父亲母亲一个劲儿给人道歉认错，并保证弟弟以后不会再打人。来人走后父亲训弟弟："啥时学会了打人，在家怎样教你的？"母亲一旁冷笑，"还好意思管教孩子，老婆你没打？"

父亲嘿嘿一乐，"那次骂人你不看场合，当着那么多人一点儿面子不给我留，我是队长，被老婆骂成个熊样日后怎样管服别人。"母亲自觉那次理亏，要不她不会饶过父亲。

父亲一直是队里的负责人，他干过保管员，干过多年队长。那年村里一个据点干部把父亲的队长撤了。临到中秋节，据点干部要求每家村民要吃上蔬菜。当时地里的萝卜只有茶碗粗，正是长个的时候，拔掉让人疼惜。据点干部催父亲，父亲跟他解释，想不到据点干部大发雷霆，指着父亲的鼻尖大骂："广大群众过节吃不上菜你负责？你负得起吗？"老实人自有一股犟劲儿，想不到父亲嗓门更大，"你下过地你干过农活？你知道疼惜庄稼？"一连串的回顶，据点干部大怒，当场把父亲的队长撤了。

队里重新选举队长，竟没有一个人愿意挑这副担子。队长人称"拉磨驴"，工分不多赚，重活累活冲在前。队长是一块烫手的山芋，可队长又不是什么人都能担当起的。最后据点干部来求父亲，父亲一扭脸不理他。还是大伙一个劲儿劝说，这副套你不拉谁拉？你为大伙出了力，都看在眼里哩！父亲吃软不吃硬，点头接受。他明事理。

父亲经常讲的一句话："错就是错，错了你要敢承认，谁不犯错，就恨那种人，明知是错，偏偏强词夺理！"这些话母亲认为是冲她来的，鼻孔里哼一声，"我啥时用你教训？看看自己吧，一副憨相，就知道吃亏卖牛气力。"父亲样子很认真，他想跟母亲解释，母亲才懒得听他摆道理。

那年秋天有人去邻村桃园捡漏，每人收获了一大口袋，惹得好多人眼红。晚上几十个人结伙去了邻村，同样收获颇丰。看着孩子们吃桃子，我馋得不行，回家央求父亲也去捡漏，怕父亲不肯，再去拽母亲衣袖，以此给父亲施加压力。这种好事儿母亲当然不肯错过，父亲却说：“去桃园捡漏干吗要晚上？这不明摆着是去偷吗？”父亲用手比划着，“这么大的桃子人家会遗漏？”果然在一天晚上有几个“捡漏”的被人逮住，罚了款写了认错书。父亲气壮地说：“明明是偷人家，还说成是捡漏，偷窃都不知是错？”说这话的时候父亲看着母亲，母亲低头不语，只当没听见。

不知是我们兄妹吃不到桃子父亲心里愧疚，还是突然来了灵光，那天父亲要我跟他去刨树苗，是长在垃圾堆上的一棵小桃树。我们把小树移栽到房后一处空地上，经过的人提醒父亲，现在的桃树苗都是经过嫁接的，桃核生出的苗子不结桃子的。父亲笑笑不语，等人走了父亲对我说：“哪有不结果的树苗，只要剪枝勤管理，还会不结桃子？”

父亲突然把我看作了大人，我也觉得自己长大了，跟父亲更近了。

六

父亲是突发心脏病去世的。几个月前他犯过一次，已经六十五岁了，父亲还坚持在学校食堂打工。这天夜里突然犯病，同宿舍的几个伙计把他送进医院。我赶到医院时，父亲已经变得跟正常人一样，见到我还嘿嘿一乐，“没啥毛病，刚才还喘不过气来，现在……”父亲两手一摊，就像哄骗人似的，“我没病，早先也有几次突然胸闷的时候，一会儿就没事了。”医生却告诉我，父亲的冠心病很严重，以后不能做体力活，且需要每天服用药物。

父亲不相信自己的病情严重，他眼里的病人是萎靡不振、面色蜡黄的那种，他还能轻松地提起两桶水，哪来的病。就像吃饭，吃得快了难免有噎住的时候，就会憋得脸红脖子粗。我们督促他按时吃药，没准他没把吃药当回事，甚至几天不吃一粒。

那天夜里下起了雨，父亲去给羊圈遮雨布。家里就养了两只山羊，棚顶还未搭建起来。母亲耳朵聋，等天亮发现父亲不在床上，也没有生疑。当时雨停了，母亲推开房门，发现父亲躺在院子里，已经没有了生命迹象。父亲怀里抱着雨布，一脸痛苦的表情。他是滑倒的，地面上还留有溜滑的印迹。

母亲每每提起父亲就痛苦流泪。她列举很多事例解释父亲心脏病的起因。某年某月的一天，父亲早早去地里忙活儿，还不能耽误白天外出打工。那天早上他回家有些晚，怕误了打工，路上赶得脸色涨红，刚端起饭碗，就听有人喊他上班去。父亲扔下饭碗慌里慌张冲出了家门，那些年他经常这样连轴转。某年某月的一个傍晚，父亲打工刚回家，有人急火火进门说："村后的责任田轮到我家浇地了，说不准现在已经超时，关了机井可就麻烦。"父亲抓起一块干粮慌忙去了野外，第二天早上才浇完地回家。这样的事例很多，我相信母亲有的已经忘掉，是因为父亲的病才又想起来的。母亲的结论是，人饿着肚子干活心就会犯慌，心里老担心着什么，心跳就加速，心脏不出毛病才怪！唉，好人咋就不长寿！

提起父亲村里人都佩服。出殡那天也是三代棉铃虫大爆发的日子，很多人没有出工，送殡的队伍排满了一条大街。人们面色沉重地送父亲最后一程。人死了，活着的人会把逝者一生的行迹铺展开来，何年何月何日，跟逝者在一起的时候发生了什么，逝者给人留下的印象，跟他接触的一桩桩一件件事迹快速形成一句评语：一个老实人，一个敢于承担、乐于助人的人，一个好人，一个曾经帮助过我的人！

父亲周年祭日，我们买了好多祭祀物品，纸糊的摇钱树、聚宝盆，还有现代化的电视机、高级轿车。凡是现代人的高档享用品都齐全。可我觉得还缺少一台收音机，袖珍式的那种。我没有说出来，不光因为收音机早已过时，肯定没人卖那纸糊的玩意儿，还因为有一个压在我心里永远的痛。

父亲酷爱听戏，对地方戏吕剧更是情有独钟。他能熟背几部戏里的台词，对故事情节更是烂熟于心。那时收音机在村里几乎普及了，但我家没有。家中花钱的地方多，读书的要学费，种地的要盖房娶媳妇。父亲有空便去邻家后窗蹭听。我印象深刻的是那年夏天，他倚在墙根下，穿着打补丁的衣服，那时穿补丁衣服的人很少了，父亲肩头膝盖都缝有补丁。他懂戏听得投入，有时轻轻晃动脑袋，嘴里哼哼着，脸上或笑或凝重，完全融进剧情里。父亲曾对我们说过，等秋天卖了玉米或是卖了肥猪，一定买台收音机。他好像害怕母亲骂他奢侈，便改口说，买台小的，能装口袋里的那种。可家中总有那么多用钱的地方，买收音机的打算一拖再拖。

那年我已经结婚和家里分居。有一次去县城，电器商店里有一款微型收音机，标价三十五元。我拿在手里反复观看掂量，最后还是退给了店主。我心里说：先买辆自行车，等过年建筑队发下工资，一定把收音机给父亲买回家。可父亲却没等到下一次，那台微型收音机成了我永远的遗憾……回报不能等待，迟疑了会失去机会。

人死了，十年二十年后，提及的人就越来越少，渐渐被人忘记。父亲去世后，特别是那几年村里忙着翻新房屋，父亲经常被人提起。“这房山还是杨京砌的，”“这房瓦还是杨京盖的呢，”等等。有户人家在拆房垛的时候，本以为用锤子一砸就开裂，哪承想锤了半天还是牢不可摧。不知谁说了一句“这是当年杨京砌的！”人们肃然起敬。做瓦工光有技术不够，重要的是做起工来一丝不苟。

当年父亲栽的桃树仅仅过了三年就开花结果，且硕果累累。人们惊诧，自然破土的树苗还真能结出果实来，破除了一个迷信。父亲说，再捣蛋的骡马也能调训好，调训不好是你本事不行，电视上连猪都能乖乖拉车。果树也一样，只要你下功夫勤修剪，是果树还能不结果?

十年前村里拓宽街道，那棵桃树正在其中。村里派人来锯树，正是阳春三月，满树的花朵映红了每个人的脸庞。人们持锯却迟迟没动，不知谁轻轻一句“这是杨京栽的。”在场的人肃然。

母亲做的一手好针线活儿，或是她缝完一件衣服，咬断最后一段线，或是在给鸡喂食，会突然一顿，嘴里自言一句：“这是命啊！”她做着活儿，心里常念着父亲一桩桩往事，临到最后，发一声感叹：这就是命，注定的苦命。父亲退休不到三个月匆匆离世，也许在印证奶奶当年许的愿，不过奶奶许愿送她入土为安，而苦命的人显然不能这样轻松离去，要等完成使命，儿子娶亲，闺女出嫁，准备接受回报了，突然离去。

也许这就是命。

雨蒙辛家庄

醒了，浑身好酸乏。肚子里咕咕叫得厉害，如果不是饿了，这一觉不知会睡到啥时候。忽然一阵脚步声缓缓走来，脑海里一闪：是不是要开饭了？“哎，还睡？快起来。”地窝子顶棚被拍打得咚咚响，一些细土落下来，“就剩你了，都到辛家庄饭店吃饭去了。”“怎么不叫我？”“谁不叫你了？使劲儿拍打，睡得跟死猪似的。”静心一想，隐约记起是有人喊过，当时睡意正浓没有醒来。伙夫是一个厚实人，不会撒谎。慌慌忙忙从地窝子钻出头来，蒙蒙细雨还在下，大地像被罩在一口铅灰色的大锅里。晴天时辛家庄能望得见，现在四周一片迷蒙。

北大洼的深秋经常这样，雨不大，可总也不停，到现在细雨已经飘了三天。对消闲的人来说，蒙蒙细雨可算一幅景致，坐在窗口，望着飘落的雨雾，呷一口茶水，那是何等的惬意。可对露天下做苦力的人来说，可是遭罪透了。衣服湿透，脸上的水珠不紧不慢往下滚，铁锨扬起的细土沾到脸上，不时得用袖子擦一把，整个脸上涂了一层泥浆，简直无法忍受。老赵去请求包工头停工，包工头朝他瞪眼睛。老赵不死心，又约了几个工友一起去，这下包工头火了，“工期紧，不能按时完工，老板不给我钱，你们也甭想拿到钱！你们嫌淋雨，我呢？我躲在屋里了？”包工头说的也是，他在工地上跑来跑去陪着淋雨。他心里急，新盐田明年春天要投产，工程必须在一个月内完成，要不天冷了，土地上了冻，就无法再干下去，他是跟盐田老板签了合同的。昨天夜里雨大起来，有一阵还听到哗哗的响声。早上起来柴草全湿透了，早饭做不成，工程这才停歇。可包工头不让回家，让你卧在用塑料布搭起的地窝子里，说是要去买煤炭生火。早上没有吃饭，到中午饿得不行，只好啃干窝窝头，喝冷水，吃后肚子里咕噜噜乱翻腾，像要闹肚子。一直到天黑也没运来煤炭，大伙心里也清楚，半闭封的北大洼，雨天道路泥泞，哪会容易运来煤炭。又饿了一夜，现在着实挺不住了。

钻出地窝子，浑身一阵颤。不知是因为肚子里没有食物，还是因为深秋的寒气，连忙拿了棉衣穿上。可又犯起愁来，辛家庄没去过，不识路，这样的天气一个人走路总觉孤单。好个老赵！这帮人数你年龄大，都把你当大哥看，包工头的话都没你的话好使，干吗不把我彻底喊醒……可你怨谁？谁让你贪睡，工地上二十多个人，谁敢保证不漏下人……眼下只有一团散乱的脚印，是工友们走后留下的。看着低洼处的脚印里蓄满了水，心里沉沉的。总算有脚印引领，顺着追吧。

缩着脖子，尽量把棉衣用两肘夹紧，一连打了几个寒战。眼前的景象是北大洼最萧败的时候，那望不到边的火红的黄须草没有了，只剩下砍割后泛白的根茬，这儿一片，那儿几簇，好像在望着你呻吟。雨又像雾，一会儿直垂降落，一会儿打着旋往脸上扑。能见度很低，感觉自己被罩在一个永远也走不出的怪圈里，总觉得有个声音在雨雾里喊“你停下”，听到的却是细雨落地微弱的声音，这声音又让人觉得极静。忽然恐慌起来，听工友们讲过的有关这地方鬼怪的故事冒出来，脊背马上渗出一层汗。天啊！听这些故事的时候，总也没个够，这会儿心就跳得这么厉害！

刘顺的姨家在这附近的村子里，他是个话匣子，私下人们都叫他广播站。你有私密的话千万不要跟他讲，他知道了，就是公开的秘密了。晚上聚在地窝子里，他的话最多，他也觉得最有资格讲这地方的故事，他每年春节后都要在他姨家住几天，就听到了不少关于当地鬼怪的故事。他说这地方自古就穷，十男九匪，不光劫过路人的财物，连衣服也要剥。没有人敢从这儿过，后来土匪们劫不到财物，晚上就去村庄抓人，给人标上价码，约定时间，要是家人在规定期限内送不来钱就撕票。抗战时期，八路军清河支队经常清剿土匪，土匪手里有枪，躲在卤水坑坑堰后面顽抗。卤水坑是早年晒盐取水的地方，四围的土像小山一般高。尽管有掩体，土匪也不是清河支队的对手，有的被击毙滚进水里，有的干脆跳水自尽。有的老百姓为了生存，结伙来偷盐的，盐警追上来，看看逃走无望，就涉进卤水坑里，只露鼻孔呼吸，要是在深秋或是冬天，棉袄被卤水浸透，人很快会沉下去。北大洼这样的卤水坑数不清，哪个坑里也有淹死人的故事。传闻如果在没有风，也没有星星和月亮的晚上，卤水坑里就会发出凄惨的哀叫，就会有冤鬼爬上来，如果是白天和夜里一样黑的时候，冤鬼也会爬上来，随在人的身后，冷不丁会卡住你的脖子……现在是白天，气象条件正符合故事里的一切……这些故事很荒唐，听着的时候不时撇撇嘴乐，现在却时不时摸摸后颈，转过身看看身后有没有可怕的影子，自己虽觉得好笑，可着实害怕。“这刘顺的话没人相信，他有句真话就好了。”自己安慰着壮着胆子。听人说，害怕的时候使劲喊一声，胆子就壮了。那就喊一声，运了好一会儿气，算是喊出了声，发出的声音却不气壮。倒是急急的步子，怦怦的心跳，让浑身酸麻饥饿的感觉找不到了，步子竟是那般轻灵。

路弯弯延延，一会儿开阔得像个广场，很快又会窄得只容一个人行走。其实都是连黄须草都不生长的盐碱地，路在泛着白色黄须草根茬里弯来转去。盐碱地有这样的特性，雨天不淤不滑，旱时刮风无尘沙，自然就被人踏成了路。脚下的路有平有洼，坑洼处已有积水，一种担心让我犹豫不定：要是半路碰到吃过饭折回的工友，那路岂不是白走了，是不是回去跟伙夫凑合一顿？马上又摇头，伙夫也啃凉窝头，他要守夜，看管工具，不能脱身，要不他也会来的。刚才伙夫喊我的时候，见他一只手顶在腹部，像是闹开了肚子，回去再啃冷窝头喝凉水，那还不得闹肚子。

阴雨天其实是工友们最盼望的，如果不出工，吃饱喝足躺在地窝子里，听着细雨落到塑料布上淅淅的声音，睡醒了，伸个懒腰再睡，把几天来的疲累一尽驱光，再聚到一起谈天说地，打打扑克，那是何等的开心。可前提是吃饱喝足，不然谁愿意为一顿饭走这样的路，受这样的罪。

忽然觉得方向不对。直觉告诉我，晴天时望见辛家庄在正西方向，显然现在是朝西北方向走，是工友们走错了？惶惑着朝四下看，望见前方出现一条像白带子一样的亮东西，还有白带子上的那道黑杠杠。哦！快走近那条小河了，就要来到那架用几根木棍连在一起的小桥了。工友们偏斜了方向，原来是要绕道过这座小桥。

站在工地的高处，晴天时候这条小河可看得很清晰，可河上那道黑杠杠就没人猜得出是啥。有人说是条小船，有人说是条搁浅的大鱼。刘顺跟人争论得脸都涨红了，午饭后偷偷跑了去看，原来是架在小河上，用几根木棒捆在一起的小桥。谁也没有猜对，刘顺灰溜溜地回来，耽误了半个多小时的活儿，包工头狠狠凶了他一顿："不想干了就回家，给巴不得来的人倒缺！"是呀，这活儿虽累，想干的人很多，能来的都有包工头的情面。"从这儿到那条小河，全要建成盐田，干好了，明年还有份，不好好干，走人！想干的人多的是。"包工头每次训人都说这番话，确实没人敢偷懒。

桥近了，河面有五六米宽。水流很急，正是涨潮的时候。往北再走几公里就是小清河，每年夏天，经常在小清河摸鱼抠蛤蜊，落潮的时候河面变窄，能轻轻松松游到北岸再游回。海水顺着小清河涨上来，再分流进两岸大大小小数不清的水沟里，落潮了，小沟的水再退回小清河，然后回到大海里。眼前这小桥？太不起眼了，我心里算计着，只要跳上一只脚再弹起，就能轻松跃到对岸。

我实在没把过小桥当成一个问题。一只脚刚落到桥上，木棍突然一滚动，原来捆绑木棒的绳索松了。脑袋"嗡"的一声，眼前全是黑暗。但我分明意识到，由于跳跃的惯性，身子在向前倾，两只手掌扑在了木棍上，是木棍，没有扑空，因为我紧跟着又被弹了起来。"我的天……"这一霎死亡的感觉掠过脑海。谢天谢地！身子弹起后竟战战兢兢立住了。两腿不停地颤，不敢看翻腾的海水，本能地伸开两只胳膊保持着平衡，慢慢并拢双脚。意识再次告诉我，掉下去会没命，虚弱的身子挣扎不了多长时间。我试探着迈开小碎步一点点挪动，猛然一跳，凭脚下踏实的感觉，我知道自己跳上岸了！一天没喝水，浑身竟被汗水湿了个透。“要知道会遇到这险情，我宁愿饿死在工地上！”

他妈的包工头！如果早些让我们回家会这样？浑蛋的工友们，一群队伍里少了我，怎就没一个人发觉！再没有气力走路了，不管地上的泥水，先一屁股坐下来，大口喘着粗气。忽然脑海里闪过一个念头：走！如果在这里待久了，体力得不到补充，很危险！

路向西南方向伸去，留着工友们那串杂乱的脚印。这时想起电影里溃败下来，走了几天几夜，又不得不撤退的士兵，走着走着，一头栽倒地上不能动了，现在的我和那些士兵又有什么两样？真害怕一头栽倒地上不能动了。工友们说过，工地离辛家庄五六里远，现在是绕行，该是走了多少？不会太远了吧。奇怪，现在想的不是吃饱肚子，是栽倒了会不会被人发现！

一片黑黝黝的影子出现在前面，很快到了近前。怎么是一片果园？北大洼盐碱地还有果树？不是幻觉吧？麻木的思维隐隐记起几年前曾在广播里听到过一篇《盐碱之花》的报道：北大洼某个村庄，改盐制碱，硬是把一块盐碱荒地变成了果园。那报道大概就是说的这儿吧。

路沿着果园向前延伸，篱笆墙严严实实地把园子围起来，树叶还没落光，果树像做错事的孩子静静立在雨雾里。忽然记起这地方有个村庄叫桃园，还是两个村子，名字对称着：东桃园、西桃园。这名字的由来一定跟桃树有关，历史上这里肯定在春天有一园火红的桃花，在夏天有结满肥硕的果实……眼下的景象又怎能和桃树果园扯到一块？倒是这果园送给我一个信息：离村子不会太远了。

雨雾里出现几个小土包，房子？是房子，顶上没有苫草，这叫平屋，周身用泥浆抹了。北大洼木材稀罕，只能因陋就简。如果不是见过这种房子，会以为是建在地表上的地窖。

晴天站在工地望，望见房子像一块块土堆，村子是被很多土块堆起的。村子中间有一星红点，是面旗子。突然觉得应该去寻那面旗子才是，插旗子的地方，一定是村子中心，如果有饭店，也会在那个地方。

能见度太低，那旗子或许就在附近，但就是找不到。这里孤零零的平顶土屋，没有院墙，像星点一样散乱分布，还是原始布局。当年逃荒者来落脚，随便一处地方垒间土屋，没有打算长久居留，房屋不成行，哪是街道，哪是巷子？雨雾天静得让人害怕，像发生过什么灾难人都跑光了。

去一家房屋问一下才好。本能驱使我朝一间屋子走去，心里说：要轻轻拍门，屋里是男人要喊声大爷，是女人喊声大娘，不要随便往里闯。试探着刚要敲门，发现这家门侧有一个小窝棚，一只狗在里面抬起了头，耳朵竖起来，我慌忙后退。狗才把脑袋放下，如果不进门，看来狗不想缠我。仔细看，家家门前都有一个狗窝，窝里的狗都很警觉。

只能远远离着房子，在这错落无序的村子里踯躅。这样的村庄会有饭店？有家油条小铺就不错了。油条小铺也很快被我否定了，这地方穷得叮当响，油条谁家吃得起？

可脑海里仍然幻想着：一间敞开着的房门，房门旁挂一块不大的硬纸牌，上面歪歪斜斜写着两个字——油条。我从容地走进去，里面摆着一张小桌和几个板凳，一旁的竹筐里盛满了刚出锅的油条，一个热水瓶放在脚下。老板在火炉旁跟我打招呼，我要上一斤，再倒满一碗热水，不急不缓地吃着。油条贵点也无妨，身上的几元钱都给他也情愿……

听人说，这里的人不光种地，年轻人还出海捕鱼，就是老年人也常在小清河边撒网。他们的作息不规律，一天吃两顿饭，闲时白天睡大觉。这阴雨天不更适合睡觉？终于看到一家门侧没有狗窝，急急走上前去。轻轻地，先伏到窗前拍了几下，屋里没有回声。贴上窗棂朝里望，里面黑得什么也看不见。我加重拍打力度，里面终于传出一阵咳嗽，是个老人，像犯哮喘病。咳嗽了一阵停下来，我刚想叫一声，更剧烈的咳喘声又响起来。看来这老人不是被我敲门吵醒的。犹豫着是不是推门进去，听到脚下响起一串低沉的“呜呜”声，原来这家也有狗，蜷缩在门前，浑身已湿透，正用眼睛瞪着我。好险！赶紧后退，现在的我绝不是一条狗的对手。

希望再找到一家没有狗窝的，且门前也没有狗蜷缩着的。艰难地迈着步子，忽然眼前一片空白，只有蒙蒙的雨雾。发现已经出了村子，村庄太小了。看脚下，忽然发现路上的脚印不见了！心一紧，竟然把脚印跟丢了！一个可怕的念头在脑海一闪：工友们会不会去了另一个村子！沿小清河往西有一溜庄子，曹辛庄子、侯辛庄子……要是那样，不识路不说，关键是也没有气力走路了，要折回，那木棒桥万万不能过的。原地怔怔地站着，无限的懊悔在心中聚成一个疙瘩：和伙夫凑合着啃冷窝窝头该多好！泪水悄然顺着脸颊流下来。

这是一九八三年深秋的一天，我刚满二十岁。

工地上劳累一天，晚饭后三五成伙斜躺在地窝子里，总要谈天说地一番。包工头见多识广，经常讲一些当地的发展前景，如我们的地下勘探出了石油，国家要如何如何开发；小清河南岸的盐碱地统统建成盐场；滩涂也不闲置，海边建起防潮坝，坝内全是现代化的工厂；羊口港要扩建，万吨级的货轮也能驶进来……总的结论是：北大洼的老百姓要富起来了，随便谁都能在工厂找到工作，且劳动强度低。不知怎地，这时候记起了包工头的这些话，觉得是那样的遥远，简直就是神话故事了。

草烟味吧？是。一股炊烟的气味飘过来！很快被雨雾浸吞了。转动身子四下巴望：哪家房里吹来的？此刻这气味太亲切了！平日里灶台前躲着它，不小心被它呛得咳嗽出眼泪来，而今天它是一道福音。又吹来了，这下看清楚了，飘飘悠悠一弯黑线，是从眼前这家房后吹过来的。我马上决定到这家人家去，即使狗扑过来也不跑，原地站住等主人探出头，把几元钱亮给他，换一块热干粮总行吧！

抬头追着炊烟，却望见了那面红旗。它被一根竹竿挑在空中，雨水已经把它湿透，沉沉地垂着。旗子下是好几间房子连在一起的，一旁是一个空场子，标准生产队时期的场院房。再看脚下，一色的解放鞋印朝场院房冲去，我立马断定场院房就是饭店，而且如果刚才我留意脚下，也不会走出村子。我竟没有太多的激动，平缓地迈着沉沉的双腿，踩着脚印里的积水，安慰自己：今天的苦难该结束了！

场院房门是两扇榆木板做成的，似关非关的。轻轻一推，好重。再猛用力，门开了却又弹回来，“咣当”一声很响。“干什么？发什么坏！”里面传出不满的声音。才看清两扇门用一根铁丝扣着，须挑开铁钩。屋里人早在转脸等我，一定是老板兼厨师了。我还没来得及看清这人，一股草烟和迅速腾起的热气扑过来，浓浓打卤面的味道。老板可能看我是一张生面孔，刚才不是故意为坏，声音低下来：“盐田民工吧，都在里屋等你呢。”

这话把我肚子里的不满和气恨统统驱散了。工友们没有忘记我，这之前一定出出进进眺望我，叨念我。这时候屋里一亮，一个布帘被挑开，该是老板说的里屋了，走出来的是老赵！

“……呀！都在等你……知道你会找来……”老赵的话有些吃力，声音透出一种愧疚，“挤一挤，腾出个位子。”满屋子的人开始挪动，很快挤出一个位子。

屋子里明亮了些，看清桌子是用门板拼起来的，工友们挨个靠在一起，凳子也是木板搭起的，只有我坐在一张老式椅子上。

“……走得匆忙，等过了小木桥才发觉少了你，想回去喊你吧，可过次小桥实在不容易！”刘顺用毛巾替我擦头发，检讨似的说。有一个工友碰碰我，抬起一条腿亮给我看，腿梁上一个乌紫块，“刚踏上小桥就滚倒了，多亏两手抱紧了木棍，要不就栽水里了！”

工友们的话匣子对着我全开了，“进了村，哪儿有饭店？大白天家家睡得跟死猪似的，想打听一下，哪家门前都有狗。刘顺逞能，大着胆子才迈了几步，就被蹿上来的狗咬住了裤口，摔在泥水里。”工友们发出一阵哄笑，几个人一齐指给我看，墙上挂着一张满是泥水的棉衣，是刘顺的了。

“最后找到了饭店，老板正切好一盆土豆块，又忙着洗一捆菠菜，就是为我们准备的。他妈的包工头还算有良心，是他早早通知了饭店老板，然后又去了一家大盐田，雇拖拉机去了，饭后再把我们拉回家。”工友们看着我脸上放着光彩。

“人齐了，咱们先吃碗面条吧？”老赵看一眼大伙，“疤脸子，上面条。”一个工友朝外喊，很快探进一张脸来，脸上果然有一道疤，看来工友们拿他的脸开过玩笑了。“不是先喝酒吗？”疤脸问，“先吃一碗面垫补，再喝酒。”疤脸转身刚走，有人骂：“这家伙鬼精，耍懒，今天的柴草哄我们去了一里路外，帮他从芦苫底下背来的。”

面一碗一碗从外面传递进来，每人面前摆了一碗，见老赵端起了碗，工友们才吸溜吸溜吃起来。好像连味儿也没来得及品，一碗面就滑进了肚里。刹间，一股热量从心中扩散到全身，好舒服！

“瞧，候镇白干！”一旁的工友扯我一下，掩饰不住脸上的兴奋，指着桌下的十几瓶白酒，“包工头太小气了，请我们吃饭，只管候镇白干，就舍不得喝几瓶孔府家酒！”有人在一旁嘟囔。

“啥？包工头够意思了，这顿饭少说也几十块。”我不由得捏捏衣袋里的几元钱，今天不会少一分，快活的心情又增加了一分。

“老板，上菜吧！”有工友喊。老板吃力地端进一大盆土豆块，脸上的肉都在颤：“自己盛吧。”转身又递过一摞碗，好大。

“呼”一声，窗户上的塑料布被风吹起一个大鼓包，起风了，“啪嗒啪嗒”的雨点声也大起来。店老板又端进一盆炒菠菜，一面对窗下的人说：“下面有木棍，拿出来撑一撑。”有人拾起木棍，对角别上了，大鼓包不见了。

屋子里好暖和。平日工地上一日三餐啃窝窝头就咸萝卜条，哪曾想北大洼这个季节还有土豆菠菜！老赵开了两瓶酒，每人面前倒满一杯，再把自己的倒满，然后小心着端起，把酒洒出一点点，嘴里叨念着什么，突然把酒杯举起：“弟兄们，干！”屋子里立刻活跃起来，喊声、猜拳声，就要把屋顶掀翻。

我们喝，一杯接一杯喝。不知什么时候，听见外面响起拖拉机的响声。没人愿意马上走。喝！

这是我平生喝得最快活的一次酒。

给姑母拜年

大年初三给姑母拜年早已是我的习惯，恍然已有五十个年头。这期间曾有几年被风雪阻隔，除去天气原因，初三这个日子一成不变。最近几年去姑母家，心里总这样感慨：日子真快啊！

八九岁起我随父亲二叔一同去，跟在大人身后高兴得又蹦又跳。姑母的村子叫林家庄子，离我们村二十多里。那些年是徒步，背着几个白馍几块年糕，吃了早饭就启程。一条土路弯弯曲曲，几处路段还有几个坑洼，好些年都是那个样子，没有谁人去填平。另外还有一条近路可以走，不过有时候不一定走得通。弥河水四季流淌，冬季有时大有时小。河沟里摆放着几块石头，经过的人在上面跳跃几下就过去了。要是涨水，石头被水淹没，就要顺着河边绕到一座木桥上通过。河边没有路，绕行全是坑洼不平的野草地和顺水沟，远不如直接走大路轻便。每次出发前走大路还是走小路我们都纠结一番，最后总是选择斜径小路。临近弥河，心里开始祷告，但愿水流量小，让我们顺利通过。

姑母家住在村子南边，村庄不大。翻上弥河坝，整个村子尽在眼底。一眼就能望见姑母家的小门楼，还有站在门前等候我们的姑母和表弟。我们几乎是同时望见对方，姑母立马朝我们招手，表弟欢叫一声飞跑过来。我也蹦跳着狂奔起来。我们先是相互拥抱，再互换礼物。礼物无非是几个鞭炮，可在孩子心中是最贵重的。我们边走边自顾自地放鞭炮。听到鞭炮声和说笑声，姑父笑呵呵迎出来，手里攥着一根葱或是一块生姜。他吃过早饭就在厨房里忙，准备招待我们的午饭。

姑母的村子临近海边，姑父不光种庄稼，闲暇的时候也下海捕鱼，村里所有男人都一样。冬季的饭桌上素菜只有萝卜，水产品却非常丰富，油炸鲅鱼、咸梭子蟹、蛤蜊肉，当然还有炸鸡，满满一桌。口味叫绝的要数梭子蟹，一只碗口般大，揭开甲壳“黄子”往外流，得赶紧用嘴吸几下，口感咸而不腻。拧下一只大钳爪，一块白嫩嫩的肉带出来，更好吃。桌面中间一盘梭子蟹，桌下还有一只盛满梭子蟹的瓦盆，吃完了随时添加。孩提时盼望过年，盼望初三去姑母家，我曾怀疑自己是因为亲情还是为了这一桌美味。

姑父吃饭喜欢喝几盅，父亲二叔陪着他喝。我和表弟吃过饭跑到大街上玩，表弟把小伙伴介绍给我，孩子们很欢迎我这个小客人。有一个脸上生着黑痣的孩子，就是现在偶然遇到了，我们还要亲热地打几声招呼。不知不觉太阳开始下落，我还没玩尽兴，该返程了。姑母想留我们过宿，我十分愿意，表弟一旁高兴地拍手。父亲二叔说不行。姑母也不强留，因为隔着弥河家人挂念。弥河上游曾发生过醉汉栽进水里的事件。

后来有了自行车，土路变成柏油路，探亲方便了很多。姑母的村庄也被重新规划，家家变成了砖瓦房。村子扩张，姑母家成了村中心，但没有改变的是姑母，她总在大街口迎候我们。也不知从哪年起，初三拜年只有我自己了，父亲二叔年龄都大了。我成了主客，每次都要跟姑父拼几杯。有一年我跟表弟都醉了，这是我们俩第一次醉酒。

大约八九年前，姑父姑母从正房里搬出来，住进了南厢房里。房子虽小，却临着大街，出入方便，冬天保温性也好。不光姑父姑母，好多老人都愿意住进厢房里。

自从有了私家车，给姑母拜年就更加便捷了。十点出发，十几分钟就到了。姑母仍旧在街口迎着我。

今年大年初三时针刚指向九点，不知为何我便决定动身。车子行驶到弥河桥上，我降下速度。现在的弥河不再是以前的样子，两岸用石头砌坡，上面硬化成柏油路，再看不到当年那条穿河而过的小路……可我分明眼前还是闪出了那条小路来，那条小路让我刻骨铭心，不由心里开始捻酸。那条小路承载着我童年的快乐，也包含着一种苍凉，那条小路消失了，隐进了宽阔的水面和两岸的耕田里，同样消失的还有父亲和二叔，算来二人去世也快二十个年头了！

今年村口没有看到那个熟悉的影子。我把车停到姑母门前，心一沉：姑母家没有贴对联？这个家在新年的氛围里显得那样陈旧静寂。进村提着的心就开始怦怦乱跳。猛然想起姑父去年刚过世，今年是不贴对联的。那姑母呢？清清冷冷的房子，少了那张开心的面孔，没有了因我的到来而悦心的笑声。我八十八岁高龄的姑母呢？

临街的窗口突然响起了敲打声，一下一下叩着玻璃，一个微弱的声音在里面喊我乳名，原来姑母一直在窗边留意着窗外。我紧忙推门进去，迎着我的是佝着背满头白发，双手拄着拐杖，一点点蹭动的姑母，对我第一句过年好的问候也没有反应。我一阵酸楚，不知这是因为姑父去世心情受挫，还是人老了身体会陡然变糟。这可不是往年的姑母！我扶姑母慢慢坐下，她喘息急促，好一阵子才平息，衰老的脸上开始泛起光亮。

多年前姑母耳朵变背，一年比一年厉害，跟她交谈越来越费力。好在她每年都重复那些老话题，问母亲的身体可好，问孩子们的工作情况。我点点头算是回答。猜到她耳聋听不清，家中不顺意的事不告诉她，要不她会惦念，说不准一整年放心不下。

姑母突然伤感起来，委屈得像个孩子。她用力撑着拐杖，慢慢俯下身抚摸起膝盖。原来姑母去年下床摔了一跤，损伤了膝盖，倒在屋子里站不起身。表弟当年是学校的高才生，读完大学留在了城里。没有亲人在身边，她拼命喊，多亏邻居跑来送她去了医院。表弟曾把姑母接进城住过一段日子，姑母受不了约束，坚持回到了村里。表弟当年是姑母的骄傲，想不到老来变得凄凉。每年回家过年，表弟初二就匆匆往回赶，总有那么多紧要的事情等他做。

姑母的眼泪往下淌，她说原先打算今年回趟娘家，跟娘家村子做最后一次告别，看望几个健在的老哥嫂，她还想去村后看一眼那口水塘……现在打算落空了！

姑母突然看上我，一下变得好精神：“你家孙子在初中可好？”

我困惑起来，姑母啥时知道我孙子读了初中。

“去年你说的。”姑母提醒我。

说过吗？记不起来了，但肯定是说过。想不到我随意说的一句话，姑母惦记了整整一年。

姑母身子开始向一旁挪动，抬手拉开了一旁的橱柜。里面的东西真不少，多是油炸食品。现在的日子好过，姑母有养老金，村里每年还分红几千元，还有表弟给的养老费，花钱不愁。不知怎的，我的心突然一抖，姑母每次都亮给我橱柜看，橱柜外端总有几只梭子蟹。梭子蟹是我的最爱。可十多年了，再没有在姑母家吃过一顿饭。

我心里深深自责，又像是本能的习惯，我还是站起身准备告辞。我发现姑母神情变得悲哀，她没有挽留我，也许十多年来她早已习惯了这样的我，匆匆来匆匆去。她把一只手伸进我口袋，动作那样灵快。我早就发现她的手一直是攥着的，而且知道里面是钱。“这二百块钱给孩子压岁。”几十年了，从最初两角钱、五角钱，一直没有断过。中间的变化是从给我压岁钱变成了给孩子压岁钱。我站着不动，飞速跳闪的思绪折磨着我，做晚辈的没有尽到孝养，反倒姑母年年接济我。

“咚！”姑母把拐杖用力朝地下一捅。她生气了，我赶紧把掏出的钱又送进口袋里。我愧对姑母，我给儿子买房买车，却从没给过姑母一分钱。我慢慢启动车子，速度很慢。后视镜里，我看到了一根拐杖撑在门外，姑母探出半个身子，凝视我远去的方向。心猛地一颤，明年初三可否还能见到姑母！

泪水在眼眶里打转。行驶到长长的弥河桥上我停下来，突然决定折回陪姑母吃顿饭。等到春暖花开，我去接姑母回趟娘家，陪她在村子里走走，去水塘转一圈。十多年了，我赶一百多里路赴约朋友的饭局，却没有多探望几次相距二十里的姑母！每年初三就见面一个多小时，简直就是敷衍。条件好了，亲情却淡了！她可是我一脉相承的亲人，血浓于水啊！

新衣服

染布车来了，停在我家门前。车子上放有两个货架，一边是刚收纳的粗白布，一边是染成色准备下放的。蓝底印着碎白花的一定是被单料子，纯蓝色的都是衣服料子。

母亲腋下夹着一块蓝色粗布，正跟染布人讨价。

“价钱早讲好的，还落！还落！再落本钱都收不回了。”染布人很生气。

母亲不让步，她知道只要坚持，价钱总能下落。

过了几天，我有了一条新裤子。粗布裤子不柔滑，穿在身上感觉裤子像布满了许多小疙瘩，不过好舒服。这条裤子两个月前母亲就开始打算了，期间告知了我多次，并以此为砝码：放学后好好割猪菜，早上不要懒被窝，等等。如若犯上一条，这条裤子就要泡汤。

我是多么盼望早点穿上新裤子。旧裤子屁股上两块补丁，颜色也不一样，两个膝盖也打着补丁，裤缝两处地方露出皮肉，有几个男生总盯着取笑。

穿上新裤子，一下子神气了。

我真是后悔爬上那棵大杨树。自从穿上新裤子，上学路上我不再翻越院墙抄近路，我离水塘边上拿瓦片打漂漂的孩子远远的，操场上再不跟栓子摔跤……我一下变温顺了，都是因为这条新裤子。我不该再到大杨树下，就是看到许多孩子喊着骂着依次往上攀爬，我还是禁不住诱惑去了，在心里警告自己，只在树下观看，绝不往上攀爬。

孩子们爬到树半腰一个个败退下来，还是只有栓子一人爬到了第一个分叉处，盘坐在上面好自得。栓子可是我手下败将，不管是摔跤还是爬树。我不知怎么就上前去一把抱住了大树，两条腿缠住树干，膝盖蹭住树干一用力，双腿一曲，身子一弹，一蹿就是半米，我的攀爬速度没哪个孩子能比。

我感觉一边膝盖像被扎进了一根针刺般疼痛。我把身子贴紧树干，一条腿抬到空中，那一刹比膝盖还要疼的是我的心，看清了，膝盖上磨出了一个鸡蛋大小的窟窿。杨树底部很粗，皱巴巴开裂着，一道道脊锋像一把把锉刀，孩子们膝盖上的补丁多是在此蹭破的。蹭破裤子的孩子通常不敢回家，也有母亲追喊到树下，这家孩子就会赶紧跑开。这时就传来一阵骂喊声，是栓子的妈妈急急火火朝这儿奔来了。

我慌忙往下退，离地面还有一米多直接跳到地面。栓子更慌乱，是抱着树干滑溜下来的，不光磨破了裤子，扣子也脱落了几颗。一落地就朝野外逃跑，不知怎的，我也随着栓子跑起来。

栓子妈妈要追上我们的时候，我转向朝一条水沟跑去，忽然反应过来，自己没必要逃窜。当栓子妈妈揪住栓子耳朵往回走时，我躲在一蓬蒿草后面，突然好羡慕栓子，原来他的膝盖并没有蹭破，他妈妈也就只揪揪耳朵而已。可我回家怎么面对妈妈？

太阳已经西斜，我慢慢晃悠着朝村子走去。我猜想着妈妈会用棍子揍我还是用鞋底扇我屁股，反正不会轻饶我，有一点是肯定的，今晚不会再给我饭吃。

最后一抹残阳照在饲养场的山墙上，黄黄的。我忽然发现妈妈的影子在光线下一晃不见了。妈妈的样子分明是在寻我，我是走在正通街道的大路上，妈妈一定看到了我，干吗隐去了？

天完全黑下来，我走进了家门。奇怪，气氛跟往日一样，妈妈甚至没有追问我回家晚的原因。煤油灯跳着昏黄的火苗，我故意侧着身只留给妈妈一个后背，吃过饭，把裤子揉成团，上床装作睡熟的样子。

第二天早上，我发现裤子被妈妈缝合了，要在以往，就是把衣服弄脏了也会被责骂的，奇怪了。

长大后我明白了，因为是妈妈，因为妈妈最疼爱自己的孩子，她怎会在孩子极度恐慌的时候再重重一击呢？因为是妈妈，想起来我眼眶总发潮！

把钱存下来

一

福顺当年曾放言，谁要做成他的大媒酬金两千元。那时瓦工一天工资才几十元，两千元可不是小数目。这话福顺不是吹，他有这个经济实力。有人就开玩笑说：“彩还单着呢，让彩做福顺老婆吧。”这话传到福顺耳朵里他不干了，冲人瞪圆了眼睛说：“瞧不起人咋的？老子说话是认真的，到时候不兑现我是孙子！”

没有谁觉得福顺和彩是般配的，两人真要结合一起，那将是一个不算小的笑话。何况福顺是个瘸子，是村里头面人物的儿子，在单位拿工资的“公家人”，未必不把彩看作择偶的最佳对象。看到彩你会禁不住感慨，普通庄户人家出落成这样俊俏的姑娘，简直是盐碱窝里飞出了金凤凰。当人们把福顺和彩扯到一起的时候，福顺感到被人嘲弄蔑视了，自然要回击。别看他一个瘸子，可不是好惹的。

那时福顺的生意如日中天。虽是一个不起眼的修鞋匠，但他不光修鞋子还贩卖鞋子，摊位前总有那么多人排号修鞋买鞋。一双解放牌鞋子十几元，磨透一个洞，扔掉实在可惜，一块指甲大小的皮子缝上去，穿起来跟新鞋子一样耐用，却只收一块钱。一百多元的皮鞋钉个掌或是缝个开绽，就要收十元八元，其中的利益只有福顺知道，而顾客对这样的收费也乐意接受。一模一样的鞋子，福顺的售价远比商店里便宜，买方卖方都接受的交易，哪有不赚钱的道理。

那时老天真眷顾福顺，集市上就他一个鞋匠，就他购置了手摇缝鞋机。当年手工缝鞋的工匠，大多老了，而且这种手艺无钱可赚，年轻人都陆续进工厂上班，没有人看上这又脏又贱的手艺。正是这种行业的空缺，福顺在恰好的时机走了进来。科学的发展无处不在，谁会想到缝鞋机替代了手工，又赶上社会经济大飞跃，连五六十岁的庄稼人也穿上了皮鞋。买了皮鞋首先要钉个掌，有了破损也找上福顺摊位来。别看福顺一个不起眼的小摊，生意好到火爆。如此一来他频繁进货，也就是在进货中又发现了贩卖鞋子的商机。他一面是手艺人，一面又是买卖人，集市上双轨进项。在嘈嚷的集市上，时不时听到这样的声音：瘸子真能啊！

最初他为了谋生，一个残疾人能从事的无非是手艺活儿，目的只有一个，有口饭吃就足矣。而他下肢残疾失去的能量似乎都填充到了上肢来，他手艺竟如此精湛，以至于后来有人发现了修鞋回报丰厚，也加入到修鞋行列时，并没有给福顺的买卖带来多大影响，他生意依然红火。

谁会预料，仅仅过了几年，就像一阵裹着树叶翻飞的风，吹过了，大街上变得干干净净，一切就恢复了平静。就红火了那么几年，接下来福顺的摊位变得冷冷清清，一个集市下来，或许就有一个钉鞋掌的。这一切不难解释，你看街口的垃圾箱里就明白，成色上好的鞋子都被扔了，有的甚至只穿过几次，过时了年轻人就扔掉，特别是春节前家家大清扫，不光鞋子，崭新的衣服都扔里面。这个时代发展太快了。

无法料到的事情很多，最近村子里又传出一个消息：彩离婚了。

现在离婚不足为奇，但彩好像是个例外。人们记得几年前她出嫁的时候，豪车来了十几辆，一进村鞭炮响个不停，迎亲的秧歌队是县里有名气的，那舞姿鼓点就是不一般，村里人可是开了眼。当新郎新娘相互依偎缓缓走进彩车时，全村人服气了，真是天生的一对！也只有这仪表堂堂、气质不凡的年轻人才般配楚楚动人的彩。哪料到他们的婚姻只坚持了几年，孩子还未进幼儿班，这对看似天作之合的姻缘就结束了。

彩为啥离婚，这是村里人关心的，虽然一时半会儿猜不透，但不外乎几种情况：赌博、出轨、游手好闲。听说彩的老公好赌，把家败个精光，还对彩家暴，日子实在没法过，这才提出离婚。让人不解的是，婚离了，彩却背上了几万元的债务，你看看，净身出户就算了，还缠了一身债，让人觉得蹊跷，这婚离得跟彩自己也有一定关系。人们恍然明白，找对象光帅气不行，重要的是人品。

过了几天，彩的母亲牵着小外孙出现在集市上。母亲挂着阴郁的一张脸，见人故意躲一下身子，人们的心也跟着一揪：到底是母女，闺女连着娘的心啊！

彩始终没有露面，这很正常，离婚的女人需要一段时间缓解。

从这天起，外孙天天缠着外婆到街上玩。一次有人见外婆不在，偷偷上前问孩子："你妈妈在哪？"彩多日不出门渐渐变成一个谜。"在外婆家。"孩子回答得很气壮。"爸爸呢？"孩子突然沉下脸来，白眼珠朝上翻，猛然一个指头点上那人，"你个臭男人，简直一个畜生！"人们才明白，任何一桩离婚案都要经过一段时间的对抗吵闹。彩也不例外，这句话彩当着孩子面不知骂过多少遍了。

这样过去了一个月，仍不见彩露面，却传出一个消息，彩打算在本村找一个。有几个条件，带儿子改嫁，还要带上母亲一起生活，还要还清离婚欠下的三万元债务。至于什么样的对象，差不多的男人就行。

这个消息一出，村里人都觉得明智。孩子和母亲要养，最好的打算就是留在本村。

那天集市，福顺还在半睡半醒之中，"福顺哥，福顺哥！"隐隐听到一个年轻女人喊他。可坐可躺的竹椅真惬意，福顺早习惯了守着摊位迷糊，习惯了嘈嚷声。集市上孩子呼喊娘，娘大声喊叫走散的孩子，什么样的叫唤声都有。他躺在竹椅上迷糊，有顾客来了都会喊一声"嗨"，没有人喊过他福顺哥，更何况一个年轻女性。"福顺哥，福顺哥！"这声音继续喊，声音加重了，语调拉长了。不错，是在喊他，他一个激灵坐起身，朝人群里找寻。"福顺哥！"这一声像一股柔风扑到他的跟前，这不是彩吗？站在涌动的人群里，扭头正看上他，一双汪汪的眸子像一道光朝他忽闪着，当两人眼光相碰的那一霎，彩的眼皮故意往上一挑，一个动人的挑逗眼神。

“福顺哥，忙着哩。”福顺慌乱起来，他生意冷清到睡大觉，哪谈得上忙。他晃晃悠悠站起身，这时集市上的人群忽然一阵涌动，推着彩朝前走了几步，彩仍然朝他扭着头，眼睛仍然那么明亮。“福顺哥再见。”彩挥挥手不见了。

福顺恍然在梦里，好久没有平静下来。

二

消息一出，村里的光棍汉们首先想到了媒婆于姨。于姨六十出头，经她撮合的婚事不下百对，是个老练、善于言辞、洞察能力极强的媒婆。人上了岁数，渐渐把保媒当成了职业。有人说于姨说媒的成功率不亚于一个婚姻介绍所，这话一点儿不夸张。既然保媒成了职业，就理应然接受酬谢。“成不成三两瓶。”这是求媒人的一句顺口溜。于姨不喝酒，她排斥有人送酒，愿意接受实用的礼品，一箱鸡蛋或是一箱牛奶。有人提着东西上门，于姨笑盈盈相迎，也就毫不客气地把礼品收下。于姨对接受礼物自有她的解释：不收见面礼就是不应诺来人的要求，瞧不起人，修路架桥，成人之美这是祖上传承下来的最高功德。

那天傍晚，大街上很清静，福顺趁这个机会来到于姨家。看到福顺一瘸一拐走进院子，手里那箱牛奶也随着上下晃动，于姨显得很惊诧，脱口一句：“是为彩来的吧，彩开口要三万元呢！”福顺的心一下子沉下来，怔怔地看上于姨，嘴巴微微张开。却见于姨瞬间绽开了笑容，还显得有点儿尴尬。刚才于姨说这句话，实在是一个职业人的失误。一个职业媒婆，不管来人身价情形如何，甚至是自不量力，都不该用言语神情表露出来，这是媒婆起码的素养。于姨朝福顺笑笑，算是对刚才失语的赔补。

于姨热情地邀福顺进屋坐下，把一杯热茶递给他，这是接受福顺意愿的仪式。福顺心头却像压着一块又大又硬的石头，胸腔里憋得慌，像一个哮喘病人。刚才于姨脱口而出的那句话让他明白，这门婚事竞争激烈。彩可以随意在光棍汉中挑选，村里的光混汉不乏条件不错的，当年对女方要求过高错过机会的那种。而于姨对彩这种择偶方式也乐在其中，她可以接受多人的见面礼，而成功者只有一个。到最后她不光接受成功者厚重的酬谢，还可以泰然地回复其他人，我努力了，尽我的能力在彩面前绘声绘色把你夸耀了一番，然后两手一摊说，可人家彩就选中了某某谁。

回到家福顺瘫坐在竹椅上，他开始思索一个问题，如果前几年自己节制，不把钱当纸片一样撒扬，统统存下来，也该有十几万了吧！要真那样，三万元还彩离婚的债务，几万元翻新房子，置办几样家具，剩下的当本钱跟彩做个生意，那日子一定充满希望。彩再婚的要求是钱，她说过是男人就行，不会在意他是瘸子。可“辉煌”的过去早成了梦，现在只有空空回味了。

福顺始终觉得自己跟彩隔着一座山。他和彩是同龄人，对光彩照人的彩从没动过那种心思，这方面他不缺乏自知力。就是听到彩离婚的消息，心中那潭死水也没起过涟漪。自己现在是一个穷光蛋，住着老式草房，靠低保生活，单是一个瘸子，他这个癞蛤蟆就别想吃到彩这只天鹅。自从集市上彩投向自己的眼神，他开始神魂迷乱，在脑海中挥之不去了。那双眼睛白天黑夜都在福顺眼前晃。夜里突然醒来，那双眼睛也跟着从梦里闪进脑海。彩眼睛里分明藏着一种意味，她不像酒店里小姐姐的眼睛，也不是寡妇慧的眼睛，那双眼睛透着让男人渴望放心的光芒。福顺渐渐开始相信宿命。

福顺还在襁褓中时，彩的母亲就有意定下这门娃娃亲。那时村子里早不兴这个，有的男女青年都开始自由恋爱了。那次福顺母亲被吓得不轻。“老嫂子，”彩的母亲看着怀里的孩子说，“让这闺女将来给您当丫头使唤吧！”母亲听了先一愣怔，再一把搂紧福顺，生怕被人夺走的样子，“我家小子穷苦命，哪敢攀你家高枝！”

彩的母亲没有反应过来，非常激动，“老嫂子，闺女将来嫁了福顺，可是这丫头修来的福气！”彩母亲那双眼睛烁烁地盯着福顺母亲，却见福顺母亲转身小跑着往家去。彩的母亲一下伤心透了，跟着眼泪流下来，原来自己是一厢情愿。从此大街上见到母亲抱着福顺，就远远地躲着。

孩时的福顺确实精灵，躺在婴儿车里，冲他一逗，那双眸子忽闪忽闪就打量你，好像能猜懂你的意思。两只小手一扑腾，送你一个甜甜的笑，就给人一个直觉，这孩子定会前程无量。彩的母亲之所以希望定下娃娃亲，是因为听信了一位“相面”先生的话。那次一个中年男人游走在街头，几个女人抱着孩子就站在那儿，这位先生偏偏朝着福顺走过去，打量一眼福顺后发出长长一声惊叹：“这孩子面相非凡，将来定是成就大事业的人才。”这一番夸耀惊呆了所有人，有个人思索一番后说出了这样一件事：福顺的曾祖父是一位秀才，在当时是十里八村闪光的人物，家大业大，日子过得风风光光。福顺这孩子该不是曾祖父轮回了！这件事过后没有人记在心上，唯有彩的母亲牢牢记在心中。同样牢记于心的还有福顺的母亲，她当然不会给福顺早早定下婚事，她坚信成年后的福顺媳妇是随便挑选的。

孩童时期的彩是福顺最好的玩伴。福顺采两片蓖麻叶插在耳边，装扮成猪八戒，把彩背在身上一步一颤往前走，嘴里喊着：“猪八戒娶媳妇喽！”彩头上扎着母亲的红围巾，扮成新娘子的样子。有时候两个孩子盘腿坐在石板上，真像一对小情人。两个母亲看着都乐，只是两位母亲眼光相对时，马上变得冷板起来。那次求亲不成，两个女人心中留下了一层隔膜。

彩集市上闪光的眼睛，让福顺有了底气。他开始相信命运。世间有那么多看似不可能的事情，偏偏就发生了，就像许多夫妻，或是男的人才出众，女的貌丑无比，或是男的又矮又黑、身体残疾，女的却是身材高挑、楚楚动人，就偏偏走到了一起，世间没有什么事情是不可能的。如果用宿命论解释，彩从小就注定是他老婆，只是两人没有在恰当的时候走到一起，今天该是走到一起的时候了。

这算是好事多磨。

那几天彩完全成了福顺臆想中的老婆，他觉得就差去于姨那儿走一趟了，然后水到渠成。他甚至对以后都有了精细的打算。彩离婚欠下的三万元债务，他可以向三个姐姐求助，这是母亲临终前嘱托的。鞋匠不赚钱可以做其他的生意，养猪养鸭，这些他都能做的来，就是承包几十亩土地都行，只要自己肯付出，有彩做自己的辅助，日子还怕不红火？

但于姨这盆冷水把福顺浇醒了，他回到了现实中来。于姨的话再明白不过，他跟彩仍然隔着一座大山。

如果当年鞋匠生意清淡再寻其他生路，如果没有低保金，他肯定会为生存再努力一把。就因为自己一个瘸子，一个光棍，一人吃饱全家不饿，对前景失去信心，才落得今天这番境况。

三

集市上的位置分三六九等。临着十字街口人流量大的地段是上等位置。福顺的摊位就处在这地方。虽然生意清淡，时常也听到人群里的斥骂声，骂他占着茅坑不拉屎。如果他睁开眼皮向人群里扫，会看到几个刚才还盯着他的眼睛立马转过去，更不会再有谴责声。最初人们私下喊他瘸子，后来瘸子前面又加了两个字：阎王瘸子。这外号恰如其分，谁人敢惹他？前几年集市上出现了竞争对手，市场管理人员把他们集中安排到一起，竞争对手被福顺一个个掀翻了缝鞋机，福顺踢了他们的摊子。市场管理人员要他赔礼道歉，福顺鼻孔里只恶狠狠哼了几声。管理人员要他到所里接受处罚，他一巴掌把管理人员的大檐帽扇到地上。几个人上来要没收他的缝鞋机，他高高举起一把铁锤，双目瞪圆，管理人员只好作罢，悻悻离去。自然，几个同行也知趣地乖乖走开。“阎王”瘸子不是徒有虚名的。

他很享受集市上的气氛，甚至是人们看他敢怒不敢言的样子。拿他的话说，老子一个光棍汉怕个啥？我赶上好社会了，国家低保养着我，快活一天是一天。有时候他故意把三轮车的前轮推到人行道上，过往的人到此赶忙打住，朝中间的人流挤一挤，仍然没谁敢招惹他。有时候他会盯着三轮车看上许久。往前推十年，这辆机动三轮车可是富裕的象征。如今三轮车油漆剥落，像一个风烛残年的老人，也像他这个被淘汰的手艺人。

小时候他比一般孩子机敏，村口大槐树爬上爬下就像上铺下铺。那一次爬到树杈了却意外摔了下来，不幸的是一只脚插进了石缝里，坠落的冲力把身子往前一带，腿断了，还是粉碎性的。

童年的福顺对自己的缺陷没有意识，读小学时他是班里的“双王”，学习成绩第一，打架第一，还为自己瘸腿而自得过。他跟孩子打架不光用双拳，那条瘸腿也在下面踢打，上下一同出击，一般孩子不是他的对手。就连翻越墙头他也比一般孩子迅速。都说瘸子比正常人灵动，这话不假。

后来福顺成绩滑落下来，仍是班里的打架王。同学们怕他，特别是女生远远躲着他，连老师都不愿惹他。每次学校大会上校长提及纪律问题无一例外要点福顺的名字，他毫不在乎。

父母五十岁出头就去世了，这无不跟福顺有直接关系。父母担心福顺以后的生活，为他无时不招惹是非操碎了心。绝望的母亲眼神黯淡，经常自语：“看人家彩出落的多俊俏……唉！”母亲这声叹息包含着失落，对现今日子的无奈。她想起当年彩母亲主动跟她攀亲，而今彩是天上的月亮，儿子却变成了一个不争气的瘸子。

生意红火的那几年才叫过日子。有了钱，集市上啥稀缺他买啥，花钱从不疼惜。他觉得钱像一口泉眼，泉水还有冒完的时候？他成了财运来酒店的常客。那是他每个集日下来必去的地方。隔着玻璃，他望见酒店里的影子，马上忙乱起来，推开门，几个小姐姐围上来冲他绽开笑脸。虽然他知道刚才小姐姐们还在喊阎王瘸子来了，还在相互挤弄眼神不怀好意地笑。他不在乎。走到哪儿都有人喊他阎王瘸子，他一出现声音立马消失。

后来他跟寡妇慧好上了。他找寡妇慧，不光因为寡妇慧看人的眼睛勾人心魂，还因为邻居家那对小夫妻。

他邻居那孩子不满周岁，夫妻俩整天吵。为孩子没钱买奶粉吵，为回娘家没钱买礼物吵，为男人赚钱少吵。穷日子事事难，这个家总有那么多过不去的坎。有时候吵得厉害，还会传来器物摔到地上的声响，女人呜呜哭起来，过一会儿听到男人重重的叹息声。可这个家到了夜里总能静下来。隔着墙缝望见女人抱着孩子进屋，男人开始洗刷碗筷。等听到轻轻的掩门声，屋子里的世界变得神秘莫测。再过一会儿，又听到轻言细语的笑声。这笑声听来踏实、充满温情，不像小姐姐的浪笑，也不像酒店老板娘等着他点菜的那种职业笑。

秋收的日子，男人扛着粮食往家运，女人在恰当的时候快速给男人擦一把汗。男人卸完粮食，女人早把饭菜端上桌。厨房太简陋，四根木棍撑起一张草苫。同样简单的还有桌上的饭菜，一盘咸萝卜条，一人一碗清汤炒菜。女人先吸溜几口汤，等翻出一点肉末夹进男人碗里，男人看见了稍一迟疑，端起碗防止女人再有类似的动作。小两口没有电影里情人相互喂食的浪漫，更没有酒店小姐姐撒娇让他加菜的诡诈。什么叫幸福，幸福没有钱不行，可钱看来不是最重要的。

就这样，福顺决定跟寡妇慧好，却一直没能找到他想要的家的感觉。想不到寡妇慧比酒店小姐姐花样还多，胃口更大。她像一条麻袋，每天撑圆了口等着他把一天的收入装进去。有时候福顺走到寡妇慧门前故意停下来，看到有人来装模作样地发一声怨气，“这婆娘去哪儿了？不知晚饭做好没有？”

集市上慧凑过来，他会把嗓门提得很高，“去，买上两斤梭鱼，再买几斤羊肉。”说着掏出钱甩给寡妇慧。“多加火，炖烂了才好吃嘛。”他倒希望这时候寡妇慧跟他吵嘴理论，像邻家那对小夫妻的样子。寡妇慧沉着地笑笑，她才不跟福顺拌嘴，拿到钞票比啥都好。赶集的人群一脸鄙夷，福顺这时把手里的活儿干得更快，嘴里嚷嚷着，“这娘儿们，连个饭都做不好。”他想把自己融进一个老公的角色里。

后来生意清淡了。他这台提款机再也吐不出钞票来，自然寡妇慧离他远去了，财运来酒店的门他也不敢再踏进去半步。

四

彩要求不高，三万元彩礼还债务，五间瓦房，要不三代人无法生活。这个要求简直不算条件，可福顺心里明白，他跟彩没戏了。他拿不出三万元，自己还住着三间草房。他通知过三个姐姐，只有二姐爽快地答应为他出钱，大姐跟三姐只答应想想办法。福顺现在心情平静下来，这个结果一踏进于姨家他就预料到了。

现在甭说三万元，村里好多人家都去城里买房了。这样说来彩择偶很快会有结果，却没有预料中的热火。起初彩选中了一家，这家人热情也很高，不几天态度冷淡下来。这家人仔细琢磨以后的日子，二婚女人带孩子和母亲，实属艰难。这男人比彩大几岁，现在一家化工厂上班，最近还被评为优秀职工，前景大好。最初满怀期望，渐渐犹豫起来，最后主动辞退。

村里光棍汉六七个，求于姨保媒的只有五个人。光棍汉像集市上的剩菜，或是成色差，或是霉变被虫蛀过。彩要在中间挑选根本不会有优秀男人，只能算将就。这几个或是年龄偏大，或是游手好闲不务正业，或是像福顺这样有残疾，真要结合到一起，很难保障日后的生活。别看彩是主动的一方，最头痛的要数她。二婚难，她整夜愁。

这天，闹闹哄哄的集市上突然有人贴上福顺耳朵，“主动点，论条件能力你可比他们几个强，搞定彩没问题。”

想不到福顺很温和地朝人笑笑，“我靠低保过日子，拿啥养活那一家子。”

福顺的态度让来人惊讶，福顺变了，跟以前判若两人。

最近集日上不见了福顺，偌大的摊位空闲着，让人猜想福顺一定发生了什么。瘸子病了？瘸子去了外地？猜啥的都有。

彩的婚事就这样僵住了。玉米吐缨穗的时候，彩去了一家工厂上班。工厂八小时轮班，有时候见彩早上去等班车，有时候是傍晚。如果上夜班，早上就见彩匆匆回家的身影。

不久，村子里传出一则消息，前夫来恳求彩复婚。前夫由他父亲陪着，进屋就给彩下跪，保证如果复婚以后踏实过日子，决不再踏进赌场半步。看到前夫彩眼圈红了，眼泪成串往下滴，猛然一脚踢到前夫胸口，“滚！”骂完把前夫推了出去。

村里人都称赞彩做得对。一个败家子，把人害苦了，还有脸上门复婚，嫁给叫花子也不复婚！

过了一些时日，前夫又来了，还是扑通一声给彩跪下，这一次答应不光好好过日子，还要一同把母亲接回去。彩还是踢了前夫一脚，这次踢完抱头“呜呜”哭起来。前夫跪着不起，一个劲儿保证以后好好过日子，还说经营的废品收购站现在效益很好，还清了所有债务，现在手头都有了盈余。

最后彩让前夫回家去，复婚的事以后说。

村里人知道后又说，浪子回头金不换，前夫只要改了恶习，还是复婚的好。殷实的家业，前景光明。还带母亲一起生活，母亲老有所依，孩子也是亲生的，不用担心日后被继父怠慢。又过了一些日子，彩告诉前夫：复婚可以，给你半年时间表现，真要不再赌博那就复婚。

这天早上，福顺在村口犹豫着，该不该去集市上做生意。他现在开始厌烦闹哄哄的集市了。正迟疑着，一个匆匆忙忙的身影从跟前跑过，是彩。附近公路上停着一辆班车，一围人正慢腾腾往上挤，彩是去赶这辆班车的。

彩认出了福顺，猛然停下来，扭过头喊：“福顺哥，是去赶集吗？”彩跑得急，胸脯一起一伏。

“是……”福顺挠着头皮，样子傻傻的。

“福顺哥，还是去工厂打工吧，维修车间正招人呢，你肯定行，学徒工每月三千多块。”

班车那边有人在催彩，彩边跑边回头冲福顺喊：“福顺哥，你要愿意我替你报个名。”

两天后福顺进厂做了一名学徒工。原来同在一个车间的还有他的邻居，邻居现在已经是维修车间的技术骨干了。邻居小夫妻这些年努力打拼，翻新了房子，买了车子，听说还要准备进城买房子，日子红红火火。见到福顺，邻居很高兴。两人单独在一起的时候，邻居说：“你心灵手巧，维修活儿也不用动大气力，用不了多久就能出师，到时候工资就有五千多。”

邻居拍拍福顺的肩膀。“你还不到四十岁，大龄青年现在多的是，把钱存下来，说不准啥时就有姑娘找上来。”

福顺看着邻居无声地笑了。

亲情无量

一

儿子手机一直设置静音。儿子说这样开会或是接待客人时不会被打扰。儿子还告诉母亲赵丽，呼叫几声没人接，就是他不方便，方便的时候会立马回电，并嘱咐母亲白天不要打视频。今天赵丽就想跟儿子视频，一天不见孙子大正和孙女小朵她心里不安宁。她先试探着打了电话，儿子没接。今天是星期日，儿子会不在家？儿子可能在单位加班，也许过一会儿电话就会打过来。赵丽这样想着，便又坐回到沙发上。

昨天也是这个时间，赵丽还在儿子家忙着收拾东西。箱子里的衣服，床底下的鞋子，床上的被褥，看似简单的房间，要收拾的东西还真不少。

“奶奶，这次回老家一定给我带长翅膀的蚂蚱。”孙女小朵站在一旁，眼睛随着赵丽收拾衣物的动作转动着。这孩子记性好，喜欢的东西忘不掉。去年麦收时赵丽带小朵回过老家，在野外，赵丽捉了一只蚂蚱给小朵。小朵不接，她说电视里的蚂蚱长着翅膀，是能飞行的。赵丽告诉她，现在蚂蚱还是幼虫，等过些日子就会长出翅膀来。两天后，赵丽带小朵回城，孙女不走，坚持要等蚂蚱长出翅膀再走。赵丽只好骗她：过些天咱们还回老家，捉好多好多长翅膀的蚂蚱。一晃快一年了，城里离老家几百里路，不是说回就能回的，可小朵把这事依然记在心里。赵丽想告诉小朵，现在是春天，连蚂蚱幼虫都没有。不知怎的，她只看了小朵一眼，继续埋头收拾东西。

孙子大正也站在一旁，两只眼睛一个劲儿忽闪，不言不语，似乎嗅觉到了什么。奶奶一年回老家几次，每次都是简简单单收拾一下行李，这次不一样……赵丽的心情到底被孙子看破了，赵丽几次想说，大正读一年级了，小朵也进了幼儿班，奶奶要回老家去，以后不再陪你们了……赵丽不敢说，真要说出来，两个孩子会急成啥样子！

赵丽的手机这时响了，电话里儿子压着嗓子问："妈，您有事？我在开会。""星期天开啥会？"赵丽不解。"妈！今天是星期一，例行的。"哦，赵丽记忆错乱了，昨天她动身的日子才是星期日。

昨天回到老家，孙子大正、孙女小朵的影子总在眼前晃，感觉两个孩子就随在左右。看不到大正、小朵，赵丽心中空落落的。她想给儿子打视频，不行，儿子说过的，白天视频不能打，又感觉儿子会随时打过来，于是上厕所都攥着手机，唯恐错过机会。她在脑海里早设计好了情景，视频打开，孙女小朵那张灿烂的笑脸争先出现在屏幕里，得意地亮给她一颗草莓，"奶奶，这颗草莓好大，前天你就没看到！"赵丽前天故意留下了一颗草莓，院子里两平米的菜园，用保温膜罩起来，不用说草莓，就是一粒绿豆也逃不过她的眼睛。

城市不比乡村，像儿子这样拥有猪圈大小院子的人家少之又少。院子硬化前赵丽提议留下这片地做菜园，想不到冬天真结出了草莓。草莓从开花到结果，由绿变红到成熟，赵丽每天领着孩子看。有时一天摘两颗，每个孩子分一颗，捧在手里又蹦又跳；有时一天只熟透一颗，惹得两个孩子又抢又闹。赵丽就从超市买些回来，孩子味觉能力强，赵丽感觉不到什么不同，两个孩子却说口感差远了，不吃！

"妈，晚上咱们视频吧，大正、小朵也想您呢，下个星期天我们回老家看您去。"儿子的声音很慌张，一定是在会议室外打的，赵丽知道开会期间不准打电话。她早准备着要说的一句话：不要再逼大正做课外作业，千万不要揍他。这话还没说出口，儿子电话就挂了。

赵丽五岁那年，母亲带她去野外割猪菜，竟把她丢在了野外。回家后母亲看见那条小围巾，才想起了赵丽，急急往野外跑。赵丽记得清楚，当时她蹲在一株蒿草前大哭。赵丽兄妹五个，父母每天都在为他们吃饱肚子而操劳，发生这样的事似乎在情理之中。这件事赵丽从没记恨过母亲，心里却发誓将来自己有了孩子，绝不会发生这种荒唐事。当然不会，赵丽不曾想到今生只生了一个儿子。婆婆嫌赵丽溺爱孩子，就连亲娘也批评她。赵丽对两个老人的话始终不理不睬，她觉得母亲就应该疼爱孩子，或许因为独子，或许因为要彻底清除当年母亲把她忘在野外而留在心底的阴影。

孙子孙女可是赵丽心尖儿上的肉，比起儿子更疼爱几分。不过在儿子家好多事情她都看不惯，比如儿媳隔三岔五从网上购买衣服，孩子的衣服真多，有的只穿过几次就扔垃圾箱里了。还有儿子儿媳让孩子进各种兴趣班，一次就花掉一千多元。赵丽觉得没必要。可她凡事能隐忍，看不惯的事只当不知道，时代就这样，只管接受就是，她自己安慰自己。

自从大正读一年级，两口子对孩子的态度陡然起了变化。

儿子儿媳都是名牌大学毕业，在这个省级城市里，两人的工作也算体面。“好底好帮做好鞋，好爸好妈生好孩。”孙子大正似乎违背了这个规则，一年级上学期，班里四十个孩子，大正成绩排在二十多名。这让两口子很没面子。当着赵丽的面，儿媳会粗暴地关掉电视机；大正眼睛离开了作业本，儿子会亮开巴掌，做一个扇耳光的动作。赵丽不在，儿子会真打。大正有一次对着赵丽哭诉，还伸出被打过的手掌给赵丽看。一次赵丽买菜回来，听到书房里儿子在大声呵斥，随后传出“啪啪”的几声响，大正“哇”一声大哭起来，很快哭声压抑地变成抽泣。赵丽闯进去，看到儿子用苍蝇拍抽打孙子的手心，儿媳站一旁虎着脸助威。大正两个小肩膀一耸一耸，浑身在抖。赵丽的心像被尖刀扎了进去，拉过大正进了自己房间，几天没搭理儿子。后来儿子对赵丽保证，绝不再揍大正。

“苍蝇拍是打人的？脏不脏？”赵丽终于把憋在心里的闷气发

了出来。

儿子两手一摊，“苍蝇拍是新买的，没用过。”

赵丽说：“没用过的粪筐很干净，盛干粮行不行？凡事都有个讲究。”儿子一个劲儿赔笑脸，赵丽原谅了儿子，心里却留下了一个结。

赵丽有时也纠结，像大正这样调皮贪玩的孩子，不好好管束也不行。可想起那次大正被儿子打得浑身缩着发抖，赵丽的心就被揪起来。

院子里有响动，这是一声熟悉的开门声。隔着玻璃赵丽望见老头子田和下地回来了。田和还跟从前一样，进门习惯地去摘墙上那把小铁铲，蹲下身刮擦铁锨上的残土。田和使用工具讲究，用完必须擦净，如果长时间不用，一定上油。赵丽突然发觉老头子跟以前大不一样，动作显得迟钝，蹲在地上的身子骨变得软塌，再不像以前那般刚劲坚挺。结婚三十多年，赵丽眼中的田和始终虎虎生气，就她进城七年时间里，竟让一个人陡然起了变化。

赵丽忙起身，该做午饭了。这时候她心情很畅快，刚才儿子说了，下个星期天全家回来。想到孙子孙女，赵丽心情就大好。

二

晚上，赵丽估摸儿子全家已吃过晚饭，等不及了就先打过去了视频。儿子那边迟迟没有反应，就在手机停止呼叫时，视频接通了。儿子叫了一声“妈”，声音很牵强，看上去情绪低落，像有心事。赵丽心里“咯噔”一下：是不是因为她离开，小两口自己动手做饭，自己接送孩子，闹起了别扭。儿子转手把手机递给了小朵。屏幕上小朵一脸木讷，看到赵丽后小脸蛋马上绽开笑容，对着赵丽在屏幕里又亲又抱，拿起一个苹果亮给赵丽。赵丽心中犯堵，这不是她预想的画面，本应还有大正挤过来，两个孩子争着对她又笑又嚷。她刚要问大正在不在，这时手机一晃，正好照到大正头上，原来大正就在近旁。

大正一脸委屈，要哭的样子，左脸颊有道指甲宽的血痂。赵丽的心腾地一跳：是不是没完成作业被儿子打的？她马上联想到刚才儿子的情绪。

“是张妈孙子打的，没事。”儿子藏在屏幕后说。

“用什么打的？啥时打的？”赵丽问。

儿子不吱声，大正嘴唇动了几下，声音小得几乎听不到，“昨天晚上在公园里打的，用树枝戳的。”

赵丽的心稍稍缓了一下。幸亏不是“金箍棒”，没有戳到眼睛上。她断定儿媳照看大正时一定是只顾看手机，要不大正怎会跟张妈的孙子走到一起。小区的老人孩子都提防着张妈的孙子，这孩子平时手里握着一根能伸能缩的金属棒，棒顶是尖的，却炫耀是孙悟空的金箍棒，伤过好几个孩子，都知道他的爸妈奶奶会容忍他。小区里的人都骂他熊孩子。

赵丽嘱咐过儿媳，看到张妈孙子后要把大正挡在身后，也不要呵斥那孩子，那孩子记仇，说不准哪天还要伤大正。现在的年轻人，只要手机在手，啥都忘了。

儿子好像不耐烦了，说大正准备做作业，明晚再视频吧。赵丽答应着，感觉儿子很不正常。视频关掉那一刻，她听到小朵“哇”的一声哭喊，小朵还没跟她亲够。

赵丽心里沉沉的，儿子的情绪，大正畏怯的样子，儿媳也没露个面，感觉那边有什么事情发生了。

一直到了半夜时分，赵丽才迷迷糊糊睡着，突然听到小朵在喊，“奶奶，奶奶……”

小朵的叫声今天有些飘忽。凌晨四点，很准，这个时间小朵会被尿憋醒。赵丽抬手按上床头的开关，却碰落了一只杯子，杯子滚落到被褥上，发出轻微的震动。田和的呼噜声一顿，很快又响了起来。

赵丽清醒过来，原来是自己习惯了的自然幻觉。她疲惫地抽回手，缩进被窝里，却怎么也睡不着，她又开始想晚饭后视频里的情景。

今晚的心绪，还有田和的呼噜声，她突然好烦。

刚结婚那阵，田和的呼噜让赵丽又气又烦。渐渐地，这呼噜声变成了一首催眠曲。赵丽回娘家住几天，听不到这声音反倒睡不着。刚进城的那些日子她就睡不好，就因少了这声音催眠。渐渐地，她习惯了另一种声音，深夜楼道里的脚步声，楼上楼下、左邻右舍冲马桶轰隆隆的响声。她想起在城里住的这个时候，打开灯，小朵会先揉几下眼睛，赵丽就把她送到床下的专用马桶上，尿完小朵会趴到赵丽脸上亲一口，再钻进自己被窝里。如果夜里醒来连唤几声没人应，小朵就惊惶地大喊大叫。大正两年前就自己分房睡了，小朵断奶后跟赵丽同床睡。现在赵丽开始担心小朵，自己回老家，小朵就要跟她爸妈睡了。儿媳有个毛病，酣睡中被吵醒，就心烦。有一次大正扑上熟睡中的妈妈，妈妈懵懂中起身对着大正就一个嘴巴。虽说儿媳马上懊悔地自己拍打脑门，可下手如此重，小孩子吃不消。而且，何况小朵夜里看不到灯光就害怕。

窗外渐渐发白。大街上响起匆匆的脚步声，有人开始下地去了。农村跟城里不同，城里深夜十二点后还有人家亮着灯，有些人甚至昼夜颠倒，这个时间正在睡梦中。村庄的早上赵丽再熟悉不过，现在却不习惯了。她已经习惯了在这个时间酣睡。

赵丽终于睡着了，等她醒来，田和已经把饭做好。赵丽匆匆穿衣下床，洗脸的时候，田和已把面条端上桌。有意思，在赵丽准备进城前，田和在她面前叹息："你走了，我只有吃手攥面喽！"田和不会包水饺，不会蒸馒头，会做的只有把面团一块块撕进滚开的水里，俗称"光棍饭"。赵丽冲他一笑："权当打几年光棍吧。"赵丽说着，眉头紧皱起来，"你当我进城享福去？"面对陌生的城市，就像田和面对以后未知的饭食，两人的世界都是漆黑一片。没人料到后来赵丽慢慢习惯了城里人的生活，几乎被城里人同化，而田和不光学会了包水饺、蒸馒头，连面条也擀得劲道、条条均匀。

吃过早饭田和说了声下地去，眼睛看上赵丽，征询她是否愿意一起去。星期天儿子全家回来，赵丽觉得凡事有个节点，等儿子全家回城后再说。田和走到院门口了又回过头说：“游乐场人多，去凑个热闹吧。”田和啥时变得心细起来。

去年大葱价格暴涨，今年田和也准备栽种三亩，已经连续几天在整平土地了。现在赵丽对种地提不起兴趣。她发觉田和变了，以前下地都是她催田和，田和总是磨磨蹭蹭，气得她经常甩下田和自己先行。

早上七点，村子里安静下来，这情景赵丽熟悉又陌生。没有风，难得一个暖暖的春日。城里刮风少，不像他们滨海村庄，十天七日风。在城里这个时间，赵丽正在送两个孩子上学的路上。小学比幼儿园提前半小时开课，赵丽通常送了大正，再去幼儿园送小朵。幼儿园接送孩子的多是爷爷奶奶、外公外婆，像赵丽这样来自乡下的长辈很少。不过这些城里的退休老人都愿意跟赵丽打招呼。他们在一起等的时候，说的最多是抱怨孩子如何如何不听话，比个祖宗还难伺候，老两口轮番值班都累得不行。每当这时就有人问赵丽：“你真行，一人接送两个孩子！累不累？还是把老头子接来帮你吧！”赵丽轻轻笑笑说：“不累，比种地轻松多了。”人群围过来，打量这个来自农村的女人，“家里种多少地？”

“三十亩，老头子一人种。”她轻言淡语。

人群唏嘘起来。他们大概觉得小区里几亩花草每天都有人忙个不停，一人种三十亩，那该是多大的强度！

“现在不是以前，全部机械化了，人只管站在地头，眨眼工夫一片庄稼就收完了。”她淡然地迎着大家的眼光。也许这实在坦诚的表情，让大家都觉得这个乡下人可靠。

时间一到，校门打开，小朵跟许多孩子一样，跟赵丽摆手再见，和同伴一同跑进校门。赵丽沿来时的路返回，在靠近小区的一家超市买好一天的蔬菜主食，接下来两个小时，赵丽多是坐在小区石凳上跟几个老太太聊天。十点半回家做饭，小朵午饭在幼儿园吃，大正回家吃。做好饭，提前十分钟去接大正。她的生活就这样程式化，虽然紧凑，却不乏味。

现在熟悉的村子，像罩在一片影子里，赵丽感觉恍恍惚惚的。在院子里转了一圈，赵丽心神不定。她想起田和说的话，那就去游乐场走走吧。

大正三岁那年村里建起了游乐场，安装了健身器材。恰好赵丽带孩子回老家，村里好多家长领着孩子来试新鲜。大正坐上秋千，一荡老高，有几个小孩子竟被大正空中飞荡的动作吓哭了。在城里，赵丽经常带孩子去游乐场。小朵虽是个女孩子，两岁时就敢荡秋千。一个架杆两副秋千，两个孩子一起荡，有时同步，有时相向，越荡越高，速度越快，让人看得眼花缭乱。荡秋千小区里没有哪个孩子能超越大正小朵。

游乐场建在村子中心，四围的樱花正怒放，满树上下红彤彤，跟城里没啥两样。健身器材没在一排排的冬青中间，大多器材都淹没在冬青、樱花树下，只有秋千架露出一截，铁架上几处油漆剥落，两条铁环静静垂着。冬青和樱花树下传来孩子的笑声。如果大正小朵在身边，他们会急急奔去凑热闹，赵丽会跟两个孩子一样兴奋。今天自己独自一人，赵丽突然觉得游乐场失去了意义，而且她也讨厌生长冬青的地方。

那次大正藏在冬青下跟赵丽捉迷藏，半天找不到大正，赵丽急得大声喊叫，大正就越发躲藏。赵丽忽然看到一个影子猫着腰一闪，从一片冬青钻进另一片冬青里。赵丽丢下小朵追赶，等抓住大正，回到原处发现小朵不见了。赵丽急出了一身汗。这地方人员复杂，还发生过小孩被人抱走的事情。最后，赵丽看到路旁一棵速生杨下围着好多人，冲过去一看小朵正抱着树干“哇哇”哭，在场的人说再见不到大人就报警了。从此赵丽领两个孩子游玩，都躲着生长冬青的地方。

赵丽停下脚步，转身往回走，她拿不定主意，是回家，还是下地去找田和。这时脑海里忽一下又跳出了昨晚的视频连线，她突然问自己，该不该回城一趟？

三

今天是回老家的第三天。午饭前儿子突然打来电话，告诉赵丽星期天不能回老家了，有紧要事。赵丽脑海掠过一丝不祥的预感，追问儿子有啥紧要事。儿子电话里含含糊糊，说单位里有事，赵丽问星期天有啥事？儿子马上改嘴说同事家里有事要帮忙。赵丽越发不放心，继续追问儿子，儿子不耐烦起来，电话里冲赵丽吼："反正有事，你甭管！"就挂了电话。儿子从没对母亲有过这种态度。

赵丽跟田和商量，"儿子那边一定有事情，要不我回城一趟？"田和批评她，"你心思太敏感，这是离开孙子孙女后的自然反应，儿子儿媳都是单位里的骨干，年轻人比我们精明，有啥不放心。"

一直到晚上田和把饭菜端上桌，赵丽还是没心情吃。她又给儿子打去视频，这次点开的是小朵。"奶奶，你是不是不再回来了，不要我了！"看见赵丽，小朵的笑脸马上变成了要哭的样子。

赵丽心一抖，谁告诉了小朵？"谁说奶奶不要小朵，等星期天你跟爸妈回老家，奶奶就跟着回城去。"赵丽说完马上后悔，她不该对孩子说谎，她是不能再回城去了，到时候小朵回城的时候该会多伤心！

赵丽问小朵，"妈妈哥哥去哪儿了？"小朵说妈妈没吃晚饭就走了，大正被关在书房做作业。赵丽心里像堵上了什么，这个家到底发生了啥事？不像小两口吵架那么简单。

屏幕里小朵泪眼蒙蒙，赵丽哄她不要哭，一眼瞥见饭桌上放着一碗蛋炒饭，筷子横在上面，像大正吃剩的。碗里面火腿肠不是细细的肉丝，切得一截一截，炒的颜色也不行，难怪大正只吃了一丁点儿。饭桌上也少了一碟白糖拌柿子（西红柿）。两个孩子都喜欢晚饭后吃白糖拌柿子，赵丽从不马虎，先用开水烫去皮，切成小块，加白糖融化后轻轻搅匀，等白糖溶进柿子里，再让孩子吃。饭桌上的迹象也在告诉赵丽，儿子家中不正常。

两个孩子早饭喜欢吃手擀面，大正喜欢吃白面跟豆面搭配的，小朵只吃白面的。赵丽做面条都是分开做，两个锅煮不同的面条。在老家，赵丽跟田和吃饭从不讲究，炒菜没有葱花酱油照样将就。自从照顾两个孩子，她处处留意，每一道工序都不马虎，因为孩子对口味敏感，偏差了就厌食。像早饭吃面条，两个孩子还喜欢搭配着吃赵丽腌制的咸蒜。赵丽忽然想起来，咸蒜不多了，现在是大蒜上市的季节，正是腌制咸蒜的时候。儿媳不懂配方，家中生活必需品不会放在心上。赵丽意识到自己离开前应该像交接工作一样交接照顾两个孩子的事项，让儿媳熟悉上一段时间，领透了两个孩子的饭食才好。

大正不能吃桃子，吃了过敏，偏偏这孩子喜欢吃桃子。临走前她嘱咐儿媳，儿媳当然知道大正吃桃子过敏，赵丽仍然不放心。

要是出门，一定带上一个孩子，千万不要把俩孩子都留在家里。小朵虽是个女孩，却总找大正的麻烦，把大正惹恼了，大正揍起小朵来没轻没重的，真要伤到要害处那可不得了！

大正从小体弱，脸上有汗，晚上千万不要让他出门，夏天也不行，风一吹就感冒……她怀疑儿媳是否在认真听，就停下来看上儿媳。

“妈，您还怕我亏待了两个孩子？”儿媳冲她笑笑。

赵丽临走前跟儿媳交代得很细致，现在觉得还是忽略了很多地方。

“妈……”儿子突然出现在屏幕上，低着头，可能为中午电话里吼母亲愧疚，“妈，您回老家的那天傍晚，大正把张妈的孙子打了，脸上缝了两针……是张妈孙子先用树枝戳的大正，大正捡起一块砖头砸了过去。”儿子抬起头，“没敢告诉您，是怕伤情严重闹大了，现在好了，医生说无大碍，脸上不会留下疤痕。”

“我现在回城去吧，张妈的工作我去做。”

“张妈前几天回乡下侍候老娘去了，您来了也白搭。妈，大正妈妈天天去医院里陪护，给人家赔点医药费就是，您不必挂心。妈，我挂电话了，有事再打给您。”

赵丽坐着好久没动。张妈的儿子儿媳一定为难自己的儿子儿媳，夸张伤势。她没跟田和商量，决定星期六动身去儿子家，利用她跟张妈的关系，事情会容易解决一些。

张妈的孙子霸气，张妈本人强势，见人板冷着脸。小区里常有孩子被欺负，大人找上张妈，张妈总会说“一只碗碰不响，两只碗才发声”之类的话，责任不能全怪她的孙子。张妈因这种态度而被小区人孤立。张妈儿子也随母亲，碰面极少跟人说话，连儿媳也整天板着脸，一家人都被小区冷落。

那天广场上大正正玩着一只气球，张妈孙子突然从一棵山楂树下窜出来，从背后一把将大正推倒。大正的头栽进一丛月季里，额头划擦出一道血印。大正“哇哇”大哭，惊动了低头看手机的儿媳。儿媳慌忙跑过去，脸色铁青。赵丽上前忙拦住，轻声说大正是自己摔倒的。儿媳的脸这才缓松下来，赵丽催儿媳快些回家给大正上药，为的是尽快离开这儿，不要闹出不愉快。

赵丽瞥见张妈在一旁嘴巴张合了几下，望着她们没发声。这一刻张妈的神情感激中带着吃惊，赵丽发现原来张妈强势的外表下还藏着温和的另一面。第二天赵丽跟几个老太太坐着闲聊，张妈悄悄靠了过来。赵丽感觉有什么东西在碰自己的腰，转头看是张妈，手里攥着几张百元钞票，声音轻得几乎听不见：“大妹子，给孙子买点营养品，对不住了！”

赵丽一把攥住张妈的手，声音跟张妈一样轻，“姐姐，你见外了。”赵丽把张妈的手推过去，张妈还要回送，赵丽使了一个眼色，示意不要让一旁的人看到。第二天张妈敲门，手里提着一只柚子，说是娘家侄送来的，不要就看不起她这个姐姐。赵丽收下，她发现强势的人性格直爽，没有虚假。这以后张妈串门的次数多起来，那天赵丽发现张妈眼睛老往自家鞋架上看，赵丽明白后，把一双刚做好的千层底布鞋送给她。不知怎的，张妈把布鞋捧在手里流下了眼泪。她说自己从小喜欢穿妈妈做的千层底，她十八岁参加工作，女孩子家没有时间学针线活。今年老妈九十岁，躺在床上五年了，多亏兄弟姐妹在家照顾，看见千层底布鞋就想起了老妈妈！张妈今年六十五岁，要照看孙子，就一年和兄弟姐妹轮流照看两个月老妈。

赵丽知道了张妈的身世。张妈二十五岁嫁给了一个同班同学，为了照看孩子，几年没有上班。三十岁那年，丈夫突然提出离婚，原因是跟单位里一位女工好上了。离婚后，她把孩子寄养在娘家，一直没有再婚。张妈说着眼泪流下来。她说从此后性格变了，没有亲近的人，没有谁跟她说掏心窝子的话。张妈说，那天广场上发现了你的为人，心里开始暖暖的。

赵丽跟张妈成了好朋友，赵丽跟老太太们聊天，张妈也随在身后，张妈开始主动跟人搭话，板着的脸也温和起来。小区里跟张妈有过结的人也愿意跟赵丽诉说，赵丽把问题淡化后再说给张妈听，张妈主动跟人表示歉意。渐渐地，张妈跟小区其他老人的关系融洽起来，一群老人在一起总是有说有笑。

后来小朵进了幼儿园。接送孩子的老人换了一茬又一茬，该是赵丽离开这座城市的时候了。一晃七年，她虽融进这座城市里，却像一颗石子，被机器带入料斗，等搅轮翻转上来，沙浆漏下去，这颗石子又被铁网分离出来——她的家在农村，一个滨海村庄，五间瓦房，里面住着老头子田和，那才是陪伴她一生的人。

临行前她去张妈家道别，才知道张妈回乡下照看老妈妈去了。她在小区转了一圈，只见到几位老太太，想到以后可能永远不能相见，赵丽心里酸酸的。

这次回城去，解决好了张妈孙子的事情后，该重新跟老姐妹们道个别了。

今天是星期五，早上起来赵丽脑袋昏昏沉沉，又是一夜没睡好。明天动身去儿子家，今天真难熬，赵丽决定跟田和下地去。

握住铁锨的那一刻，赵丽感觉不得劲儿，是自己生疏了。陌生的地方可以熟悉起来，熟练的工作放久了也会不适应。她记得在儿子家第一次拖地，角角边边总拖不干净，拖把在手里不听使唤；头几天开房门，搞不明白钥匙往左还是往右转；小区门外有家超市，总是迷向……田和第一次包水饺是不是煮成了一锅粥，第一次擀面条是不是都粘在了一起……

那年棉花价格大涨，每斤七元多。赵丽准备承包三十亩，计划着两年能帮儿子还清房贷。当她得知儿媳怀孕五个多月，毅然放弃了承包打算。“不就三年吗，一晃过去了。”活着的意义就是让儿子过得更好。谁想大正三岁进幼儿园，国家放开二胎，儿媳又生了一个小朵，再一晃七年过去了。两个孩子成了她生活里最重要的部分，连着筋连着肉！

最初她闹过几次笑话。小区的人站在一片冬青前迷惑不解，“种上大豆该多好，秋天就有收获。”她对人说：“这地方土质好，也适合种大葱。我负责种，葱是大家的，谁家用起来也方便。”

人群笑了，笑声让她摸不着头脑。再后来，她成了小区被人关注的人物，她拿到过“好婆婆”证书，跟儿媳走在一起的时候，也听到过像母女一样的夸赞。原来那座不属于自己的城市，离开了还有千丝万缕的留恋。

赵丽跟田和刚要动身下地，这时手机响了，是视频连线的铃声。赵丽的心怦怦跳起来，一大早啥事情？赵丽不敢点开，犹豫了一下把手机递给田和。

“爷爷，爷爷……”是孙子孙女的欢笑声，“爷爷，明天是星期六，我们要回老家看您和奶奶去！奶奶呢？”田和连忙把手机递过来。“奶奶，奶奶！”两个孩子手机里隔空对着赵丽又喊又抱，身后站着乐滋滋的儿子儿媳。

“妈，明天我们回老家去。”儿媳把头挤上前，“妈，张妈孙子出院了，伤情没事。张妈为这事特意从乡下赶回来，我们垫付的两万元也给退了回来。”儿子挤上前来说，“张妈说想您了，要您有时间再回城来，小区里好几个老太太还来家中探问过您。”

赵丽突然偏过脸，揩了一下潮润的眼睛。她心中希望的何尝不是儿子全家这样欢喜的画面！她退到田和身后，听着手机里欢声笑语，她觉得比面对屏幕更享受。

工地靠在大海边

因为年龄小，身体不够强壮，再说不是任何一项工程都要全部劳力上阵的。这次出夫我第一个报了名，却不在名单之列。因为工地是在海滩上，不光能看到大海，而且听说退潮后鱼虾贝类丰富。上学时教科书里海滩美景给我留下了很深的印象：湛蓝的海水，飘着白云的天空，成群的海鸟。虽然我们北方海边没有高耸的椰树，但鱼虾贝类同样丰富。大海在我梦里不知出现过多少次，这次出夫正是圆梦的好机会。

这个日子我没有记错，一九八〇年的春天，寿光修建的第一座养虾场，采用人海战术工作。

大海在哪儿？到了工地我傻了眼。眼前看到的是一片泛着盐渍望不到边的沙滩，连一点绿色植物都没有。我们的地窝子坐落在一条土坝上，一阵小风吹来，就能尘沙漫天飞扬，把脸盆放地上，一会儿工夫盆里能落下一层沙子，简直不是人生息的地方。我问德叔咋看不到大海，德叔知道我出夫的意图，一抬手朝前方一指，我顺眼望去，除了沙滩还是沙滩。

防潮坝后面就是海，德叔说。德叔是我们民工中年龄最长的，他赶过海。可防潮坝在哪儿？根本望不到。这一天阳光很好，天气却被尘沙搅得灰蒙蒙的。德叔说防潮坝离这儿二十里路，就是无风的日子也望不到。沙滩平展展的，连棵耐碱的黄须菜都没有，没有参照物，不远处天和地就合体了。我突然有种被捉弄的感觉。

工地活儿很累，说是沙滩，其实脚下全是淤泥。独轮车用不上，全靠肩膀抬，一天下来骨架要散了。出发时村里只给我们带了一口袋白萝卜，刚从土里扒出来的，浑身生满细细的白毛，都进四月了，萝卜全发了糠。村长说工地附近就是海，等萝卜吃完接济不上时，就派人去海边捞海鲜，那里海鲜多的是。没几天萝卜吃完了，光啃干粮，连点下饭的咸菜都没有。每天在淤泥里抬土筑坝，人人疲惫不堪，急需改善伙食。

有人提议到海边捞海鲜。带工的村干部不同意，说人手少，派人去捞海鲜会影响工程进度。看大伙不高兴，村干部又说过几天村里会派拖拉机送来猪肉和萝卜，就再坚持一下吧。两天后拖拉机来了，哪有猪肉，还是一口袋萝卜，这些萝卜更差，有的都腐烂了半截。大伙嚷嚷开来，村干部也对送来的菜食不满意，紧皱起眉头冲大伙说："明天咱用拖拉机去海边晃蛤蜊，吃它几天海鲜！"

村干部把这事交给了有赶海经验的德叔。第二天早上，德叔对着人群一个劲儿打量，他在目选人员。我赶忙凑上前，眼睛巴望着德叔，德叔就第一个点了我的名字。我心里甭提多美，然后却发现除了我再没有人感兴致，很多人跟德叔眼光一碰，立马躲开。我心里一堵，赶海会比工地抬土还苦累？一定有我不了解的特别难处！心里开始沉沉的。

德叔点了四个人，听到点自己的名字，这几个人表现不冷不淡，虽然有些不情愿，都无语地接受了。这几个人年龄都偏大，都赶过海。

拖拉机载着我们四人上了路。根本没有路，在平展展的沙滩上奔跑。这是一辆12型小马力拖拉机，排气筒不时喷出浓浓的黑烟。虽然是空车，但下面的路不硬实，拖拉机跑得很吃力。很快发现天暗下来了，抬头看天，太阳挂在空中，却散发不出光亮，被很重的雾气遮挡住了。耳边的风呜呜地响，我们进入了湿地，四周没有了翻卷的沙尘，只见德叔几个头发被吹得摇摆翻卷。我的头发也一样，被风掀得发根疼。四下看不到一个人影，像被罩在一口倒扣的灰色锅里，我们是要被送到魔鬼的世界里去？心里不免有些害怕。看着德叔他们平静的样子，心才松缓下来。他们都赶过海，经历丰富。

德叔几个人开始说话，开口满是牢骚。我听明白了，大海潮汐是有规律的，像今天的日子应该早起，现在上路有些晚了，赶到海边捞不到多少海鲜就要回返。天还黑咕隆咚的时候，听到德叔跟村干部在争论，原来就是为赶潮汐的时间。村干部催促德叔快点动身，德叔不愿意，工地上累得够呛，不愿意加早班。

车身突然一晃，闪得我们赶紧相互抓牢。车轮陷进了沙坑里，哀叫几声熄火了。我们吓坏了，赶忙跳下车。司机若无其事的样子，还眯眯笑着。刚才他顾着点烟，轮子就偏离了方向。我这才看清楚，平展展的沙滩上其实是有路的，上面有许多模糊的独轮车辙印，脚下感觉硬实，偏离了路，其他地方沙子松软，走在上面一步一个脚坑。刚才我还疑惑沙滩上司机怎会那般自信，路虽弯弯转转，仔细看是能辨认的。

好在拖拉机不重，司机猛踩油门，我们几个用力一推，拖拉机爬了出来。拖拉机加速前行，我不再替它在望不到边际的海滩上行进而担心，我知道它会驶向该去的地方。

一个白色的东西，不，是好多白色的东西在眼前一闪，像一张张风中飘悠的白纸。这些白纸飞过头顶突然叫了起来，“海鸥！”我大声喊起来。我没见过海鸥，可书本上的印象让我肯定了这是一群海鸥。我兴奋地转着脑袋追，海鸥很快消失了。车上的人轻声笑起来，好像在说，海边海鸟多得是。

前方出现了许多黑点，仔细看黑点是在运动的。很快被我们追赶上来，原来是往海边赶的人群。有的推着独轮车，有的扛着网具走，听见拖拉机轰鸣，都羡慕地盯着我们看。我发现德叔几个一下精神起来，故意挺了挺腰杆。当地拖拉机只有少数村子有，没有一家一户买得起的。看着人群被我们甩在后面，德叔几个变得很开朗，刚才路上还在抱怨，这会儿赶在了多数人前面。看来这次拖拉机赶海会改变他们以往的很多认知。

前面海滩上又出现了黑乎乎的一片，近了，原来是一些衣服和杂物，大海就要到了吧。赶海人在这里卸下衣物轻装上阵。有趣的是，人们脱下的鞋子摆放有序，鞋掌朝着后方。这种摆放寓意很吉利，赶海人收获满满后平安返回。仔细看，还有很多背包，能猜到里面是食物和水瓶。记起去年村里有人被偷了南瓜，这家妇人气得从早骂到晚，一整天没消停。有人一旁说了声，“啥时风气像海滩上一样就好了！”也许是感激大海的恩赐，也许是对大海的敬畏，一个想法告诉我，在这儿有一种无声的法度，再贵重的财物也不会失盗。

早就听说蛤蜊是从沙子里晃出来的，螃蟹是从沙子里抠出来的。这时候沙滩上开始出现一汪一汪的水洼，这是退潮后留下的，看来海滩也不平整。这些水洼里有很多人手持一根木棍，木棍下端连着一块木板，好似堆晒粮食的木耙，朝地下一耸一耸地用力，不一会儿再蹲下身手持一个铁耙在水里搂。神奇的事情出现了，几十个白色蛤蜊堆到了一起。这就是晃蛤蜊！

我正愁没有这种用具，这时拖拉机停下了。我跟德叔留了下来，另外两人提着一个尼龙网继续朝海边走去。看来早就有了分工，只是我还不够资格参加议事。

拖拉机开始在水里画圈打转，只转了几圈，怪了，沙子里冒出了一个个白色的蛤蜊。只见德叔把蛤蜊扒拉到一起，再捧进袋子里，我也照着做。一旁的德叔看我兴致极大，不等我开口问其奥秘，就跟我说蛤蜊在沙里受震动后，就会钻出地面来。我快速把蛤蜊装进袋子，攒够一定数量再倒进车斗里，心里在琢磨，是不是蛤蜊需要呼吸，沙面发生震动把呼吸孔堵死了，蛤蜊才浮出地面的。

拖拉机碾压地面的次数多了，地面上不光蛤蜊密密麻麻，一种花壳蛤蜊也开始浮出地面。这种蛤蜊外壳光滑鲜亮，一个足足有半斤重，它的两片壳唇厚厚的，一道乳白弧线和甲壳对比鲜明。我在供销社货架上见过这种蛤蜊，里面装的润肤油，远比这些小。

不知不觉中车斗快满了，足有七八百斤，我跟德叔放缓下来，确实累了。忽然想起另外两个同伴，刚要问德叔，见德叔手里掂着一个大花蛤蜊，无比兴奋的样子。他说这种花蛤蜊肉质又鲜又嫩，切片做汤，只需撒点盐，味道极其鲜美。看他的样子，估计以前赶海从没收获这么多花蛤蜊。

大海是丰饶的，蕴藏着无尽的财富，无私奉献给人们……记不起是在哪书本里读到的，没想到在海边收获如此容易。不由想到集市上卖海鲜的小贩，为几个蛤蜊争得面红耳赤。我突然滋生了做赶海人的打算。

拖拉机装满了，但不能停，停下车轮会沉淤进沙子里。我可以休息了，开始四下观望忙碌的人群。海葵！忽然发现就在脚下，样子真像一朵开放的葵花。我忙蹲下身，手一触，海葵的"叶子"立马缩成一团，慢慢缩进洞里去。我觉得它更像家乡的一种野菜——蔓菁。仔细看，眼前还有好多海葵。世界真奇妙，大海和陆地竟如此雷同。家乡的野外并不是所有地方都生长蔓菁，村前看不到，村后却是密密麻麻。大海也一样，刚才晃蛤蜊的地方看不到，这地方却有一片海葵。

司机开始不耐烦，一个劲儿朝海的方向张望。海那边正有十几个人朝这儿走来，个个弓着腰，后背负重很大。这些人走近，原来就有两个是同伴，两人吃力地抬着尼龙网。好家伙！里面全是碗口大的梭子蟹，足足一百多斤，在里面挣扎着，发出窸窣的声响。两个同伴很兴奋，说如果不是网袋装不下了，他们收获会更多，今天运气太好了！

看我乐得张大嘴巴，两个同伴争着对我说，抠螃蟹其实很容易，海滩上有凸起的沙包，下面就藏着一只梭子蟹。沙包边上有一条弧线缝，叫马蹄印，手从马蹄印抠进去，一只梭子蟹就到手了。但动作要快，不等它反抗就把它扔进网袋里，要是不小心被两只大钳夹住手指，钻心的疼。我开始盼望下次赶海了，到时候一定去抠梭子蟹。

梭子蟹是渤海特产，特别之处就是一个字：肥。揭开甲壳黄子往外流，煮熟后黄子凝结成块，那才叫美。如果腌制，咸而不腻，堪称一绝。老百姓一年难得吃上一回。

收获满了，拖拉机加足马力往回返，赶海人被我们甩在身后。今天人人收获满满，独轮车上不光装满蛤蜊螃蟹，还有细细长长的青条鱼、甲壳上生着道道条纹的毛蛤。一人在后面推，一人在前面吃力地拉。难怪没人愿意赶海，赶海人不光要早起，还要步行往回赶几十里路，实在辛苦劳累！忽然觉得干吗要修建养虾场，人工养殖费钱费力，而大海里海鲜取之不尽，县里多购置几辆拖拉机赶海，不是同样有很高的收入？

带着这个问题，我盼望第二次赶海。因赶海使用拖拉机人不再劳累，后来好多人都希望加入赶海，可始终没有等到第二次。工期紧，每天还要加班，吃海鲜远没有工程进度重要。这次赶海圆了我的大海梦，却也留下了遗憾。后来我没能做成赶海人，也没能体验抠梭子蟹，而且今生恐怕难圆这个梦了。

几十年过去了，很想再去赶一次海，早听说如今的海滩空空如也，而当年轻易而获的梭子蟹现在连渔船也难捕获到。似乎明白了早在几十年前人们投资搞养殖的眼光是多么具有前瞻性，而当年认为有了拖拉机就能收获颇丰的想法是多么可笑。真要是赶海人一人一辆拖拉机，再富裕的大海也会被掏空。而如今市场上各种海鲜充裕，都是靠人工养殖的。

今年夏天我去了一次海边，想找当年赶海的那片海滩。站在防潮坝朝南望，全是一片盐田。一眼望见了当年那根标志杆，这么多年了，相信它早就失去了原本的作用，仍然立着。突然一怔，原来盐田就是赶海的沙滩！而脚下这条插入大海的防潮坝，坝顶铺了柏油，作用不光是防潮，还是一条交通公路！心中惊叹起来，在潮汐的海滩上是怎样完成这宏大工程的，简直就是一个奇迹！

这时候大坝北面的海水正在退去，海滩上几个游玩的男女在寻找着什么，半天也不见有收获。显然，海滩上的海鲜资源已经枯竭。突然问自己：人类在地球上创造了一个个奇迹，可人类不光是创造者，也是破坏者，那到底是破坏的多还是创造的多？

消失的清水泊砖厂

一

清水泊，多么秀气的名字，该是一处美丽的地方。清清的水泊必然伴有清新的空气，飞翔的小鸟，肥美的鱼虾……这一切这儿都曾经拥有过，却已经是过去。二十世纪二十年代以前，这里曾存在着一汪长二十公里、宽十公里的水泊，论水质、论环境都是一流的，自然就有了这个恰当的名字——清水泊。自从开拓了塌河，而且塌河在雨季水流的作用下以惊人的速度拓宽后，塌河很快横断了淄河，自此，清水泊失去了水源。清水泊在沙质土壤的寿北蒸发渗漏，渐渐干枯，变成了一片望不到边的盐碱地。算来历史并不长，从清水泊干涸到现在，也就百多年的时间。像我们脚下这块土地，大海经过千百年潮汐潮落慢慢形成，与之相比清水泊消失的历史只算是一瞬。

那汪清水泊消失了，名字却保留了下来。

二十世纪八十年代初，这块土地上悄然矗立起了一座烟囱，于是这里有一个新的名字诞生了——清水泊砖厂。砖厂靠近羊临路，这谁都明白，交通方便便于砖头运输。制砖需要大量黏土，正好利用不生长庄稼的盐碱土壤。无论选地还是选材，此地建造砖厂再合适不过。于是，各地村庄掀起了翻新房屋的热潮，到处烟囱林立，哪个乡镇都有，甚至许多村庄都建有砖厂。

现在这地方归属一家农场，全称山东省清水泊农场。在寿北这片土地上，无论建制还是实力，这个地方远远强于周边的乡镇村庄，自然那时砖厂的规模也堪称一流。砖厂继承了农场前身“农垦兵团”时期遗留下的几排蓝砖房屋，职工宿舍、伙房、办公室都是现成的，不需要再投资。清水泊农场因陋就简，可见农场人的精明。

因为清水泊砖场，我开始羡慕运输砖头的司机们，于是向亲戚朋友借钱，总算买了一辆12型拖拉机。砖场于一九八二年建成，二〇〇八年关停，这中间我有二十个年头跟清水泊砖厂系在一起，差不多占了我的整个青年时期。我的命运也因砖厂而改变。

第一次去砖厂，发货的是一位年轻女性，二十五六岁，胖胖的，看上去很健壮。砖厂职工都喊她孙姐，一起运输砖头的司机也这样喊，我也跟着喊孙姐，总觉得别扭，我比她长十多岁呢。看着她老练地验单发货，心想大家喊她孙姐也许是借鉴了江湖称谓。在砖厂有威信，业务能力又强，却不是领导级别，喊她孙姐就是另外一种尊称吧。

远远望见砖厂，就看到她站在窑台上来回走动的身影。窑台四围是货场，到处都有装砖的车辆，如果不是业务能力强，很难照应过来。附近村庄有拉砖的农户，经常偷偷多装几十块砖头的。他们觉得几十万块砖头堆放一起，多装一点儿不会被发觉。但他们错了，甭说多装，就是破碎的砖头被偷偷调换也瞒不过她的眼睛。日子久了，我们拉货的司机都很规矩，没有谁动歪心思。大家都知道，发货的孙姐不好糊弄。这样最好，发货的跟拉货的相互信任，关系很和谐。

孙姐是外地人，也是第一批进场的职工。在砖厂她做过车工做过花坯工，听说她一天能晾晒砖坯三万块，是个快手。她在砖厂恋爱、结婚、生子。我跑运输的第一年，她女儿才出生几个月，婆婆经常抱着孩子找来。她会在货场的过道里，或是一个角落里给孩子喂奶，还不时张望着装货的车辆。她一天工作十多个小时，从早上天不亮到傍晚太阳落山，只要有装货的车辆，她就一直守在货场。早上经常见她头发蓬乱，上衣纽扣没有扣好，一定是在给孩子喂奶时听到车辆响就匆匆赶来了。一天早上，我们几个司机在货场等了十几分钟还不见她来上班，这种情况是少有的。一会儿，见她风风火火走来，有人便开起玩笑，老公今晚刚回家，是睡过头了吧。她脸上立马泛起一抹红潮，接过我们的提货单，很快正板起来，进入到工作状态。她老公在外地上班，一个月回家一次，小夫妻在一起的日子不多。

有一次我往盐场运砖，正赶上那儿放盐。去年的盐坨，经过一年的渗卤，盐粒看上去晶莹透亮，是食用的最佳佐料。我装满一编织袋扔车上。像小山一样的盐坨，只要你是带回家食用老板不会理睬。回到砖厂，见孙姐眼睛一遍遍往盐袋上扫，用手捏鼓胀胀的盐粒。我说“送你吧。”她显得不好意思，问我多少钱，我说寿北是食盐产地，谁家吃盐花钱？她说娘家那地方缺盐，今年春节回家，母亲嗔怪她，说闺女嫁到了盐窝里，娘家却没有腌制泡菜的原盐。食盐经过加工变成袋装的，只能炒菜用，如果用来腌制泡菜容易腐烂，用这种大颗粒的原盐腌制再好不过。

我说嫁到我们盐碱的寿北就为腌制泡菜？她一乐，抬手指向一片发白的盐碱地，被骗来的，清水泊，多清秀的名字，来了才知道是这番景象。

我逗她，是被老公恋住了吧。她笑得很幸福。她老公大高个，是个帅气小伙儿，年纪轻轻已是公司的领班。

一个夏日，晴朗的天空突然涌来一片黑云。窑台上的大铁“钟”急促被敲了起来。全厂进入到紧急状态，职工们放下手头的工作，朝晾晒砖坯的场地跑去。雨情就是命令，厂长也不例外，扯起塑料布掩盖砖坯。风雨中我听到一个孩子“哇哇”的哭声，在一间敞篷里，婆婆抱着孩子在焦急等待。孩子一定是饿了，非常时刻母亲顾不上，任由孩子哭号。过了好大一会儿，见孙姐朝敞篷狂奔过去。她浑身湿透，头发散开，一小撮头发被雨水粘贴在前额。已经顾不上那么多了，她干脆把湿透的外套脱下，把孩子搂进怀里。她边工作边喂养孩子，实属不易。

二

砖厂来了一批新员工，来自遥远的四川，彝族人。他们拖家带口，有的家庭四五个孩子，让人想起二十世纪七十年代的家乡。

砖厂大院里一下子热闹起来，孩子们追逐打闹的嬉笑声，还有他们的歌声。他们从早唱到晚，随时随地哼着曲子，上天给了他们每人一副好嗓子，似乎不唱歌生活中就缺少了什么。起初听他们的歌好像在喊“嗳呀……”，就一个发声，声音虽悠长圆润，但缺少婉转的旋律，好像也没有填词。后来渐渐辨出每首曲子都不相同，高亢的、悠长的，都带有一种独特的美，一种独特的风格。时间久了，又明白他们的歌曲中不光有填词，而且旋律跟歌词还是相应着的。

“亲爱的你慢慢飞，小心前面带刺的玫瑰……”通俗歌曲竟然也唱得这样好。起初以为他们不懂汉语，跟他们用手势交流，一开口才知道，他们普通话说得相当流利，特别是年轻人。

工作中他们的歌声也不停歇。像拉砖坯的工人，一边拉车一边唱，累得满头大汗，让人觉得劳动中的歌唱毫无意义，只会损耗体力。如果机器突然卸掉负荷，世界陡然静下来，歌声立马也清晰响亮起来。这才明白，原来曲子是跟劳动相配的，是从心底自发出来的，就是一支劳动号子。“嗨哟……”节奏铿锵有力，充满着坚定不服输的精神气儿。重体力活儿的确需要这样一支号子来鼓舞。你禁不住想知道里面的歌词大意，却又无法猜得透。想想无非像我们的打夯号子，歌词实际不重要，重要的是一个节奏，在同一时刻发力，把石夯拉得更高地基砸得就更实。世界上的号子很多，船工号子、拉网号子……无一例外都是在统一节奏。我想彝族人劳动中的歌声该称彝族号子了。

晾坯场上的曲子听起来轻快愉悦，高一声低一声，一人唱完一句另一人接上唱。车间出来的砖坯是连在一块的，要手动把它们间隔开来，中间留下通风空间。女人们的腰身一起一哈，歌声像在飘闪，听来是由远即近还是由近变远，让人联想起江南的采茶舞曲。有时候突发奇想：如果砖坯是绿油油的茶树，她们身上背一只竹篮，不就是电影里的采茶景象吗？

离砖厂三里路有一个村庄，彝族人经常去村里购买衣物食品。

下班铃响了，几个女人结帮匆匆往村子里赶。采购回来，也许是背上有了负重，步子不急不缓健步行进。太阳就要落山，红红的光线照在路边的林子上，女人们的影子在树间一闪一隐，歌声也从林间飞出来，她们一路歌唱。幽静的环境，落日的余晖，悠扬轻快的歌声，组成了一幅动中有静、人与自然和谐的景致。听着歌声，不由让人去猜歌词内容。这曲调带有一种浓浓的情意，歌词大意应该是“彝族阿妹最勤劳，大山深处……”中国少数民族多是生活在大山里，能歌善舞。如果在她们的家乡，她们背着竹筐走在弯曲的山路上，不就是电视里经常看到的画面吗？这时候会让人有一阵冲动，到大山里去，去感受那里的风情，接受民歌的熏陶。但想想又真没有因由到四川去，到大凉山去，恐怕今生今世去不了。

可以肯定的是彝族民歌丰富。像我们山东，一年四季分明，不同的季节穿不同的衣服，而彝族人什么样的场合就有什么样内容的民歌。傍晚食堂的哨子响了，一行人拿着饭盒菜盆，大人唱一声，身后的孩子也唱一声，有时候怀抱里的孩子也奶声奶气唱一句。孩子们拿着馒头不忘啃一口，一边嚼一边唱，一路不停息。

经常看到几个彝族女人围坐一起，轻轻在吟唱。中间一人口含一根细丝，像牛筋绳又像橡皮筋，手不停拨弄“琴弦”，发出的声音很低沉。围坐的人轻声伴唱，可能是为了配合低音的乐器，人人唱得很投入。真不敢相信一根细丝都能弹出乐声来。

初冬来临，制坯车间停止了生产，装窑和出窑的人们还忙得火热。彝族男男女女打扮起来，从他们兴奋的神色中知道他们要回家了。我问他们工头，厂子里还有近百万砖坯没烧制完呢，咋就要回返？工头看我一眼，显得无比兴奋，“快过节了吗，能不回？”可能猜到接下来我会问合同的事，给我一句解释：“合同上签定的，过节前十天放假。”

我说：“回家路费至少要一个月工资吧？”他点点头，再扬一下手，做出一个满不在意的样子。我说：“现在过节多没意思，不如省下路费享用美食。”他立马沉下脸，“那你们汉人呢？干吗春节从四面八方往家赶。”我连忙赔笑，“你们过节大吃大喝吗？”

“跳舞唱歌啊，一村人围着篝火跳！”他又开心起来，仰起头，心大概飞到了节日里熊熊的篝火旁。稍许，他冲我做个鬼脸：“你们汉人不是喜欢一家人一起吃饺子吗？”他大概认为篝火旁跳舞就像我们春节吃饺子一样重要。

“正好，往篝火里扔一只鸡。”我想起他们经常架起柴火烧活鸡。我的话让工头变得不快，他一甩身走了。我并没有恶意，细细琢磨，他们把节日的篝火看成是神圣的，是不能与柴火烧鸡相提并论的。

彝族人很多的生活习俗打破了我们的认知。他们喜欢吃大块鸡，煮熟抓在手里啃。我们吃鸡把鸡肠扔掉，他们会用一根细细的草梗插入，把肠子翻过来，清洗后切成小段炖。你困惑地看他们，他们马上给你一个解释：“鸡肠营养最高，你们不知道？”

受彝族人影响，孙姐就尝试过翻鸡肠。清洗后刚要切段，看着滑溜溜的鸡肠就没了胃口。有一次，一个中年男人上班路上还在啃食一只鸡腿。一个年轻司机冲他喊一声：“狗啃骨头干咽沫吧。”我们哄笑起来。彝族男人莫名其妙，渐渐悟出我们的笑声不怀好意，狠狠斜我们一眼走开了。年轻司机又喊：“干吗不喝点酒？”彝族男人停下来，年轻司机把拇指和食指圈成一个圆，放到嘴上一仰脖，一个饮酒动作。男人明白了，摇摇手笑笑。

孙姐过来批评年轻司机，“都是砖厂职工，不要拿语言愚弄人家，更应该尊重少数民族。”我们听了低头不语，年轻司机羞愧地低下头。

孙姐是个热心肠，彝族妇女都愿意跟她接近。集市上买衣服或是鞋子什么的都愿意听她的意见，特别是买女性用品，都请教孙姐。在砖厂孙姐人缘很好。

那是初秋的一天，制坯车间机器突然停息了，一群人围上推土机嚷嚷着什么。原来推土机翻出来一件锈迹斑斑的东西，是一件铁器，上面锈得疙疙瘩瘩。有人抓起来朝地下砸，锈疙瘩仍然牢牢粘在上面。一群人猜不透这是件啥宝贝。

一位姓黄的司机走过去，拾起物件打量一番，嘴角一撇，样子很像行家。“一把战刀，当年日本人的。”说着不屑地扔地上，再用脚尖踢一下，“这是刀尖，”又把脚挪到另一端，“这是刀柄。”一群人重新低头审视，都“喔”了一声，一齐看上老黄，非常佩服他的判断。一时间大家思绪被带到战火纷飞的抗战年代。

黄司机的爷爷是位抗战老兵，在当地有一些威望，自然抗战故事黄司机从小就听得多。他环视一遍人群，却故意不看工头，原地转个圈朝四下一指，“这地方曾是当年的战场，我爷爷在这儿伏击过日本兵。”这会儿他突然盯上工头，再高傲地抬起脑袋，刚想再说些什么，工头不耐烦了，“走，开工去。”一群人往车间走去。工头走了几步突然缓下来，猛然转身对着司机，“当年你们山东哪片地区没让日本人占领过？要说我们四川，日本人根本打不动，那可是抗战大后方！抗战嘛，四川人不是孬种！”

三

老韩四十多岁，是制坯车间的配料员，负责调整进料口泥土和煤灰的比例，是个技术工。

老韩是当年的农垦战士，后来那群人回城去了，不知为啥只有他留了下来，仍然住在当年那间角落房里。现在砖厂周围上好的良田，都是他们那批年轻人挖沟引水、压盐碱治理好的。老韩不爱说话，却非常爱干净，工作服每天早上干干净净。只是下班后就大变样，满脸煤灰，跟他打招呼，他朝你笑笑，露出一口白牙。

老韩的儿子二十多岁了，在县城里上班。儿子很少回家，每次回来都拎一个沉甸甸的大包，多是给老韩买的营养品。儿子大高个，很帅气，怎么看也找不到老韩半点影子。至于他老婆当年如何离开老韩的，砖厂里没人说得清楚。曾有人试探着问及这件事，老韩马上变了脸，老实人发起怒来很可怕，以后没人敢再问。

秋天的一个上午，厂区驶进来两辆面包车，停在了职工宿舍前。有人认出来，这是当年的农垦战士，回来感受“旧情”的。这些人已经来过好几批了，这几年多起来。

面包车上下来十几个男男女女，年龄跟老韩差不多。两排蓝砖宿舍是断开的，中间留有一条小路。这些人沿着小路向前走，很快分成了几组，各自找到当年的宿舍。他们先是站在门前拍照，然后就钻进屋里去了。当年的宿舍有几间房子没人居住，年久失修塌了顶，房草和瓦片落满一地，还有几间被职工当成了厕所，屎尿味儿熏人，但这些人毫不在意，就连穿高跟鞋的女人也在里面跳闪着，细细打量屋子里每一处地方。有几个人盯着一处墙面看了许久，有人在指点，有人架起相机拍照，最后走到门外了他们还不忘回头望一眼。

这些人挨个儿房间看，有的房门锁着，他们就贴上玻璃往里瞧。最后他们来到老韩房前："韩光跃，韩光跃……"

没有人回答。有人马上提醒，"房门上着锁呢。"这些人很扫兴，转身朝四下望，希望找到一点儿老韩的线索。这时正好有个人匆匆朝这边赶来。

"知道韩光跃去哪了吗？"这些人上前问。来人立马停住，一脸迷茫。"我也是来找老韩的，刚才还在车间，突然就没了影儿，现在机器停下了，没有他不能生产。"

这些人相互看一眼，似乎明白了什么，一起看上停放在宿舍前的面包车。面包车后备厢倚着一个女人，勾着头，一手挎着包包，另一只手轻轻擦拭着眼睛。刚才这些人去老韩门前时，她一个人走开了。

面包车开走了，开去了田野，围着庄稼地转一圈，然后回城去了。他们是青岛人。

怀着好奇心，我进屋去看刚才几个人打量的墙面，上面有几行模糊的字，应该算是一首诗：一班战士要努力，年终评比争第一。下面一行字看不清，内容大概是他们班历年第一，今年却被其他班夺走了，一定加油干，把失去的荣誉夺回来。这像是励志语，也像一篇决心书。

看着这些字，我忽然心一紧。听说这些人当年走出校门，谁也不愿意到这荒凉的地方来。他们在这儿坚持着，硬生生把盐碱地改变了面貌。回城几十年了，他们还念念不忘曾经把青春奉献给这儿的土地。为了什么，仅仅是为感怀逝去的青春岁月……我感动了。脑中猛然一闪，如果砖厂关闭，全厂职工都会离开这儿。如果砖厂再运转几十年，我中途可能也要离开。人的青春有限，我是把青春留这儿了！日后是否也会跟这批青岛人一样充满情怀。

这一天老韩的儿子回来了，还领回一个女朋友。到底是城里人，女孩气质不一般，惹得全厂职工过来围观。人人夸老韩儿媳长得漂亮。老韩乐得什么似的，告诉大家儿子年前就结婚。

今年降下了第一场雪，雪不大，只有薄薄的一层。老韩开始布置儿子结婚新房。新房是一间闲置的财会室，就安置了一张床和一个梳妆台。儿子城里有房，结完婚就回城去。厂里职工们过来帮忙，拉起彩带，贴上对联，还在大门两旁挂上气球，厂里充满了喜庆的气氛。

婚礼很气派，请了秧歌队、录像师，请了当地有名气的司仪。而主宾席上只坐着老韩，显得很孤单。婚礼接近尾声时，一个中年女人突然走进现场，把一个大红包塞进新娘手里，就匆匆转身离开。新娘很茫然，看看手里的红包，望一眼离去的女人，搞不明白这是咋回事。女人走远十几步了，儿子忽然喊了一声，“妈！”现场笑闹声戛然而止，一齐看上走远的女人。

孙姐为婚礼忙前忙后，她提着一包喜糖是准备撒给观众的，这会儿她紧追上去，跟那女人说着什么。女人低着头揩眼睛，很快走开了。孙姐回到现场，盈盈笑着冲大家喊：“吃喜糖，吃喜糖喽！”便把糖抛撒到空中。现场气氛重新活跃起来，恢复到喜庆状态。老韩脸上始终挂着笑，这会儿是在努力支撑。

婚礼结束后有人问孙姐，刚才跟那女人说了些什么。孙姐说她要女人留下来参加完儿子婚礼，全家吃顿团圆饭，女人说她对不住孩子，擦着眼泪走了。

四

二〇〇八年初冬，大窑烟囱最后一尾烟雾在空中飘摇一下，融进了空气里，清水泊砖厂自此结束了它二十六年的使命。它是该结束工作了，短短二十几年，红砖赖以生产的原料盐碱土壤变成了优良土质，没有谁愿意把耕地的土当作烧制原料。替代红砖的建材应运而生，煤灰加水泥合成的替代品简单环保，利用了废料，又提高了抗压强度。这是时代发展的必然。

砖厂大院里没有了喧闹声，变得死一般沉寂。在随后几个月里，机器被运走，房屋卸下门窗，更显得凄凉。恰巧这一年一道铁路线从当地经过，废弃的房屋周围积攒多年的碎砖垃圾正好垫筑路基。精明的清水泊农场人凡事总能做到最好。砖厂大院不见了，还下挖了几米，偌大的砖厂变成了一座相同面积的水库。

今年是砖厂消失的第十个年头。我常常这样想，清水泊砖厂是不是因我而建，正值我年轻体壮，孩子们渐渐长大，家庭支出骤增的时候，砖厂建起来了，我恰好有了赚钱的机会，许多困难因此轻松解决。而当我体力渐衰不能承受重体力劳动时，砖厂关闭了。这样说来，我跟砖厂的缘分是不是有一种内在关联呢？

这一年春天，我去县城参加一个婚宴，返回等公交车的时候，忽听有人喊我名字。一辆敞篷货车从身边一闪驰过，车上有个人使劲儿朝我挥动双臂。见我还在发蒙，那人试探着站起身子。我终于认清了，是当年运砖队的工友小于。我赶忙朝他挥手，很快就不见了他影子。

小于是外地人，离家几百里路。他在砖厂只待了两年，年龄虽小却很懂事，凡事能忍让。他每次回家带回很多山货，核桃、柿子，还有那种很小的梨子。熟透的柿子不宜运输储存，就用一个塑料盆盛满，大伙抓起来用勺子挖着吃。小于还带回当地的白酒，自己却滴酒不沾。他天天早起为大伙打洗脸水。伙房的门始终上着锁，因为附近几条黑狗经常偷吃馒头。这几条狗精灵得很，用头撞开门缝，再拼劲往里挤。有一天早上小于推门打水，伙夫听到声响在里面骂："滚！进来宰了你。"小于在外面喊："是我，不是狗。"我们躺在床上哈哈大笑，然后开始穿衣服。

有一次我俩结伴出发，经过一段松软的路面，我的一个车轮陷进了泥土里，这种情况只能卸货。我俩忙了足足一个小时，赶到工地时已经下班，只能在此过一夜。工棚很宽敞，几块木板拼起了一张床，还没躺下蚊子就袭过来。寿北的蚊子个大且凶，这个晚上没有睡好，浑身被叮得全是疙瘩。因为这次经历，后来小于就买了蚊帐带在车上，他被那晚吓怕了。

一天，他告诉我们要准备回家去，以后就在家乡的砖厂跑运输了。原来他跟厂里一个女职工确立了恋爱关系，女孩也是外地人。大伙决定设酒局为他送行，却不知道他哪天回去。那天傍晚我回宿舍，发现他床上变得空空，才知道人走了。在我床铺下放了两把装砖的铁夹，带弹簧的那种，是当地独创的，用起来很应手。我立即明白是小于送我的。他一走就没了音信，也没有联系方式，想不到这次在县城相见，却只是一瞬，心里不由捻酸。

砖厂关闭后，孙姐去了一家炼油厂，几年后我们在路上碰过一面。那次遇见她我很惊讶，岁月在她脸上也留下了痕迹。女儿陪在她身边，比她高出一头，已出落成亭亭玉立的少女。

砖厂变成了水库，清水泊农场围绕水库又有了新规划。水库周围的农田建起了蔬菜大棚，还种植了五十亩水稻。水是生命之源，有了水种啥都有可能。近几年大棚里种植了一个新品种——草莓西红柿，口感极好，前来参观学习的人络绎不绝。参观的人都知道蔬菜丰产都得益于这座水库，却没有人知道这座水库曾经是一家砖厂。

站在水库边上，这一汪碧水顿时让人心胸开阔，以前清水泊名不副实，而现在这一库碧水不也正好找回了它的名字吗？

当年曾经有人怀疑我的工作量：一车载重八吨，装车卸下就是十六吨，一天运四趟，赶上一节火车皮的量了。想一想是够惊人的，二十年间我运送的砖头够建一座小镇了。那些来自各地的职工在此奉献了青春年华，留下多少欢心悲伤的故事。如果青岛那群农垦战士再次到来，而这里不见了宿舍，也不见了当年的农田，看到眼前的这座水库他们会有什么感想？

砖厂消失了，但跟它有关联的东西还在。周边的村庄，工业园区的厂房，数不清的盐田池堰，这些建材都出自于清水泊砖厂。

二〇二一年《山东清水泊农场志》出版，里面就有关于砖厂的记载。清水泊砖厂虽然存在了二十六年，但史册中有属于它的一页，它夹在厚重的历史簿中，永远永远！

这碗饺子等你吃

姐姐出嫁后的第一个除夕夜，她发现妈妈把一碗水饺悄悄放进了橱柜里。她好奇，却没敢开口问。除夕只能说吉祥的话，凡事别问也别管，特别是女孩子家更不要多嘴。

因为新女婿，大年初二的早上妈妈就忙开了。姐姐姐夫来拜年，新女婿今天可是贵客，要好好款待。人来了，爸爸妈妈迎上去，她随在满面红光的妈妈身后，看着姐姐姐夫向爸妈施礼拜年。礼毕，姐夫进了客厅，妈妈领姐姐进了厨房，原来妈妈早把那碗水饺放进锅里热了。妈妈用筷子夹起一个放在姐姐嘴边，“吃一个，吃了娘家除夕的水饺，心里会永远惦着娘家。”原来家乡还有这样的习俗。姐姐是大人了，结了婚就变成家庭主妇，且身子比妈妈高出一头。妈妈上扬着手臂，姐姐探下脑袋，这吃相滑稽又好笑。她忍不住笑了，在一旁笑弯了腰。姐姐也笑了，赶忙用手接住要喷出来的水饺。妈妈也笑了，母女三人的笑声让院子里看新女婿的人莫名其妙。

就这样，她记住了这个习俗，同时也觉得很好笑，生养自己的娘家，咋样也不会忘记。

两年后她也出嫁了。初二回娘家拜年，妈妈照样也把她领进厨房。她故意伸长脖子，冲妈妈做着鬼脸。妈妈把水饺送到嘴边，她一口吞下一个，边吃边冲着妈妈调皮地乐，“我要吃掉这一碗。”她真的就把这碗水饺吃下了。那一霎间她心中腾起一个念头，她不再是娘家的成员了，娘家变成了亲戚，而自己的少女时代从此结束了！

从此，每一个除夕夜她就想起妈妈，想起妈妈包的水饺，妈妈包的水饺真好吃！

今天是大年三十。日子真快啊，像是忽然间，她就转换了角色，女儿出嫁了，她成了岳母。

吃过午饭她开始包水饺，刚包几个，女儿的电话来了。“妈，提前给您拜年了，祝您和爸新春快乐！”电话里女儿突然沉吟起来，她刚要问话，这时邻居家响起一串鞭炮和孩子的欢笑声。她忙用手捂住一只耳朵，女儿的声音清晰起来，“妈，今年我们医院不放假，初二不能跟小陈回家给您二老拜年了……”女儿突然动了情。她脑袋“嗡”了一声，跟着吸了一口凉气。

电话里传来女婿小陈的问候，“妈，提前给您拜年了，祝您和爸新春快乐！”女婿重复了刚才女儿的话。这时电话里她听到一阵铃声，女婿立马中断了通话。很快她听到一声急急的开门声，“妈，小陈走了，领导那边喊得急，我也要马上换衣服。妈！再见……”

院子里儿子在贴春联，老头子领着孙子给儿子打下手。这时小孙子突然闯进来，站在她面前背起两只小手，“奶奶，初二姑姑姑父来拜年，我要领他一个大红包。”

她这才回过神来，“谁说的要领姑父的大红包？”

小孙子一昂头说：“妈妈说的，妈妈还说等明年姑姑生了小弟弟小妹妹，也送他一个大红包！”

她一把抱住孙子，泪水打湿了眼眶。这时一阵噼里啪啦的响声从胡同里传进来，谁家孩子在燃放“沙包”鞭炮。小孙子两只小手用力推开她，挣脱了出去。

今年的春节咋啦？她有些蒙了。

今年九月女儿结了婚。转眼就是春节，她才真正感知了当年母亲的心情。她开始频繁出入超市，在大集上买东西她眼光细致又挑剔。她要为初二接待女儿女婿准备一桌上好的酒席，还要在除夕夜给女儿留下的水饺。三鲜水饺好吃，就包三鲜馅的。很快她又犹豫，女儿随她，三鲜馅的水饺虽说档次高，可女儿更喜欢吃猪肉白菜的。那次女儿带她在城里吃过一次三鲜的，价钱让人咋舌，可并不合她的口味。看着邻桌的食客争先去夹三鲜馅的，她才明白，名气大的，并不一定适合所有人，女儿之所以点三鲜馅儿的，是为了尽她的孝心。她决定了，除夕就包猪肉白菜馅的。

她总觉得日子是慢悠悠的，只有每次看见女儿，她才感到岁月的匆匆。她忘不了那个粉红的小嘴、肉嘟嘟的女儿，眼前也时常闪出扎着两朵小花像蝴蝶一样跳来跳去的女儿。而眼下的女儿早已过了她当年出嫁的年龄，都三十了！

今年她终于坐到了岳母的位置，初二那天她要把水饺，像当年妈妈喂自己一样，喂进女儿嘴里。

女儿怎么就不能回来了！

二

女儿从小就是班里的优秀生，女儿没有让她失望，大学考取了一所理想的医学院。女婿跟女儿是高中同学，是那种让人看一眼就顺心的男孩子。后来她才知道，两人在高中就要好，她始终认为女儿跟她无话不谈，原来却保守了这个秘密。

往年的腊月三十，她揉面女儿剁饺子馅，然后母女俩一块包水饺。按当地的风俗，出嫁的闺女腊月二十三就不能踏进娘家门。到今天整整八天，她没见到女儿的面。女儿读书时离家半年她都没有这种清冷感。嫁出的女儿泼出去的水，她有一种失落感。

天渐渐黑下来。每年这个时候鞭炮声不断，空中焰火五彩放亮。今年的鞭炮明显少了，响声也有气无力。往年她跟女儿靠在沙发上，女儿会猜测着下一个春晚节目会是哪几位明星出场，猜对了，女儿会兴奋地在她肩头轻轻拍一下。今年的晚会依旧，却是失去了色彩。老头子一旁闷声抽着烟，茶水摆在桌前，有时端起刚要喝，发觉茶水已凉，再慢慢倒入垃圾桶里。有几次她看向老头子，发现他的目光并不在屏幕上。

她困了，想早些睡，让老伴儿一个人守岁吧。躺下了却睡不着，脑海里满是女儿的影子。很快老伴儿也上床来，这个年三十老两口揣着心事，谁也不开口说一句话。好像是睡了好大一会儿，她醒来看看表，时间只过了十几分钟。这样反复不知多少次，她真睡着了。

一串鞭炮声把她惊醒。屋里亮起了灯，墙上的电子表时针指上了四点。厨房里也亮起了灯，老头子在煮饺子。老头子很守旧俗，每一年初一厨房从不让她插手。她想起除夕要给女儿留下一碗饺子，忙起身穿衣。刚洗完脸，老伴儿把热腾腾的饺子就端上了桌，她立马端起一碗放进了橱柜里。

老两口没有多大食欲，象征性吃了几个，就挨坐在了沙发上。每年的除夕老两口都这样坐着，等着一波一波拜年的晚辈来。今年除夕不光鞭炮稀落，胡同里也少了欢笑声。

未出嫁的大姑娘除夕是不能拜年的，这似乎很合女儿的意。往年除夕睡在套间的女儿不起床，等一波拜年的人走后，她就推门走进女儿房间。“起床吃水饺啦。”她轻声喊。“不饿不饿，俺不饿。”女儿用手推她，她趁机把手伸进女儿被窝里。“好凉好凉！”女儿越反抗，她越是不肯把手拿走。等听到院子里传来拜年的脚步声，她才嘻嘻笑着走出来，把门关好。

初一的白昼感觉真长。八点，电话突然响了，是女儿。“妈！新年快乐！”女儿电话里一顿，“爸，祝您新年快乐！”老伴儿一旁吧嗒吧嗒的抽烟声想必女儿听到了。“闺女，还没下班？”“爸，这就下班。”女儿的发声很不清朗，嘴上戴着口罩。

“孩子，你要……”下面的话刚要说出“多加小心”，她却收住了嘴，“小陈下班了没？”

“还没，他们科室还没吃饭。”她听见电话那边传来了急急的跑动声，有人好像在喊话。

“妈，一会儿我再打过去。”女儿挂了电话。

这样算来，女儿连续上了十多个小时的班！

很快女儿的电话又响了，这次听声音像在一个密闭的空间里。“妈，我们开饭了，吃的是水饺……”

“孩子，注意身体！”她想对女儿说，除夕的水饺给你留下了一碗，就等你回家吃。想着女儿一定还不知道为啥给她留水饺，会问这问那，影响她吃饭，就把话咽了下去，改成了“孩子，我跟你爸都好，安心吃饭吧”。

挂了电话，她才想起本要说的话竟然忘了。女儿怀了两个月的身孕，她本是要叮嘱一番的。“她是医生，会保护好自己的。”她这样安慰着自己。

她起身走到橱柜前，那碗水饺静静地放在里面。

三

窗口渐渐变白，她忽一下坐起来，很快又颓然躺下来。今天是大年初二，女儿说过的，今天不来拜年。

刚出嫁的闺女初二一定跟女婿来拜年。她会像当年母亲一样，早早起床，欢快地准备中午的酒席，然后像当年母亲一样站到大街口上盼望。初二的日子她早在心里设定好了顺序，望见女儿的车子拐进大街，她赶快往家走，来到院门口要停一停，看着女儿女婿下车，再通知老头子快些坐到正堂上。老两口在正堂的位子坐好，女儿女婿进门来，一起鞠躬拜年，后面一群孩子欢笑着伸手讨红包……

她就一个女儿，就盼着这个场面，女儿终于长大成家，做母亲的心该放下了。这个盼望的场面却落了空！

天空阴沉沉的，风刮得过门钱哗啦啦响，间或有雪花落下来。吃过早饭，她还是来到大街上。

“雪会越下越大。”她望一眼天空，自言自语着。大街的尽头站着两个佩戴袖标的村干部，脑袋缩进大衣领里，他们早就在那儿站了。她感到身子好冷，那就回家。

她突然想起橱柜里那碗水饺，放久了会变质。她起身走过去，刚要拉开门。“我放冰箱里了，在里面不能放太久。”原来老头子一直在身后看着她。

她朝老伴儿一乐。老头子还真是个有心人！

福苗花年年开

他们是广饶县人，讨饭的，住在村上一间腾空的饲料棚里，母亲、姐姐，还有铆。那年姐姐八九岁的样子，扎着两根羊角小辫。铆比姐姐小两岁，论懂事可比姐姐差远了。孩子跟孩子最容易走近，他们住进来的第二天，我跟铆就成了好朋友。刚开始觉得他名字好可笑，铆不隐讳什么，告诉我他有个哥哥不到两岁夭折了，母亲生下他取名叫“铆钉”，寓意生命力强盛。叫着叫着，大家就把后面一个字省去，只喊他铆了。

每隔三五日，他们就要停一天，把几天讨要的干粮拿到芦苇薄上晾晒。等脱干了水，装进一只麻袋里。

铆这时候可以自由玩耍，母亲不让他跑远，他就和我在草棚前跳格格。累了，我们一屁股坐到地上，或是索性躺下。有一次我问他：“你爸爸呢？”

“爸爸在家干活，生产队不让男劳力讨饭，只有冬天爸爸才和我们一块出来。”

“你们去过很多地方吗？”

“去过广北，冬天还渡过黄河，刮风下雪天也要讨饭，真遭罪！”

我想不出冰天雪地里挎着篮子讨饭会是什么样的感受，忽然觉得自己很幸福，起码我不用讨饭，有高粱窝窝头吃。

“你们那儿不生长庄稼？”我问。

“长是长，只有开着福苗花的地里才长庄稼。我们生产队只有很少的地里生长福苗花，剩下的全是芦苇滩和盐碱地，哪会生长庄稼？”

“就是这种花吗？”我指着土墙下几株刚有花苞还没有绽开的福苗花。

“就是它，等花开了，把它掐断，移栽到我们队上的地里，地里就生长庄稼了，再不用讨饭喽……”

他圆圆的脸呵呵笑起来。这笑脸我记得很深刻，后来在某一部电影里找到了相似的面型。我说：“福苗花只有在良好的土壤里才生长，再说，等你回家的时候，福苗花早谢落了。”

“谁说的，再过几天我们就要回家了，快麦收了嘛！”

“干吗麦收回家？”“要是麦收不回家，队上就不会给每人五斤麦子，再远也要回。”他兴奋起来，突然小声问我：“你吃过饼干吗？”“吃过，你呢？”“姑姑定亲的时候吃过，真好吃呀！”想不到他连饼干也吃过，我很不服气。“你吃的圆饼干还是方的？”“圆的方的都吃过，我还吃过几次白面饼卷鸡蛋来……快麦收了，又要吃到喽！”

他告诉我，麦收完成，队上就要支起几盘凹子（鏊子）。他展开双臂夸张着：一沓饼子有这么高，大人孩子都能领到一张，吃着奶的孩子也有一份。到时候妈妈会给他和姐姐每人煮一个鸡蛋卷在里面，太美啦！他双手卷成一个筒，捧在手里，张大嘴巴，假装咬一口，脑袋晃动着，做出难撕扯的样子。那白面饼一定好劲道，引得我喉头动了几下。

我一时想不出用什么优越的事情压倒他，就问：“你们那儿河里有鲤鱼吗？”

“当然有！黄河涨水的时候，水流进水塘里，里面的鲤鱼这么大！”他用双手比划着，“水塘里还有面鱼呢，细细的，长长的，通身透亮。”

“是嘴上生长着一根刺吗？”

“不是！你说的是针骨娘鱼。面鱼，跟它差不多的样子，就是少了长嘴巴，味儿比针骨娘鱼强多了！”

我猜不出“面鱼”会是什么样子，周身透明，吃下的食物也一定能看得见吧！我好想见到这种鱼。

他看懂了我的心思，“要不，等收完麦子，回来的时候我给你带回几条吧！”

“太好了！”我拍着手跳起来，“那明天我带你去野外看福苗花吧！外面的都开了。”我指指墙下的几株，“它们靠着阴，开花还早呢！”

铆兴奋地攥紧我的手：“好！我们明天看福苗花去！”我们的心一下子贴近了。

第二天一大早，我站在草棚前等铆，手里握了一大块玉米面卷子，还热乎。我要送给铆，我担心他回家不给我带回透明的面鱼。

他们的母亲早早去邻村讨饭去了。一会儿姐弟俩一前一后走了出来，我禁不住喊：“铆，看福苗花去。”说着把手里的玉米卷子闪晃了几下。

“嗳——”铆朝我跑来，很高兴的样子。

“铆！——”姐姐在身后喊，声音很严厉。铆停下来，看看我，很不情愿地随姐姐去了。

福苗花盛开期在麦收前十几天。这种花很强势，它攀缠在其他植物上面生长。野外高低不平的野草野菜，福苗花随着起起伏伏，开满一片。这是家乡初夏最美的景色。

土墙下的福苗花也开了。因为没有什么可攀缠的植物，福苗花委屈地伏在地面上，面朝上开着。花开的第二天，铆和母亲姐姐就回家了。他们有一百多里的路程，夜里十二点动身，等第二天傍晚就能赶回家。我再去草棚的时候，发现福苗花不见了，一定是铆掐走了，心里直发笑。

麦收过了，铆还没有回来，我天天盼着他能带回透明的面鱼。转眼秋天到了，高粱红遍了野外，还不见铆回来。秋渐渐深了，天气开始变凉，早上我都穿上了薄棉袄。这天上午，铆的妈妈和姐姐出现在了胡同口，却不见了铆的影子。他的妈妈身边凑了很多女人，妈妈满脸泪流，我才知道铆死了。

妈妈哭泣着说，上次刚回家，天都擦黑了，铆还是拿上了掐来的福苗花去生产队的地里移栽，第二天一大早还去浇了水。他是多么希望地里能生长庄稼，不再外出讨饭！麦收过后，生产队每人分了一张白面饼子，里面卷了一个鸡蛋。吃完，妈妈又把自己的那份给了铆，铆全吃了。到了晚上铆就喊肚子疼，到了下半夜疼得已呻吟不出声来。赶紧送去医院，半路上就断气了！

好几个女人都跟着流泪，都说让她们住下吧，那间草棚还空着呢。”

“不了！不再麻烦大家了，已经在别的村子找到了住的地方。她说还有几十里路要赶，得天黑前到，擦着泪走了。独轮车上只有铆的姐姐，多么可怜的一对母女！

这是几十年前的事了。现在村子里每年麦收和秋收过后，停在街道上收购小麦和棉花的车辆大多是广饶县的。那个地方的生存环境已超越了我们，听说他们引了黄河水压盐碱，土质变得优良肥沃，盛产粮食，那福苗花也一定会到处盛开吧！

福苗花年年开。这种花一年开两次，第一次盛开在初夏，等到了伏天，种子落到地上，很快发出了新芽，秋天一到，又一次开放了，淡红色，风一吹花片抖动，像蝴蝶扇动的翅膀。秋天的植物有的开始萎黄了，福苗花攀在上面，更显得鲜亮夺目……这是家乡深秋的景色，像春天一样蓬勃！